U0520713

中国散文美学综论

陈胜乐 著

作家出版社

陈胜乐，土家族，湖北长阳人，毕业于武汉大学中文系。主要从事文学评论和理论研究，原为三峡文学杂志社负责人、宜昌市文艺理论家协会副主席。主要著作有《散文美学概论》《当代散文新思潮》《新世纪作品与争鸣》《散文研究与思考》等文艺理论专著以及小说、散文集共十余部。作品在全国荣获各种奖项三十多种，其中《散文美学概论》获省政府文艺奖，被三所大学指定为学生参考书目。

目 录

前言 / 李建华

第一部分　总论

第 01 章　绪论 / 003

第 02 章　散文美学发展简史 / 011

第 03 章　散文美学审美起源 / 020

第 04 章　散文美学史论 / 031

第二部分　史论

第 05 章　先秦诸子散文探源 / 039

第 06 章　秦汉散文审美大观 / 045

第 07 章　魏晋南北朝散文 / 049

第 08 章　隋唐五代散文 / 052

第 09 章　宋朝的新古文运动 / 056

第 10 章　明清散文与流派 / 059

第 11 章　宋元明清散文综论 / 062

第 12 章 "五四"散文另一枝 / 065

第 13 章 "五四"小品文审美论 / 069

第 14 章 抗战报告文学论略 / 073

第 15 章 "五四"散文新思潮 / 076

第三部分 本论

第 16 章 散文审美本体论 / 081

第 17 章 散文审美主体论 / 087

第 18 章 散文比较审美研究 / 093

第 19 章 散文接受审美论 / 106

第四部分 策论

第 20 章 散文的美学性格论 / 121

第 21 章 散文语言结构艺术 / 126

第 22 章 散文的前途与未来 / 130

第 23 章 古代散文"载道论" / 142

第 24 章 散文创作"真实论" / 146

第 25 章 散文"意境"审美 / 149

第 26 章 散文"空白"审美 / 153

第 27 章 散文的悲剧表现 / 156

第 28 章 游记散文审美 / 164

第五部分 申论

第 29 章 散文的"空间思维" / 169

第 30 章　散文的结构审美 / 171

第 31 章　散文的风格审美 / 174

第 32 章　散文的情感审美 / 179

第 33 章　散文的"识见修养"/ 183

第 34 章　散文的"类别审美"/186

第 35 章　散文的"艺术灰箱"/ 195

第六部分　律论

第 36 章　论散文的新闻性 / 203

第 37 章　散文的叙事方式 / 207

第 38 章　论散文的世俗化 / 214

第 39 章　论散文虚虚实实 / 217

第 40 章　鉴味"新散文"/ 221

第 41 章　散文的朴素与华美 / 226

第 42 章　散文的技巧审美 / 229

第 43 章　女性散文的写作 / 231

第 44 章　论随笔与小品文 / 236

第七部分　派论

第 45 章　论散文的流派 / 243

第 46 章　论文化散文 / 250

第 47 章　论哲理散文 / 262

第 48 章　论幽默散文 / 268

第 49 章　杂文创作审美概要 / 278

第八部分　政论

第 50 章　散文若干问题回答 / 283

第 51 章　散文鉴赏原理论 / 296

第 52 章　论二十世纪散文 / 304

第 53 章　当代散文命运思考 / 320

第 54 章　当代散文美学概要 / 336

附录　主要参考文献书目 / 343

后记 / 347

前　言

　　任何一门学科的建立，都应有自主性、自足性和自洽性的理论话语系统。近百年来，中国现代散文创作虽取得巨大成就，但与之相比，散文理论研究和建构在某种程度上仍然处于草创、发展和完善的过程中。尽管某些散文研究有所突破和新变，但与小说、诗歌、戏剧等其他文学样式相比，散文理论研究和批评整体上还是显得较为落后和贫瘠。真正有影响的研究成果还不够多，研究理念和方法也显得不够多样。尽管已经出现了一些新的理论范畴和范式，但它们仍然需要进一步的完善和更广泛的认同。这可能是由于过去百年中，散文理论话语的建构经历了复杂的过程，其中包括了"载道"与"言志"的反复互悖，这在一定程度上影响了散文自主性理论话语的形成，又或者部分学者虽有较强的理论自觉和学术雄心，也敢于挑战既定的散文成规，但因其学术的立足点不够高，视野不够宽广，尤其是散文研究的观念和方法有某些局限和欠缺，尚未抵达设定的学术目标。可喜的是，这一被动的局面，近年来正被悄然地改变。美学家、散文理论家陈胜乐先生出版的新著《中国散文美学综论》，试图从整体性出发去架构散文理论的框架，在散文理论的体系性建构方面获得了重要突破。本书以古今中外宽广的学术视野，理论与问题契合的敏锐意识，历时与共时的辩证思维方式，史料与创见相得益彰的扎实史料功夫，拓展了当代散文研究的视野和边界，丰富了当代散文的研究方法，提升了当代散文研究的品质。

《中国散文美学综论》是一部当代散文理论系统建构的专著，对于建立当代散文美学、散文理论，具有开创性和奠基性的理论价值。全书分总论、史论、本论、策论、申论、律论、派论、政论八个部分。吸取古今中外的文学批评和美学理论，特别是中国传统的文学理论和西方现代美学、现代审美心理学、现代接受美学、现代艺术理论等，以一种兼蓄并纳的开阔胸襟和开放的理论视野，全面系统地探讨中国散文的各个侧面、各个面向，揭示其发生发展的过程，逐步丰富完善它的艺术规律，全方位多视角地对中国散文美学理论的本体论、客体论、主体论、受体论、创作论、批评论、鉴赏论、风格论等诸质，进行理论的溯源和探索，以期揭示中国散文美学的本质，奠定新学科的理论基础。本书不仅对散文美的本质，它的复杂的审美活动过程和与其相关的审美关系，进行了多维度的考察，从美学的原发性背景、审美的各个层面，对散文的特征和内涵进行了系统观照，还围绕散文源流、体式、艺术特征及鉴赏美学等命题，作了一次非常有意义的系统的理论之旅，呈现较为完备的系统结构样态以及一定的创新风貌。

《中国散文美学综论》也是一部科学梳理和厘析中国散文理论历史与现状的专著，对于构建当代散文理论话语提供了必要前提。该著回归散文的历史原点，从中国古代散文和"五四"时期散文的经典文献中解释并揭示当代散文发展内在的、历史的、必然的逻辑。为寻根溯源，正本清源，该著把中国散文创作分为六个历史时期：先秦发轫与奠基期、两汉发展和确定期、魏晋南北朝充实和丰富期、唐宋第一次繁荣期、明清"艺术散文"滥觞期和"五四"第二次鼎盛期；对古代散文理论的"载道论""神韵论""气韵论""意境论"等起源进行了科学的考证；对古代散文理论的基本主张，如"文以载道""真实自然""意在言外"等，力图梳理与厘析，还原和凸显中国散文"原生美"及各个侧面的诸种特质。不仅如此，该著还高度评价了"五四"时期散文理论的贡献，认为"五四"散文研究者突出散文的现代性、艺术性，强调散文的个人性、自由性、艺术性、智性等，确立了散文文体的本体地位，为当代散文理论奠定了散文学科的基础性理论话语。这些真知灼见，发人之所未发，给人以启迪。

《中国散文美学综论》还是一部坚持问题意识，直面当下散文创作问题，破解当下散文创作难题的专著。该著从散文的创作实践出发，对新时期以来的文化散文、哲理散文、幽默散文、新散文等进行专题论述，把散文理论和研究建构在对创作现状的准确把握、对作品的深入研究基础之上。避免"无根理论"和"无理取闹"。这种"在场的""及物的"散文创作思潮和散文文本的分析研究，首先可以深刻揭示散文的艺术特征和审美价值，同时有助于发掘散文深层次的美学内涵，提升散文的艺术品位和审美水平。其次，当下散文创作的研究有助于揭示散文与社会文化的关系，为当代散文理论建构丰富的实践材料和理论支持。再次，对当下散文创作的研究有助于推动散文创作的繁荣和发展。因为理论来源于实践，反过来又指导实践。最后，对当下散文创作的研究有助于提升散文的批评和鉴赏水平。批评和鉴赏是文学活动中的重要环节，也是构建现代散文理论的重要组成部分。它能有效地帮助读者更好地欣赏和理解散文作品，增强散文的社会影响力和文化价值。

总之，《中国散文美学综论》贯通"古今"，融汇"中西"，从整体性、系统性、科学性出发去构建散文理论、散文美学的框架，理论与创作兼顾、甄别与梳理兼顾、建构与评价兼顾，是中国当代散文理论研究的新收获，对推动中国当代散文的创作与繁荣必将作出应有的贡献。

（作者简介：李建华，当代著名文艺理论家，中国文艺评论家协会理事、湖北省文艺评论家协会主席，研究员）

第一部分

总 论

第 01 章

绪　论

1. 散文美学基础概要

本书研究和探讨的是中国散文美学。为了系统、准确地研究中国散文美学，把脉散文千年的发展轨迹，我们多角度、多维度地去审视散文的发展，运用现代审美意识，融哲学、美学、文学、社会科学及一切艺术门类于一体，梳理散文的发展脉络，解析散文与美学的同轨关系，把脉内在的"相存相依"，并把散文美学的研究，放在世界文化的大背景下去考察，以期全面系统地建立起具有中国特色的散文美学学科，并为这门新的学科研究打下良好的基础，以推动散文理论研究和创作的繁荣。

那么，中国特色的散文美学研究对象和范围是什么呢？建立起这门学科的依据和基础又是什么呢？它对下一个一百年的散文创作和繁荣，对于建设中国特色社会主义，把握先进文化的发展方向，有着怎样重大的意义呢？

散文美学的基础性研究，我们将从散文产生、发展、演变、兴衰和繁荣的历史进程中，把握其本质和走向，建构起研究的范畴和依据，深入探寻散文美学产生的"原发性背景"，弄清中国散文美学"原生美"及其各个侧面的诸种特质，从而建立起一套相对完整的当代散文美学研究体系。

最早的美学思想产生在希腊。中国最早触及美学问题的是先秦诸子散文，散见于孔子、庄子及韩非子等诸子百家著作中。

看来散文对"美"是最敏感的，它创造了美，同时美也创造了散文，两者互为一体，并肩向前发展。散文的发展丰富了美学类别，同时美学又极大促进了散文的创新和发展。

关于美学的研究对象，鲍姆嘉通认为，美学对象就是研究美，研究感性认识的完善；黑格尔认为，美学对象就是研究美的艺术；车尔尼雪夫斯基认为，美学对象就是艺术。近代美学的研究，主要课题是研究审美对象和其创作互动的相关心理学，这与我们探寻散文的研究路径，是完全一致的。

本书的散文美学研究，是以现代美学体系为依托，解读两者互相依存、彼此丰富、互为映衬、包容发展的关系，多层次探讨散文发展和美学的关系。

（1）从客观方向探讨散文与美学的共同特征，阐明文体美的本质和根源，研究美丑的矛盾发展、各种存在的形态和审美形式，以及崇高、滑稽、悲剧、喜剧艺术门类的本质和共融关系。

（2）从主观方面研究，作为审美对象反映的审美意识，阐明两者的不同本质，探索历史轨迹上两者融合的轨迹，从而反映出不同历史阶段的不同美学特征，以及其发展的内在规律性。

（3）研究作为审美意识中，物质化形态所表现出的艺术特征，阐述艺术的本质、内容与形式、风格种类，以及艺术创造活动的规律和作为这种构造成品的反映，解答关于评价的艺术欣赏、艺术批评等问题，从构成角度上展示内容美和形式美，从本质上把握现实美和艺术美，从审美感觉上表现优美以及崇高的"影响效果"。

任何艺术的创造，实际上都是在创造美。也就是说，文学艺术是按照美的规律来创造的。艺术美是艺术作品产生的美，在艺术的本质上，它是艺术家按照美的价值，按主观意图"加工改造"而成的"另一种图景的生活"。

艺术以本体的客观存在为基础，以艺术家的主观创造作为着眼点，它是一种文化价值的形态。艺术的发展和研究史表明，在艺术学的创作研究史著中，包含着大量的美学内容。所以我们不难看出，艺术离不开美，凡是艺术的研究对象也必然是美学的研究对象。美学的对象是美，而艺术的对象也是艺术美。

中国散文美学，从实践总体上说，始终以"文"的观念为基础，先秦散文是与哲学、史学融在一起的"混沌未分"时刻，散文美学理论或寓于"子"，或附于"史"，即使到了《文心雕龙》时代，论文、论道和论学，仍然融在一起难解难分。自古出现的文章形式，均按有韵到无韵的路径，整合成一个新的体系，"以立意为宗"，诸子史传之文，皆与"文"同体。

刘勰《文心雕龙》是一部辉煌的文学批评论著，但它同时又是一部美学著作，表明艺术本属美学范畴，没有美也就没有艺术。所以艺术的内容也就是美的内容。艺术的理论和技巧，它的载体及审美对象，以及它的批评艺术史，都是美的内容和形式。

散文属文学的一个部门，属于情感语言的艺术，是靠语言来叙写生活和人文事件的，文学的特质则是形象性、情感性和理论性三者的高度统一。高尔基说，"文学就是靠语言来创造形象、典型和性格，用语言反映事件、自然景象和思维过程的"。

我们研究散文美学，就是把它放在美学、哲学、文学及一切艺术学的坐标上进行考察，探讨散文对现实生活的独特审美反映，总结它的性质和规律，从而建立起一套把握散文美学历程，纵览中国古代散文理论全貌，分析古代散文美学历史、散文美的本体、审美主体和客体、散文类别、比较接受美学、散文美学批评、散文审美鉴赏和创作论等美学风貌，检讨艺术特质的"互融互荣"关系，阐述散文美的规律，探索出一条研究美到研究艺术，研究文学到研究散文，研究散文到研究散文美学，最后又对美进行新探索的新方法体系。

中国散文美学研究是一门新边缘的艺术学科，也是当下文学理论研究领域的空白。以优秀的传统文化为母体，融哲学、美学及一切社会艺术学科和现代思潮于一体，把散文放在多维度的宏大背景下逐一考察，以期从研究中寻找新的理论突破，助推新时期文学研究和创作的持续繁荣。

散文美学是根植于中国传统文化的美学一支，涵盖各种文化现象和艺术学科，它既有一般艺术美学的规律性，又具有中国特色的鲜明时代特征。研究中，我们融进了小说、诗歌、戏剧、园林和一些艺术学科成功的研究经验，将哲学、美学、文学"三者合一"，从复合体系中再派生出新的体系，力图建构一套中国散文美学研究的学科新体系，展示二十世纪散文的宏大图景，为这门学科的创新研究打下坚实理论基础。

2. 散文美学研究溯源

我国散文发轫于《尚书》，商周"半信史时代"就有"誓""诰"和"命"的散文雏形，可谓源远流长。有谁能准确计数历史长河中，有多少辉煌篇章？答案是不能。从孟子、庄子，到曹丕、陆机、刘勰、白居易、司空图、黄庭坚、王士禛、李贽、王国维……有多少文论家留下了多少瑰宝？其数目也真的难以统计。

中国古代散文美学也是辉煌的文学和美学宝库，是一部灿烂的中国历史、中国文化史、中国美学史和中国文学史。我们研究中国散文美学，以马克思主义的美学原理为基础，以社会主义文艺方针为指南，探讨具有中国特色的散文美学体系，以确定它在美学和文学领域的地位，甚至在世界美学体系中，逐步拥有它本来早就应该有的一席之地。

先秦时期，散文与学术合二为一，后来又与韵文为伍，古代散文是指骈文以外的一切"文章"，后来文体逐步"专化"，小说、戏剧、杂文、报告文学等陆续分离出来，才慢慢产生了真正文学意义上的散文。

到了魏晋，散文开始与学术合二为一，"文学"审美特征逐步明显，散文和学术区别开来，至唐宋后，真正文学意义的散文才开始出现，但其时文论涉猎，都还是十分模糊的。

自唐宋以后，"艺术散文"出现，到桐城派散文时代，散文美学已初步形成一种自觉意识，进入了"纯与杂"的这种"混沌统一"时期。到了"五四"时期，Essay 和公安派的结合，极大丰富了散文的理论和创作实践，使散文品格逐步明朗化，个性鲜明化，审美多样化，"独树一帜"散文时代的来临，表明中国散文真正进入了"艺术散文"的时代。

中国古代文论中，一直没有一部"专论散文"的宏著，即使偶有一些"篇章",也是零碎地融在其他"策论"中,分散不成体系。一些诗论、学论的文著对散文的叙述,一般也只是对"文"载道、文尚和技巧方面的表达,持一些美学或侧面的批评而已,没把散文美学放在美学范畴内"考察",对其进行系统的理论研究,阐释其美学发展和文体演变的规律性,这就给我们当下的散文理论研究,提出了任重而道远的新课题。

"五四"散文虽然繁荣,但理论却远远落后于创作实践。值得一提的有陈柱的《中国散文史》(商务印书馆,1937年版),但此著主要是"论史",也就是史的照章记录,就像一部"年谱",时间是"先秦至明清"。

中国文学美意识的觉醒在"五四",1921年周作人提出散文是"美文",阐述了散文创作和鉴赏的基本特征,标志着其"现代文体"的基本确立和理论的初始"觉醒"。

《中国现代文学序跋丛书》是现代文学史上最值得关注的一部"史"记,此著搜集了七百篇二十世纪散文的代表性作品,共计七百多万字,时间跨度为1919年至1949年,几乎囊括了现代散文"全面的风貌"。这期间散文的创作和研究,基本集中于"形散神不散",萧云儒《形散神聚——散文创作漫谈》,就是当时最具代表性的审美和创作主流。

六十年代初和十一届三中全会后,散文研究终于出现一些有价值的"专著",如林非《中国古代散文九讲》,佘树森《散文创作艺术》,涂怀章《散文创作技巧论》,曾绍义《散文论谭》,以及《散文天地》《现代作家论散文》《中国散文百家谭》《现代散文艺术鉴赏》等大批探讨性"专论",补上了散文理论由于历史原因造成的缺失和短板。

历史进入新的时期,散文创作和理论研究也随之"焕然一新",林非、周申明、浪波、韦野、尧山壁、郑法清、曾绍义、涂怀章等大批作家理论家"倾巢而出",对散文的命运、使命、技巧和风格诸方面,进行了全方位深层次的探讨,极大地推动了散文"百家争鸣"的喧嚣局面。

我们从这些论著中不难发现,有的专谈史,有的是文章合集,有的是技巧和鉴赏,仍然是零碎的、局部的、非系统的,而且观念和手法基本"如出一辙",很多还是"理论八股"文风,坚持"守道"的正统性,从而湮灭了他们文章的光焰,被时间"褪"去了它所有的光泽。

文学一度受政治运动干扰，过于强调为政治服务，称它是"轻骑兵""传声筒"，只要谈到散文，都觉得是"替圣立言"，是老八股文，是"桐城谬种"，十年"动乱"时，又被"敬信"所取代，致使本应该有的"美色"，也不敢把文与"美"联系起来，从而使散文失落在标语口号和语录之中，从属于政治之下，干扰和中断了它勃兴的历史机遇。

杨朔在《东风第一枝》跋中说，散文的经验就是"把散文当诗写"，萧云儒提出一个必须"神聚形散"，秦牧强调"一景一物生发开去，才是好的文章"，由于他们当时"风靡一时"的影响，给散文戴上了一些经典光环，致使出现了借景抒情、托物言志、由实到虚，最后升华的"杨朔模式"，把散文带入到"狭义单一"的胡同，理论也变成清一色的"读后感"和"创作谈"了。

中国散文美学理论体系建设亟待跟上时代步伐，新时期散文振兴，也需靠批评与理论的双轮驱动。一个时代的繁荣，也是以观念变革为先驱、理论的号召为旗帜的，然后才是"顺势而为"，就像韩柳古文运动的"唯陈言之务去""文者以明道"的理论主张，影响中国散文发展数千年一样。当下的散文呼唤促进创作的理论指引，反过来创作又给理论研究反哺新的营养，带来散文双向的兴旺和繁荣。

有些理论家抛开作品空谈，对全景缺乏宏观把握，对微观没有细致洞察，几万字的研究文章，充满了玄学的气息，貌似"头头是道"，但不接地气，读者不知所云。有些理论甚至丢开传统法宝，钻进"西理"的死胡同，致使有些理论"高不可攀"，失去了大众读者，使之成为"圈内"雅谈的奢侈品。

理论研究之所以在不同时代，都不约而同"缺席"繁荣，主要还是其"本身"的内在原因。理论没有曲折的故事情节，没有催人泪下的情感，不像作品能引人入胜，从这一点上，也就决定了它是一般人"不可高攀"的东西。有一种观点被普遍认同，那就是当下人们只关心生活美学、劳动美学、工业美学、环境美学、景观美学、装饰美学乃至伦理美学，而高深的审美哲学被敬而远之视为"神物"，散文理论估计也概莫能外。

美学对于任何文学艺术，都是超功利的，真正的散文是人民大众的美学,那种读不懂的理论自然是"伪理论"了,人们更需要的是真正"有理"的东西。中国散文在世界文化史上,有着无与伦比的辉煌,它与其他艺术美学相映生辉,共同构筑了中国美学理论的璀璨宫殿。

近两年,有小说和诗歌的美学研究专著相继出版,但其章节和内容,仍然只是单篇文章的"结集",或从某一个点切入,没有全景图式的整体把握,实有"扯虎皮拉大旗"之嫌。部分理论期刊,刊载的很多散文理论探索文章,都是囿于某一题材、某一区域、某一方面进行的探讨,不具备一门学科应有的"体系","从同一条河流里去捕捉不同的鱼"。散文应急时代之需,抓紧建构中国散文美学完整的理论体系。

3. 散文美学理论体系

本书将文学、美学、哲学等融为一体,力图运用全新的表现方法,全面系统地探讨中国散文的各个侧面,揭示其发生发展的过程,逐步丰富完整它的艺术规律,全方位多视角地对中国散文美学的史论、本体论、客体论、主体论、受体论、创作论,美学批评、美学鉴赏、审美流向等诸质,进行美学的溯源和探索,以期揭示出中国散文美学的本质,奠定新学科的理论基础。

本书坚持的是马克思主义、毛泽东思想和习近平"文艺的作用不可替代"文艺思想,以先进文化的积极引领的方法论,坚持的是为人民大众服务,坚守的是先进文化的方向,既求通俗易懂被大众接受,又兼具较高学术价值和史料价值的学术准则。坚持从散文发展的内在规律中,寻求出它繁荣发展的基因和解决问题的最佳"中国方案"。

本书对散文美的本质,它的复杂审美活动过程和与其相联的审美关系,进行了多维度的考察,从美学的原发性背景、审美的各个层面,对散文的特征和内涵进行了系统观照,从而把握其理论的合目的性,以期建立一个互相包容的、系统完整的、派别明晰的散文美学体系。

本书以严谨务实理念为先导,对散文传统美学的宝贵遗产进行了整理、归纳、精选、批评和研究,对古代美学史作了一个纵深的扫描和储存。从中国散文史略,到各朝代发展的细枝和融合轨迹,对于一切艺术类别的兼收并蓄,均进行了规律性概括和探讨,力图发人之所未发,探未涉之领域,从理论上"寻根溯源",不人云亦云,拓进"似窄实宽",从否定中实现超越,以期达到"正本清源"的探索成效。

本书从"本体论"出发,持对"无根美学"的批判态度,还原散文"活感性"自觉艺术体征,从而直达"客体"内心,站在历史的高处,对历史过往进行甄别,从而决定是吸收还是加以扬弃,并从作家的创作实践出发,深刻提示散文的主体世界,探寻作家的精神领地、感知方式、心理活动和创作表象运动的全过程,从而揭开散文审美创造"显而不露"的"神秘面纱"。

本书还把比较美学的触角伸进散文研究领域,对任何艺术的分类,不简单粗暴地"分堆",不分割,不做表格,不插标签,力求多方位展示散文的缤纷之美,假美学之桥梁,入本体之迷宫,一览散文湍湍恣肆的浩翰世界,从而把握散文美学的全貌。

本书对新时期文化散文、幽默散文、哲理散文进行专题论述,既从古溯源,又从具体作品入手,把理论建构在对创作现状的准确把握和对作品深入研究基础之上,反对"胆大妄为"和"无理取闹"的创新,从而杜绝了散文美学堕为"定言"的俗套,把创作起点到鉴赏终点进行了"全流域"的展示,勾画出了一幅散文审美过程的"全景图",全方位揭示了其"过程"嬗变的秘密。

本书力图准确把握社会政治思潮与散文发展的本质关联,从其哲学观照、历史批评、政治裁判、伦理评价、审美鉴赏等方面,以系统论、信息论、符号学、现象学、诠释学,从接受美学、格式塔心理学、人本心理学、发生心理学等诸多理论方法体系中,进行新的"文化整合",从而达到对理论再探索、再创新的目的。

我们相信,中国散文美学是中国文学和美学发展历程中不可分割的重要组成部分,它将在世界文学和美学坐标上,占有其特殊地位,绽放出灿烂光彩。本书的很多"实验性"探讨,必将对当下散文研究与创作起到积极的推动作用。

第02章
散文美学发展简史

　　古代散文美学理论也是古典审美理论的一种形态，是古代文学发展的主要脉络。我们探讨它的理论发展，究其嬗变的内在规律，从前人"零碎"篇章中，体察智慧和思想，探寻散文美学的发轫、发展、充实、丰富和繁荣的漫长历程，就会从几千年的"文化缝隙"中，找出一条探索的新路子。

　　清代《四库全书总目》，是散文与诗论的"合著"，应该是史上第一部"自成体系"的宏卷了，但迄今为止，系统的"散文"美学专著，似乎"昏睡千年"还没有诞生。客观地说，在当下的很多散文理论和批评文章中，从某一个侧面零碎进行论述还是不少的，而且绽放出很多的真知灼见，但它和当前欣欣向荣的创作景观相比，还是非常不协调的。理论研究的"短板"，它"跛脚"的不足，也逐渐显现出来。

　　纵览古代文学理论发展，我们可以发现，诗论是历来文论中最多的东西，近代小说和戏剧之论也层出不穷，汗牛充栋。文学的专题美学研究，近年有《中国小说美学》和《中国诗美学》。但读者在仔细读过这些美学论著才发现，它们是零碎的研究文章"合集"，没有明晰的论述体系。但毕竟还是"有了"，是非常值得赞赏和欣喜的。

　　散文美学史是指散文历史发展中，与美学互动的审美本质，以及派生出来的诸多文学现象，包括以书面形式传播的一切文化产物，如宗教、哲学及艺术文论等。我们再不拘泥于古时经典之论、诸子百家之典的文献资料，而是着眼于以本溯源、见微知著、以点切面、以线穿珠，探讨美学理论发展的融合规律。

1. 发轫与奠基时期

在先秦诸子散文著作中，有些成熟的散文，但它们同时又是学术著作。我们认为，先秦时期还没有独立成章的理论文章，只有一些"零碎观点"，散见于各家著述之中，但它是我们散文美学的基石。《周易·艮卦》中说"言有序"，《家人卦》说"尚有物"，《系辞下篇》说"将叛者其辞惭，中心疑者其辞枝，吉人之辞寡，躁人之辞多，诬善之人其辞游，失其守者其辞屈"。我们可以这样认为，《周易》讲述的这些道理，就是最早的散文美学理论的雏形。

2. 发展和确定时期

在书札疏牍、告语之文之类的"早期散文"中，已有散文"片言只语"的痕迹。《仪礼·聘礼》中说："辞无常，孙而说。辞多则史，少则不达。辞苟足以达，义之至也。"它的意思是说，行人辞令需"要言不烦"才可达意，使人听了才可动容，不要絮絮叨叨地"烦文"，不要不真切的浮藻和"重赘"，它大概算得上早期的"美学批评"了。

《论语》曰，"质胜文则野，文胜质则史，文质彬彬，然后君子"。《老子》云，"信言不美，美言不信"。老子是史官，他这话也可看作史记的"大例"了，他所记载的文，也就"以质不诬者为上"了。孔子作《春秋》，开始说到"用笔大义"，他的儒家思想，包括着其"兴观群怨"的文学思想，骨子里就开始给散文"提要求、立规矩"了。

两汉时期，辞赋兴起，汉时的文论家开始把"学术和文学"加以区别，继先秦之遗产，开始了对"辞赋"的尝试和探讨。

《诗三百》应该是我国最早文学理论的滥觞，《毛诗大序》之后，司马迁在《史记·屈原贾生列传》里，又进行更明白的论述，概括起来就是思想内容决定艺术形式，应当"文小而指大""类迩而义远"地高度统一，体现了他"不愤不作"的创作思想。这时的文坛主张"铺采摛文""罢黜百家，独尊儒术"，因此"理的主张"也在儒学统治地位确定之后，逐渐得到了丰润和发展。

对辞赋的批评丰富了散文的美学范畴。古代文论家论文，大都注重根本思想、情感和作用，很少说到本身结构的艺术。所以虽然是"论文"，实在是重义不重文。这时期理论家们的"骚赋论"，都以"古义"为标准。但恰恰就是这些"事必从古"的势力，彰显了古代散文当时理论的主流倾向。

西汉的赋，如日中天，不但空前，而且绝后。对中国散文的发展，产生了深刻的影响。

两汉的赋家，推司马相如为第一。《西京杂记》中记录了他论赋的话，"合纂组以成文，列锦绣而为质，一经一纬，一宫一商，此赋之迹也。赋家之心，包括宇宙，总揽人物。斯乃得之于内，不可得而传""司马相如为《上林》《子虚》赋，意思萧散，不复与外事相关，控引天地，错综古今，忽然如睡，焕然而兴，几百日而后成""读千百首赋，乃能为之"，其审美判断，昭然文中。

此时好赋的扬雄，开文章"义法"审美先河，《解难》有云，"昔人观象于天，视度于地，察法于人者。天丽且弥，地普而深。昔人之辞，乃玉乃金"。由于他生性恬淡，爱好文学，因此他认为文章可以不朽，"欲求文章成名于后世"，他的这种文章"不朽观"，成为魏文帝"文章乃经国之大业，不朽之盛事"的发轫之端。

文学不朽观，到了王充《论衡》里，就开始"大张旗鼓"。他把文章价值看得高于一切，"挟桓君山之书，富于猗顿之财""文人之休，国之符也。鸿文在国，圣世之验也""著作者为文儒，说经者为世儒。世儒业易为，故世人学之多。文儒之业，卓绝不循，人寡其书，业虽不讲，门虽无人，书文奇伟，世人亦传"。

他首次将纯文学和非纯文学，明白无误地加以区别，是具有划时代意义的。"汉世文章之徒，陆贾、司马迁、刘子政、扬子云，其材能若奇，其称不由人"，在他看来，凡是创作的文学，直说己意的文学，方为可贵。像扬、司马诸文的鸿文大笔，才有价值。拘守章句，依人篱下，即有作品，也不是自己面目，不足为奇。

"起众书并失实，虚妄之言真美也"，他以真善为核心，要求文章形式与内容统一，"实诚在胸臆，文墨著竹帛，外内表里，自相副称，意奋而笔纵，故文见而实露也"。他还强调文章需表达作家真实感情，"精诚由中，故其人语感动人深"。他还肯定美的多样性，"美色不同面，皆佳于目。悲音不共声，皆快于耳"。他"治久文繁"的觉察，揭示了汉代文风的道德本质。

3. 充实和丰富时期

魏晋进入文学的自觉时代，这时期"理论专章"开始出现。曹丕《典论·论文》是我国文学理论发展史上第一篇专论，"文章乃经国之大业，不朽之盛事""夫文本同而末异，盖奏议宜雅，书论宜理，铭诔尚实""诗赋欲丽"强调了文学的地位和价值，并针对"风格与个性"的关系，提出了"文以气为主，气之清浊有体，不可力强而至"的经典之论。

文学进入了"自觉时代"，魏文帝《典论·论文》开六朝后文论新风，要求"审己以度人""免于斯累而作论文"。陆机《文赋》则从"泛论"转为"专论"，深入探讨了文学创作中存在的问题，可以把它视为史上第一部系统完整的文学理论专著。

关于文学创作的"想象力"，他说，"笼天地于形内，挫万物于笔端""精骛八极，心游万仞""浮天渊以安流，濯下泉而潜浸""观古今于须臾，抚四海于一瞬"；关于作家的文心"修养"，他说，"伫中区以玄览，颐情志于典坟""遵四时以叹逝，瞻万物而思纷""谢朝华于已披，启夕秀于未振"。他提出"应感"（即现在的灵感）、"警策"、"离方遁圆"等主张，都是现代文学中"灵感，悟性，条理，教化"的核心内容，彰显出其理论"史"的价值，和美学"起底"的重要意义。

刘勰《文心雕龙》的问世，标志着我国文学理论进入第一个鼎盛时期。刘勰纠正文风的流弊，"率好诡巧"，反对刻意雕琢。全书共五十篇，上编二十五篇，是文体总论，下编二十五篇是创作论。全书体大精深，以"宗经"为中心，贯穿全书，构成了严密儒家文学观念的理论体系。

他在《序志》中说，"盖文心之作，本乎道，师乎圣，体乎经，酌乎纬，变乎骚，文之枢纽，亦云极矣"，《原道》《征圣》《宗经》《辨骚》，此四章总成，是全章结构之枢纽。

《文心雕龙》的基本美学思想是：

儒家的经典是评析作家作品的标准，他对荀子、扬雄的"明道、征圣、宗经"的文学思想进行了进一步的发挥；提出"以情理为经，以辞采为纬"的文学思想，提倡"为情而造文"，内容与形式"统一出发"，反对"为文而造情"，要求作品有真情实感。

正确论述了文学与社会生活的关系，认为作家的感受来源于客观世界，提出"文变染乎世情，兴废系乎时序"，作品内容来源于不同时代的社会生活；

主张在继承基础上不断革新，鉴赏者也需有学识和修养，"文律运周，日新其业""操千曲而后知声，观千剑而后识器"。

《文心雕龙》上括经史诸子的文心，下通魏晋六朝辞理，单辞片义，只证孤标，烘炉并铸，一网兼收，可视为当时文坛的一部"文法典"。

挚虞《文章流别集》，选集古今文章，分论其流。他对每一种文体，必推求其发源，下溯其变迁，根据文体的初意和立意措辞的派头，来鉴"是否合体"。他的"流别论"，成为一时文章辨体的"总龟"，撰辑总集的"巨范"。

"古诗之赋，以情义为主，以事类为佐。今之赋，以事形为本，以正义为助。情义为主，则言省而文有例矣。事形为本，则言富而辞无常矣。文之烦省，辞之险易，盖由于此"，他对赋的批评，达到了一个时代的峰值，凡齐梁以下，许多论撰文学的人，无论是《文章缘起》还是《文选》等，遑论数百年，也未有人超出其规模和高度。

4. 第一次繁荣时期

唐宋韩愈、柳宗元等人的古文运动，把散文推向了史上的第二次繁荣。唐宋古文运动提出"文以明道"，从复兴儒道出发，提倡以"道"为目的内容，"文"是形式手段，它们各自论道，但又殊途同归。"根之茂者其实遂""气盛则言之短长与声之高下皆宜"（韩愈），"不明而出之，则颠者众矣"（柳宗元），强调"先道德而后文章"，首次把作家的道德修养，置于文学创作中重要位置。

韩愈在《答李翊书》曰，"将蕲至于古之立言者，则无望其速成，无诱于势利，养其根而俟其实，加其膏而希其光，根之茂者其实遂，膏之沃者其光晔，仁义之人，其言蔼如也"。他的文论大致是两种，一是讲文章之根本，一种讲文章的技巧，"先蓄道而后文章"，是韩愈论文的基本标准。

"惟陈言之务去。气，水也；言，浮物也。水大而物之浮者大小毕浮。气之与言犹是也，气盛而言之短长与声之高下皆宜"，他认为文章只要表达真挚的思想感情，气势充沛，采用什么样文辞都会彼此相宜。韩愈是唐代古文运动"文以载道，文道合一"的倡导者，他把文与儒家传统的恢复紧密联系在一起，为整肃当时文坛文风，作出了"决定性"贡献。

柳宗元提出"奇味"的文学理念，肯定文之中各趣味存在的合理性，他在《读韩愈所著毛颖传后题》曰，"太羹玄酒，体节之荐，味之至者……韩子之为，亦将弛焉而为虐欤，息正焉游焉而有所纵欤，尽六艺之奇味以足其口欤"，主张文章的通俗性趣味性，达喜闻乐见的可读性目的。

除韩柳外，相继有欧阳修、王安石、苏轼、柳开、石介、晏殊、穆修等，他们各陈所见，执于掌中，形成百家争鸣之态势。晏殊在《青箱杂记》批评"富贵文风"，他认为天怀淡泊的人，才可以安处贫贱，而不知道处富贵，也未尝不怀淡泊，只有天怀淡泊超越现实的人，才可以安享富贵，贪图富贵的趣味。欧阳修则"文外求文""文得于自然"，"人莫见其所为而名高万世，所谓得之自然也"，主张顺势而为，文道自然。苏轼则以"外枯中膏，似淡实美""随物赋形，成竹于胸""忘声能言，忘情论书"及"出新意于法度之中，寄妙理于豪放之外"的主张，影响一代文风，成为当时主流一派，而被推为当时"领袖"，其观念至今仍历久弥新，影响深远。

清代的文论总集，最早有吕祖谦《古文关键》、楼昉《崇古文诀》、真德秀《文章正宗》、谢枋得《文章轨范》及方回《瀛奎律髓》，他们以韩愈为"不祧之祖"，以欧阳修为"不迁之宗"，绵延数百年，极大丰富和发展了散文理论的宝库。

5."艺术散文"的滥觞期

明清散文虽数量众多，但寡有大成者，有"建树者"寥。王士禛"神韵说"，翁方纲"肌理说"，沈德潜"格调说"，他们或论诗及字，或知著探微，但都影响式微。直至方苞的出现，才使人们"为之一振"。

方苞是桐城派的创始人，认为"时文"有害于"古文"，他力主"义法"，在内容上，他要求作家要言之有物，"本经术而依于事物之理"；在形式上，他要求作家"辨古文气体""自然而发其光精"，达到一种"不可一分增减"的为文境界，"神""形"应兼具统一。

刘大櫆也是桐城派重要代表人物，他论散文"意境"和"韵味"，独标其意，要求文章"行文之道，神为主，气辅之"，"神气者，文之最精处也；音节者，文之稍粗处也；字句者之最粗处也""文之自然，气奇则奇矣""古人文法最不可攀处，只是文法高妙"，他主张文章字句之奇不为奇，其"铿锵金石之声"，荡气于清代数百年而不衰。

姚鼐在《述庵文钞序》中云，"第叹服其美而或不明其所以美"，他从美学理论的高度，对散文的艺术风格、构成因素作出了完整和深刻的论述，提出了"阳刚和阴柔"两种文风，确认散文为文学之"正宗一系"，从"法理"上清晰了其艺术本质特征，并对艺术散文与学术加以区别，构建了现代散文的"认识论"基础。

唐顺之《答茅鹿门知县书》中云，"本色卑，文不能工也"，提出"凡没有'本色'的人，是绝写不出好文章"，强调情操在创作中的重要性。何景明则"富于积材，领会神情，临暗构结，不仿形迹"，作家要学古而创新，才会有好的文章。杨慎"待而有质，艳而有骨，清而不薄，新而不尖，所以伪老成也"(《升庵集》)，认为文章需既"美"且"新"。

李贽认为作品要有"童心"，"夫童心者，真心也""若夫失却童心，便失却真心；失却真心，便失却真人"，文章需"小中见大，大中见小"，从具体的细节中表达理想和情感。

袁宏道主张"独抒性灵，不拘格套，非从自己胸臆中流出，不肯下笔""文以识为主，识为尤重""作者情生文，斯读者文生情"，作品不仅要表达作家起初的感情，还要有"理的东西在里面"。

魏禧则认为，"文章之通，必先立本，本丰而末茂""言不关于世道，识不越于庸众，则虽有奇文，可以无作""好奇异以为文，非真奇也，至平至实之中，狂生小儒皆有所不能道，是则天下之至奇也。为文之道，欲卓然自立于天下，在于积理而练识"。他的这种散文观，成就了他在当时不可替代的影响力及其在文坛的崇高地位。

先秦时期的"诸子散文"，《左传》《庄子》文学性已很高，唐代以后逐渐出现了独立于"学术"之外的政论性杂文，赠序、小品、游记、随笔和杂札，至"桐城三祖"，"艺术散文"理论从各类混杂的学术之中脱离出来而渐成雏形，开始了它的漫步之旅。

6. 第二次鼎盛时期

"五四"新文化运动诞生了白话散文，把现代散文推向了一个崭新的高峰。各大类序跋和作家书信，成了宣扬立场、谈论主张的表达方式，鲁迅的《且介亭杂文——序言》《准风月谈——后记》《做"杂文"也不易》《杂谈小品文》《小品文的危机》，瞿秋白《鲁迅杂感选集——序言》，茅盾《关于报告文学》《速写与随笔·前记》，巴金《谈我的散文》，朱自清《背影·序》《关于散文的写作》，夏衍《论小品文》，冯雪峰《谈谈杂文》，周立波《散文特写序言》，王统照《散文的分类》，郁达夫《清新的中文》《中国新文学大系·散文二导言》，林慧文《现代散文的道路》，葛琴《略谈散文》，胡梦华《絮谈散文》，梁实秋《论散文》，李素伯《什么是小品文》，周作人《近代散文抄·序》《中国新文学大系》，方非《散文随笔之产生》，李广田《谈散文》，秦牧《海阔天空的散文领域》，徐迟《再谈散文》，柯灵《散文·文学轻骑兵》，师陀《散文忌"散"》，萧云儒《形散神不散》等，他们把鲜明的写作立场、张扬的艺术个性，对散文严肃的思考和写作技巧的探讨，都统统地表达出来，其阵容之强大，媒体之繁荣，作品之繁富，实属中国文学史上罕见之盛况。

"论语派"对现代散文美学的崇尚作用是深刻的，1932年9月，林语堂联络周作人和邵洵美，创办《论语》半月刊，提倡"小品文"创作，推行"语录体",崇尚性灵和幽默闲适的写作,形成了文坛上的一股清新散文之风。

林语堂《谈自我》时说,"其景况如风雨之夕,好友几人,密室闲谈",而如谈则"如狐怪、苍蝇、真人古怪的脾气,中西民族之不同,玻璃厂的书肆,风流的小裁缝,历朝的遗事,香橼的供法",提倡"宇宙之大,苍蝇之微,皆可取材""一篇幽默小品胜过一张打倒倭寇的标语""性灵就是自我""至以自我、为中心,乃个人笔调及性灵文学之命脉"。他以风花雪月般的清淡和草木虫鱼的闲适,主张"自我性灵的抒发",强调散文需独抒自我,反对沦为政治工具,"不合时宜"即又自成一派,极大影响和主导了当时的创作倾向。

第 03 章
散文美学审美起源

1. 散文美学与儒教

先秦时期文艺思想,是以儒家政教为中心的文艺思想。西汉时期,儒家文艺思想被确立为正统地位,"罢黜百家,独尊儒术"。儒家十分强调文艺为政治服务,即所谓"文以明道""文以载道"。他们对"艺术"的要求,不是为艺术而艺术,而是为政治和社会服务,"善"成了艺术上的主要审视标准,客观上削弱了散文应该具有的文学价值。

唐朝以前,与学术混杂的"散文",强调内容为政治服务,强调作品的教化作用,基本没有文学价值可言。孔子曰:"质胜文则野,文胜质则史。文质彬彬,然后君子。"(《论语·雍也》)刘勰《文心雕龙》"明道、征圣、宗经"的思想,明确规定了文学应当遵循的原则及基本倾向,表明了散文只是社会"教化"的工具。

虽唐宋后出现了"艺术散文",但主导文坛的,还是"文以明道"和"文以载道"。也就是说,无论是哪个朝代,儒仍然是"大道"。韩愈"为文志乎古道",柳宗元"文以明道",欧阳修"道胜文至",周敦颐"文以载道",朱熹"文与俱道""文道合一",但万变不离其"宗",发于情又止乎礼义,"道"永远处中心主宰地位。

古代朝廷官员的一些诏令奏章和碑铭、檄文、谏辞,是典型的文学服务政教的体现,散文的功能除了"美",更多的是"利"。历代统治者喜欢拿文学当诱饵,让大批文人走上仕进之路,把他们驯服为工具,也把文学驯化为工具。由于儒家正统地位的深远影响,散文也只能为政治服务,内在的艺术审美,则从属于"道",只是手段而已。

范仲淹《岳阳楼记》是优美的艺术散文,但"先天下之忧而忧,后天下之乐而乐""处江湖之远,则忧其君"的执念,仍然是忠君、载道,为政治和道德服务。从"发乎情,止乎礼义"至桐城派,彰显出儒家文化对散文的深远影响和它根基于政治的原发性背景。

2. 散文美学与道教

庄子的散文,及其道家思想,在散文史上有其重要地位,它汪洋恣肆,飘逸自然,深远影响着后世。纵观我国散文美学理论的发展史,可以看出道家"尚虚无、重幻想、崇意象、尚自然"的特性,是如何渗透散文骨子里了。

庄子《外物》篇中说,"筌者所以得鱼,得鱼而忘筌;蹄者所以在兔,得兔而忘蹄;言者所以在意,得意而忘言"。从庄子的"得意忘言""无声之美""无形之美""无言之美"文趣,到他"人法地,地法天,天法道,道法自然""天地有大美而不言"的"意境",形成了他影响巨大的"崇尚自然""得意而忘言"和"天然去雕饰"的审美主张,成为后世经久不衰的文之宗法。

从历代大量山水游记和文论来看,庄子的意境是人们幻游的最高境界,是理想化的人间仙境,是超脱现实和世俗的虚无存在主义,是很多文人梦游的极乐世界,如果没有庄子,后世的散文将缺少至美的意境,就没有虚构艺术的纯净。所以道家的审美理想,极大促进了游记散文的繁荣,拓展了其审美范畴和空间。

3. 散文美学与佛教

汉魏以后,佛学的传入给传统美学注入了新鲜血液。刘勰所著的《文心雕龙》,就是得益"佛学"之光的辉煌之著。

突破"道"的藩篱,佛光普照到文学及美学的每一个角落,艺术的审美和心理,佛家讲"妙悟"如天开之境,使文学从"根"上开始了变化,文章的理想和信条也随之发生了转向,文风也开始多样性活泼起来。

严羽《沧浪诗话》以禅喻诗,"大抵禅道在妙悟,诗道亦在妙语",表现在文艺创作上,即是我们现在的"灵感"。由于作家长期构思没有结果,忽然"文思畅通,似有神助",转而文思喷涌,妙章夺笔而出,是为"佛悟"。

文学进入自觉时代后,大量文章表现出佛的顿悟和灵感的审美"机锋"。到了王国维《人间词话》之时,散文"神思""禅境"更是进入了一种"造化天然""物我两忘"的境界,达到了空前的审美高度。

《小石潭记》《游褒禅山记》追求"窥意象而行远"的美学风度,"以形传神""运用意象""风骨神韵",就是这种空前时期的"巅峰之作"。可以说,从"顿悟"到灵感,极大丰富和发展了散文"意境",佛教的影响可谓"功之大焉"。

4. 散文"气韵论"起源

历代散文讲求一种"神思""气韵",即短小精悍,神凝旨聚,无"气"不成。曹丕《典论·论文》"文以气为主,气之精浊有体,不可力强而致";韩愈《答李翊书》"气,水也,言,浮物力;水大而物之浮者,大小毕浮,气之与言犹是也。气盛则言短长与声之高下者皆宜";杜牧"凡为文以意为主,以气为辅,以辞采章句为之兵卫",可谓"气论"多如牛毛。

凡为文者必论"气",似乎成为一切文的开章之势。被视为创思才能和气韵格局,一切文章都得益于"气",辞章词句均受"气"的支配,从而才有"意"和"神"。古人是特别讲究养气,因为"养气成功",文章也自然妙绝,就气韵生动,就神势飞扬了。

"气"成为文坛流行的鉴赏标准,是从唐开始的。最早以气评文的是《唐书》,"柳子厚文若精裁密致,灿若珠贝,有纵横跨宕之气",文章的"气势"从此就代表了作品站在"高处的眺望",代表了一种文风格局,代表着凌驾于技巧之上的"评判"。

王安石称欧阳修有"果敢之气",晚清吴汝纶则称王安石文章"固有傲兀性成,究理足气盛"。我们熟悉的《答司马谏议书》雄健之气溢于字里行间,《出师表》赤诚之情一气呵成,《正气歌》气贯天宇浩然千秋,成就文坛万千气象。

看来"气"从喘出的那天起,就关乎文章"生命"了。气之不存,其文也咽;气若游丝,不立于世。"气"如潜于文章里的血脉,气运才能神活,无"气"也就无"文",就像"羚羊挂角",比如文章之温度,只有肌肤感受,才能自然体察出来。

5. 散文"神韵论"起源

传形之神,这是古代文论从实践中创造出来的至上境界,特指文中超越表象描写的"传神"力量,以及叩动人心的"灵魂"。"形"是外在的、表象的,而"神"是精神的、内在的。有了引人入胜的境界,也就有了"神"的力量。

传形之神,是在古代哲学言意之辨影响下,逐渐形成的美学思想。从《淮南子》中"神贵于形""以神制形"思想发轫,到刘勰"神与物游"美学观念的确立,清晰而又坚实地打下了"形象思维"的理论基础,成为现代散文形象理论的滥觞。

刘熙载《艺概》里说,"文之思,其神远矣,故寂然凝虑,思接千载,悄然动容,视通万里,吟咏之间,吐纳珠玉之声,眉睫之前,卷舒风云之色,其思理之致乎! 故思理为妙,神与物游""山之精神写不出,以烟霞写之;春之精神写不出,以草树写之,故无气象,则精神亦无所寓矣",他强调文须形神兼备,形是传神的,文章不能有形而无神。

文坛上一时形神俱上,你呼我唤呈燎原之势。王士祯倡导"神韵",追求一种尽得风流的"神";刘大櫆强调神气是论文的极致,"神"是气之精处,认为"神为主,气辅之""古人文字最不可攀处,正是文法高妙",而所有的高妙文法,正是以神运气,以气行文,不恃法度而又不离法度的最高境界。以形传神的理论,从此发端并源远流长。

6. 散文"载道论"起源

在散文美学发展的历史长河中,"明道、征圣、宗经"一直是正统的审美准则,以孔子、荀子、扬雄、刘勰、韩愈为代表人物,都强调三者的核心是"道",即"圣贤之道""儒家之道",归根到底是封建统治阶级的"政治之道"。

刘勰也强调儒家之道是文之枢纽,"道沿圣以垂文,圣因文而明道",即道、圣、经是三位一体的。韩愈和柳宗元之道,也是"儒家之道",不同的是他们对明道、征圣、宗经赋予了新的内涵。

欧阳修在文论中也反复阐述了道与文、征圣、宗经的关系,名曰复古,实则革新,这种积极的入世态度得以在新古文运动中延续,苏轼的"道胜文至"以新颖生动的文风,开唐代散文新之机锋,对整体繁荣的到来,起到了推波助澜的积极作用。

7. 散文"理想论"起源

悠久的散文美学长河,就是一条人们对于美追求的理想思想长河,它是人类审美意识在散文发展中的精神产物,是人们对美的"善"形态逐步丰富和完善的过程,是对未来生活远景创造出来的"神游世界"。

散文理想从"载道""言志"的蹒跚起步开始,到老庄"崇尚自然"的主张,到魏晋"清新为美"的理想崇尚,一直都在现实和虚幻的两极中间徘徊,企图穿越时代缝隙,到达理想彼岸,表现出"挣扎的自由"和自身坚忍的强大力量。士人们的理想往往被残酷现实击得粉碎,只能从现实逃进文字堆中,寻找和构筑另类的精神家园,从而把文字构筑的理想,推到了一个繁荣的新境界。

刘勰矫正齐梁"雕琢"文风,"傍及万品,动植皆文:龙凤以藻绘呈瑞,虎豹以炳蔚凝姿;云霞雕色,有逾画工之妙;草木贲华,无待锦匠之奇。夫岂外饰,盖自然耳";李白高唱"清水出芙蓉,天然去雕饰",振六朝绮靡之文风,复清新自然之传统,把理想寄情于山水之乐中,藏于文章的挥洒豪情之中,打开了文人们精神世界的理想之门。

王充《论衡·自纪》中提倡文章"新奇的美",表明作品必须在创新中,求取传世的价值,反对"因袭模拟"之风给文坛带来的八股之害。陆机《文赋》要求"谢朝华于已披,启夕秀于未振",钟嵘《诗品》"拘挛补衲,蠹文已甚",刘勰"酌奇而不失其真,玩华而不坠其实""通变无方,数必酌于新声",魏禧"好奇异以为文,非真奇也,至平至实之中,狂生小儒,皆有所不能道,是则天下之至奇矣"。也就是说,奇出于真,奇出于正,世人所撰写的文章,应当"新奇独特",才有普世的价值。

清刘大櫆倡"音律之美",强调要通过字句节奏的推敲,达到文章"神清气爽"的境界。"文章总要有节奏,譬之管弦繁奏中,必有希声要渺处""一句之中或多一字,或少一字,或用平声,或用仄声,同一平字仄字,或用阴平阳平,上声去声入声,则音节迥异",也就是文章要有自己的语言个性,有节奏感,还要有"声律美",这对"艺术散文"的语言和风格,提出了较高审美要求,他高度赞颂贾谊《过秦论》,言其不仅像诗赋,而且更是"乐赋",其抑扬的语言和节奏浑然跃于纸上,被称为可永久诵读之"臻品"。

8. 散文"意境论"起源

"意境"可称为"艺术境界",它是作品"情理形神"互相渗透且"有机融合"而产生的审美体验,其表现形式为"情以物兴,物以情观,形造乎神,情理交至,情景交融",是在艺术的审美活动中"浑然统一"的心理活动和感官体验,也是我们艺术散文美学活动的核心标志。"意境"由作家情感生发而成,其特点是物与我、情与景的"妙合无垠",客观与主观"情景交融"时产生的"心理图景"。

"意境"概念的出现最早在《周礼》中,《文赋》云:"悲落叶于劲秋,喜柔条于芳春",此后论"意境"者,仅寥寥几人。刘彦"情在词外""状如目前",司空图"思与境谐",可视为数百年间少有的关于"意境"的片言只语。

对"意境"的论述,至"两王"深化。王夫之"情景名为二,而实不可分离,妙合无垠,巧者则情中景,景中情","景者情之景,情者景之情也",而王国维把"意境"作为文章不可缺少的东西,提升到"文理和章法"的高度,"何心谓之有意境?曰:写情则沁人心脾,写景在人耳目述事则如其出口是也""境非独谓景物也,喜怒哀乐,亦人心中一境界。故能写真景物，真感情者，谓之有境界，否则谓之无境界。"

"景无情不发，情无景不生"，是一种"言有尽而意不能穷"，互为一体的情景交融境界。《小石潭记》竹树环绕，"潭鱼空游"是一种意境，《岳阳楼记》其"喜"之情，"把酒临风"之触景所感，更是一种优美意境，"只可意会不可言传""味外之味"的审美"顿悟机锋"。

"意境"是通过意象的深化，而构成"心境应合、形神兼备"，是"景与情"互相渗透的审美境界，是一个"融"字就能囊括的审美创造。"意境美"作为艺术散文的身份标识被广泛认同，也就是说，凡具有"意境美"的文章，它无疑就是散文中的珠玉，"意境美"是散文独有的，是它与生俱来的标配。

9. 散文"风格论"起源

"风格论"是美学活动中，审美对象表现出的独有特征，它有别于其他审美主体，而表现出特有"美"的形式，在艺术审美活动中，多以"鉴赏"者心理判断为依据，并以其心理暗示，作出合规律的审美价值判断。

刘勰以"体性""风骨"论风格，言"风格即人"，"各师成心，其异如面"，指出"个性和风格"应是自然形成的，他列出了八种风格表现形态，即"一曰典雅，二曰远奥，三曰精约，四曰显附，五曰繁缛，六曰壮丽，七曰新奇，八曰轻靡"，认为"才有庸俊，气有刚柔，学有浅深，习有雅郑，并情性所铄，陶染所凝，是以笔驱云谲，文苑波诡者矣""练于骨者，析辞必精；深乎风者，述情必显，捶字坚而难移，结响凝而不滞，此风骨之力也"，他认为"风骨之力"就是作品的"风格"。

司空图把风格分成二十四类，用"点悟和比兴"方式，并"优美文风"进行划分和归类，指出作品风格须是多样化的，任何机械的界定，都会导致艺术的僵化，限制艺术活动中的审美创造力。好的作品应该追求"不明确的规定性，着眼诱发美感想象力"。

从曹丕《典论·论文》认为风格如"气之清浊有体，不可力强而至"开始,到刘勰、钟嵘、皎然、王通、柳宗元、叶燮、袁宏道、苏轼、司空图,他们以相似的主张,不同的论述,共同创造了独具体系的散文"风格史论"。

10. 散文"体系论"起源

客观地说,散文美学的"散论",一直就散于历朝历代的各类选集序跋、文友书信之中,它的完整体系,应该是几千年来一代代文人们"结珠"而成的。每一篇都"尺幅短小,难以深谈",常常是"点悟即到",更多的是后世"参悟",延续和创新前人的成果,滚雪球般成熟起来的。

刘勰比较了自黄唐、虞夏、商周及楚汉魏以来的文学倾向,指出历代文学的演变,已渐从以质胜文,到质文相融,再到以文胜质,风味趋向也日淡起来,他在《文心雕龙·通变》中说,"榷而论之,则黄唐淳而质,虞夏质而辨,商周丽而雅,楚汉侈而艳,魏晋浅而绮,宋初讹而新,从质及讹,弥近弥澹。何则?竞今疏古,风味气衰也",说明一个庞大体系的形成,并非"朝夕"之功所能形成,而是"潮水完于石卵",在历史长河的"循循而成"。

《宋书·谢灵运传论》指出汉魏文体三变,西汉相如巧于"铺叙描绘",东汉班氏"情理兼有",建安"质朴清峻",三者各擅其长。至西晋太康年间,炼字"务求华美,流韵旖旎",表明文论的体系,是历代诸子百家"兼收并蓄"的结果,"自汉至魏,四百余年,辞人才子,文体三变,相如巧为形似之言,班固长于情理之说,子建、仲宣以气质为体,并标能擅美,独映当时。降及元康,潘陆特秀,律异班贾,体变曹王,缛旨星稠,繁文绮合"。

范晔在评价司马迁与班固时说,"迁文直而事核,固文赡而事详";孙兴公直言"潘文浅而净,陆文深而芜";陈振孙《直斋书录解题》云"愈之文安雅而奇崛,李翰抚其安雅,皇甫湜得其奇崛";王世贞《艺苑卮言》论曹氏三父子:"曹公莽莽,古道悲凉。子桓小藻,自是乐府本色。子建天才流丽,虽誉冠千古,而实逊父兄。何以故,材太高,辞太华也"。历史上所有拟建树之人,都想以一家之言,自成源流体系，但终究还是低估了"历史的无情"，如石投潭，咕咚几声就没了声息。

11. "桐城派"美学研究

清代"桐城派"是散文史上重要的文学流派，其理论超越前人的特殊贡献，就在于他们对"艺术散文"的创作实践和理论建树，开启了散文繁荣"新时代"，并产生巨大而深远的影响，方苞、刘大櫆、姚鼐被后世仕人达贵们誉为散文史上"桐城三祖"。

方苞的"技巧和义法"，刘大櫆的"个性和神气"，姚鼐的"阳刚和阴柔"，都是史上第一次系统地对散文进行全面的理论阐述和总结，而且以他们丰富的创作实践，结出了"理论与实践相结合"的丰硕成果，使散文理论进入丰富和发展的新阶段。

方苞义法"盖诸体之文，各有义法。表志尺幅甚狭，而评载本义，则臃肿而不中绳墨"，主要包括文体写作方法和形式技巧方面，但他对散文的主要贡献，应该还是他的"技巧论"，为现代散文奠下了美学基石。我们可以把他的理论主张概括为：

（1）作家的创作思想应含蓄委婉，旨深义隐，不应浅显直露，如"凡诸经之义可依文以求，而《春秋》之义，则隐于文之所不载""是书义意尤隐深""意致妙远，在笔墨之外"。

（2）纪传体散文应当"气""言"相一，形象丰富，重点突出，繁简相宜，"古之晰于文律者，所载之事，必与其人之规模相称。太史公传陆贾，琐琐者皆载焉。若萧曹世家而条举其治绩，则文字虽增十倍，不可得而备矣"。

（3）散文要讲究结构章法，即"形散神不散"，"作文如小儿放纸，只要线坚牢耳，虽放至数百丈也无妨也。若本无线，虽数尺之高亦不可得"。

（4）散文要择而记，"常事不书"；"春秋之义，常事不书，而后之写史取法焉。昌黎韩氏，曰《春秋》为严谨，故撰《顺宗实录》，削去常事，独著其有关于治乱者。班史义法，视子长漫矣，然尚能识其体要"。

（5）要求散文语言"澄清无滓""一字不可增减"，情当雅洁。方苞主张散文不能因袭古人，主张创新，发古人之所未发，从而"别出意义"。

刘大櫆则致力探讨散文的"风神格调，精神气脉"，认为"神气"是作家精神气质，"神"是作家在作品中的表现神态，只有"神""气"结合起来，才能创造出个性化的作品。他在《论文偶记》中云，"神者气之主，气者神之用。神只是气之精处，行文之道，神为主，气辅之"，所谓"虚实详备，作者神态毕出"是也。

"音节者，神气之迹也；字句者，音节之矩也。神气不可见，于音节风之；音节无可准，以字句准之，学者求神气而得之于者节，求音节而得之于字句，则思过半矣"，他认为好的散文，必须备足"神""气"，才能行之久远。他以"神气"为中心，把文章的气势与语言符号、作家气质与韵味联系起来，把创作中的诸多才情和心理要素"整合"在一起，从而构成了他"神气论"的完整体系。

姚鼐则对散文的"构成因素"，作出了比较完整和深刻的论述。他把创作中的内在因素概括为作家的"神"，把作家的气质概括为"气"，文章的思想内容概括为"理"，把文章的艺术境界概括为"味"，把作品的外在形式概括为"格"（文章格局）、"律"（文章法度）、"声"（文章音节）、"色"（文章色彩）。他认为优秀作品的内在因子，就是"神、理、气、味"，外在美的形式就是"格、律、声、色"，内在之"精"是赋于外在之"粗"之上的。这八个方面是构成至美文章，不可或缺的内在因素。

他主张把文章风格分为"阳与刚之美""阴与柔之美"两类，其表现形式更加"生动活现""其得于阳之美者，则其文如霆，如电，如长风之山谷，如崇山峻崖，如决大川，如奔骐骥；其光也，如日，如水，如金，如铁；其于人也，如冯高视远，如君而朝万众，如鼓万勇士而战之""其得与阴柔之美者，则其文如初升日，如清风，如云，如霞，如烟，如幽林曲涧，如波，如漾，如珠玉之辉，如鸿鹄之鸣；其于人也，瀯乎其如叹，邈乎其如有思，暖乎其如喜，愀乎其如悲"。

他进一步解释说，"文章之原，本乎天地。天地之道，阴阳刚柔而已。苟有得于阴阳刚柔之精，皆可以为文章之美"，也就是说，阴阳刚柔两者都不容偏废，"阴阳刚柔，其本二端，造物者糅，而气有多寡进绌，则品次亿万，以至于不可穷，万物生焉。故曰：一阴一阳之为道，夫文之多变，亦若是也"。

"桐城派"求陈言之务去，唯辞必创新，讲究的是"貌离神合"，这与"秦汉派"求貌似，学古文重方法，但字句不重神气，"唐宋派"重神气，但又离开字句而难以捉摸有着根本的不同。他们把诗歌的"含蓄韵味"植入散文里，把"情与物、理与事"有机地融合起来，从而使散文更加清新隽永，有了诗一般的意境和韵味，其对散文发展的贡献，可谓"功莫大焉"。

第04章
散文美学史论

1. 关于"美"的起源

要探讨散文美学的源流,先要从"美"的探源开始,以流溯源,以文探源,以史论源,从而揭开"美"与散文数千年"互融互通"的"神秘面纱"。

美是人类社会实践的产物。在猿人的劳动初期,劳动工具和劳动产品仅仅是生存的手段和资料。只有在由猿到人的进化中,先人才开始"美"的觉醒,开始震惊自己以及"创造物"的美。

从我国最早的甲骨文可以看出,"美"是由"羊"与"大"二字组合而成的,它的本义是"甘",羊之大即为"美"。这种对"美"最初的萌动,就是对"羊肥毛密、生命力旺盛的感受"。

美起源于劳动中对味觉视觉的感受性,这可能是"美"字所包含的最"原动意识"。推究"美"词的含义,春秋伍举大夫曾对楚灵王说,"夫美也者,上下内外远近者皆无害焉,故曰美。若于目观则美,缩于财用则匮,是聚民利以自封而瘠民也,胡美之为?"(《国语·楚语上》)

伍举这样给"美"下定义,恐怕是史料文献中,最早对"美"的表述和判断吧。

我们认为,"美"的最初审美判断,大致有这样几个方面的内容:

其一,对羊的肥胖和强壮姿态的"视觉"感受。

其二，对羊肉肥厚多油，官能的"味觉"感受。

其三，期待羊毛皮作为防寒必需品，从而产生一种"触觉"上的舒适感。

其四，从经济的角度，预想羊具有的高度经济价值（即交换价值），从而产生一种"喜悦"感。

也就是说，"美"是羊形状的描绘，"艺"是人们种植姿态的描绘。牧人视自己畜养肥大的羊为美，农人视自己熟练的种植为美，是"美"的初级形态。

高尔基认为，"美的创始人是陶工、铁匠、金匠、男女织工、油漆匠、男女裁缝。一般地说，是手工艺匠，这些人的精巧作品使我们悦目，它们摆满了博物馆"（《文学论文选》）。由此可以看出，美不一定起源于"劳动"，但"美"和"劳动"有着密不可分的关系，这一点是毫无疑问的。

古希腊和中国是世界美学两大高峰。在西方，最早的美学思想，始于古希腊的毕达哥拉斯，首次使用"美学"这个概念的，是美学之父鲍姆嘉通。我国最早触及"美"的，是春秋战国时代的老子、孔子、墨子、庄子、荀子、韩非子。

2. 关于"文"的起源

"饥者歌其食，劳者歌其事"，表明"文"的起源也与劳动生活密切相关。

"歌"有协调劳动、减轻疲劳的实用价值，又蕴含人类对生存和传承的渴望，当先人第一次用石刻记下某事，或卜卦爻辞时，最初的"文"也就诞生了。

既有文字之后，在漫长的进化过程中，产生了"卜筮"，后来又出现了代表鬼神"发言"的视辞、神告、占卜，史前或刻于甲骨之上，直至史后"典册"简短记录。

殷墟中的甲骨卜辞，《周易》中的卦、爻辞，《尚书》中的"殷商文告"，体现了古文的最早原始雏形。《殷墟书契菁华》：

癸巳卜，献贞："旬亡祸？"王占曰："有祟！其有来艰。"迄至五日，丁酉，允有来艰，自西。沚盛告曰："土方征我东鄙，灾二邑。吉方亦侵我西鄙田。"

"昔葛无氏之乐，三人操牛尾，投足以歌八阕"（《吕氏春秋》），从"歌"到用"文"记事的甲骨文，经历了特别漫长的历史过程，在生存与繁衍的进程中，"文"的进化也不断丰富起来。

《大雅·卫民》把人类掌握丰富熟练的农业劳动技术这个"艰难、缓慢、曲折、漫长"的历史过程，当作"短暂的瞬间"集中在"后稷"身上，通过对他的赞美，歌颂人类的智慧和力量，继而又产生了"文学"。

《周易》"爻辞"，已显示出诗歌向散文形式过渡的端倪。《坤卦》有辞，不仅体现了诗的韵律和节奏，且具有了"散文"的形式：

初六：履霜，坚冰至。

六三：含章可贞。或从王事。无成有终。

六四：括囊，无咎，无誉。

"散文"在它发展的最初阶段，由于物质条件的缺乏，"兽骨有限"，因而要求简短、精练、便于记诵。

《尚书》的出现是散文基本"成形"的标志，一部"文"的总体记录，它记录"诰书"，记录"奏文"，记录"诰策"，记录政绩，记录贡赋，记录鬼神，记录生死。

《易经》是史上第一座文与文学的桥梁。《易》包括"经部和传部"两部分，前者是卜筮典籍，具有原始宗教的性质，后者用"理"的观念，对前者作出了抽象的解释，原始艺术和原始文学"合流"，进入卜筮典籍，成为宗教的工具，可以视为史上最早的"哲学"著作。

3. 古代散文审美意境

古代散文传统的审美意识，主要体现在"意境"，它主要概括"气、神、韵、境、味"，以及"真、灵、逸、兴、趣"的形态之中，由儒道两家互补融合而成。

孟子"目之于追也，有同美焉"，"美"是以感官感觉到的、具体感性的、有限的事物，而庄子认为"美"是"莫见其形、莫见其功、莫知乎其穷"的形态,"天地有大美而不言"和"游心于物之初",阐明的是"不以感觉器官感觉到的,非具体感性的,以及无限的事物"。

也就是说,庄子的美是"大美",是"无限的生命感和宇宙感",是人之灵性所体验到的终极、本原、悠远的生存状况,以及对"歌"的向往和追求,而"气、神、韵、境、味"是审美意识里最本体性的东西。

什么是"气"？古人认为,"气,水也；言,浮物也。水大而物之浮者大小毕浮。气之与言犹是也。气盛则言之短长与声之高下皆宜"（韩愈《答李翊书》）；"独得雄直气,发为古文章"（张籍《祭退之》）；"气为干,文为支,跨跞古今,鼓行乘空"（刘禹锡《答柳子厚书》）；"气者,文之帅也。道明则气昌,气昌则辞达"（方孝孺《与舒君书》）。也就是说,"气"在文中不是具体感性的"事"与"情",也不是逻辑结构中的"理",而是根植于宇宙元气和作家的生命本体。

曹丕《典论·论文》提出"文以气为主",谢赫主张"气韵生动","气"贯穿于散文之始终,既在象中、言中、意中,又在象外、言外、意外,是不可捉摸的,也是整个作品的统领。

而"韵"主要指"风韵、气韵、神韵、高韵、天韵、性韵",也泛指文章"风气韵度"和"情调神姿"。具体说来,它不是一个元素,而是一种"余蕴",如盐溶于水的一种"无痕有味"感知。

历代对"韵"的解释,也有着时代和角度的不同,刘勰说"同声相应谓之韵"；陆时雍认为,"有韵则生,无韵则死；有韵则雅,无韵则俗；有韵则响,无韵则沉；有韵则远,无韵则局"；苏轼则说,"子尝论书,以为钟、王之迹,萧散简远,妙在笔墨之外"。韵如"气"一样,是无限悠远的"整体质"。

"神"指文中超越表象描写的"传神"力量。古时文章特别重形神,并视其为美的极致一种。《淮南子》说文章是"神贵于形,以神制形"；袁中道认为"传神之道,在于阿堵,所云叙则颊上三毛,皆形似之外得之"。看来"神"一直是文的统领,但不只是一个元素,而是贯穿于文章始终,由"象外、言外、意外"而显露出来的东西。

"境""味"合起来,大致就是"意境",王勃《滕王阁序》运气于骈散之中,"落霞与孤鹜齐飞,秋水共长天一色",描写的就是一种大美"意境"。"响穷彭蠡之滨,雁阵惊寒,声断衡阳之浦",展现的是"黄昏秋景"的意境。欧阳修《醉翁亭记》中山水相映,林木之韵,朝暮变化、四季变幻,放逐自然,醉意山水,表达出人生旷达的清新秀美,使文章更显"有神有韵"之气。柳宗元"永州八记",其韵其境,描意境于"象外、言外、意外",体现了"言明百意,妙选精工"的审美意识。

从美学原点出发,"意境"就是人与自然、物与我、景与情的统一。自然景物是客观的,"触物生情,借景生情,咏物寄志,情以景生,象外韵外,忘物忘我,境中有人,境外有味,情变境变,意境两浑",在意境中,情就是"主观"存在的。

古代文论普遍认为,情与景、物与我,客观与主观浑然统一的"意象",就是文之意境。叶燮"只可意会不可言传",司空图"象外之象""韵外之致""弦外之意""味外之旨",严沧浪"水中之月""羚羊挂角""无迹可求""言尽意远",都多视角描述出了"意境"的美学特征。

古典主义的核心就是"人与自然,万物与我"的和谐之美,体现的是"再现与表现,感性与理性"的丰融之美。《尚书》的"人神以合",孔子说"乐而不淫,哀而不伤",强调文的"中和之美",可以这么说,古典主义是古代散文理论的滥觞,"意境"则是从"源"出发的涓涓细流。

第二部分

史 论

第 05 章
先秦诸子散文探源

在原始社会的漫长岁月里,由于生产力低下,书写工具及文字受到极大限制,直至夏商之际,文字才有了雏形的意味。我们认为,先秦散文可分"先秦历史散文"和"诸子散文"两部分。

1. 先秦散文的历史起源

先秦历史散文的发展轨迹是这样的:甲骨卜辞、铜器铭文和《周易·卦爻辞》→简拙质朴的《尚书》和《春秋》→文学巨著《左传》→《国语》→《战国策》。

《尚书》即上古之书,从前称"书经",它是记言的古史,是古文之源,也是史上第一部散文总集。《尚书》中的"商书",是殷商史官所记的誓、命、训、诰,其中可信度高的有《盘庚》《高宗肜日》《西伯戡黎》,它是古文源头,后来在春秋战国时代得到了蓬勃发展,影响后世各个历史时期散文的发展,起到了至关重要的作用。

《周书》中周初到"春秋前期"的记录,"可信者约半"也就是大约二十篇。《春秋》是鲁国的编年史,为孔子所修订,它极其简短地记载了周王朝及其他各国事件,它的特点是非常简单明白,比《尚书》更易读,语言平白,简明含蓄,用词准确,韩愈称《春秋》谨严,评价是很准确的。

先秦历史散文完成于战国时期,这时诸侯割据,战争频仍,纵为驰驱本旅,横因临邻聚散,几乎无一日不闻刀兵金鼓。激烈的阶段斗争和复杂的社会矛盾，要求各国统治者及时总结历史和现实的经验教训，于是《国语》《左传》《战国策》应时而生。

2. 先秦散文的初始发展

《左传》是《春秋左氏传》简称，又名《左氏春秋》，是配合《春秋》的一部编年史。它详细记载了当时的历史大事和逸闻琐事，即春秋列国的政治、外交、军事方面的活动及其有关言论，包括天道、鬼神、灾情、卜筮、占梦等。

《国语》则是一种国别体，分别记载周王朝及诸侯各国之事，主要是记言，比《左传》的思想和艺术成就要差一些。

《战国策》杂记东西周及秦、齐、楚、赵、魏、韩、燕、宋、卫、中山诸国之事，其时代上接春秋，下至秦并六国，它的基本内容是战国时代诸侯国之间的斗争及谋臣策士纵横捭阖的谋议或辞说，保持了不少纵横家的著作和言论。

先秦历史散文经历了"由简而繁，由疏至密"的历史发展过程，从粗略记事记言，到详尽艺术地表现各个历史事件和言论，使历史散文逐步走向了成熟。

先秦散文不再停留在"羊大"为美，如《国语·周语》"口内味而耳内声，声味生气"，这时的古人已感知到，"美"是从舌尖上的味美体验，到"视觉与触觉"共同的感受，除味觉、嗅觉或视觉外，还与听觉相关，如听的音乐、歌乐，都是"美"的。

古人感受到"生命和天地之物"是"大美"，《国语·晋语》"美，恶一也"，《战国策》中《楚三》《中山》《文选》对美人容姿的描写，体现在形象刻画、事件叙述、议论生动方面，已经取得了很大进展，对"文"的审美也从初始朦胧状态，渐入审美自觉阶段，标志着先秦历史散文开始由蒙萌走向成熟。

从春秋战国之交《论语》和《墨子》→过渡状态的《孟子》《庄子》→后期儒家大师荀况和法家代表人物韩非子→杂家面目思想兼容的《吕氏春秋》，这大概就是先秦诸子散文粗线条的发展轨迹。

3. 先秦散文的主要成就

奴隶社会到春秋战国之交，新兴地主阶级逐渐代替了奴隶主贵族阶级，社会上也产生了很多"士"。他们都是很有学问的人，通晓天文、历算、地理，有的是政治、军事的杰出人才。

这些"士"表现在学术流派上，主要有儒家、墨家、道家、法家、农家、纵横家，其代表人物大致有：儒家孟轲、荀卿；墨家墨翟；法家商鞅、申不害；农家许行、陈相；纵横家苏秦、张仪。

他们著书立说，各抒己见，争论不休，形成了百家争鸣的局面，影响最大的主要是儒家、墨家、道家和法家。代表著作有《论语》《孟子》《庄子》《荀子》《墨子》《老子》《韩非子》等。

《论语》是孔子的言行录，兼及孔门弟子和时人的言行，由孔子弟子及再传弟子辑录而成。它包括孔子的哲学、政治、伦理、文化、教育诸方面的思想，核心是"仁"，特点是辞约义丰，言近旨远，舒缓含蓄，从容不迫。

《墨子》是墨家学派著作总集，包括墨翟讲学的记录。他主张"兼爱""非攻"。

《孟子》是记孟子言行的书，是从短小的语录体通往长篇论说文之间的桥梁，它的主要思想是"仁义""民本"，其文章气势充沛、感情强烈、形象鲜明、笔带锋芒，有纵横家气派。

《庄子》原书五十二篇，现存三十三篇（《汉书·艺文志》）。庄子的整个思想体系和政治观点，是没落奴隶主阶级的代表，他穷居僻壤，自甘淡泊，"苟且性命于乱世，不求闻达于诸侯"，追求一种绝对的精神自由，"天地与我并生，万物与我为一"。

《庄子》摆脱了语录体形式，进入专题论文阶段，其散文和艺术成就，堪称先秦诸子散文一流。他想象奇特，夸张大胆，吸取神话创作精神，大量采用虚构寓言故事，如《逍遥游》《人间世》《齐物论》《养生主》《大宗师》；他善用比喻，文章多用韵，读起来有铿锵之节奏感，如《天道》《达生》《则阳》。他自然成文，好像风行水上，如万斛源泉，随地涌出，汪洋恣肆，妙趣横生，极具浪漫主义的艺术风格。鲁迅称庄子"其文则汪洋辟阖，仪态万方，晚周诸子之作，莫能先也"(《汉文学史纲要》)。

《荀子》有三十二篇，综述儒墨法各家之得失，体系严谨，析理精微，见解独到，《劝学》篇堪称久经传诵之名篇，反映了荀况的政治、学术思想和文学成就。

《韩非子》凡五十五篇，它为秦统一天下提供了有力的思想武器。它锋芒锐利，议论透辟，推证事理，切中要害。

4. 先秦散文的审美特色

先秦诸子散文，是历史上发展的第一个高峰。它同样经历了一个"由简到繁、由疏至密"的发展过程。

诸子文章最大的特色，就是组织渐趋严谨，说理细密，重视文辞技巧，追求各种不同风格，著述的自觉性渐次提高。它们对当时社会、政治、军事、经济方面的大事件，进行了切实而生动的记载，善于以简括的文字，描述复杂的社会生活，有的篇章还有曲折的情节，并开始注意人物性格的刻画，"人物篇"可以说就是人物传记的雏形。郭沫若评云，"孟文的犀利，庄文的恣肆，荀文的浑厚，韩文的峻峭，单拿文章来讲，实在是各有千秋"。

先秦散文乃是"骈散划分"之时代，春秋时代之文学，要以"孔子老子左丘明"三人为大宗师，而孔子尤为前后之枢纽。盖丘以前"治化之文"莫盛于六艺，实删订之，是春秋以前治化之文大成也。孔子赞《周易》是"多作十翼，精微之哲学"也。

《论语》多鼓吹学术之说，孔子之文言，老子三五千言，尤多骈散之笔，已为后人骈文之先河，其有学无位，无论见诸治化，或阐明学术为务，实为春秋战国诸子学术文学之先河。《论语》和《春秋》《鲁史》，后世称之"史家之先河，此三人者，吾国之学术与文学最有关系者也"。

先秦散文重"治化"，治化即学术，六经皆史，自孔老以后，学术始由官守而散于学者，于是战国诸子，始各以其学术鸣，其所为又莫非鼓吹学术之作之类。也就是说，先秦散文与哲学融为一体，与史学密不可分，它又与学术合在一起，使文章具有异常庞杂的审美范围，是一个包括散文在内的大文学范畴。

广义地说，先秦散文是指诗、骚、曲以外的一切散体文章，它既含有文学，又包含有学术散文和应用散文。这些散文或抒写自己主张，或展现胸中之蓝图，或创造不同的散文形式和审美理想，在散文美学的创造上，它们超越了官能上的、原初的、感性的东西，摆脱了审美对象的主观性，使其具有社会伦理意义的东西，在理性方面赋予"生"的满足和充实感，审美对象不再只是"羊大"和"味"，而是更丰富的自然、人生和社会的万千百态。

如果说《尚书》处在宗法统治时期，所记录的都是最高统治者的言行，那么《论语》《墨子》都处在奴隶制统治即将崩溃时期，其论述方式和表达手法，都得到了飞跃式的丰富和发展。《庄子》和《孟子》是文学走向解放的第一步，在它的哲理思辨中，文学色彩显著加重，从严格意义上说，已不属于宗教和哲学形态了。

战国之后，散文开始挣脱理性之桎梏，脱离哲学宗教附庸的地位，"大赋"成为相对独立的品类，体现了文章从理性向"情性"的转变，很多文章已具文学之雏形，标志着散文开始大踏步地进入文学领域。

先秦散文对"美"的认识由浅入深，表现形态也逐步多样化，《荀子》"口好味"，《韩非子·扬权》"夫香美脆味，厚酒肥肉，甘口而疾形"，"美"超越"味"的审美层次，实现着艺术美的觉醒，《荀子·富国》"必将雕琢刻镂，以墨塞其目"，《老子》"天下皆知美之为美，斯恶已"，"躁胜寒，静生热，静为天下正"，《庄子》"天地有大美而不言，四时有明法而不议，万物有成理而不说。圣人者，原天地之美而达万物之理"。道家认为，幽静、闲雅比喧噪、粗野更美，淡泊的东西比浓厚的东西好，柔弱的东西胜过刚强的东西，审视自然，山谷之美为大美。

先秦散文不再只是"本乎古学，原乎官守，因乎时势"的"尚书"了，而是呈现出更加复杂多样的文学样式，它们或直抒委曲，或犀利隐喻，或逻辑严密，或语言生动，或辞采华丽，其特征是强调实用或教化，重理而不重情。

对"形神"的认识也前进了一大步，《庄子·德充符》中记载了很多"形残而神全"的故事,"形神"之外增加了"美"的刻画。《淮南子》"故形有靡而神未尝化者,以不化应化,千变万化而未始有极,化者复归于无形也,不化者与天地俱重也",在他们看来,"形"和"神"是可分离的,灵魂是可以不死的。

先秦"形神气韵"理论,这时已处在萌芽时期。形神的"有无虚实"讨论,也开始"热闹"起来。老子认为文章美的最高境界,是不可捉摸的"道","无"是"有"的根本,"天地万物生于有,有生于无"。庄子则重"无",即"天籁、地籁、人籁",孔子说"辞达而已矣",庄子则曰"筌者所以在鱼,得鱼而忘筌;蹄者所以在兔,得兔而忘蹄;言者所以在意,得意而忘言"。《易经·系辞》认为天地早有"精气为物",《管子》却说"气者,身之充也",《淮南子》则说"气者,生之元也",是与生俱来的"人的根本",真是彼此争论得"气韵生动",以至"百家争鸣",出现史上第一个散文繁荣的高峰。

第 06 章
秦汉散文审美大观

秦始皇灭六国，完成了中国统一，建立了中国历史上第一个封建专制帝国。由于秦始皇实行专制主义的文化政策，从而限制了文学的发展，此时期唯有《谏逐客书》值得一提。

李斯是"辅佐秦始皇焚诗书坑儒"的功臣，他反对文学最有力，然而文学成就也十分了得。他的散文观点鲜明，比物联类，铺陈夸张，纵横驰骋，非常精彩，让人"无不动容"，终于使秦王采纳了他的意见，收回成命，停止逐客，并派人追回李斯，委以重任。他是典型的"反文学者"，又是文学创作的悍将，其对秦文学之功过，实在难以言说。

到了两汉，由于汉初文士承战国游士之风，积极参加现实政治生活，并从现实的政治需要出发，发抒所见，"政论散文"也一时出现欣欣向荣之局面。

汉初贾谊、晁错，针对"时政"发表见解，为巩固建立不久的西汉王朝，提出了治理朝政和国家的系列建议和措施。贾谊的散文《新书》十卷，其中《过秦论》《陈政事疏》《论积贮疏》在当时最为著名。

《过秦论》运用大量历史事实，以鲜明的对比，铺排的笔法，雄辩的辞锋，慷陈秦国盛愚，不行"仁义"，百姓怨怒，终归灭之，发出振聋发聩的声音，把文章的治世之用，推向了从未有过的高度。

晁错除《贤良文学对策》《言兵事疏》《守边劝农疏》重要政论外，还有一篇《论贵粟疏》最为著名。他的文章立意精辟，鲜明生动，言词激切，成为一个时代的政论典范，对于时政有着深刻的影响，被鲁迅先生称为"西汉鸿文"。这个时期不得不提的刘向《离骚传》《淮南子》，对后世的"小说"创作，有着不可忽视的深远影响。

西汉司马迁编写《史记》，集战国散文艺术之大成，吸先秦到初汉的民间文学之手法，"究天人之际，通古今之变，成一家之言"，全书包括本纪、表、书、世家和列传，其一百三十篇，五十二万六千字。全书分为本纪十二篇（论帝王的事迹）；表十篇（记各个历史时期的大事件）；书八篇（记天文、历法、经济、文化等方面的历史情况）；世家三十篇（记贵族大诸侯的历史）；列传七十篇（记王侯以外其他人物的历史）。

《史记》通过五种不同的体例，塑造了一系列性格鲜明的历史人物形象，因人立传，以传写史，并把先秦的散文语言加以改造发展，显得通俗顺畅，具有很强的表现力。不仅善于对人物、环境进行具体刻画描写，而且在文章结构及材料选择剪裁上，也匠心独运，通过细节刻画人物，形象丰满，生动鲜明，在矛盾中表现人物和性格特征，成就十分突出。

《史记》在我国散文发展中起着承先启后的作用，鲁迅称《史记》为"史家之绝唱，无韵之离骚"，影响深远，已成千古定论。从唐宋八大家散文到明清古文派文章，莫不效法《史记》，它对"史学"作出了极其宝贵的贡献，同时又开创了我国传记文学先河，成为我国散文历史上一座伟大的丰碑。

西汉后期，散文发展趋向低潮，值得一提的有桓宽和刘向。桓宽著有《盐铁论》六十篇，它以"文学""贤良"为一方，以"丞相""御史"为另一方，进行执言辩论，双方从现实问题出发，针砭时弊，颇中要害，保持并发展了前朝政论朴质的特点。刘向著有《新序》《说序》《列女传》《列仙传》，其文用意深切，于平淡舒缓中体现文章要义，其时影响较大。

东汉班固作我国第一部断代史《汉书》，成为东汉前期"史级"代表作，它与《史记》被并称为"史汉班马"。

体制上《汉书》全袭《史记》，只改"书"为"志"，取消"世家"，并入列传。有十二本纪、八表、十志、七十列传，共一百篇，八十余万字，它叙述了自汉高祖元年至王莽地皇四年共二百三十年的断代历史。

《汉书》艺术成就虽不如《史记》，但它史料丰富翔实，注意详略剪裁，结构谨严，文笔古朴，风格典雅，语言美学风格与《史记》各有千秋。与《史记》相比，宋代江西派诗人黄庭坚曾说，"三日不读《汉书》，便觉俗气逼人"，说明了《汉书》对后世的深远影响。

除《汉书》外，还有王充的说理散文《论衡》，赵晔的史论散文《吴越春秋》，王符的政论散文《潜夫论》，对后世的政论散文也产生了一定的影响。

两汉时期是我国散文"起承"发展的重要阶段，虽不像先秦诸子丰富多彩，但反映现实深刻，指导和促进了后世说理文的发展，主要论述概有："汉之文学渊源于战国者最多""汉之散文莫胜于书疏，此亦本于战国策之说""西汉文章之盛，而文质得其中也。其所以如此者，盖不特辞赋为汉文之特色，为受《楚辞》影响而已；即其书疏等散文，亦莫不渐受辞赋之影响，而趋于富丽""虽不能即谓为骈文，然而不能不谓为已将成骈文之体势者也""故曰：两汉之世为骈文渐成之时代，至于三国遂于骈文时代文也"。

也就是说，两汉由于辞赋的发展兴盛，其美学特质已与赋相近，并由于东汉时期"文章"概念的出现，贾谊、司马迁、司马相如、班固等辞赋家，被新称为"文章家"，"文章"和学术的区别也逐步鲜明。

这时文学形式的变化也愈来愈复杂了，王充把文章和经学著作加以区别，特别强调"造论著说之文"（即诸子散文和政论散文），"发胸中之思，论世俗之事"，文章应该"劝善惩恶"，反对"华伪之文"，表现出散文与经文区分，与辞赋合二为一，向着"独尊儒术"道路的审美转变。

这可能是这时期独有的现象，由于辞赋的盛行，进而与之合二为一，赋在兴盛期过后，就产生分化，演化成了"六赋"，有的向骈文方向发展，以接近韵文而终，班固就在《两都赋》中说，"赋者，古诗之流了"，表达了这种分分合合的文体演变，成为不可抗拒的潮流倾向。

西汉之赋如日中天，不但空前而且绝后，它的价值在于"富丽堂皇，铺采华丽，深刻物象"，赋家善于"点缀日常之事，从中赋出新意"，给人们带来愉快怡情的美感，这是赋家的绝技。《子虚赋》《天子游猎赋》就是此类极优秀的赋之作品。

两汉时期，儒家思想登上"神坛"，被举为"正宗"。许多儒生在宗经的风气下，死守章句，画地为牢，重理之风日炽。王逸"托五经以立义"，扬雄继荀子之后，进一步强调"明道、宗经、征圣"，王充力主文章"为世用者，百篇无害；不为用者，一章无补"，使文章沦为经学的奴仆。

在这样一个"重教化、尚理性"的时代，班固《艺文志》发"哀乐之心感，而歌咏之声发"的"情志"，"文学"与"文章"两个概念开始出现，标志着文艺与学术开始真正的"分家"。司马迁"发愤著书"，篇章句中充满了对理的认可，同时也发了对情的感悟，促使了文学作品和学术著作的分离，这对当时的文坛，还是有如沐春风之感的。

司马迁的西汉时期，在人们对文学特征缺乏应有理解的条件下，"以情动人"被"尚理实用"所践踏，"性善性恶"的观点开始流行。

这时的散文审美，经历了由百家争鸣向"罢黜百家，独尊儒术"的演变过程，承先秦学术之风，兼容百家，但从汉初至汉武帝建元年间，朝野又开始"儒家为主，兼容百家"，武帝建始三年，社会时局和文化日渐规范，由于宗教体制的变化和"独尊儒术"之崇尚，散文在相当一段时间内，被钳持在政治"载道"单轨上，一直艰难地"裹足而行"。

第 07 章
魏晋南北朝散文

魏晋南北朝时期，散文开始进入"自觉时代"，产生了许多"文章家"，能诗善文之士，"备具众体，文集传世，佳作屡见"，文学创作逐渐成为人们自觉的社会活动，文学的特征和活动，也日益明晰和丰富起来。

人们开始把文字较为朴实的应用文章叫作"笔"，而把词采华丽、抒发感情的文学作品叫作"文"，系统的艺术鉴赏和创作体系日渐形成，文学开始进入从实用到文学的"分水岭"时期。

建安时期的散文，文风趋于自由通脱，无论抒情、叙事或议论，都开始生动起来。曹丕"文以气为主"，代表了建安文学"抒情化、个性化"的价值趋同，其自然放大的笔法，被鲁迅称为"清峻、通脱"（《魏晋风度及文章与药及酒之关系》）。

曹操有《上县自明本志令》《求贤令》，其次子曹丕的《典论·论文》是我国第一篇全面而深刻的"文艺论文"，曹丕对"建安七子"（孔融、陈琳、王粲、徐干、阮瑀、应玚、刘桢）进行了"热情鼓励"而又"中肯批评"，同时对文学创作中历史价值和社会作用、文学的特征和分类、作家的个性和风格、文艺标准和态度这些"带有规律性的问题"，进行了深入探讨，成就了一时文风。他的《与吴质书》饱含深情，堪称建安之杰作。

曹植为曹丕之胞弟，今存散文及辞赋一百七十多篇，他的《与杨德祖书》行文流畅，热情洋溢，表达了独特的文艺创作和批评观。《求自试表》《求通亲亲表》《与吴季重书》是他后期的散文，尤以《洛神赋》为艺术性最高，成为抒情散文类的千古不朽之名篇。

"建安七子"各领风骚，孔融《论盛孝章书》《荐祢衡表》疏朗简净，韵味不尽；蜀汉诸葛亮《出师表》肝胆可照，脍炙人口，由此可见"魏晋风度"之气势。

建安之后，文学开始走上缺乏现实内容，力求华美的形式主义道路，钟嵘叹"建安风力尽矣"，刘勰说"采缛于正始，力柔于建安，体情之制日疏，逐文之篇愈盛"，表明建安热闹喧嚣过后，西晋散文唯有王羲之《兰亭集序》散体文章值得一提。东晋"理过其辞，淡于寡味"，可见日渐寂寞之境况。

在此期间，"竹林七贤"成就最高，如阮籍《大人先生传》，嵇康《难自然好学论》《与山巨源绝交书》《管蔡论》，嵇康散文成就胜过阮籍。鲁迅在亲自校订他的文章后评价道，"嵇康的论文，比阮籍更好，思想新颖，往往与古时旧说反对"，他的《与山巨源绝交书》确实纵情挥洒，不拘俗套，与建安时期的"通俗"相比，"文风更为狂放"。

晋宋间之文学，最放异彩者为陶渊明，他承王羲之明丽洒脱的风格，文章质朴冲淡，其诗文之多，历代"骈文家以其不浓丽而鲜及之，古文家亦以不矜意而少过之，文不知其雅淡自然之致，与其诗无二，不尚修饰，妙合自然，非深于文章者不能为也"。他的《五柳先生传》《桃花源记》《孟府君传》，可称之"自然派"之"大美"也，他的《归去来兮辞》，音韵和谐，语言淡雅，以其淡怡优美，如空谷足音响彻于骈文充斥的迷雾中，令人耳目一新，表现了作家自喜归田的喜悦心情，向往田园生活，而又不与世俗合流的品德典范，欧阳修称之为"晋无文章，惟渊明《归去来兮辞》而已"（《东坡题跋》卷一）。

到南北朝时期，骈体文成为文章正宗，写作技巧也日趋精密。骈文的兴起，同散文的辞赋化有着密切关系，不同的是骈文用韵，而散文不用韵。在这个骈文畸形发展的时代，还是有一些可圈可点的叙事、抒情、写景作品，如范晔《后汉书》，鲍照《芜城赋》《登大雷岸与妹书》，江淹《恨赋》《别赋》，孔稚珪《北山移文》，丘迟《与陈伯之书》，陶弘景《答谢中书书》，吴均《与宋元思书》，沈约《神灭论》，庾信《哀江南赋》及颜之推《颜氏家训》等。

郦道元《水经注》和杨衒之《洛阳伽蓝记》，更是两部颇具文学价值的"学术著作"，它们骈散相杂，自成一体，弥足珍贵。在南北朝统治时期，讲究的是"句句相衔""字字相俪"的骈偶之风，像这样的散文作品并不多，也没有在当时形成"气候"。直到唐韩愈、柳宗元倡导"古文运动"，骈文才开始垮台，散文才艰难地翻开新的一页。

魏晋时期，此时兴起的"虚和实"的阐论，促进了散文鉴赏和创作体系的逐步形成。陆机《文赋》从艺术构思角度，提出创作的乐趣在于"课虚无以责有，叩寂寞而求音"；左思为批评过去赋中虚夸的倾向，认为"美物者，贵依其本；赞事者，宜本其实。匪本匪实，鉴者奚信"(《三都赋》)，深刻揭示艺术形象和艺术创造特征的"言""意"，表明魏晋时的审美观，已从"尚虚"转到"崇实"。

魏晋南北朝时的散文，开始了从哲学"言辩"，向美学范畴"意境"的转化。从曹丕《典论·论文》、陆机《文赋》、刘勰《文心雕龙》，荀粲认为，并不是"象外之意，系表之言"，是受"言意之辨"影响而畅论文学创作的第一人。

刘勰在《体性》篇中云，"文以气为主，气之清浊有体，不可力强而至"，他从分析作家个性入手，揭示作品的艺术风格，"夫情动而言形，理发而文见，盖沿隐以至显，因内而符外者也""得师成心，其异如面"，他与陆机《文赋》、陶渊明《饮酒》一起，共同创造了六朝散文空前繁荣的景象，孕育出了"意境"的理论胎胚。

六朝后期，人们已不再满足于儒家单一的说教，产生了摆脱僵化束缚，吸收新思想的渴望。于是"独尊儒术"的大一统局面被打破，各种思想融合斗争，"儒佛道"相依相存，文学思想也出现多样化趋势，不仅诗歌研究"声律"，散文也根据汉字的特点，提出文章要有铿锵之韵，"有若金声玉振"，创作中"缘情说"的建立，想象论的勃兴，形象化的树立，人们吸收各种思想学说，又从各种思想学说中认识文学，探讨各种风格和艺术技巧，表达各种思想情绪，出现了后南北朝时期"六朝繁荣"的小高潮。

第08章
隋唐五代散文

1. 古文运动的倡导

隋唐是中国散文第二次繁荣时期。整个文坛姹紫嫣红，各种文体竞相蓬勃发展，欣欣向荣。在散文方面，韩愈、柳宗元倡导古文运动，主张"穷究于经传史记百家之说"，文起"八代之衰"，辞必己出，唯陈言之务去，一扫三百年绮丽文风，开创了散文繁荣鼎盛的新时代。清代编辑的《全唐文》共收作者三千四百零二人，传记、游记、寓言、杂说文章计一万八千二百八十八篇，其数量之大，人数之多，文体之繁，灿若星河，闪耀于中国散文的历史星空。

隋唐是古文极盛之时代，韩愈开风气之先，和骈文相对提出"古文"概念，"虽然所谓古文者，非真复古，摹拟古人之谓也。去六朝之排偶声律及其浓丽，而一复两汉之淳朴，与其奇偶并用之自由而已。若句摹篇拟，陈陈相因，古文家之大戒也。韩退之云'惟陈言之务去'，又云'能者非他'，能自树立，不因循者皆是也，贵创作戒摹仿之言"。

古文运动不是突然发生的，隋唐散文也不是一时兴起就出现高潮的，其间经历了一个漫长的探索历程，直到韩愈、柳宗元大张旗鼓倡导古文运动，改变六朝以来脱离现实、追求辞藻典雅的浮艳文风，直至北宋欧阳修，文坛局面才彻底改变了。

古代散文不断沿着平易流畅、清新自然而又曲折自如、多姿多彩的方向健康发展，古文取代了骈文的统治地位，骈文优势彻底崩溃，一场广泛的社会政治思想运动和文体改革运动成功了。古文运动的成功，开创了一代风气，形成了一支支文学流派，涌现了一批批古文名家。

古文运动的重要贡献是艺术上的创新，随着文学与经史的分离，它的抒情特征，它的辞采和声韵之美，也不断被认识和加以有意识地发展。铺排描写，极尽刻画之能事，及大赋开始，显露出辞采的魅力。

建安期间，通篇骈体开始出现，如应璩书信，辞采之外，加上偶句，带来一种节奏之美。此后，骈文和骈赋都逐步走向成熟，偶句、辞采、用典和声韵，实用的意义退居次要地位，审美的意义突出出来了。从这一点说，骈文的影响是不可忽视的。萧统就明确把子、史摒弃于他的《文选》之外，不列入"文"，唐宋古文运动时，古文家以"笔"为"文"，从此"文""笔"分如理丝，把散文引入更缤纷繁富的世界中。

古文家先锋元结的《让容州表》和《大唐中兴颂序》，是隋唐兴盛之先驱者，清人章学诚曾在《元次山集书后》中赞道，"人谓六朝绮靡，昌黎始回八代之衰，不知五十年前，早有河南元氏为古学于世不为之日，元亦豪杰也"！还有与元结同倡古之先驱的陈子昂，他的《谏用刑书》《谏太守十思疏》，李白《春夜宴桃李园序》、王维《山中与裴秀才迪书》，都是短小精悍之文，不事华藻，文笔清雅、诚朴，雄奇豪放，诗情画意，妙趣横生，共同举起了散文兴旺昌盛的大纛。

唐代时期的"形和神"关系发生了较大变化，"以神统形"，强调"象外之象，景外之景"的"神韵"，文人们更重"象外之象"的"虚实"意境。《小石潭记》的意境如空中之音，水中之月，创造了以实带虚、虚实相生的境界。"但见情性，不睹文字"（皎然），"片言可以明百意，坐驰可以役万景"（刘禹锡），也就是"言少意足""情景交融"的散文理想境界。

2. 韩愈与柳宗元

韩愈所倡的古文运动，实际是以恢复儒家传统为前提的一次文体革命，强调文章的"载道"功能，强调"文从字顺各识职""不袭前人一言一句"。他的散文无论是叙事、说理、抒情，都有独特的美学风格。他的散文雄健奔放，明快犀利，豪情横溢。他的古文除赋外，全部是古文，计三百多篇，冠唐宋八大家之首，他的散文有惊人的艺术魅力，他的许多名篇名言，至今传诵不衰。

韩愈的散文分三类。

其一"文从字顺各识职"，《答李翊书》《与孟尚书书》，皆理足辞充，沛然莫御，故语不必求奇，字不必求险，而文义深粹，自为杰作，所谓诚于中形于外者也；此从孟子得来，韩文此类为最高。

其二"怪怪奇奇诘屈聱牙"，他的碑铭诸作，"凡是之文多属之，言之既多无物，故不能不雕辞琢句以险怪为工；此从汉碑得来，世人称韩文者多以此类，而亦多昧其本原，此如《柳子厚墓志铭》《贞曜先生墓志铭》之类"。

其三为实用类，亦多绝去华丽也，后世实用之文之最高法。文各有体，浅深各异，不可一律"昌黎之文，各殊其体，岂非深知文之体用乎"。

韩愈时代的散文仍然重视"道"与"情"的统一和平衡，就是他的"志在古道""文所以为理""文以载道"，他的主张和陆机"缘情"，钟嵘"吟咏情性"有着截然的不同。他的《祭十二郎文》，真情实感，气韵生动，使读者回肠荡气，爱不释手。他的努力，也正是如树枝刺破天空，使之露出一点天外的星光。他提出的"不平则鸣"的主张，接触到了散文与现实生活的关系，在一定程序上冲破了"道统"的束缚，从而使古文家所写的作品，并非都哼着"天王圣明、臣罪当诛"的"甲骨文"之神曲，从而使散文走向更纯粹的艺术道路。

在唐古文运动中，与韩愈齐名的柳宗元有古文四百余篇，他提出"文者以明道"（《答韦中立论师道书》），同韩愈一样，他虽重视文章的载道功能，但在他的散文作品中，山水游记是成就最高的。

他善于状物写景，语言精美，其寓言小品，讽刺尖锐，形象生动。他是"唐宋八大家"之一，其主要著作有：

一类是论说，如著名的《封建论》《捕蛇者说》《六逆论》《段太尉逸事状》。他的《种树郭橐驼传》，是一篇哲理性很强的传记，取材新，开掘深，善于捕捉人物个性和事物典型细节，用精练的语言表现出来，因此他笔下的人物形神兼备，栩栩如生。

第二类是寓言，如《黔之驴》和《三戒》《蜘蛛传》。

第三类是他成就最高、影响最大的代表作——山水游记，其作品再现大自然优美景色，情景交融，清莹透澈，语言明丽，有声有色，如锵鸣金石。他上继北魏郦道元《水经注》之传统手法，下开宋元明清山水小品的先河，为古代"游记文学"之垂范示例，卓有成效。他著名的《永州八记》有《始得西山宴游记》《钴姆潭西小丘记》《至小丘西小石潭记》《石涧记》《小石城山记》《石渠记》等。

柳宗元的散文特色概之有五：

出笔遣词，无丝毫俗气，一也；

结构成自己面目，二也；

天资高，识见颇不犹人，三也；

言人所不敢言者，四也；

记诵犹用字，不抄涂抹来，五也。

柳宗元和韩愈的散文互为短长，"此三者，俱为昌黎所短，昌黎长处在聚精会神，用功数十年，所读古书，在在撷其菁华，在在效法，在在求脱化其面目；然天资不记，俗见偏重，自负见道，而于尧舜孔孟之道，实模糊出入；故其自命因文现道之作，皆非其文之至"。

唐宋古文运动，历时百年以上，并非一场运动就能扭转乾坤。开始的复古运动，也不过是复秦汉之古。韩愈的散文之长是，谆谆说理之长，有法家之善辩，有庄子之恣肆。柳宗元成就最大的，就是山水游记，其明秀中透出的清冷，其凄神寒骨的意境审美，如寂寞的一池清碧，如冷落的万树琼枝。韩愈和柳宗元的功绩在于，他们都力主艺术创新，吸取各家之所长，丰富了古文的表现力。他们掌握的文体之多，成就之大，更使人叹为观止。

继"韩柳"之后，晚唐五代之散文，值得一提的有：李翱《答朱载言书》《杨烈妇传》；皇甫湜《答李生第一书》《韩文公墓志铭》；皮日休《十原系述》《原谤》《鹿门隐书》；陆龟蒙《野庙碑》《蠹晔》《记稻鼠》；罗隐《谗书》《英雄之言》《辨害》等。李商隐和杜牧虽为诗人，但散文也卓有特色，如《李贺小传》《阿房宫赋》。孙樵是韩门弟子，时称"难易两派"和"艰涩派"之散文作家，作品有《书褒城驿壁》《书何易于》等。

第 09 章
宋朝的新古文运动

宋初结束了五代长期分裂割据的局面,北宋王朝为粉饰太平,有意提倡诗文,给散文发展创造了有利条件。但就整个文坛风尚来说,仍然沿袭的是晚唐五代的浮艳轻靡的文风。

继承韩柳古文运动后,柳开《代王昭君谢汉帝疏》,王禹偁《三黜赋》《待漏院记》《唐河店妪传》,以纯朴自然的文风,反对"秉笔多艳冶",倡导"革弊复古",首开"新古文运动"一代新风。

宋初杨亿"西昆派"文人集团十四人,编成《西昆酬唱集》,其文风"侈靡滋甚,浮艳相高""竞雕刻之小技",其骈文号称"昆体",受到当时的广泛诟病。

宋真宗、宋仁宗下诏复古,客观上才打击了西昆派,推动了诗文的革新运动。以欧阳修为首倡导的"新古文运动",就是在这种背景下蓬勃兴起的,有力地促进了我国古典散文的再次兴旺。

新古文运动开拓者范仲淹,与韩愈一脉相承,开一代新风,他的散文无论是状物写景,还是叙事怀人,都显得摇曳生姿,情志烘人。他的《岳阳楼记》,如澄净潋滟的陂塘,且娓娓道来,含蓄委婉,沉着痛快,成为千古传诵之名篇。

欧阳修作为文坛领袖,他的政论性散文《朋党论》《与高司谏书》《五代史伶官传序》清新而不乏锋利;抒情写景散文《秋声赋》《泷冈阡表》《醉翁亭记》如长江大河一样汪洋恣肆;他的书序祭文知人论世,内中不乏精辟见解和知遇之情,如《释秘演诗集序》《梅圣俞诗集序》

《苏轼文体序》《祭石曼卿文》《祭尹师鲁文》等。

欧阳修力主平易自然,反对怪异,他评价元结散文时说,"所居山水必自名之,惟恐不多;而其文章,用意亦然,而气力不足,故少遗韵。君子之欲著于不朽者,有诸其内而见于外者,必得于自然",朴实无华才谓自然之道。苏轼文章更是自然之至,自由随便,自由挥洒,如行云流水一般。

由于欧阳修德高望重,善于奖掖后进,所以唐宋八大家中的苏洵、苏轼、苏辙、王安石、曾巩都得到过他的帮助和鼓励。他的彪炳千秋的文章,确定了他和古文的统治地位。以他为核心,曾巩有散文《墨池记》《寄欧阳舍人书》《战国策目录序》《越州赵公救灾记》;王安石《上仁宗皇帝言事书》《本朝百年无事札子》《答司马谏议书》《游褒禅山记》《伤仲永》《读孟尝君传》;苏洵《六国论》《送石昌言使北引》;苏辙《上枢密韩太尉书》《黄州快哉亭记》《武昌九曲亭记》等。他们的散文或淡泊平易,或雄健质朴,或挺拔峭峻,或说理透彻,或含蓄优美,虽风格各异,但理想归一。

"三苏"中苏轼成就最高,可与司马迁、韩愈、欧阳修相提并论。他的政论和史论锋芒毕露,很有鼓动性和感染力,如《上神宗皇帝书》《教战守策》;他的文学散文情文并茂,神奇优美,亦韵亦散,妙趣横生,如《石钟山记》《赤壁赋》《文与可画筼筜谷偃竹记》《超然台记》《凌虚台记》《放鹤亭记》《喜雨亭记》;他的随笔小品,恬淡清逸,非常优美,如《东坡志林》《东坡题跋》《记承天寺夜游》。另有司马光《资治通鉴》、沈括《梦溪笔谈》、周敦颐《爱莲说》,它们或宏大气雄,或清曼轻柔,或如洪钟一鼎,或如碧玉一枚,独放异彩。

从柳开到苏轼我们可以看出,北宋散文平易自然之风,确实出现了鼎盛的局面,苏轼在《答谢民师书》中说:"大略如行云流水,初无定质,但常行于所当行,常止于所不可不止,文理自然,姿态横生。"他崇尚自然率直之美,作品体现出"万斛源泉、随地涌出,淋漓酣畅、水到渠成"的境界,一般人实难以为之。

当然,北宋散文的"风骨议论,平易自然",虽为当时流行审美风尚,但也有"异声"者,对宋文之平易自然提出了批评。袁枚就认为

"唐文峭，宋文平；唐文曲、宋文直"，与唐文相比，吝为"文风居下，大不如前"。

南宋散文由于社会生活的急剧变化，人民自发的抗金运动，更是激发了作家满腔热情、身赴前敌、充满了强烈的爱国激情，他们挚热的爱国深情和抗敌必胜信念，溢满在字里行间，大放异彩，出现了一批如李清照《金石录后序》，胡铨《戊午上高宗封事》，陆游《姚平仲小传》《跋傅给事帖》《入蜀记》《老学庵笔记》，辛弃疾《御戎十论》，陈亮《中兴论》，文天祥《正气歌》《指南录后序》的优秀作品，字里行间透出铁骨铮铮的民族情怀，闪烁着光照千古的爱国主义精神。

除此之外，谢翱《登西台恸哭记》、郑思肖、陆秀夫、谢枋得、宗泽、李纲、虞允文、岳飞等，这些"民族主义派"的散文，虎彪辞采，气啸天宇，作品可歌可泣，天地间正气所寄，"实为吾民族最可贵之文，历代并不多见也"。

宋代散文的另一个特征，就是与儒学融合借鉴，彼此有着难解难分的关系。

欧阳修在《答吴充秀才书》中说："道胜者文不难而自至"，既不以文废道，也不因道薄文，他主张"中和"，曾一度与儒学相安无事。这时期以他为首的复古运动强调文章的古朴平易，不求华丽，唯有新意，平易晓畅，给儒学适时提供"传道明心"的古文新体制，促进了儒学的发展。

而到了苏轼，强调文章"直抒胸臆"，不主张以文章的化之作用，反对文学为政治而存在，这时文学与儒学就逐步分开了。后来朱熹从本人创作实际出发，提出"重道而不轻文"，理学开始渗透文学，为文学家渐渐接受，儒学与文学又复"交好"，开始了相互促进和融合的进程。

南宋至元是"杂剧散曲"繁荣的时期，但由于朝廷内外忧患，偏安日蹙，或膻骑践踏，一夕数惊，散文"有则有，无则无"，其势也渐趋飘零，值得一提的有刘因《辋川图记》《孝子田君墓表》《上宰相书》《武遂杨翁遗事》；邓牧《君道》《吏道》；吴澄《送何太虚北游序》；李孝光《大龙湫记》；钟嗣成《录鬼簿序》等。

第 10 章
明清散文与流派

明清数百年间，散文创作绵延不绝，其文风基本是"八股文"主导，由于理学、八股取士的科举制度对作家的桎梏，文字狱阴影，"台阁体"统治文坛，散文也就渐渐缺少生气了。

明初以宋濂、刘基、高启为代表，当时影响最大的作品有刘基《郁离子》《卖柑者言》，宋濂《记李歌》《王冕传》《秦士录》《送东阳马生序》，这些"传记性散文"内容深厚，辞采富丽，闲雅从容，善于变化，在八股时代实属难得。

明代中叶以后，文坛上出现"拟古与反拟古主义"的斗争，出现了一些著名文学团体和流派，主要有前七子、后七子、唐宋派、公安派、竟陵派等。

"前七子"指李梦阳、景明、徐祯卿、边贡、康海、王九思、王廷相，"后七子"指李攀龙、王世贞、谢榛、宗臣、梁有誉、徐中行、吴国伦，他们反对文坛流行的"三杨台阁体"，力主"文必秦汉"，前后七子的"复古运动"，冲击了朱程理学教条和八股台阁的统治地位。

"唐宋派"归有光、王慎中、唐顺之、茅坤主张"宗师崇古"，取法唐宋；李贽独标"童心说"，反对文学上的拟古，具有深刻的思想性和战斗性；"公安派"三袁反对拟古主义，有力冲击了古文的陈腐格局；谭元春"竟陵派"主张"独抒性灵"，乞怜古文。他们互相影响，承先继后，唱附之声此起彼伏。

这一时期散文题材宽泛，意境深厚，活泼清新，气势磅礴，观博取约，值得一提的作品有宗臣《报刘一丈书》，归有光《项脊轩志》《寒花葬志》，李贽《焚书》《藏书》《续藏书》，袁宏道《虎丘记》《满井游记》，张岱《西湖七月半》《天镜园》《湖心亭看雪》，王思任《越中园林记》，张溥《五人墓碑记》。

明代散文"唐宋派"影响最大，自王慎中始，至唐顺之声始著，归有光成就最为显著。他们尖锐地嘲笑拟古派雕琢句文、邯郸学步的"婆子舌头语"，主张摒弃"盖头弃尾，如贫人借富人之衣，庄农作大贾之饰，极力装做，丑态尽露"的扭捏之作，主张取法唐宋，规抚秦汉，取得了较高的艺术成就。

"唐宋派"讲究章法技巧，至文理精妙，语言力趋平易自然，风格多样，《唐宋八大家文钞》对后世具有重大影响。归有光重"神情"，文章较多新意，富有情韵，著有《震川文集》三十卷、《别集》十卷，其中绝大部分都是散文，严格属守传统文论思想，提倡欧阳修和曾巩"文从字顺"的文风，取法唐宋，且纡徐平淡，感情真挚，亲切动人，其文其卷有很多脍炙人口的名篇，如《项脊轩志》。

清朝是中国封建社会最后一个王朝，清初由于明末很多学士大夫与清廷拒不合作，不赴考试，不受官职，宁可老死于山林岩穴之下，也不入仕为途，所以成就相对较少，作家也不多。

少数坚持抗清"布衣"，倡天下兴亡匹夫有责，讴歌抗敌殉国志士，表现出挚烈爱国情感的情怀，其作家作品有王猷定《李一足传》《汤琵琶传》《义虎记》，魏禧《江天一传》《高士讽传》《大铁椎传》，侯方域《李姬传》《任源邃传》，顾炎武《吴同初行状》《书潘吴二子事》《与友人论学书》，黄宗羲《原臣》《万里寻兄记》《柳敬亭传》，王夫之《黄书》《噩梦》等。

清朝影响和成就最大的，当数方苞、刘大櫆、姚鼐之"桐城派"，他们"取法于古"，有完整的理论主张，并用自己的创作实践，去贯彻和充实这个理论和主张，对扭转和清除文坛的歪风积弊，起到了极大的推动作用。

建立桐城理论的是方苞，他提倡"义以为经，而法纬之，然后为成体之文"，力主"义法"，著有《方望溪先生全集》。刘大櫆强调"行文之道，神为主而气辅之"，对方苞"义法"作了丰富和补充，著有《论文偶记》。姚鼐"义理、考据、词章"并重，文字力求雅洁，《登泰山记》是他的游记代表作。

姚鼐在《古文辞类纂》中论神、理、气、味，标出散文"义法和境界"，详细阐述明了"阳刚"和"阴柔"的审美形态，强调文学是"人类思想和情感"的具体形象，而"形象"是作家对现实生活的集中概括，通过"形象"实现作品的审美价值。他把人格修养和作品意境风格统一起来，阐明"文之精"的"神、理、气、味"的真谛所在，"义理、本据、文章"的有机结合，才是散文的创作原则。这种理论观点在当时，确实是"发前人之所未发"，让人耳目一新。

刘熙载的散文思想有两点是贯穿始终的，一是强调"修养"，提出"作品价值与作者人品"和谐统一审美标准；二是强调"独创性"，认为"文以炼神气为上半截事，以炼字炼句为下半截事""使情不称文，斯读者文生情""赋欲不朽，全在意胜"，作品需"传神写照，情景交融""从来足道者，文必自然流出"。他对作家修养、作品风格、创作方法均作了详尽阐述，对当时散文美产生了重要影响。

清朝中叶，骈文又呈一时之景象，出现一些如汪中的《吊黄祖文》《哀盐船文》《狐父之盗颂》《广陵对》《黄鹤楼铭》，刘台拱《遗诗题辞》，龚自珍《病梅馆记》，这些散文钩贯经史，熔铸汉唐，立意新颖、想象奇突、词采瑰异，这些文章不求词采华丽，但现真情之笔，卓然自成一家，可值一提。

第 11 章
宋元明清散文综论

宋元明清散文是一个丰富、创新、发展,"承上启下"时代的散文,上承唐之盛况,下启"五四"之繁荣,其主要创作队伍群体,包括学风严谨的学者、民族气节的志士、远见卓识的思想家、兴利除弊的改革家、清廉正直的官吏、专事文章作法的文论家等。

散文是他们手里的政治斗争工具,或是学术活动文学创作的一种武器。这个时期的散文,很多是刻意模仿秦汉、师唐宋风尚的作品,它们是唐宋散文的继续和延伸,或是以"八股"为标签的时代散文。

这一段时期的散文,表现出由"情理平衡",发展到"重情审美"的过渡,人们对散文艺术情感特性有了深刻的认识,对情感在散文艺术中的作用有了更深入的理解,并表现在创作和鉴赏美活动中,其喧嚣程度从未真正地递减过。

李贽要求文章从"真心"出发,要求内容充实,文风自然,把自然之真情,"盖声色之来,发于情性,由乎自然,是可以牵合矫强而致乎?故自然发于情性,则自然止乎礼义,非性情之外,复有礼义可止也"(《读律肤说》焚书卷三)。

公安派主张"独抒性灵,不拘格套",把情感看作是艺术感染力的重要条件,倡导真情"情随境意,字逐情生,但恐不达,何露之有"(袁宏道语)。

黄宗羲认为情与理是水乳交融的,作品不可无理,不可没有理想,但必须抒情入理,"凡情之至得,则亦理之乳廓耳,庐陵之志交友,无不鸣咽""古人有一种文章不可磨灭,真是'天若有情天亦老'者"。

王夫之明确提出,散文的情感产生,则是作家有别于一般学术著作的重要标志,"情景名二,而实不可分离""经生之理不关诗理",道出了"文"与经、理学术著作的本质区别和"情"的表现形态,他们大多重情并不排理,而是求得一种"中和之美"的进一步和谐。

明清时期,"形神"理论还是受到相当重视,即"以形传神",又"象外传神",境界更高。王夫之云,"两间生物之妙,正以形神合一;得神于形,而形无非神者,为人物而异鬼神,若独有恍惚,则聪明去其耳目矣"。

翁方纲提出,既要"身入题中",不要"置身题上","置身题上,则黄鹄一举见山川之纡曲,再举见天地之圆方。文之心也,心之骨也,清外之意也,夫然后可以针对痴肥貌之弊也。彼痴肥貌袭,正患坐在题中,举眼不见四周之轮光,'不识庐山真面目,只缘身在此山中'"。

王士禛"神韵说"则要求虚处传神,言外见意,追求味外味的神韵,即"妙在象外",所以往往是可意会,难以把握。这种神韵,散见其作品之中。

"虚实"理论到了明清散文时代,进入了全面发展时期,并被广泛运用到散文创作和审美鉴赏中。它主要包括这样几个层次,一是艺术和现实生活的虚实关系,二是作品和读者的关系,三是艺术形象构造的虚实关系。包括形象塑造,实写与虚写的关系、"实字"与"虚字"的关系等。

散文刻意追求一种虚实相间的"意境",成为这时期美学的天花板。张岱《西湖七月半》、归有光《项脊轩志》、刘基《卖柑者言》、李孝光《大龙湫记》意境优美,虚实相间,化实为虚,无不体现出散文的空旷之美。

明清时期"言意审美"是被普遍重视的,并得到丰富和发展,李渔云,"言者,心之声也,欲代此立言,先宜代此立心";王昱"写意画笔顺简净,布局布景,务须笔有尽而意无穷"。散文家们字唯求少,意唯求多,充分刻画人物,描绘景物,表达情感,主张"以意为主",意欲高远,静中求动,动中求静,时有"新意"。袁宏道《满井游记》《虎丘记》和张岱《湖心亭看雪》的诱人之意，人人之境，堪为同出一辙。

明清散文意境，表现出更加"情景交融"的特征，王夫之云，"情景虽有在心在物之分，而景生情，情生景，哀乐之触，荣悴之迎，互藏其宅。天情物理，可哀而可乐，用之无穷，流而不滞，穷且滞者不知尔。'吴楚东南坼，乾坤日夜浮'，乍读之若雄豪，然而适与'亲朋无一字，老病有孤舟'相为融浃。当知'倬彼云汉，颂作人者增其辉光，忧旱甚者益其炎赫，无适而无不适也'"。

他表达的是"一种景色产生一种情感，也可以对同一景色产生多种情感"，它们都在"文境"中表现出来，通过叙事描景抒发出来。

这时期散文还特别重"融"的艺术，并表现在自然的艺术审美上，如王国维"隔与不隔""雾里看花"，追求一种对自然美的真实感悟和体现，很多作家的游记，以情景交融为审美理想，体现出"象外之象""境生象外"的审美追求。

明清时期，艺术风格的"个性美"，也得到了普遍突出和重视。袁宏道认为"非从自己胸臆流出，不肯下笔"，认为真人真声、任性而发的作品，才是最美的作品；王夫之、黄宗羲极为提倡"个性解放"，要求作品具有"个性美"；叶燮承其优秀传统，力言"提笔先须问性情"，作品独有个性特色；袁枚主"性灵"，重视艺术风格的个性美；龚自珍像李贽一样，主张"童心"，认为"文与人为一"；何绍基亦主张"人与文一"，一个作者要使自己的个性在作品中充分体现出来，形成自己的特色，就必须在长期的创作实践过程中体现。

宋元明清散文风格多样，众体备具，不主一格，并阳刚与阴柔之美互相渗透，形成了一种刚柔相济之散文风格，散文作家从创作个性入手，创造了不同的散文特色流派，承上启下，极大促进和丰富了后世散文理论体系的建立。

第 12 章 "五四"散文另一枝

由于白话文的兴起,散文也发生"革命"变化,创作进入了新的历史时期,许多文学先驱者以前所未有的奋进姿态、全新的姿态进行散文创作和探寻,其间佳作璀璨,名家辈出,体裁甚多,使我国散文又出现了史上又一个光辉灿烂的高峰。

是时代和战斗的迫切需要,才使散文获得了如此巨大的成功。鲁迅说,"'五四'运动散文小品的成功,几乎在小说戏曲和诗歌之上"(《小品文的危机》);朱自清说,"最发达的,要算是小品散文了"。我们对"五四"散文的审美,主要把它分为三个时期,即开创发展时期、繁荣时期和拓展深入时期,体裁可分为杂文、抒情散文和报告文学三类,而杂文是散文中最灿烂的"另一枝"。

1. 杂文的"蜂起"

杂文在现代散文史上的发端,是从《新青年》第四卷"随感录"上开始,然后逐渐繁荣起来的。李大钊《青春》《新的!旧的》《危险思想与言论自由》《Bolshevism 的胜利》《政客》《宰猪式的政治》《太上政府》和《谁是最有实力者》;陈独秀《下品的无政府党》《青年的误会》《反抗舆论的勇气》《偶像破坏记》《本志罪案之答辩书》;钱玄同《尝试集序》《中国今后之文学问题》《告遗老》《废话》《回语堂的信》;瞿秋白《民族的灵魂》《流氓尼德》《迎头经》《红萝卜》《屠夫文学》《猫样的诗人》《曲的解放》《一种云》《暴风雨之前》《乱弹》等,这些"首批"的杂文,在"五四"初期,起到了创作方向上的引领作用。

随之而加入杂文战斗大本营的郭沫若、郁达夫、茅盾、陈望道、阿英、王任叔、柔石、冯万超、谷荫、陈子展、巴金、张天翼等,他们都纷纷以杂文为武器,鞭挞黑暗、歌颂革命,情感激越、干净利落而又入木三分,抨击了帝国主义和封建主义的罪恶,作品迸发出一种摧毁黑暗势力的思想光芒,呈现出批判旧社会横扫旧世界的锐利刀锋,同样影响巨大。

2. 鲁迅的"匕首"

鲁迅是"五四"杂文史上最卓越的丰碑。"五四"前后至二十年代末,他撰写了大量议论性散文,艺术上汪洋恣肆,气象万千,闪烁着夺目的光芒,具有经久不衰的艺术魅力。

鲁迅将自己写的这些短小和精练的议论性散文,称为短评、杂感、短论或杂文,他的杂文,分别收集于《热风》《坟》《华盖集》《华盖集续编》《而已集》和《三闲集》,是一部二十年代的社会面貌和思想潮流的"通史",他的作品深入底蕴,挖掘根源,具有常人难以企及的历史深度。

三十年代以后,他杂文的数量更是惊人,分别辑录于《二心集》《南腔北调集》《伪自由书》《准风月谈》《花边文学》《且介亭杂文》《且介亭杂文二集》《且介亭杂文末编》。

他的杂文,深刻批判了封建社会的种种,揭露了封建意识对人民的精神毒害,具有发聩震聋的作用,是现代文学史上最辉煌的篇章。瞿秋白在1933年《〈鲁迅杂感选集〉序言》中所说,"鲁迅的杂文其实是一种'社会论文',是战斗的阜利通,谁要是想一想这将近二十年的情形,他就可以懂得这种文体发生的原因"。

鲁迅杂文的成就,是时代呼唤出来的,是在剧烈的斗争中产生的。复杂的社会斗争,使作家不能够从容地把思想和情感,熔铸到他的创作里去,通过具体形象和典型而表现出来,同时残酷的强暴的现实压力,又不容许言论采取"通常"形式,这个时候"幽默才能"就派上了大用场,帮助他们用艺术的形式,宣示他们的政治立场,把他们的深刻的对于社会的洞察、热烈的民众斗争,用"杂文"的形式表现了出来。这就是鲁迅最伟大的力量。他的杂文成就,是"五四"以来中国思想斗争的一部"宣言书"。

3. 杂文家的涌现

杂文在民族解放运动的"风暴中前进"。抗战初期,"孤岛"上的杂文还有很多,唐弢《投影集》《短长书》《识小录》,阿英《剑腥集》,夏衍《此时此地集》《劫余随笔》《蜗楼随笔》,孟超《长夜集》《未偃草》,宋云彬《破戒草》《骨髓集》等。

郭沫若写了大量昂扬的杂文,辑入《羽毛集》《蒲剑集》《今昔集》《旧羹集》《天地玄黄》。冯雪峰以新诗著名,却以缜密的说理、耐人咀嚼的哲理,创作了大量的杂文,如《乡镇风与市风》《有进无退》《跨的日子》等。

朱自清的抒情散文很美,他的杂文思想坚实清晰,文字周密细致,先后辑有《标准与尺度》《论雅俗共赏》;闻一多强烈抨击国民党反动派罪行,挖掘出封建主义的老根,像把刀子,毫不留情,如《关于儒·道·土匪》《新文艺和文学遗产》《八年的回忆与感想》《五四运动的历史法则》。

周作人主张"文学革命上,文学改革是第一步,思想改革是第二步,却比第一步更重要",他的杂文体现了改革后的新思想,如《答伏园论〈语丝的文体〉》《失题》《外行的按语》《雨天的书》《关于三月十八日的死者》《闲话与谣言》《讨狗檄文》《打狗释疑》《谈龙集·序》《泽泻集·序》都是有力的思想战斗武器。

林语堂是《语丝》重要撰稿人,这期间杂文《论性急为中国人所恶》《丁在君的高调》《读书救国谬论之一束》《论语丝的文体,及费厄泼赖》;茅盾《汉奸》《血战一周年》《欢迎古场》明快尖锐,朴实有力。郁达夫有《山海关》《说宣传文字》《从法制转向武治的日本》《政权和民主》《说木铎少年》(后辑录在《达夫全集》第七卷《断残集》中);柯灵杂文简练辛辣,如《猎人与鹰犬》《市楼独唱》;唐弢杂文有"鲁迅口味",如《推背集》《海天集》。

"五四"杂文家大量涌现,杂文作品难以计数。在社会斗争和文化斗争中,杂文所向披靡,出色地完成了时代赋予它的战斗任务,在中国散文史上写下了光辉一页。这时期杂文,成为阶级斗争和民族斗争最"感应的神经""攻守的手足",发挥了它巨大的历史作用。杂文艺术也在鲁迅、瞿秋白等大师的带领下,终于达到了历史的最高峰。

第 13 章
"五四"小品文审美论

1. "五四"小品文作家

"五四"的小品文,虽稍晚于杂文,但它以叙事与抒情结合的文体特征,获得了更广泛的丰收,作家数量集成远远超出了当时杂文的成就。

茅盾指出,"我们应该创造新的小品文,使得小品文摆脱名士气味,成为新时代的工具"(《关于小品文》),他的《宿莽》,充满了对光明异常艰辛的渴求和探索。这种新的小品文,就是除了包括一些议论性文字以外的生活速写、城乡见闻杂记、科学小品、生活小品及家常絮语等记叙性文字,以反映现实生活,表达人民大众的思想感情,富有社会性和现实性,是"五四"后期散文的主要审美特征。

文学研究会的冰心,是小品文创作成就最早取得者,《寄小读者》《往事》《笑》奠定了她在现代散文史上的地位。她的文笔细腻委婉,清新秀丽,被阿英称为"冰心体",郁达夫也说,"冰心女士散文的清丽,文学的典雅,思想的纯法,在中国算是独一无二的好作家了"。

庐隐的小品文独具内格情致,充满了伤感情调,代表作有《月光下的回忆》《雷峰塔下》《寄梅窠旧主人》《云鸥情书集》。

周作人是提倡小品文最有力的人,《自己的园地》《雨天的书》《泽泻集》《谈龙集》《谈虎集》都是"美文",他在《美文》中说,"外国文学里有一种所谓论文,其中大约可分作两类。一批评的,是学术的;

二记述的,是艺术性的,又称作美文,这里边可以分叙事和抒情,但也很多两者夹杂的"。

朱自清的小品文成就最突出,社会影响最大,名篇《桨声灯影里的秦淮河》《荷塘月色》《背影》,分别辑录在散文集《踪迹》和《背影》中。他在"五四"以后的散文史上,有着重要的地位,在这部散文史杰出的建树者中间,他无疑是名列前茅的。

王统照小品文充满了激昂的感情,饱含着哲理思索的意味,用语幽丽峭拔,如《阴雨的夏日之晨》《烈风雷雨》《血梯》。

此时期最重要的还有,叶绍钧咏身边琐事,情调闲适,辑有《剑鞘》《脚步集》《未厌居习作》;俞平伯小品文朦朦胧胧,如《杂拌儿》《燕知草》《杂拌儿之二》;郑振铎质朴清新、细腻俊逸,如《山中杂记》《海燕》《欧行日记》;许地山《空中灵雨》短小精练,情中蕴含哲理,颇堪回味。

2. 鲁迅与瞿秋白

鲁迅在小品文创作方面,在现代文学史上也有着重要的意义,如《一件小事》《鸭的喜剧》《社戏》《记念刘和珍君》《野草》《朝花夕拾》,这些作品清新明丽,如行云流水,但"伟大的战士"总是不忘当前的战斗,即使忆往事的时刻,也善于将叙事、抒情与当时社会紧密交融在一起,显得妩媚多姿,充满了战斗意气。

瞿秋白有两本散文集:《饿乡纪程》《赤都心史》。他的小品散文清新绮丽,热情奔放,充满了自己内心的独白和思想印记。他以对社会主义理想的追求(鲁迅还未具有的深度),充分显示了"五四"以来小品文创作的崭新特点。

瞿秋白的挚友李大钊《五峰游记》《自然与人生》也呈现出这种新特色,晓畅流利,清新隽永,富有哲理,给读者一种扎实厚重之感。

3. 文学社团与小品文

创造社的小品散文在现代散文史上,有着极其重要的地位。郭沫若《三叶集》《橄榄》《山中杂记》《海涛》《抱箭集》《归去来》,描写革命战争的血与火，记录伟大的时代声影，充分显示了时代的特色。

郁达夫《还乡记》《还乡后记》笔调清新，影响很大；阿英《流离》朴素自然；蒋光慈《在伟大的墓之前》《异邦与故国》洋溢着反对封建的思想感情，十分强烈地要求从封建主义的束缚中解放出来，表现了他个性解放的愿望。

其他流派的小品文创作，其思想与艺术倾向，各有特色也比较复杂。钟敬文的小品散文清新俊逸、幽深冷峭，却不敌周作人的苍劲含蓄，有《荔枝小品》《西湖漫拾》《湖上散记》等。

浅草社陈学昭散文数量较多，表现了当时青年知识分子的苦闷与追求，如《倦旅》《烟霞伴侣》《寸草心》《如梦》；梁遇春的小品文《春醪集》《泪与笑》玲珑晶莹，跌宕多姿，他把知识、哲理、情感凝结在一起，犹如汇成一条深深流淌的小溪，清澈见底，映出大千世界的光影；丰子恺《缘缘堂随笔》表现了他深刻的思想矛盾，逃避与无奈的心态。

新月派徐志摩是"中国布尔乔亚之开山，同时又是末代的诗人"，他的作品《落叶》《自剖》《竹林里的故事》《一段记载》因华丽而显得晦涩，他这时期的整个创作情形，正如茅盾所说的，"到五卅的前夜为止，苦闷和彷徨的空气，似乎支配了整个文坛"。

我国现代散文所表现出的一个有趣现象，就是散文作家同时又是著名的小说作家，如茅盾、郁达夫、巴金、艾芜、王统照、沈从文、鲁彦、叶紫、萧红、吴组缃、蹇先艾。

4. 小品文的"作家群"

三十年代前后，一个有趣的现象是，小品文卓有成绩、影响很大的人，都同时是小说、杂文方面的领军人物，如丰子恺、何其芳、叶紫、吴组缃、蹇先艾、吴伯箫、李广田、夏丏尊等。

沈从文是一个专写湘西的作家，《湘西散记》素淡、秀丽、明澈；王统照《北国之春》《欧游散记》《青纱帐》《去来今》表现了他从浪漫主义转向现代主义的创作倾向及思想历程；庐隐《东京小品》《夏的颂歌》幽丽朴实、细腻粗犷；鲁彦被鲁迅称为"乡土文学作家"，辑有《旅人的心》《鲁彦散文集》。

郁达夫乐此不疲徜徉于山水之间，写了不少优美的游记，辑有《屐痕处处》《达夫游记》；肖国《绿叶的故事》跌宕奔放，清新流畅；萧红的散文纯朴明朗，《商市街》笔调清新。

巴金小品文纯朴清新，真诚炽烈，如《控诉》《海外杂记》《旅途随笔》《忆》《短简》；靳以《渡家》《猫与短简》明丽中渗透着忧郁感伤的情调；师陀《黄花苔》《江湖集》如一曲凄凉的歌，一首充满泥土清香的田园诗。

茅盾的《速写与随笔》《故乡杂记》《话匣子》如一幅丰富多彩的画卷，广阔深刻，体现了一种"中国若要社会进步，若要使文章和社会生活发生关系，则要像茅盾那样的散文作家，多一个就好一个"的时代精神。

吴伯箫《羽书》《天冬草》《荠菜花》或清婉明丽，或铿锵有致，表现出淋漓酣畅之艺术风格；李广田《画廊集》诉说着乡野的故事，真挚深沉，幽美绚丽；卞之琳的散文从《汉园集》的雕琢辞藻转到艺术境界明朗阔大的《还乡杂记》，表现出成熟的审美理想；丽尼《黄昏之献》《鹰之歌》《白夜》如一个忧郁的歌手，每一个音符都撼动着读者的心。

陆蠡《海星》《竹刀》文字美丽细腻，闪烁着独特的艺术个性；丰子恺三十年代后《缘缘堂再笔》、阿英《夜航集》、夏丏尊《平屋杂文》、缪崇群《晞露集》都不同程度不同侧面地反映了那动荡的时代。他们从狭小的天地走向广阔的社会，在小品文创作上留下了闪光的足迹。

第 14 章
抗战报告文学论略

报告文学总是萌生于风云变幻之时代。抗战爆发后，小品文创作从高潮转入平静期，有影响的作品有茅盾《炮火的洗礼》《见闻杂记》《生活之一页》《归途杂拾》等，他《见闻杂记》中的《白杨礼赞》哲理与炽情交织，成为传诵一时的名篇。

叶绍钧《西川集》纯朴流畅，沈从文《湘西》更具魅力，丰子恺《弃真集》、李广田《日边随笔》、陆蠡《田绿记》、柯灵《望春草》、巴金《龙、虎、狗》《怀念》等也晶莹透亮，质丽如初，这时期这些作家的作品，还依稀"闪烁着小品文的光芒"。

"抗战报告文学"之所以成为当时"主要潮流"，是与风起云涌的革命浪潮、严峻的"战斗形势"分不开的，小品文的退隐，也是顺应时代、合乎时宜的明智选择。这种局势的转变，从而使大批作家，从小品文"小河"里，纵身跳进了洪水滔滔般的报告文学"大海"。

茅盾在《关于"报告文学"》中，深刻揭示了报告文学产生和兴旺发达的社会原因，"每一时代产生了它的特性的文学，'报告'是我们这匆忙而多变化的时代，所产生的独特性文学式样，读者大众急不可待地，要知道生活在昨天所起的变化，作家迫切地要将社会上最新发生的现象，解剖给读者大众看，刊物就要有锐敏的时代感——这就是'报告'产生而且风靡的根因"。

这时期报告文学数量激增，报告文学迅速成为"民族解放"强有力的武器，范长江出版《中国的西北角》《塞上行》，梁瑞瑜选编报告集《活的记录》，茅盾主编了五百篇八十万字的《中国一日》，把报告文学创作一时间推向了现代文学发展的高峰。

郭沫若《请看今日之蒋介石》、郑振铎《街血洗去后》、叶绍钧《五月卅一日急雨中》、楼适夷《战地的一日》、夏衍《两个不能遗忘的印象》、洪深《时代下几个必然的人物》都是此时期影响较大的报告文学代表作。

抗战期间，阿英辑录《上海事变与报告文学》计二十八篇，这些"只是近乎报告，而不是完美的报告"的文字，虽然以"报告文学"命名而出版，但文字比较粗糙，叙述时文学性不足，事件录入也不具典型性，因而反响一般。

接着庐隐推出大型报告文学《火焰》，把报告文学同人民群众和现实生活紧紧联系在一起，成为大众鼓与呼的直接"喇叭"，从此报告文学与社会各阶层的联系越来越紧密，成为百姓"最痛快的阅读方式"。

邹韬奋从海外流浪回来，辑有《萍踪寄语初集》《萍踪寄语二集》《萍踪寄语三集》《萍踪忆语》，刘思慕出版《欧游漫记》《樱花与梅雨》，标志着散文从小品游记向报告文学的融合转变。

最引人瞩目的是，范长江首次公开报道中国工农红军和二万五千里长征情况，辑录出版《中国的西北角》引起巨大反响，接着他深入革命根据地，创作出《塞上行》报告文学，对中国革命进程产生积极而又深远的影响。

抗战初期，大量报告文学涌现，夏衍《包身工》、宋之的《一九三六年春在太原》、鲁西良《初选》、华沙《生手》、李乔《锡是如何炼成的》，如雨后春笋般繁荣起来，"几乎盖过了所有文学体的光彩"。

抗战期间，报告文学成了人们最关切的文体，"战地报告丛刊"有《战地书简》（姚雪垠）、《北方的原野》（碧野）、《莫云与韩尔谟少尉》（罗烽）、《西线随征记》（舒群），上海"孤岛"作家1939年辑出《上海一日》，真实记载了"八一三"抗战的真实情景，在国内外引起巨大轰动，报告文学也成为"为时代服务，最值得骄傲的文学年代"。

抗战时期的"国统区"，报告文学也"欣欣向荣"，丘东平辑《第七连》、曹白辑《呼吸》、骆宾基《救护车里的血》、于逢《溃退》、草明《遭难者的葬礼》、宋之的《从仇恨生长出来的》、司马文森《翁江的水流》、陶雄《某城防空故事》、李乔《饥寒褴褛的一群》。这些作家举起救亡的旗帜，置身于民族运动的中兴，把报告文学推向了一个史无前例的"大高潮"。

解放区的报告文学创作更是蓬勃发展，最显著的景象就是"群众性的集体创作"，辑有《五月的延安》《铁的子弟兵》《自由·民主·幸福》等，首先是丁玲以朴素文笔，写出《彭德怀速写》，出版《陕北风光》和《一二九师与晋冀鲁豫边区》，拉开了延安报告文学创作的大幕。

接着，周立波出版《晋察冀边区印象记》《战地日记》《南下记》，刘白羽出版《游击中间》《历史的暴风雨》《环行东北》，周而复出版《松花江上的风云》《晋察冀行》，华山《窑洞阵地战》、黄钢《我看见了八路军》、何其芳《日本人的悲剧》、以群《新人的故事》、卞之琳《第七七二团在太行山一带》、杨朔《铁骑兵》、白朗《一面光荣的旗帜》、曾克《挺进大别山》、韩希梁《飞兵在沂蒙山上》等大批报告文学，真实记录了革命战斗的历史，反映了解放区军民的艰苦战斗和向往追求。这些报告文学真实记录了我八路军将领率领部队英勇抗日的战斗故事，表现了解放区起初的现实和真实风貌，这些报告文学除艺术价值外，还具有很高的政治价值和文学品位。

第15章
"五四"散文新思潮

"五四"新文化运动带来了散文的彻底革命,由于审美发展的需要,服务时代的功能被重视,散文成为时政最需要的有力武器,因而呈现出多元化的审美特征。

首先是思想的"言志"。"五四"散文重抒情,其立意高远和深刻,美好和执着。无论是抒情或言志,强调发自作者内心,是纯真的心声,和着时代脉搏的跳动。

正如郁达夫说的一样,"现代散文是人性、社会性与大自然的调合""从前的散文,写自然就专写自然,写个人就专写个人,一议论到天下国家,就只说古今治乱,国计民生,散文里很少人性及社会性与自然融合在一处的,最多也不过加上一句痛哭流涕长叹息,以示作者感愤而已;现代的散文就不同了,作者处处不忘自我,也处处不忘自然与社会。就是最纯粹诗人的抒情散文,写到风花雪月,也总要点出人与人的关系,或人与社会的关系,以抒怀抱"。

其次是"自我"的抒情。"五四"散文善于"以小见大",所言之"表"高远深刻,但并非都是"重大题材",而是生活小事,家常絮语,"一粒沙里见世界,半瓣花上说人情",从美学的角度看,这是理与情的结合,立意是"脑",以小见大是手法,抒情是力量。

获得读者的最好方式,就是"动人之情",作品要抒写真实自我,炽烈清晰的情绪和思路,情节要曲折婉转、跌宕起伏,把心灵深处的情思,通过细致入微的笔触,把心交给读者。周作人在《平民文学》

中指出,"平民文学应该以普通的文体论,普通的思想与事实,以真挚的文体,记真挚的思想与事实;表达真挚的情感。在情与理的天平上,情重了,理也能拓展出新的内涵和天地",而不是别的。

再次是对象的"典型性"。现代散文开始注重对象的"典型性",把人、物、景象,社会和自然,作为描写对象,并赋予它们生命。郭沫若的《银杏》、茅盾《白杨礼赞》,还有那些刚刚发生的事件,也是散文家们特定的描写对象,如《五月卅一日急雨中》《论雷峰塔的倒掉》。

最后是语言的"白话"。散文从严格古文范式中,走进了优美凝练、畅于表达、极富感染力的"白话"天地。周作人提出"美文"的概念,打破了"美文不能用白话"描写的藩篱,否定了复古派"散文只能用凝练隽美的文言"的谬言,把"引车卖浆者言",下里巴人的白话文,提升到了从未有过的审美高度,从而使散文的"新语言",呈现出万千变化。

在现代文学史上,散文同小说、诗歌、戏剧形式一样,发挥了"战斗"职能的作用,取得了瞩目的地位。散文审美对象更加广泛,审美形式更加自由,审美功能更加多样,"五四"散文继承古典文学优秀之传统,广泛接受外国文学的影响,吸收英国随笔优点,使散文出现前所未有的"刻画人物形神俱备,描写景色自然优美,情节结构简练紧凑,情感丰富精致多彩"的审美新高度。

从美学的视点出发,"嬗变"是一种艺术自我解放和丰富发展的演变过程,"五四"散文的审美嬗变,是与时代和文化的发展相呼应的。一种文体从雏形走向成熟,有一个漫长而艰难的嬗变历程。历史悠久的散文,同样历经着万千沧桑,在复杂的分崩聚合之后,又孕育出新的审美特征,逐步肢解又渐进融合,在其历史进程中,沿着其内部规律而循序渐进,不断丰富发展起来,才成为今天"繁富的模样"。"五四"散文就是一部中国文学的演义史,一部美学的中国发展通史。

陈柱《中国散文史》(1937年商务印书馆),论述了自虞夏到"五四"散文的审美发展历程,"吾国文学就文体而论,可分为六时代。一曰骈散未分之时代,自虞夏以至秦汉之际是也。二曰骈文渐成时代,两汉是也。三曰骈文渐盛时代,汉魏之际是也。四曰骈文极盛时代,六朝初唐之际是也。五曰古文极盛时代,唐韩柳六家之时代是也。六曰骈文股文极盛时代,明清之际是也","从自无骈散之分,至有骈散之分,以致骈散互相角触,变而为四六,再变为八股。散文欲纯乎散,而不能不受骈文之影响。以致四六专家,八股时代,凡为骈文者,遂不能不受其影响,此文学各体分立,也互受其影响也。吾国之文学,可分为七时代。一曰为治化而文学之时代,由夏商以至周初是也。二曰由深化时代而渐变为学术时代,春秋之世是也。三曰为学术而文学时代,战国是也。四曰反文化时代,嬴秦是也。五曰由学术时代而渐变为文学时代,西汉是也。六曰为文学而文学时代,汉魏之后是也。七曰以八股为文学时代,明清是也"。

这几乎是自有散文以来,最全面的一个"总结",散文的审美潮流,随文体的演变而不断发展变化,"也就是说,先秦百家争鸣时,文学、史学、哲学是没有分开的一个整体。两汉时的《史记》,文学概念仍不明确,直到魏晋南北朝后,抒情和描写自然的散文才逐渐增多了。至齐梁以后,骈文开始统治文坛,到了唐韩柳倡导古文运动,散文的审美视野才大大拓宽了。明清散文,表现出浓郁的文学色彩和艺术感染力,记人、叙事、写景、状物的表现手法,都出现了新的景象"。

散文的审美嬗变,是一个由合到分,合到再分,再分再合的复杂过程,从这条美学滔滔大河流淌的轨迹上看,散文文体的分离与聚合,都是在不断裂变和整合中前进,曲曲折折以至无穷。"五四"散文的鼎盛,是"古文"与"白话"、"八股"与"抒情"、"载道"与"言志"的历史分水岭,标志着一个繁荣昌盛的散文新时代的开启。

第三部分

本　论

第 16 章
散文审美本体论

1. 本体审美溯源

从传统哲学解释,所谓"本体"就是存在,就是"实在的本源,世界的本原",它在很大意义上就是"自然存在论",是世界的"早美直观"。如果本体一定要指一种实际存在东西的话,那它就应该是人的诸感觉、人的想象、人的激情,思念回忆、爱怜的感觉,人所能把握的,人所能超越的,"刹那间"的永恒和感觉上的"超然所悟"了。

当代美学的一个重要转折,就是离开形而上学的"美"的探讨,转向对艺术本体论的追寻。艺术与生存之间那种仿佛命中注定的不解之缘,使对艺术本体的探索成为对人类本体的总的揭示和坦露。

什么是本性?所谓本性,是指终极的存在,也就是事物内部根本属性、质的规定性本源,而与"现象"相对的东西。那么文艺怎样从千姿百态的现象显现中,阐发其本体的审美实质呢?

本体是以不同形式存在着和表现过的事实,它是从现实生活升华为艺术境界的结晶,是对"象"的世界的语言表现艺术。它是创作主体根据一定的方式和规则,创造出来供人们阅读、视听、感知、评价的载体,从而发挥出各种感官职能和心理效应的审美创造。

审美本体应包括"审美具象",即由生活对象的客观内容转化而来的题材信息;"情感观照",即创作意图、情感理想,生活态度及美学评价;"形象显现",即体裁形式、意象构图以及对题材信息的内部组织;

"读者接受",即读者对作品内容、属性、方式、倾向的认知。

从美学的生发本质看,本体包括生活世界、创作世界、实体世界和接受世界,而作为活动价值的艺术,它呈现的是人感性的、审美的、自由的生命活动方式,是生命价值的体现和追求。美源于生命,而又超越生命,艺术是生命之美的创造。只要准确地把握了艺术本体的实质,就能对各类艺术美学进行准确探讨,从而揭示其美的本质。

2. 关于散文的本体

"文学是与绘画、雕刻、音乐等并列的艺术种类",它本身就是一种精神的存在、一种语言的表现手段,它根据语言的意思,而唤起直观想象的艺术。文学不可能脱离语言的声音形象,根据在听觉的韵律形态中,直接表达相应的感情内容。

日本比较美学家竹内敏雄认为,文学语言作为一种"艺术符号",在审美创造活动中起到了联结"意思"的作用,并自始至终表现出"对象和内容",直观描写的内容被"具象化",思想和感情内在的东西通过有"意思的语言"而表达了出来,具体的内容整体,启示出普遍的理性内容。文学作品作为多层次的综合统一体,它的整体审美价值是"相互本质的各层次,呈现出多重和谐的存在"。

散文是各文学体裁中,历史最悠久灿烂的核心。那么作为文学意义的散文,它的本体和审美特质,又具有怎样一种特殊性呢?

中国审美传统观念认为,首先从美的性质上看,散文与广义的诗,作为语言艺术的文学比较,是指本来属于艺术之外,附带着艺术效果的文学作品,是一种完全非艺术的写作产物。其次从美的形式上看,散文与韵文比较,则是不受韵律约束的语言表现。

如要这两种审美"比较"联系起来,从广义文学的内部,把韵文形式的狭义诗和散文进行文学的比较,就可以发现散文的"散文律",即"散文体随着一种舒缓的韵律和节奏,依附于结尾与附加部分,给予各个句子一定规则的限制,以增强散文的韵律和节奏感"。

竹内敏雄认为,散文的韵律不仅仅局限于声音的形式,它和措辞的形式,也有着密切的关系。古代"散文律"就是用限制的手法,区别单词的性质和句子，对停顿的次数作出规定。所以，散文中的措辞形式，也是一个不可忽视的方面。

我们通过比较，发现他对散文审美特征、形式及语言"散文律"的阐释，提供了最直接的参照，但他没有高屋建瓴地探究散文本体世界，叙述仍然是片断的、局部的，没有回答散文美的核心问题，揭示其本体特征。我们只有准确把握当代审美潮流，领会时代的核心价值观，才能收到"一叶知秋""见微知著"的审美效果。

归根到底，散文本体美就是传统哲学的产物。我们把它放在感觉的本体之中，和对美的感觉认识背景下，就可以寻找出散文美的流动图景和情感流程，从而把握本体意义的审美流动图。如果离开了原发性背景和发生现场的"机锋"，对散文本体的探讨之路，就可能是"瞎子摸象"了。

3. 现代散文的界定

散文的本体是一个有机的存在，是一个自我调解、平衡发展运动的系统，它随着时代的发展而不断打破原初的和谐，重新建构丰富和发展内在的关系，以求得新的审美平衡。

从先秦发展到现代"五四"时期，从《尚书》到《随想录》，从初始的"包罗万象"到现在的"纯粹化"，散文理论日益深湛丰富，对散文的界定，也从最初的模糊走向成熟的清晰，实现了历史性的大转折。

对于"散文"的界定，是一个复杂的审美过程，在古典文学混沌初开的时代，"散文"相对于骈文而立，无所不包，是"不押韵和句法不整齐的一切文章在内"，也就是说，最早的文学，只有"韵文与散文"两种形式，从仓颉造字至结绳而治，而于文字之上，就"焕乎其有文章"了。

古代散文是指诗、骚、曲、赋、骈以外的一切散体文章，当然也不包容小说在内。无论相对韵文还是骈文，都不是以文章内容，而是从形式上进行划分。因此中国散文是一个异常庞杂的范畴，既含有文学，也含有学术和应用散文，是不等同于与现代意义的小说、戏剧、诗歌并列的"文学散文"的。

历来"古文"和"文章"囊括了一切古文的形式,散文面对"古文""文章"时,像个"倒插门"的女婿,还要"改随妇姓"。直到"五四",个性得到解放,艺术品格独立,散文终于有别于其他文学体裁,特立独行,与小说、诗歌、理论,构成了文学的"四大板块"。

关于散文是什么的问题,一直以来的观点是"中国古代为区别于韵文、骈文,凡不押韵和不重排偶的散体文章,包括经传史书在内,概称散文""自六朝骈俪有韵之文盛行后,唐宋以来,各人的文集中,当然会用散文或散体等成语,用以与骈文等对立的;但它的含义,它的轮廓,决没有现在那样的确立,亦没有现代人对这两者那样的认识得明白而浅显"。

郁达夫说,"正因为说到文章,就指散文,所以中国向来没有'散文'这一个名字。若我的臆断不错的话,则我们现在所用的'散文'两字,还是西方文化东渐后的产品,或者简直是翻译也说不定""所以,当现代而说散文,我们还是把它当作外国字 Prose 的译语,用以与韵文对立的,这样较为简单"。

对于散文的界定,葛琴也在《散文选序》中说,"散文一词,在西洋是相对韵文而言,凡不是用韵脚的文体,都统称散文,如小说、论文、随笔等都是。在我国旧文学中。散文的解释是相对于骈文而言,南北朝及盛唐之际,盛行骈体,至韩愈柳宗元,力主以势行文,化骈为散,散文遂成为主要的文体。但那时所谓散文,范围包括甚广,并不限于文艺方面";"到了现在,在文学形式中间,通行着一种抒情的小品文,我们叫它做散文。它和韩柳所提倡的散文体,却不完全相同。大概是把抒情诗的内容,用自由的文体写出来,比散文诗更自由和广泛一些";"关于它的界说,却也不曾有人作过。似乎也很难精确地定义,不过我们可以约略举出几个特点来说明:第一,它不同于诗和散文诗的地方,不仅是形式上较为自由广泛,而在内容上,它是不采用虚构的题材的。散文往往是作者对于实际生活中间所接触的真实事件,人物以及对四周的环境,或自然景色所抒发的感情与思想记录。是一种比较素净和小巧的文学形式。第二,正因它以思想与感情为主,所以对故事的描述并不重要,这是它不同于速写报告的地方,后者仍是以描写故事或环境的轮廓为主的。第三，散文中间偶然也可发一些议论，但却不是主要的，这是它和杂文区别的地方。散文的体裁，并无严格规定，举凡日记、书札、游记、随笔、悼念文、人物志、风土志等。只要是抒发作者对真实事物的情感与思想为主的，都可以归入于散文之列。"

关于散文的"概念"，王彬在《古代散文鉴赏辞典》中说，"中国古代散文是一个包含有文学观念的非文学范畴，作为非文学范畴，其写作实践，几乎和中国文字——卜辞与金文的源始一样悠远"。但是作为观念的出现，最早仅见于宋人罗大经的《鹤林玉露》，"山谷诗骚妙天下"，指的就是诗、骚、曲外的一切散体文章，包括骈、赋和一部分趋于散化的辞，但不包容小说在内。

周作人提出散文即"美文"，"外国文学里有一种所谓论文，其中大约可以分作两类。一是批评的，是学术性的。二是记述的，是艺术性的，人称作美文。这里边又可以分出叙事和抒情，但也很多两者夹杂的。这种美文似乎在英语国民里最为发达，如中国所熟知的爱迪生，兰姆，欧文，霍桑诸人都做有很好的美文，近时高尔斯威西，吉欣，契斯透顿也是美文的好手"。

他认为"中国新散文的源流，是公安派与英国的小品文两者的合成"，他的"美文"概念就是"艺术散文"，它是把散文体意识的最早觉醒，并明确地把哲学之"美"，冠到了散文头上，从而把散文本体论的探讨，引向了"美"的国度。如何准确地界定散文，现代散文作家多有论定，为散文真面目，拂去了飘动的雾幔。

胡梦华《絮语散文》认为，"散文不是长篇阔论的逻辑或理解的文章，正如家常絮语，和颜悦色的唠唠叨叨地说着，而是一种不同凡响的美的文字，它是散文中的散文"；梁遇春《小品文选·序》把散文称为"小品文"，觉得它比絮语散文更能揭示散文的本质。

叶圣陶称"把散文这东西也看作是文学，大家分一部分心力来对付它，还是较近的事情。而作为文学的散文，正是我们现在所说的小品文"。

李素伯则在《什么是小品文》中认为，"在西欧，原有一种 Essay

的文学，是起源于法兰西而繁荣于英国的，一种专用表现自己的美文的散文，有人译作随笔，但就性质和写作态度上，似乎小品文二字，最能体现这一类体裁的文字"。

朱自清在《关于散文的写作》里说，"广义的散文，对韵文而言。狭义的散文似乎指带有文艺性的散文而言，那么小说、小品文、杂文都是的。最狭义的散文就是文艺的一个部门，跟诗歌、小说、戏剧、文学批评并列着，小品文和杂文都包括在这一意义的散文里"。

林慧文认为，"我们现在所说的散文，就是指这种纯文艺的散文而说的——不是和韵文相对的散文，而是和小说、戏剧、诗歌并列的散文"（《现代散文的道路》）。

散文作为一种美学，它源于生活而高于生活，力图反映"全息"的生活真实，而不能在继承散文传统的流风余韵基础上，对其进行艺术加工，进行艺术的提炼、提纯，提取出生活中最有意义的"意义"，纵然它原汁原味，但因没有贴近散文的本性，也会影响到散文美学特征和审美特征的回归，也会影响到传神文章的再现。

对于散文的界定，现代作家似乎都"悟"出来了，如盐于水，蜜于花，又不能准确地用文字下定义，这大概是因为"散文"这东西太难捉摸吧。

我们是不是能这样认为，Essay 的对译是循着"絮语散文、小品文、散文"的次序而渐进发展的，而作为 Prose 的现代抒情散文，则是循着"纯散文、抒情散文、狭义散文、最狭义散文"的发展脉络线索，以"齿轮式前进"的状态，最后归于"散文"之大一统而确定下来的。

第 17 章
散文审美主体论

1. 关于美学的主体

从美学主体论出发,主体审美是一个"环状结构"系统,在这个有机的、多层次的系统中,美的本体论研究美的客体,美的主体论研究美的创造和美的接受,为艺术的本论架起一道通往审美世界的"桥梁"。

主体审美是一种"活动",是主体对客体合目的性的把握,由此形成审美观念,然后把一定的审美观念"物化",完成美的创造,生产出"美"的产品,而后通过读者的接受,获得相对应的社会效应,并反馈给创造主体。

美学主体的创造核心是人,"社会的人"通过一定物质手段和精神手段,有意识有目的地认识、改造客体的物质承担者,是具有自然的生物属性,并以"理性"和社会性区别于其他动物。人在实践中既是主体,又是主客体的统一,具有主观能动性,能够按照自己的意志和能力创造地支配世界,但同时又受制于自然关系和社会关系。

人的主体性表现为对象世界及内在规律的把握和运用。大致说来,对自然规律和社会规律的功利应用,造就了人的"实践主体",而"超功利性"的规律认识和把握,则造就出人的"审美主体",两者也是互相联系的,前者是后者的基础,后者是对前者的超越。

审美主体就是进行审美活动的人,由普通的人变为审美主体,它是长期社会实践（包括审美实践）的产物。马克思说，"人的主体丰富性，即感受音乐的耳朵、感受形式美的眼睛，那些感受人的快乐，和确证自己是属人的本质力量的感觉，审美才发展起来，或者生产出来……"。

审美主体的能力包括审美感官和审美意识，人的眼、耳、鼻、舌、身和大脑，是美感经验产生的生理基础。当人的感官通过社会实践和审美实践，取得社会属性和审美属性后，人就具备了成为审美主体的可能。

也就是说，只有"有音乐感的耳朵，能感受形式的眼睛"，才能发现美，捕捉美。审美意识是客观存在的审美对象在人们头脑中能动的反映，包括审美观念、审美理想、审美趣味、审美能力、审美知觉、审美感受等。审美感官是审美意识的物质承担者，两者共同构成审美主体。

2. 关于散文的主体

文学中的主体性原则，就是要求在文学活动中尊重人的主体价值，发挥人的主体力量，在文学活动的各个环节中，恢复人的主体地位，以人为中心、为目的，具体包括创造主体、对象主体和接受主体。艺术是美的集中体现，文学也是一种美的艺术，理解了审美主体的内涵，有助于理解文学的主体性原则。

所谓文学的创造主体，是指作家的创作，应当充分发挥主体力量，实现主体价值，而不是从某种外来的概念出发，充当"传声筒"；所谓对象主体，是指文学主体应当具有独立的品格和个性，是有血有肉"有我"的这一个，而不是虚假的纸人或"高大全"的泥菩萨；接受主体是指读者的审美个性和再创造，把读者还原为充分的"人"，而不是简单地把他们降低为人云亦云的"白痴"。

散文的主体性不仅表现在取材和结构的灵活性上，还表现在创造主体和对象主体高度的契合。对象主体往往就是创造主体理想人格的化身。

"夫文本同而末异"（曹丕），不同的文学体裁有不同的审美要求，也造就了不同的审美主体，散文是最自由的艺术，它不像诗歌有严格的格律限制，也不像小说那样有较完整的情节和人物，更与戏剧的舞台性限制不同，"宇宙之大，苍蝇之微"皆可取材，结构更是千变万化，不拘一格。

散文是一切文学样式中最自由活泼，最没有拘束的，所以鲁迅先生说，"散文的体裁，其实是大可以随便的"。冰心说，"无论是长篇，是短篇，数千言或几十字。从头至尾，读了一遍，可以使未曾相识的作者，全身涌现于读者之前。他的才情、性格、人生观，都可以历历推知，而且同是使人脑中起幻象，这作者和那作者又绝对是不同的。这样的作品，才可以称为文学，这样的作者才可以称为文学家。能表现自己的文学，是创造的，个性的，是未经人道的，是充满了特别的感情和趣味的，是心灵里的笑语和泪珠"。

散文、小说和戏剧的主体有不同。小说和戏剧中的对象主体虽然也带有创造主体的感情倾向，但这倾向"应当是不要特别地说出，而要让它自己从场面和情节中流露出来"（恩格斯）。散文重在抒写自我，表现自我，小说和戏剧则偏重于再现典型环境中的典型人物，创作主体和对象主体的所指是完全不同的。

散文作家的审美意识，集中体现在散文作品的创作活动中，作家把情感观照到作品里，使自己产生一种创造的愉悦，所以享受的因素也几乎不可缺少地介入，散文作家进入一种创作的终点时，具体的散文作品仍然要转化为对作品的"享受刺激"。

范仲淹登岳阳楼，观洞庭湖，面对朝晖夕阴、气象万千的自然之美，作家涌现一种审美的"激情"。这种激情通过范仲淹的审美意识"中介"，化"自然美"为"散文美"，那"长烟一空，皓月千里，浮光跃金，静影沉璧"的散文美形态，观照渗透了范仲淹面对眼前自然美产生的那种激情，而且范仲淹在写《岳阳楼记》的创作过程中，又在文章中获得了对美丽岳阳楼的享受。这就是作家范仲淹散文审美的活动形式。

散文作家的审美意识，是作家想象、联想、美的感觉、创作表象、艺术结构和审美理想的"情感复合体"，我们如果把作家的审美意识作为整体来考察，就可以确定"情感"是散文主体的根本构造。

秦牧在黑龙江的镜泊湖荡舟,在无锡的太湖感受她秀美风采的时候,如果作家仅仅只有感觉、想象的审美活动,而没有对镜泊湖"妙趣天然未夺真"自然、粗犷、古朴之美产生一种被美诱惑的激动,没有对太湖开阔浩渺、烟波茫茫、湖鸥横飞、风帆片片、渔舟点点、水鸟成群的壮丽景观产生情不自禁的情感冲动,也就不可能产生《镜泊湖风采》和《太湖的云彩波光》这样的佳作。

作家的感情与自然美的融汇,成为"相即不离"的关系而构成作品,从而把纯粹的精神价值之美变为复合的艺术之美。所以,散文作家的审美意识具有一种创作、融合的特性,作品进入鉴赏阶段后,又获得了作家和读者的情感观照,在客体美的深度上,也体验出高度的快感,体现出复杂散文创作的奥秘。

3. 散文主体的独特性

审美创造的独特性,是客观存在的审美对象在头脑中能动的反映,是人类长期实践的历史产物。它本质上是对现实意识的超越,既是静观的体验,在审美静观中超越现实,它又是审美的创造,在创造美的过程中实现自我。

为进一步揭示散文主体进行审美创造的独特性,有必要对散文作家的审美意识,进行深入细微的剖析,从散文作家的审美情感和审美创造中,揭示散文创作规律性的东西,以窥探散文创作的"奥秘"。

从美学主体出发,人类独特心理经历了原始意识、现实意识和审美意识三个阶段。原始意识是动物意识的高级形式,也是人类意识的最低级形式。它是原始人类认识世界、改造世界的方式。当原始人类摆脱了本能的支配,开始用自己的思维来观察、理解世界时,就企图从中寻找一种普遍的、本质的联系,使纷乱的现象世界变成统一的对象,从而使人对强大的、异己的、自然的支配成为可能。

而原始意识是一种泛性论和自然崇拜,以原始巫术观念和原始宗教的形式表现出来。原始意识的独特性是缺乏自我意识的,它对对象世界的把握没有概念抽象,而是以原始意象的发生、联系和转化来进行的,并且伴随着"动作语言"。

随着人类思维能力的发展，人类在实践中获得了抽象能力，可以运用符号来控制自己的意识活动，使流动不羁的经验、体验固定下来，整理成体系，成为可以运算、表达和交流的东西，自我意识就产生了。

主体的独特性还在于，人类运用自我意识对原始意识进行反思，用科学概念和形式逻辑来认识世界，抽象世界，形成了自觉的现实意识，原始意识并未就此从人类意识领域消失，而是作为现实意识的低层次保留下来，积淀为人的无意识结构。无意识与自觉意识发生作用，形成人的非自觉意识。

非自觉意识是在自觉意识的基础上发生的，是最基本的意识活动。非自觉意识中积淀了原始意识的特点，是对对象世界最直接的把握，具有意象性和总体性特点，是遵循综合逻辑而不是形式逻辑，审美意识即是一种"理性"的非自觉意识。

现实意识被自觉意识控制着，还没有超出现实活动的水平，仍然是维持人类生存的工具，因此，不可能产生实用以外的需求，不是自由的意识。只有审美意识才能从总体上超越现实，摆脱外在世界和内在生理需求的控制。进入自由理想世界，审美意识把主体由感性、知性的现实水平提高到理性的超出现实水平，在对大千世界的整体把握中实现自我。散文的审美意识就是作家通过充分个性化的形象和饱含情感的意象反映世界，体验人生的主体意识，包括作家的人格气质、艺术修养、创作构思鉴赏能力，体现在具体的创作和鉴赏心理活动过程中。

从哲学的角度说，散文本体的独特性，是关于散文美的价值的直接体验，即散文审美体验的"中介"；从心理学角度看，则是散文作家审美态度的意识过程。我们对散文意识的研究，就是以哲学、心理学和文学审美意识为原发背景的。

4. 散文的本体审美

散文是最自由的艺术，主体性最强，所以，鲁迅先生说，"散文的体裁，其实是大可以随便的"。但散文创作也有"不随便"的一面。

结构美学认为，本体的"自由"有两种，一是指主体在客体认识的基础上，按客观规律办事，这是一种自觉的自由；另一种是在客观的趋向范围内，主体依凭自己的主观选择来行动，而不考虑实际过程和后果，或者由于某种利益需要和压力，不顾某种后果去做，这种"自由"带有主观臆断性和盲目性。

我们说散文创作可以"随便"，必须以"自觉的自由"为前提，也就是说作家必须在掌握创作规律的基础上，再来充分发挥其能动创造性，而不是散文创作"无技巧"，而是"无技巧的技巧"。

技巧就是"熟能生巧"，每个作家都有自己的写作经验。写熟了就有办法掩盖、弥补自己的缺点，突出自己的长处，散文才"大可以随便"。巴金的《随想录》，冰心的《想到就写》，都是自然朴素，没有伪饰，如一块璞玉，朴实得"无技巧"可言的典型作品。

散文本体的美是"朴素到极致"，老子的"大象无形"最接近本源的形象，是心里感受出来的，而不是肉眼看见的；"大音希声"，最美好的声音也是听不见的；"大巧若拙"表示最高的灵巧就是不事修饰的，如盐溶于水，是不可捉摸的，这叫作"真巧不露相"。

散文本体美是"无技巧"境界，"出于法度"也是基于"入于法度"之后的更高"技巧自由"。欧阳修认为，真正的好文章就像颜渊萧然卧于陋巷，"人莫见其所为而名高万世，所谓得之自然也""元结好奇之士也，其所居山水，必自名之，唯恐不奇。而其文章用意亦然，而气力不足，故少遗韵。君子之欲甚于不朽者，有诸其内而见于外者，必得于自然"。

孙犁、巴金、冰心等的散文如"清水一杯"，看似平淡，细细品茗，却能察出其中"汁"的芬芳，这种无痕有味的审美技巧，才是"大巧"。没有技巧的技巧、没有境界的境界才是"大美"的技巧境界的自由，才是真正审美意义上的"散文可求创作自由"。无迹可求的"羚羊挂角"才是对本体美的准确阐释，这才是散文所要探求的"自由法度"。

第 18 章
散文比较审美研究

当下是中西文化大碰撞、大融合的时代，散文正面临西方文化的冲击，徘徊于中西文化之间，表现出无所适从的焦虑状。在这种文化背景下，散文美学比较研究应避开美学的静态比较，避开"中国散文重抒情、西方散文重说理"的陷阱；用动态影响研究法，考察史上几次大冲突和融合，为当代散文擦亮历史的镜子，提供一种新路径。

1. 散文的比较审美

比较文学是文学研究领域的一门重要学科，兴起于十九世纪中期，发源于法国。比较文学旨在研究各国各民族文学之间的影响和关系，在不同民族、不同国别的文学比较和观照中，分析和把握各种文学现象和文学作品，以更全面、更准确地评价作品的思想和艺术价值，更深入和透彻地认识文学运动发展和根本规律。

比较文学主要有两大流派：法国学派和美国学派。它们的差别主要是研究的侧重点不同。法国学派是比较文学的发起者、奠基者，他们强调各国文学关系之间的事实求证，被称为影响比较；美国学派则突破影响比较的局限，提出平行比较的方法，即尽管各国文学之间没有联系，但若是处于同一时期，也可进行比较研究，从中发现共同的文学规律。

早在"五四"时期，比较文学作为新鲜的治学方法就引起了中国作家和学者的注意。三十年代，傅东华、戴望舒关于西方比较文学的专著译本相继问世,中国比较文学研究被当代文学"重新发现",在全国范围内掀起了一股比较文学热。近十年一百零三种学报和期刊上出现有关比较文学的论文四百八十三篇,但散文的比较审美研究却是空白。

古代散文的巅峰是唐宋古文,现代散文的高潮是"五四"新散文,而两次散文史上的峰值,都与异质文化的冲突与融合有密切的关系。这不能说纯粹是历史的偶然。我们的散文美学比较研究,也许能揭示出"偶然之中的必然"规律。

2. 民族大融合与佛教冲突

如果说,春秋战国时期的历史散文和诸子散文是我国各民族、各诸侯国激烈冲突的产物,是中国散文(狭义)的雏形,那么,它的成熟则是各民族大融合的艺术结晶,以唐朝韩柳倡导的古文运动为标志,唐朝正是我国各民族经过长期的冲突和斗争,终于完成大融合的时期,也是佛教传入中国后,与中国文化由冲突而融合的时期。

首先,经过将近四百年分裂和动乱痛苦之后,隋唐时代终于实现了人民所渴求的和平统一。国家空前规模的统一,为文学的繁荣提供了客观的基础。各民族文化终于实行了大融合。

过去的"南北"对立,使各民族文化发展殊途。所谓"南文约简,得其英华;北学深芜,穷其枝叶""江左宫商发越,贵于清绮;河朔词义贞刚,重乎气质"是也。

自隋代统一,双方就开始互相吸收。唐初文人更明确地提出南北文学应"各去所短,合其两长"(《隋书·文学传序》),古文运动在这种文化背景下,陡然兴起,一鸣惊人。

其次,散文由杂学到"纯文学",由先秦的理性主义到唐宋的"情理并重",是儒道佛三家思想大融合的结果。先秦之后,秦始皇统一中国,文化也被"统一"了,"史官非秦记皆烧之;非博士官所职,天下敢有藏《诗》《书》、百家语者,悉诣守、尉杂烧之;有敢偶语《诗》《书》者弃市,以古非今者族"。

先秦散文传统转入"暗流",汉初才扭转了这种情况,出现比较自由的学术气氛，黄老思想成了统治思想；至汉武帝，罢黜百家、独尊儒术，儒学又大兴；到汉末，豪强割据，三国鼎立，社会的巨大变动也引起思想的巨大变化，儒家不再独尊，法、兵、纵横等家思想都有不同程度的发展，佛教开始传入中国；至正始年间，何晏、王弼以老庄思想解释儒家经典，并注老子，玄学大兴。而佛教借助玄学也获得了很大发展。

这时儒、释、道已开始交织融合，至唐，封建社会发展到顶峰。唐统治者对三家都很重视，儒道经典都列为科举考试的重要内容，佛教也得到武后、宪宗的提倡，形成"中国佛教"——禅宗，在中国的传播达到鼎盛时期。

佛教对中国古代美学产生了很大的影响。主要表现在"人的觉醒"和"以禅喻诗"等方面。"人"的觉醒，魏晋时期成为文学史上"人的自觉"和"文的自觉"时期，与佛教的冲击、玄学的兴起有密切的关系。

散文由"人"为中心，取代神学的"目的论"和宿命论，从而确定了在中国文坛的"正宗"地位，"盖文章经国之大业，不朽之盛事"，应该是史上最重要的一个标志性事件。

一般认为，曹丕那句"载道"著名的话，是针对散文功能说的，其实非也。曹丕接着写道，"年寿有时而尽，荣乐止乎其身，二者必至之常期，未若文章之无穷"。文章之"不朽"乃是相对于人生之短促、荣乐有常期而言的。

这里不难看出，佛教宣扬生命"无常"论对当时散文的巨大影响。如果说这个时期人的觉醒，是以反讽的形式对人生的否定，"佛性"对"人性"的超脱表现出来的，那么，到了禅宗那里，"自我"与"佛性"则完全契合了；所谓"见性成佛""自性迷，佛即众生，自性悟，众生即佛"，从而使人的精神主体地位，得到了前所未有的肯定。

人的觉醒使散文出现了与正统"载道派"相对立的"缘情派"，其艺术成就甚至超过了前者。古代文人的人生哲学是"达则兼济天下，穷则独善其身"。表现在文学上，"达"则为"载道"之文，"穷"抒发自我的感情，而许多传诵后世的名篇，恰恰是他们"穷"时写的。这说明了佛老哲学,包含了更多的美学思想,对文学的影响更大。

苏轼早年是地道"儒生",把老庄学说斥为"猖狂浮游之说"(《韩非论》),他力主排斥佛老,独尊儒术,可他被贬黄州后,由"达"而"穷",竟然读起了《庄子》,叹曰:"吾昔所见、口未能言,今见此书,得吾心矣"(《宋史本传》),而且信起了佛教,"独求僧榻寄须臾"《东坡乐府》,并复叹曰:"晚识此道师,似有宿世情"(《留别蹇道士拱辰》)。

他到了海南,自称"佛弟子",《楞严》在床头,妙偈时仰读(《次韵子由浴罢》),《前赤壁赋》《后赤壁赋》,体现了佛老思想对他晚年散文创作的影响。这两篇名作之所以传诵后世,正是因为他文章中表现的强烈自我意识和生命意识,在佛教思想影响下的"自我"觉醒,和对儒家"载道"思想的超越。

以禅喻诗、佛教"妙语"的思想,对古代美学产生了相当大的影响,《涅槃无名论》说:"玄道在于妙语,妙语在于即真","悟"就是对事物本质("道""真")的直观性把握,这正好可以用来说明文学形象思维的特点,所以我国古代文论常常"以禅喻诗"。所谓"超以象外,得其环中"(司空图);"羚羊挂角,无迹可求""禅道唯在妙悟,诗道亦在妙悟"(严羽);"学诗浑似学参禅,悟了方知岁是年。点铁成金犹是妄,高山流水自依然"(龚相)……虽是论诗,讲的则是文学创作的"共同规律"。

"妙悟"的最高境界是"无我",是"物我两忘",佛教追求的这种境界,对古代文论的意境理论产生了很大影响,意境理论的"思与境谐,象外之象",很大程度受了佛教影响,从而深刻地把握了文学创作的某些规律。

苏轼《送参寥师》云,"欲令诗语妙,无厌空且静。静故了群动,空故纳万境。阅世走人间,观身卧云岭。咸酸杂众好,中有至味永"。这里指出了诗要"妙"的两个条件:"静"和"空",这种"静""空"的状态类似于我们现在说的"审美观照"。只有这样,才能使诗文"至味"永存,这个"味"乃是"味"外"味",也就是司空图说的"味在咸酸之外"的"味"。苏轼用佛家语,深刻地说明了文学创作的构思规律（空、静）和文学追求的意境（至、味）。

总之，佛学的传入对古代散文美学产生了很大影响，今天，释、道、儒三家合一的思想，已共同构成古代散文美学核心的思想基础，并成为我们的传统。在近现代西方文化对我国文化的渗透中，佛教思想已由"发放者"转化为"接受者"。

3. 文学革命与文体革命

由于历史的惰性，中国古代文化形成了一个超稳定系统。明代以后，文化日趋没落，古代散文也走到了末路。由于缺乏内在的动力机制，文化格局的打破非得借助于外来文化的冲击不可。如果说，唐朝是中国文化以博大的胸怀主动吸收异质文化，为我所用；近现代则是中国文化在落后于西方的情势下，被迫学习西方文化中先进的东西，以改造和发展自己的传统文化。"五四"新文化运动正是这种追求的必然结果。中国散文在外来文化的冲击下，终于突破传统模式，成功借外来文化之力，完成了自身的文体革命。

然而，中国文化遭受了怎样的屈辱、经历了怎样的苦难啊！1840年的炮声，给古老的中华民族以强烈的震撼。一批有志于振兴中华的有识之士首先意识到，闭关锁国非但不能"制夷"，且只会自取灭亡。民族要求生存求发展，不得不放下架子，向西方学习。

首先是魏源在无情的鸦片战争硝烟中，清醒地意识到，强者兵，要"制夷"，只有"师夷之长技"（《海国图志》），主张"师夷智以造炮"的进步人物，也仍对西方的"软文化"（精神文化）持排斥态度，提出了"中体西用"的对策模式，即"以中国之伦常名教为原本，辅以诸国富强之术"（冯桂芬《校邠庐抗议》），学只学西方的科技（"用"），于是西方近代的"硬文化"（物质文化）开始传入中国。

在伦理道德和政治制度等方面（"体"），则持保守态度，但比起闭关锁国来，是一个很大的进步。甲午海战一役，不承想已有洋枪洋炮装备的北洋水师竟全军覆没，震惊之余，人们这才意识到"中体西用"的对策也是行不通的，才有了"西人之强者兵，所以强者不在兵"的文化觉醒。

近代社会对西方文化的引进由"硬文化"发展到"软文化",首先是呼吁引进西方的社会体制。如梁启超就主张,"今日之计,莫急于改宪法。必尽取其国律、民律、商律、刑律之书而广译之"(《变法通议·论译书》)。与此相适应,在文学范围内也掀起了一股改良主义思潮。

梁启超、谭嗣同提出"诗界革命"的口号,陈荣衮、裘廷梁提出"语文合一"的文体改革主张,"崇白话而废文言"。可以说,这次文体革命,是"五四"白话文运动的前奏,它虽然没有取代传统古文的统治地位,但它从语言形式上否定了古文的表达作用,对晚清的文体解放运动有很大的促进作用。

而这次文体改革,正是在西方文化的直接冲击下产生的,是资产阶级改良者为了宣传自己的主张,宣传西方文化、"开发民智",而采取的通俗化宣传方式。这次文体革命初步打破了传统古文的格局,为"五四"新文化运动做好了准备。

4.《新青年》的历史功绩

文学形式的革命,是以深刻社会内容为基础的,特殊时代的价值标准和审美趣味,决定了特定时代文学独特的形式。"五四"白话文革命的彻底胜利,也是依赖于资产阶级民主思想的胜利。而完成这一历史任务的,就是陈独秀创办的《新青年》。

虽然《新青年》的创刊没有以文学形式革命为己任,然而如果没有它为横扫封建伦理道德,为资产阶级民主鸣锣开道,白话文的胜利,是不可能这么快到来的。《新青年》完成了思想启蒙的任务,一大批先进知识分子意识到科学、民主的时代内容与文言文之间的深刻矛盾已经不可调和时,白话文的文学价值便得到了普遍的肯定。一个质的转变完成了:白话文由"启蒙工具",成为表情言志的文学工具,白话散文(或"定义散文")就诞生了。

"白话文"本是少数先进知识分子"开启民智"的宣传工具,他们宣传西方进步思潮,很快被广大民众所接受,白话文一时成了表情言志的文学工具。所以说白话散文正是西方文化冲击下的"直接产物",

而当它诞生以后，又向西方文学学习，吸取养料，使自己迅速成熟壮大，并一跃而成为文学的"正宗"。

5. 小品文的成熟与成功

在"五四"新文化运动中，成就最高的是散文（小品文），受西方文化影响最深的也是散文。正如新时期文学成就最高的是小说，借鉴西方文学最多的也是小说一样。那么，现代散文主要吸收了哪些西方文化呢？它是怎样与传统文化融合在一起的呢？我们能从中得到一些什么经验教训呢？

"五四"新文化运动高举民主和科学的大旗，造成了封建文化的断裂，文学以彻底地反传统为己任，在那个向西方学习蔚然成风的年代，白话散文倡导者和实践者们把目光投向西方，从西方文化中寻找新散文的发展模式，就是很自然的事情。

"五四"前期，对西方美学的"热衷"升温，尼采、柏格森、托尔斯泰的哲学和美学，源远流长的亚里士多德、柏拉图等古希腊美学，立普斯的"移情说"，德国的席勒、歌德、法国的泰纳、左拉、罗丹，英国的王尔德、瓦特·佩特，美国的白璧德，印度的泰戈尔，古典主义、浪漫主义、现实主义、自然主义到新浪漫主义，各种美学思潮潮水般涌入中国，对"五四"文学革命运动，产生了深远的影响。

首先是"积极浪漫主义"的影响。鲁迅1907年《摩罗诗力说》中，详细地论述了西欧十八世纪末十九世纪初，积极浪漫主义美学思潮的特征，他认为浪漫主义和"摩罗诗派立意在反抗，指归在动作""大都不为顺世和乐之音，动吭一呼，闻者兴起，争天拒俗，而精神复深感后世人心，绵延至于无已"。

李大钊1916年发表的《"晨钟"之使命》，推崇青年德意志派"各奋颖新之笔，抨击时政，攻排旧制，不论否认偶像的道德，诅咒形式的信仰，冲决一切陈腐之历史，破坏一切固有之文明，扬布人生复活，国家再造之声，而以使德意志民族回春"。

由于积极浪漫主义是法国大革命、欧洲民主运动和民族解放斗争高潮时期的产物，是与欧洲反对封建制度的资产阶级革命同时兴起的，它当时产生的社会环境,与中国有很多相似之处,"鲁迅们"的提倡,一时得到了最广泛的响应,他们吸取西欧浪漫主义的战斗精神,初步规定了新文学反封建的主题,及其基本的审美标准。

其次是"美国意象派"的影响。胡适借鉴美国意象派的主张,提出"文体革命"的口号,指出文学救弊八事,第一就是"破天荒"提出"白话文学之为中国文学之正宗,又为将来文学必用之利器,可断言也"(《文学改良刍议》)的主张。他的"文学八事"就是直接源于"意象派"理论而产生的。

梁实秋 1926 年指出,"按影象主义者(即意象派)的宣言,列有六条戒条,主要的如不用典,不用陈腐的套语,几乎条条都与我们中国倡导白话文的主旨吻合"(《现代中国文学之浪漫的趋势》)。哈佛大学方志彤也说,胡适"文学八事"曾受到美国意象派三篇重要著作的影响,即庞德《几种戒条》、罗威尔《意象派宣言》《现代诗的面貌》。由此可以看出,新文化运动的内容和形式两方面,接受的都是外来美学思潮,白话散文也就是在这个背景下诞生的。

6. 英国随笔的影响

世界上有三大散文国,分别是中国、英国和日本,"五四"时期,世界各国的散文都被我们引进来,三个散文大国也发生了碰撞与交融。在这次交融中,英国随笔给我国现代散文提供了最丰富的营养。

虽然在当时,欧美、俄苏、日本、印度、阿拉伯诸国度,一些主要的散文和名家代表作,都有人加以译介进来,象波特莱尔、屠格涅夫、泰戈尔、纪伯伦的散文诗,布封、怀特、伊林的科普散文,基希、里德、爱伦堡的通讯报告,卢梭的自叙传,高尔基、罗曼·罗兰的政论杂文,鹤见祐辅、厨川白村的社会批评,欧文的旅行杂记,阿左林的乡土散文,尼采的随想录,等等,但它们的影响,都不如英国随笔对我国现代散文产生的影响巨大。

随笔(Essay)是创始于法国蒙田而发达于英国的一种散文体裁,胡适 1918 年 4 月写的《建设的文学革命论》一文,最先介绍了随笔,周作人也随后在《晨报副刊》发表《美文》一文,专门介绍和倡导试作 Essay，从此打开了一扇通往异域宝库的大门，出现了译介英国随笔的热潮。

在译介方面，王统照《散文的分类》介绍了随笔的特点及功用；胡梦华在《小说月报》发表《絮语散文》，并综述了蒙田、培根以来的承传变化；毛如升《英语小品文的发展》和方重《英国小品文的演讲与艺术》，概述了英国随笔发展史；鲁迅翻译的厨川白村《出了象牙之塔》一书中，也有"Essay"和新杂志的两节专门论述。

值得一提的译著有小泉八云《论小品文》、史密斯《小品文作法论》、佩特《文体论》、斯威夫特《婢仆须知》、蔼理斯《随想录》，梁遇春以英汉对照方式编译了《英国小品文选》《小品文选》《小品文续选》和高尔斯华绥《幽会》，卡莱尔《英雄与英雄崇洋》（曾虚白译），《现代随笔集》（张伯符等译）、《英国散文选》（袁嘉华译）、《英国小品文选》（王文川译）等，可见当时散文界对英国随笔涉猎之广、兴趣之浓、了解之深和选择之精。

从英国随笔的特点来看，它最适合于"五四"时期的时代潮流，随着十八世纪欧洲启蒙运动，敏锐的政治先觉者的出现，随笔成为宗教和社会批评的重要武器，由于它灵活、简捷、对时事暗含一语双关的讽谕性，因此成为哲学改革者的一种思想工具。美国的联邦报和法国革命小册子，是这个时期无数实例中的两种，他们动用随笔这种文学形式改善人的环境，这种写作形式的长处，不需要适应任何统一的音调，也不像其他体裁受到束缚。

真正领会随笔这两个特点的首推鲁迅，他的杂感"是投枪""是匕首"，是反封建的工具；同时，鲁迅小品文在形式上又不拘一格，娓娓道来，妙趣横生，他的《朝花夕拾》叙事生动，写人传神，舒展自如，情趣盎然，深得随笔之神韵。我们虽然不能说他全受英国随笔的影响，但可以说影响还是主要的。他主编《奔流》时就大力扶植过英国随笔的译介，并从厨川白村那里受到英国随笔影响，应该是不争的事实。

英国随笔大都属于"闲适"类，《大英百科全书》接着解释道，"文学的功能之一是娱乐性；随笔在进入最广大的文学领域的时候，也没有失去它既有的闲逸的艺术。随笔家们怀着仁慈的心谈孩子、谈妇女、谈爱情、谈运动"。

二十世纪二三十年代文坛"谈话风"盛行，周作人提倡"美文"，林语堂提倡"幽默"散文，胡梦华提倡"絮语散文"，陈叔华提倡"娓语体"散文，都属于这一类。它们的意义在于，直接充分地表现自我精神，反对"文以载道"的古文，这一点在"中国的爱利亚"梁遇春身上表现明显，他在《谈流浪汉》《观火》《吻火》等名篇中，表现出占有人生、享受人生的热情，就与他所推崇的兰姆人生态度十分相似。

"五四"时期吸收西洋文化，与日本的最初为荷兰文为媒介者不同，借用的是英文力量，欧洲人也不直接看中文，而是以第三国的英文为普通语，所以英国散文的影响，主要是"知智识文阶级"，然后再被"白话"。可见英国随笔影响的路径和深刻方式。

7. 俄国文学的影响

对现代散文的影响，主要发生在"五四"文学革命时期（1917—1926年），从二十年代后期开始，随着时代的变化，马克思主义作为一种外来文化，在中国的传播取得了空前的胜利。

反映在文学上，掀起了一股现实主义思潮，对现代散文影响最大的，是马克思主义和俄国无产阶级文学。俄国文学作品的翻译，占了当时译著数量的首位。据《中国新文学大系》统计，八年内出版翻译文学作品单行本一百八十七部，俄国文学就占了三分之一强（六十五部）。

当时流行的是托尔斯泰"批判现实主义者"，高尔基、普列汉诺夫的文艺理论此时还未在中国传播，甚至别林斯基、车尔尼雪夫斯基和杜勃罗留波夫的文艺理论也未被注意。因此，这期间对现代文学发生影响的，主要是托尔斯泰的美学思想，他提倡"为人生"的艺术，对反叛"文以载道"的封建文化批判，起了一定的积极作用。但就散文而言，受托尔斯泰等俄国文学家的影响，当时远远没有英国随笔的影响大。

马克思主义的"资本主义救国论"，在斗争中取得了彻底胜利，俄国十月革命的胜利，无产阶级文学被译介到中国，从而对中国现代文学发生了划时代和深远的影响。

现代文学从此发展到第二阶段,既继承"五四"文学的反封建传统,又用马克思主义文艺观进行总结和"教训反思",现实主义于是就成了文学的主流,可以这么说,是马克思主义传播的胜利,导致了三十年代小品文"大论战",并出现了"小品文年"高潮。

这次"大论战",一方是以林语堂为代表的"论语派",主张小品文"以自我为中心,以闲适为格调",他们受英国随笔的影响,以谈话风进行写作,在"五四"文学革命时期,起到积极作用并取得很大成就。

论战的另一方主要是受马克思主义和俄国进步文学影响,以鲁迅为代表的左翼作家,主张"为人生""为社会"的战斗小品文。他们认为,"生存的小品文须是匕首和投枪"。这次大论战,以他们完全的胜利而告终,这也是马克思主义影响下,现实主义思潮在现代文坛的伟大胜利。从此"抒情散文"式微,新兴写实的报告文学崛起,并占据了现代散文的主导地位。

据 1932 年中华图书馆协会《文学论文索引》统计,从"五四"到 1929 年,全国各地刊物发表研究欧洲文艺思潮的文章九篇,专述浪漫主义十一篇,论新写实主义的五十多篇,这些数字足以说明当时西方现代主义的影响程度。

8. 西方文化的再渗透

"文化大革命"既否定"五四"以来的优秀传统,又排斥西方文化,直到七十年代末八十年代初,散文在恢复现代和十七年传统的基础上,才再一次把目光投向西方,这就是我们说的西方文化对散文的第二次渗透。

与"五四"现代文学侧重借鉴西方积极浪漫主义和现实主义创作方法不同,第二次世界大战后,主要是西方现代主义,包括意识论、荒诞、黑色幽默、存在主义、无意识、结构主义、魔幻现实主义、新感觉派表现主义、未来主义、象征主义的涌入。

到了八十年代,西方现代派文学及思潮潮水般涌入中国,对新时期文学产生了深远的影响。据初步统计,八十年代初,国内介绍西方现代派文章七百多篇，现代派作品大量被翻译进来，其中以外国文学出版社、上海译文出版社联合出版的《二十世纪外国文学丛书》最为可观。袁可嘉等主编的《外国现代派文学作品选》四册八本，有较高的学术价值，《西方现代派文学问题论争集》（何望贤）、《西方现代派文学研究》（陈焜）、《欧美现代派文学三十讲》（石昭贤等）、《西方现代派文学简论》（陈慧）、《萨特研究》（柳鸣九）等有关专著和文集也纷纷面世。

此时西方现代派的进入，在开掘人的内心奥秘，表现错综复杂的人与社会、人与自然关系上，有明显的突破和促进，作品要求认识人的价值、认识人与社会、人与自然的关系的主题有很大的共同之处，虽然对"人"价值的认识有本质不同，但其表现方法，却是很值得借鉴的。

八十年代初，作家们开始探讨散文的新形式，宗璞《废墟的召唤》、贾平凹《一棵小桃树》、王友琴《未名湖，你听我说》、张洁《拾麦穗》等，较早透露出这一"探讨"信息，继而1984年前后持"现代派"的论争，1985年的"方法论"热，散文界也出现了一时的"振兴散文"小高潮。

这个小高潮发端于对"杨朔模式"的反思，并在西方现代主义的影响下趋于深化。八十年代中后期，贾平凹《五味巷》《秦腔》、唐敏《心中的大自然》《女孩子的花》、苏叶《梦断潇湘》《总是难忘》、赵丽宏《小鸟，你飞向何方》《秋风》、张抗抗《埃菲尔铁塔沉思》、叶梦《不能破译的密码》，这些"风情散文"突破了"物—情—理"线性结构，突破了"形散而神不散"的理论框架，表现出一种立体结构、复合情感、现代手法的"新散文"。

9. 关于台湾散文

海峡另一岸，同是使用汉字的炎黄子孙，同源于"五四"散文传统的台湾，有一批专事散文创作的作家，如墨人、李敖、小民、琦君、三毛、郭良蕙、杏林子、余光中、席慕蓉等，他们散文集年出版量约在二百种以上，居台湾各类文学作品之首。

台湾当代散文面对中西文化的冲突，他们没有抛弃传统，也没有全盘西化，余光中的创作和理论很有代表性。起初，他极力主张"西化"，但通过长期创作实践，使他认识到"此路不通"，于是提出了著名的"浪子回头"说。

他避免了"国粹派"与"西化派"的片面和局限，而是走出了第三条路，"是民族的，但不闭塞，也是现代的，但不崇洋，如果说，国粹派是孝子，西化派是浪子，则第三条路是浪子回头"（余光中《听听那冷雨·云开见月》）。

六十年代到七十年代中期，台湾文学中现代派一度占据了文坛的统治地位，但在七十年代"新诗论战"和1977年的"乡土文学论战"后，乡土文学蓬勃发展，又取代了现代派的统治地位。台湾的经验告诉我们，中国文学要进入世界之林，必须在保持优秀传统文化的前提下，融取西方进步文化，秉承"是民族的，但不闭塞，也是现代的，但不崇洋"的理念，才能弘我中华。

第 19 章
散文接受审美论

1. 关于接受美学

接受美学是西方文艺界继俄国形式主义、胡塞尔现象学、伽达默尔解释学、布拉格结构主义及英美新批评之后兴起的一个美学派别,由以姚斯和伊瑟尔为代表的德国康斯坦茨学派于二十世纪六十年代中期首先提出。它彻底扭转了文学的研究中心,由过去以作家——作品为中心的研究转向以读者为中心的作品——读者研究,从而以其独特的思维方式令人耳目一新,在各种文学思潮的纷争中迅速崛起,产生了日益广泛的影响。

在接受美学看来,文学作品(文本)并不是像我们过去一直认为的那样,是一个自足性的存在,而是一个多层面的未完成的图式结构。我们一贯强调的文学形象的塑造也不再是文学的目的,"形象本身只是创造最佳表达的工具,是一种用以达到最佳效果的诗学设计"。

作品作为一种"图式结构"或"诗学设计",作品中表现出的内容就存在许多未定点。因此,一部作品的最终实现必须依赖于读者的创造性接受,读者不只是鉴赏家、批评家,也是作家。读者进行的最重要的活动,就在于排出填补作品中的未定点,实现作品的"具体化"。

这与以前的任何一种美学理论都迥然有别的艺术标准,读者是至高无上,"根据这一理论,艺术作品的本质建立在其历史性上,亦即建立在从它不断与大众对话产生的效果上",读者的"期待视野"与作品间的距离，熟识的先知审美经验与新作品的接受所需求的"视野的变化"间的距离，决定着一部作品的艺术特性。

所谓"通俗"的文艺，就是根据流行的趣味实现人们的期待，不需要视野的任何变化。而所谓"创新"的文艺，则是引导读者的"期待视野"从过时的审美经验中解放出来，进而彻底打破文学期待的视野，使新的审美标准为读者接受的艺术。"新"不仅是一个美学范畴，同时也是一个历史范畴。

姚斯认为，"从类型的先在理解、从已经熟识作品的形式与主题、从诗歌语言和实践语言的对立中产生了期待系统"。霍拉勃进一步阐释道，"'期待视野'显然指一个超主体系统或期待结构，一个'所指系统'或一个假设的个人可能赋予任一文本的思维定向"。

由此可见，所谓期待视野不仅包括读者的思想观念、道德情操、审美趣味，同时也包括读者的直觉能力和接受水平等，文学史作为读者的"接受史"，实际上也就是文学文本与读者期待视野之间相互影响、相互调节的历史。

文学的生命是什么？文学作品的审美价值最终是什么决定的？不同于实证主义着重文学的外部研究，也不同于形式主义着重文学文本的内部研究，接受美学认为，文学作品的生命在于读者的接受，读者才是"文学史的仲裁人"，作品的审美价值，最终还是由读者决定的。

2. 散文接受美学史

接受美学认为，一个时期文学的审美趣味取决于这一时期的读者（即宣传者）的审美趣味，"艺术最终依赖于趣味的这些宣传者，而且'这些团体本身发挥的能力又取决于他们在社会结构中所行使的权限'，他们的权限主要由他们统治'艺术生活机构'的范围决定"。

散文第一次高峰是春秋战国时期的历史散文和诸子散文，其基本形式是在这个时期确定的，并为散文史举行了隆重的接受"奠基礼"。《左传》《国语》《战国策》为代表的历史散文，和以《孟子》《庄子》《荀子》《韩非子》为代表的诸子散文，丰富和发展了"上古文学"中的叙事、抒情、说理功能，一方面是由于文化传播媒介（文字和书写材料）的发展，另一方面与读者期待息息相关。

当时散文作者大都属于"士"阶层，"士"是春秋战国之交奴隶社会向封建社会过渡时期出现的一个特殊阶层。它来源很复杂，有新兴地主，有没落贵族，也有脱离生产走向城市的自耕农。他们是中间阶层，在统治阶级的最下层，同人民比较接近。因此他们的作品里表述的思想感情能够满足人民的期待。

孔子讲"爱人"，讲"泛爱众"；子夏讲"四海之内皆兄弟"；墨子讲"兼爱"；许行讲"并耕"；孟子讲"老吾老，以及人之老；幼吾幼，以及人之幼""民为贵，君为轻"。他们肯定了个人的作用，提高了人民地位，因而获得了广泛的"读者基础"。

另外，"士"阶层地位虽低，却有许多有学问有才能的人，很得当时高层统治的读者层——诸侯卿相赏识。魏文侯、齐威王、齐宣王、燕昭王等，无不礼贤下士，孟尝君、信陵君、平原君、春申君四公子和秦丞相吕不韦门下食客号称三千人，成为当时最主要的受众群体。

先秦历史散文和诸子散文的创作多为"食客"所为，他们"立说"的目的，就是为了"主人"采纳自己主张，文章感情激越，论辩性强，文章宏丽，辞藻华美，多用寓言和比喻。

为"主人"提供历史经验教训以资借鉴，这是当时"游说之风"大兴的原因。孔子周游列国，席不暇暖；墨子、宋钘为了反对不义战争，都去说楚王罢兵；孟子先后说齐宣王、梁惠王；许行说滕文公；荀子"先游齐，后适楚"。各人站在自己的阶级立场上，代表不同读者阶层的利益，劝说诸侯卿相采纳自己的主张，争得不可开交。

先秦历史散文和诸子散文的这些审美趣味完全是为了迎合它的"趣味宣传者"——诸侯卿相，由于诸侯卿相统治着当时的"艺术生活机构"，因而他们作为读者，对当时散文的传播有决定性影响。

汉末以来，"清谈之士"因批评政治招来了党锢之祸，政局动荡，政权更迭频繁，魏代汉、晋代魏，大肆屠杀政治异己人物。在这种政治局势下，"百家争鸣"逐步转为崇尚虚无的玄学，"感情激越、论辩性强"的传统与读者的期待视野背道而驰，"辞藻华美"的特点却得到了片面畸形的发展，骈文于是占据了文坛的统治地位。

到南北朝时期，由于垄断了文化的士族阶级大力"宣传"，骈文的形式技巧更为精密，不仅讲求对偶，而且把偶句归纳为言对、事对、正对、反对等类型，句的字数也渐渐趋向"骈四俪六"，沦为僵死的模式，因而散文失去了"读者市场"。

骈文鼎盛时，齐梁刘勰《文心雕龙》就提出文学应该"宗经""征圣"和"明道"的主张，萌发了对立的复古思想。西魏宇文泰、苏绰，北齐颜之推，隋代李谔、王通，初唐陈子昂、盛唐李华和萧颖士等都先后提出过复古主张，直到中唐韩愈、柳宗元发起的古文运动，他们主张复兴秦汉古文传统，反对"贵辞而矜书，粉泽以为工、遒密以为能"骈文作风，彻底打破了旧的审美判断，这一主张才发展为一种社会思潮，因而他们有广泛的读者基础，最终取代了骈文的统治地位。建立了"厚人伦、美教化"新的艺术标准，带来了前所未有的读者群体的回归。

姚斯认为，"当前成功作品的历史内涵已经过时，失去了可欣赏性，并且期待视野已经达到了更为普遍的交流时，才具有改变审美标准的力量"。古文运动之所以改变了骈文的审美标准，就是因为它达到了"更为普遍的交流"，满足了读者，发展了新的期待视野。

古文运动最大成就是文体革命，针对骈文语言与文字的分离现象，韩愈主张对待古代应当"师其意不师其辞""唯陈言之务去""唯古于词必己出，降而不能乃剽贼"（《樊绍述墓志铭》），韩柳主张语言与文字的合一，开一代新风，把读者放到了一个重要位置，与他们"文以载道"的原则高度统一。

随着封建社会的没落，到清中叶，虽作家作品众多，但大都缺乏新思想内容，因袭旧的艺术形式，散文已呈衰落趋势。十九世纪中叶鸦片战争之后，清王朝陷入空前危机，闭关锁国的政策被打破，一部分知识分子开始认识到本民族经济文化上的弱点，文学上出现了开风气之先、以龚自珍、魏源、林则徐为代表的"开明派"。

到甲午战争、戊戌运动前后，中国文学在观念上产生了重大变化，新的期待视野初步确立，梁启超、黄遵宪等启蒙思想家明确提出"诗界革命""文界革命"和"小说界革命"的主张，配合政治上的改良运动,他们主张"崇白话而废文言",出现了文学为改良服务的价值取向。

黄遵宪指出,中国文学最大的病根,他们革命的本质,就是"语言与文字之不相合",认为"语言与文学离,则通文者少,语言与文字合,则通文者多",他的目的是让广大民众接受自己的主张。

当时的情况是一般没有学识的平民和工人,就用白话写作,而"正经"的文章或著书,仍然是古文体例。周作人指出,"作者自然也是意不在文,因为目的还是教育以及政治的,其用白话乃是一种手段;引渡读者,由浅入深以进行古学之堂奥者也",可见都非常重视自己作品有多少人读,观点能不能被广泛接受,接受美学开始占据重要位置。

经过近代文学的准备,"五四"彻底打破旧传统,反对旧文学,接受美学一时占据主思潮。霍拉勃说,"文学史的延续,可以看作是一个群,被另一个群不断取代的过程,文学革命的发生,正是读者层由传统的士大夫统治阶层,转向平民阶层和小知识分子阶层的必然结果",也就是说,读者被重视,是传统的大一统模式,转变为张扬个性,以"自我"为中心的必然结果,是读者自觉,人性的解放,是近代史上"接受美学拯救散文的最大成功"。

3. 散文接受美学分析

接受美学的读者研究既不同于纯社会学的研究,也不同于纯心理学的研究,而是把读者作为一个历史概念,在共时性和历时性的坐标中规定读者的位置。

首先,在共时性研究中,我们按读者所扮演的不同的社会角色,从社会学的角度把读者分为三个层次:领导层、评论者和一般读者。而在历时性研究中,古代散文读者的"主因群"是统治阶层,而现代则转向一般读者。

古代读者的期待视野以儒家思想为核心,以道家和佛教思想为补充,表现出强烈的伦理化和俗化倾向。因此,古代散文读者与现代读者表现出不同的特点,其接受目的均有很大的差异。

对受众的分析,史上都是片言只语,不成体系,也从没有受到普遍关注过。中国封建社会是宗法家长制的社会,整个社会制度都是伦理化的，封建礼教更是被奉为治化之本，所谓"君君臣臣父父子子"，所谓"非礼弗视、非礼弗听……"，所谓"三从四德""三纲五常"，等等，读者的期待视野，完全是一个以伦理意识为中心的系统。

黑格尔说，"中国纯粹建立在这一种道德的结合上，国家的特性便是客观的'家庭孝敬'。中国人把自己看作是属于他们家庭的，而同时又是国家的儿女"。也就是说，就文学内容而言，"善"就成了"美"的代名词。"文以载道"成了散文的原则。

荀子曰，"圣人也者，道之管也。天下之道管是矣，百王之道一矣，故《诗》《书》《礼》《乐》之道归矣"，给散文批评史上原道、征圣、宗经之说奠定了基础。经过王充至刘勰，已明确提出了"原道、征圣、宗经"的概念。唐古文运动恢复先秦传统，不仅在理上，而且在创作实践中发扬了这一原则。至宋明理学、心学之后，更演化到八股文模式的极端。

就文学形式而言，"中和之美"便成了美的最高典范。从最早的《尚书·尧典》开始，就提出"八音克谐""人神以和"的美学观。孔子评《诗三百》也以"乐而不淫、哀而不伤"为标准，这个标准影响了整个中国古代散文史。

中国散文叙事抒情则讲究"发乎情止乎礼"，写景则致力于意境："神用象通、情变所孕，物变所孕，物以貌求，心以理应"（刘勰《文心雕龙·神思》），形与神、心与物、情与理都要和谐统一，"允执其中"。骈文讲"四声八病"，八股文讲"起承转合"，更是追求和谐美的极致。

《易经·系辞》里就有"仁者见仁谓之仁，智者见智谓之智"的论述，后来又有"诗无达诂""文无定评"的说法，鲁迅论《红楼梦》说"单是命意，就因读者的眼光而有种种：经学家看见《易》，道学家看见淫，才子看见缠绵，流言家看见宫闱秘事"。

也就是说，历代的文学都是创作掌握话语权，"我说你听"就是了，作家把文章写出来，至于有多少读者，是什么层级，有什么后世影响，并不是他们所特别关注的，也没有文学的受众对创作的反作用，没有任何一个人做过细致的研究。

只是到了现代，接受美学兴起之后，对读者的系统研究才成为可能。既然读者成了"文学史的仲裁人"，既然文学作品的艺术特性，取决于作品与读者期待视野之间的距离，对读者的研究就更为必要了。

从接受美学的规律上讲，古代散文"快乐原则"被抹杀，而其实用功利性却得到片面的强调，从而决定了对"接受群体"的无视。"子曰：小子何莫学夫诗？诗可以兴，可以观，可以群，可以怨。迩之事父，远之事君"（《论语·阳货》），最早提出了文学的作用是"事父"和"事君"，也可以产，掌握话语权的是君父，而受众只是臣子而已。

古代散文似乎超凡脱俗，寄情山水的"缘情"一派的散文，也是"醉翁之意不在山水"，骨子里也还是要"事君"。他们是"身在山林，而'心存魏阙'，抒发的也只是不得帮主人之忙的不平"。柳宗元《永州八记》、范仲淹《岳阳楼记》、苏轼《前赤壁赋》《后赤壁赋》等名篇，表现的那种凄清悲怆的情感，抒发的那种怀才不遇的愤懑，正是"不得帮忙的不平"。所以"读者"被教化和政治作用所"驯服"，朝野上下只有"听歌"的份，是彻头彻尾的"听命"一族。

"五四"时期的"期待视野"，则是对传统期待视野的反叛，新文化运动的核心就是提倡科学民主，反对封建礼教。现代读者是觉醒的读者，表现出强烈的个性和文学化倾向。他们要求在散文中抒写自我，表现出强烈的自我意识。其对散文的态度，兼顾百姓的接受程度，从而审美从高贵逐步转为世俗。

作家们在新思潮的影响下，面对社会的、思想的、文化的种种弊病，自由地、尖锐地发表自己的意见，抒发内心的苦闷和躁动，提出了"以自我为中心""自我之绝叫"的口号。

郁达夫说，"五四运动的最大成功，第一要算'个人'的发现。从前的人，是为君而存在，为父母而存在，现在的人才晓得为自我而存在了""现代的散文之最大特征，是每一个作家的每一篇散文里所表现的个性，比以前的任何散文都来得强"。从比较审美中我们可以发现，作家创作和大众的阅读，开始成为一个互相渗透、相互博弈的渐进过程。

新中国成立后，"文学即人学"的美学命题成为主流，在文学领域中,"人"作为精神主体的地位得以确定,散文对受众的研究和表现,也开始深入到潜意识的深层结构里。巴金《随想录》、杨绛《干校六记》、曹明华《女大学生手记》,都以对人性的深刻剖析,而赢得了广大的读者,满足了读者厌弃模式化、要求张扬个性的新"期待视野"。

接受美学认为,受众自我觉醒使本体中获得了自由,作为审美对象,"本身"就是目的,是一个"受教育"过程,"它的目的并不是在教我们变得更聪明一点,却是在使我们觉得更快乐一点"。

无怪乎周作人提倡"美文",王统照提倡"纯散文",胡梦华、吴淑贞提倡"絮语散文",陈叔华提倡"娓语体"散文,这实在是截然不同的一种新文体,是与顺应封建礼教把持下的"载道"的古文截然不同的一种新文体,其实都是为"顺应读者新的期待视野"而产生的。

接受审美认为,新期待视野的建立是一个艰苦的过程,受众主体意识需逐渐成为一门学科,以理论来促进和制约创作主体的思想和实践活动。而从社会学的角度考察,还必须对诗歌和小说诸类的艺术本质,进行比较和接受的分析,才能最终确定散文的接受主体性。

文学文本作为一种"诗学设计",其实存在许多未定点,读者接受的过程,就是把这些"未定点"的具体人,进行逐个的排除,文本中未定点越多,接受的要求就越高。

"未定点"是接受美学的一个视点,随时俯视本体的创作状况,在诗歌、散文、小说三种文体中,诗歌的跳跃性最大,往往只借助一个片断、一个场景来抒情言志,诗歌文本中的未定点也最多;而小说有完整的故事情节,有完整的人物形象,小说文本中未定点最少。

散文与诗歌比起来,虽然它也有节奏,但不像诗歌节奏那样地强烈鲜明,虽然,讲究语言的精练,但不像诗歌语言那样浓缩,虽然讲究布局谋篇,远远没有诗歌的格律来得谨严,各个侧面的形象更具体些,未定点也就比诗歌文本要少。

与小说比起来,散文的"未定点"比小说又要多。它描写人物不精致,不像小说通过一系列的运动来刻画,它的情节片段也很简略,不太完整,或者含蓄而少直接。小说读者包括"亚文化层",而散文读者则是中间阶层,它们是一种从属关系,而不是并列关系,更多时候文学几大类的受众是互融互存的，而散文相对于诗歌和戏曲来说，更不受文化和学识限制，群体更加广泛，并受受众的心理活动影响而随时地独立存在。

4. 散文受体审美

康定斯基认为"艺术是预言家，他们开辟道路，指引方向，走在时代的最前头……艺术家是构造一种文化的强有力的国王"，这是从艺术家使命角度来讲的，并非要艺术家高高在上，脱离读者。

艺术家处于一个三角形的顶点，他的读者则处于这个三角形的底边，然而这二者之间又有三角形的边线联系着。开始时艺术家总是因为打破了流行的传统，教会人们以新的方式观看事物，确立了新的期待视野而处于孤立的位置，为了得到人们广泛的接受和承认，艺术家不得不做出让步，从而向三角形的底边靠拢。当二者合二为一，就得到了广泛的社会承认。

如果作品得不到受众的承认，就会将处于三角形顶点的个人和他的创造性天才，驱赶到大众的传统和习俗中，从而变成公式和教条，成为新一代作家斗争的对象。这就要求艺术家不断超越自我，始终走在时代的前列。这就是艺术受体审美中最突出的心理效应。

杨朔的悲剧就在于他没有超越自我，所以他的模式成为新时期散文的斗争对象。如果打破了旧模式之后，却没有及时建立起新的艺术标准，三角形的顶点将被孤立，如果不能超越旧模式，得不到审美受体的心理响应，也就不可能到达三角形的顶点。

作为一个艺术家，就要有"走在时代的最前头"的气魄，要甘于寂寞，王英琦说得好，"得不到社会的承认，这固然不能说是一件愉快的事情。但是，文学，它毕竟应当是一种寂寞者的事业。只要是我们认定了的文体，寂寞一点又有什么可怕呢"。

散文受体论效应经历了一个由非审美到审美的发展过程，这与散文由"杂文学"发展到"纯文学"是同步的。随着报告文学、杂文和散文诗从散文中分离出去，当代散文的概念更加狭义化和"纯化"，散文发展成为一种审美的"模糊客体"，存在许多"未定点"和审美空白，接受主体的修养越来越高,接受群体决定创作主体的作用,越来越鲜明和重要了。

"文以载道"是我国散文的古老传统,对散文社会效应的强调和研究也同样源远流长。但我们一直把散文当成社会伦理和政治的附庸,片面强调散文的认识功能和教化功能,而否定了散文的审美功能。

现代读者的觉醒,接受美学的兴起,才彻底打破这一传统,重新引进了文学的快乐原则,并以审美经验为核心来研究受体论效应。

散文审美效应的获得,经历了一个漫长的历史过程。古代是"杂文学",写作和接受都还谈不上审美创造,人们写作和接受的目的,还不是为了从自身创造能力的发挥中得到愉悦,而往往带有强烈的功利性,或为治化,或为学术,它是伦理的、世俗的,而非审美的。

"自觉审美"创造萌芽于魏晋时期,这一时期是中国文学史上"文的自觉"时期,开始出现了真正抒情的、感情的"纯文学",一方面是灵魂的内在作为,在文学中流露出强烈的生命意识,如曹操父子的诗;另一方面是自然世界的美,山水文学兴起,如谢灵运的山水诗和陶渊明的田园诗。

不过这些"纯文学"主要是诗,"纯散文"到唐柳宗元才趋于成熟。柳宗元游记散文把强烈的生命意识和沧桑身世,感寓于山水之中,创造出了深幽的意境,审美受体论效应开始显现,开创了一代文学新风。

散文取得审美的彻底胜利,是从"五四"白话文张扬个性、提倡美文的背叛开始的,公安小品把英国随笔引进散文,从而确立了受体的"快乐原则"。

无论是厨川白村还是鲁迅,他们都非常推崇这样的情境:"如果是冬天,便坐在暖炉旁边的安乐椅子上,倘在夏天,便披浴衣,啜香茗,随随便便,和好友任心闲话,将这些话照样地移在纸上的东西就是 Essay。兴之所至,也说些以不至于头痛为度的道理罢。也有冷嘲,也有警句罢,既有 humor(滑稽),也是 pathos(感愤)。所谈的题目,天下国家的大家不待言,还有市井的琐事,书籍的批评,相识者的消息,以及自己的过去的追怀,想到什么就纵谈什么,而托于即兴之笔者,是这一类的文章。"

白话散文革命的成功就经历了这样一个过程，刚开始，无论内容还是文体方面都是全新的，从西方散文借鉴过来的，许多东西更是传统古文中找不到的，因而遭到了复古派的恶毒攻击。

但是，现代新散文的先驱者们并不因孤独而退却，而是一方面在传统文化中，找到了作为与传统衔接的契合点；另一方面以不懈的努力、辉煌的创作实绩证明了"古文能者，白话文能，古文不能者，白话文也能"，终于得到了社会的广泛承认。

他们都强调作家创作，须得到读者的"呼应"，引起社会共鸣，应该在一种放松的审美氛围中进行，其最高准则是"和谐"，超越了古人的"天人合一"，自我消融于审美客体之中，表现出主体与客体的和谐统一，在对立和矛盾中，表现出一种美的崇高，审美效应会更强烈，更能净化人的灵魂。

鲁迅《野草》表现的是自我的矛盾，是一个苦闷彷徨，在地狱中苦苦挣扎，寻求光明之路的灵魂的独白；《记念刘和珍君》表现的则是社会的矛盾，是英雄的悲剧。"《记念刘和珍君》是一曲颂扬烈士的悲壮悼歌，是一声讨伐敌人的战斗呐喊，是一记惊醒'沉默'民族的警钟，是一支激励'猛士前行'的号角"，其审美效应是通过对读者灵魂的洗礼，从而影响到读者行动的。

受体的审美要求是多种多样的，《文心雕龙》有云，"慷慨者逆声而击节，酝藉者见密而高蹈，浮慧者观绮而跃心，爱奇者闻诡而惊听"，也就是说，同一读者对不同风格的散文有所偏爱，同一篇散文不同层次的读者有不同理解。

接受美学认为，受体在审美活动中扮演的角色，大致是这样几类，一是联系的识别，即接受者完全把自身置于作品之中，把自己和作品中的角色联系起来。比如有人开枪打伤了《白毛女》中扮演黄世仁的演员，就是因为他对审美对象进行"联系的识别"的缘故。也就是说，他没有和审美对象保持一定的审美距离。这是文化层次太低的原因。

二是敬慕的识别，要求对象是一个十全十美的主角，其行动为构一个共同体的楷模。"文化大革命"的样板戏原则就是根据"敬慕的识别"制定的。

三是同情的识别，读者将自己置于作品中角色的位置，同作品中的形象共患难共命运。这种识别还是"物我不分"，没有审美距离。

四是净化的识别，"观者在一定范围内可以进入悲剧情态或同情的笑声，悲其悲，乐其乐，但要控制自己摆脱识别的直接性，把识别升华到对表现的东西的判断"。

五是反讽的识别。这是导致失望、破裂或否认期待的识别。

从五种识别接受模式中，我们再把读者划分为两个层次，处于联系、敬慕、同情这三种识别层次的读者，不具备相应的艺术审美能力，他们把艺术和生活原型混为一谈；而另一个层次是具有净化识别或反讽能力的读者，是审美活动中高级互动层的主流，低层次的是不能充当读者或观众的，只能充当神话、英雄传奇的听众或读者。

这就给我们提出了一个艰难的课题，即"大众化"和"化大众"的课题。以毛泽东《在延安文艺座谈会上的讲话》为指南，新中国文学历来强调"大众化"，追求"为中国百姓喜闻乐见的中国作风和中国气派"。

但由于中国人民长期受封建主义愚民政策的压制，国民文化素质普遍不高，加之"文化大革命"对文化的毁灭性打击，大众化的审美趣味确实比较陈旧，层次比较低。而散文是"雅文学"，如果一味迎合读者的趣味，势必降低散文美的格调，甚至丧失散文的审美价值。所以，散文不能安于"大众化"的层次，而要担负起"化大众"的神圣使命，提升读者的素养和水平。

我们不能一味责怪读者的不理解，只有超越"大众化"，才有可能"化大众"。当"化大众"的"先锋派"作品被"大众化"后，作家和读者的审美效应，才会互相促进，彼此提升，实现新的超越。

第四部分

策 论

第 20 章
散文的美学性格论

1. 关于主导性格

文学理论的主导美学性格,是文学艺术赖以存在的依据及其存在的方式,是一切艺术美客观存在的本源。"这种征象的出现,往往是客观事物内在本质的突出表象,只有在实践中把握这一或那一事物的特征,才能把它们同别个、别种事物区别开来,才能对这些事物的外形和内质,获得准确而全面的认识"(金开诚《文艺心理学论稿》)。

关于散文美学性格的探讨,从"外形"到"内质",已纷争近半个世纪。从审美心理学出发,散文特有的"边缘性"文学性质,表现出它文学结构"原发性"的哲学特征,它以心理积淀式的情感模式而存在,主导着散文的性格和衍生。

散文的主导美学性格就是"抒情"?朱自清称散文就是"抒情散文",散文以情为主导,感情是构成散文的基本要素,作家必须抒发真实情感,"一个作者对于宇宙和人生的问题,对于历史和社会的问题,常常是在思考着,探索着,因此日常一些具体的事物,往往会特别敏锐地引起他的情感激发,一个作家的思考力愈强,其情感愈崇高、优美、真实,文章的感召力就愈强烈"。

葛琴认为,一篇小说或速写报告,还是散文,哪个更容易显出作者性格和人生观,少有"矫饰和捏造"余地,更容易表达真实情感?答案是显而易见的。她道出了散文主导性格的内在本质。

梁遇春则认为，"散文要把心中的情思，干干净净直截了当地表现出来，就像看了报纸，或在外边听了什么新闻回来，围着桌子低声细语地讲给你的慈母、爱妻和密友听。或再把它的意思说明一点罢——就好像你们经过的茶余酒后的闲谈一样"。

散文就是一种感情蕴积与激荡的内觉冲动，这种冲动在继发与审美过程中升华为情感，最终通过语言载体而诉之于主体。情感作为散文的精髓，以自我叙述的形式表现出来，抒写真实的自我，抒写真情实感，抒写真诚。散文必须是"真"的，集中表现为"真"的情感，这才是区别于其他艺术的根本特征。

散文的主导美学性格是什么，我们完全可以从文学发展规律和对其本体的比较研究中，得出相应的结论。旧的观念在解体，作为一个有机存在的文学本体，它也会随着时代的变迁而打破它原有的超稳定系统，重新建立起新的平衡结构，以求得突破和发展。

从我国散文历史脉络可以看出，中国散文的发展有过几次大的分离和升降更替。从《尚书》发轫，到先秦与哲学、史事合在一起的散文，到汉代辞赋，到唐宋古文运动时的韩柳体，到"五四"白话运动所产生的"小品文"，我们可以从比较审美看出，散文在内容上曾经与韵文为伍，后来又都分离出来了。散文和学术合二为一，后又都分离出来了。直到明清，散文又以抒情小品为主，尚公安派、桐城派之文，到了"五四"，到英国随笔Essay，小品文繁荣，很多作家称散文就是抒情散文。历史的发展证明，"散文"概念一直就是逐渐缩小的趋势，散文的命运必将随着时代的发展而不可逆转，这也是散文自身特殊发展规律所决定的。

从唐传奇到元明清小说的崛起，本来是散文分支的小说，则后来居上，非常兴旺；戏剧也是从散文中分离出来的，从元杂剧兴起以后就成了一个独立文体；同样，"五四"杂文的繁荣，使杂文脱离了这个营养丰富的母体而独立出来；报告文学从夏衍《包身工》开始，名作迭出，"五四"到当代，现实的需要把报告文学抬到了比小说更重要的位置，以自己鲜明的个性和独立品格而与散文并驾齐驱。

散文在逐步"支离"之后，究竟剩下的是什么？它的美学性格是什么？"近代论文章者就把散文分成了描写、叙事、说明、论理四大部分",周作人认为,"散文是先叙事,次说理,最后才是抒情",散文"功能发生次序"最终的走向是"抒情",其他功能从它母体分离出去了。小说代替了叙事功能,塑造人物和情节更有优势,议论说理被杂文及文学评论代替,那么"抒情"不就是散文的独特的美学性格了吗？

也许有人认为我们"王婆卖瓜",说诗歌不也是以抒情为主吗？但我们仍然要"强词夺理"——诗歌比不上散文！我们认为,由于诗歌受韵律、形式的诸多限制,其抒情功能远远不能与散文相匹。

散文表现的自由,或随笔方式,或絮语家常,抒写自然,无所羁绊,它或谈人生,或写自然,或写社会,或心中喜怒哀乐与爱憎,风格闲适,无不浸透着作者的真实体验、思想和感情,彰显了散文的"抒情"性格。

巴金认为,写散文就是要像写遗嘱那样,把心交给读者,而不能像小说、诗歌、戏剧能虚拟。一个弥留之际的人还会说假话捏造自己的感情吗？回答是不能。

有人认为,散文是介于文学与生活之间的一种文体,将来也许会被其他新品种代替,但只要人类存在,就会有语言有感情,任何一种新的文学类型,都不可能像散文如此贴近生活、再现生活,抒写自己内心的真实情感,所以散文是不可替代的。

有人预言,"明日的文学,应该是一种谈话似的文学,像一个人随便谈话一样自由""它可以先是对一件事实的回忆,继之以对这一件事的感慨""它是作者对自己感觉的忠实记录,一种忠实的自传式的文学",所以散文就是"明日中国的文学"。

艺术美学的本质,就是艺术创造、表现与接受方面,一直做着摒弃非艺术的努力,使艺术还原为艺术,为人类创造纯粹化的情感世袭领地,显示出艺术的独特功能。新时代的美学道路越走越宽,散文也逐步地实现和强化艺术审美的纯粹性。

我们的散文"情不真则文伪,情不深则文贫,情不酣则文滞,情低俗则文无高格""正因为它以抒发思想与感情为主,所以对故事的描写并不重要""一个没有真情实感的人,即使文字多么美丽,也决难写出一篇动人的散文",这里"决难"问题就是我们要回答的散文主导性格——抒情的本质。

2. 关于性格建构

不同的艺术门类,具有不同的物质表现媒介(如音乐是音阶,文学是文字,影视是图像),散文是作家心中的真实情感,它通过情感语言,"物化"为艺术的境界,建构成一个精神世界。

文学意义上的散文,它与小说、诗歌、戏剧使用物质媒介语言的方式不一样。小说着重在叙述故事,冷静观察叙述生活,通过一个圆满的故事情节,冷静含蓄地表达了一种情感、审美意识和倾向。

叙事诗也叙述故事情节,但不需要像诗一样,反复锤炼自己的感情,用约定俗成的形式,表达一种审美情感和感觉。对自己的感情进行再一次"情感创造",艺术地展现出心中的"形象"。

散文则不同,它不拘一格描写自己所见所闻所感,直接抒写表达情感,把具象的世界,再真实地再现一次,并把自己心中的情感,"掏心"地与读者交谈。它使用的是"情感语言材料",不修饰,不受形式规范,最大限度延伸到作家情感的深处,把审美触角伸向人生的各个层次,那些看似随意描绘,没有惊险完整的故事情节,表现的也是一些人生、社会及自我的"所思所感",与小说比起来,似乎显得很"平淡"了些。

从美学的立场出发,散文恰恰是通过这种"平淡",营造出一种震撼人心的"情感场",在"平淡"之背景下,进行审美的结构创造。这个"结构"不像小说那样容易被读者把握,它有诸多的审美空白和情感触媒,好像背后有无数个叙述者,在叨叨地叙述一个没有故事的故事,展示没有图像的图像,其独特的情感审美触发在一种真实与真诚的美的律动中,展示了散文独特的艺术意蕴和特征。

从性格美学原点出发,文艺流程中的创作图景,集中体现在艺术个性的秘密之中。从文学本源出发寻找散文美的脉络,我们不难发现"散文美"是一种最自由表达作家真实情感的特殊符号,最能代表审美原则的自由构造。就审美形态而言,散文是美的心态外化的功能载体,是美的流动图景和"情绪结",是感知方式的信息媒介,是审美情感由表层向深层运动的"艺术摹写"。

散文毫无骄饰地体现了文学的一切本体特征。它自由的"没形式的"审美形式,恰恰代表文学本体的最高形状。它以轻松自由的方式,以感觉追踪断续的生活,以行为过程展示真诚的艺术,从而使散文游刃于丰富的感情世界里,并最终成为本体意义的最高"范体"。

散文作家的审美活动,是一个始终不舍弃现实生活瑰丽表现和真情实感美的对象化过程而进行的艺术审美创造,它不排斥艺术思维中的各种纷繁的表象活动及其所产生的"直觉顿悟性",并且以起点为终点,在原发性背景的活动结构中,遍布情感的触媒,把自我建构方式中最活跃的功能元素和富有创造力的审美驱动,构建出一个完整的散文性格体系。

第 21 章

散文语言结构艺术

1. 散文的语言审美

散文的载体是语言，它以其独特的潜结构和章法，作为一种精神的独立存在，以语言的手段表现出来。它与其他艺术形式相比，结构更复杂，更有独特的特质和艺术个性。

散文语言是作家真实情感的物质化，具有独立的审美价值。与其他文体相比，散文语言最自由、最真诚，有最丰富的感情"浓汁"，最能打动人，因而它是"最不讲究的讲究"，具有"最无章法的章法"。

散文"语言美"的客体属性，是历来散文家殚精竭虑探讨和追求的，但它始终又是一个斯芬克斯之谜。历代有成就的散文大家，都靠各自瑰丽的语言风格而行传于世，使文章彪炳千秋。

西汉的赋侈丽闳衍，这是它语言文辞的特点；而"奏议宜雅，书论宜理，铭诔尚实"（曹丕《典论·论文》），则说明文体不同语言风格也不一样；陆机"诗缘情而绮靡，赋体物而浏亮。碑披文以相质，诔缠绵而凄怆。铭博约而温润，箴顿挫而清壮。颂优游以彬蔚，论精微而朗畅。奏平彻以闲雅，说炜晔而谲诳"（《文赋》），则更精细地道出了散文语言的"千姿百态"。

陆机《文赋》、刘勰《文心雕龙》、朱熹《朱子语类》、沈约《四声谱》、张谅《四声韵林》、王世贞《艺苑卮言》等都是大篇幅地探讨散文语言的精妙之语。

情感载体是语言的符号。因散文语言不同于诗，也不同于小说及戏剧，没有那么多规范，不像小说需要在情节推进中，再现人物与客观现实，追求画面与形象的完整给小说语言带来的限制，散文不受这些限制，以情至为最高目的，这就大大拓宽了其语言的审美空间和自由度。

在散文家的笔下，语言不仅是表达感情、传递信息的符号，他能创造出多彩的艺术符号，并用这种符号建立起一个独立的客体世界。如果作家只是滞留于语言符号，而不创造出美的符号来，那是无法进入散文世界的。

作家日常所拥有的语言，根本不是文学语言本身，而只是一种"有意味的手段"，一个作家用语言所表达的，往往又只是他构思中所要表达的一半，即所谓"言不尽意"，一般语言难以达到那样一种境界。

散文作家创作时，往往面对着三个世界，一个是现实的世界，一个是情感的世界，一个是象征的世界。作家要用语言符号传达一种艺术符号，凭着情感、体验、理想和想象创造出来，读者面对这些艺术符号，是否与审美主体的情感一模一样呢？答案当然是否定的。

文学常规的语言法则，大大束缚了审美情感的真实传达。面对"语言的痛苦"，我们有必要对散文语言进行一些更新的开拓，以适应读者的审美需要。于是作家们就施展出多种本领，极大丰富自己的词汇量，多方融合成语法结构，努力拓新自己的修辞手段，努力增加语言的厚度、密度和丰富性，强化语言的表现力，多方面地感受语言，"荡元气于笔端，寄妙理于言外"，以诱发读者对语言的想象力和情感体验。

散文变换它的语言，有如孔雀张开它的彩屏，在那绚丽的语言之屏抖展中，人类的审美世界已无限延伸。语言创新的动力是交流活动中发送双方的合力，散文美创新、拓展是通过语言创新的拓展实现的，只有在弘扬优秀文化传统的基础上不断创新，对语言的限制更少、更自由，才能对散文的审美拓展越来越深、越来越新，整个散文美的层次就会提高，适应新的人们审美和散文美创造的需要。

有的作家刻意使符号间的链条脱缺、混淆、倒错、跳跃，脱离常规阅读的范式，有意违反语言规范，不讲语法，这种"貌似"的创新，脱离了读者和民族文化的根基,注定是短命的"怪物"。

语言是思维的物质体现,是一种丰富的表达载体,是构成审美客体的基本材料,它是散文的"形"但不是"神"。我们呼唤真正意义上的创新,而不是翻弄新奇,玩耍"语言的游戏"。

2. 散文的结构审美

内容与形式的完善统一,构成文学作品的审美对象。散文结构像一具骨骼,它是"有形"的,因为它依赖于内容,是一个内在联系十分紧密,而又不断变化的"物质整体"。它又是"无形"的,因为它在艺术的构造里,人物、情节、情感是一个文字语言构筑的"精神空间"。

亚里士多德指出,"美与不美,艺术作品和实现事物,分别就在于美的东西和艺术品里,原来零散的因素结合成为统一体"。也可以说,一篇散文就是一个得体新颖、天衣无缝的结构体,去情感的串线,去组合"零散的因素"。

从审美系统观点来看,决定系统功能的主要东西,不是构成系统的要素,而是系统的结构和内在的重要依据。古人所讲"神"和"意",即是一种"意象"结构。刘勰在《文心雕龙》中说,"何谓附会?谓总文理,统首尾,定与夺,合涯际,弥纶一篇,使杂而不越者也。若筑室之须基构,裁衣之待缝辑矣"。

散文的巧妙结构在于"情的穿引",如"如何绝艳芙蓉粉,乱抹无盐脸上来""情理设位,文采行乎其中",如"盐溶于水,羚羊挂角"(赵翼《论诗》),情感如线如影随形,不见痕迹而又势贯始终。

散文具有多边缘文学性质,既有美学背景的原发性,也有文学在它的后面,其"原生美"的功能形态,被理性的方式所规定,从而在诸多的"期待视界"中,以特有"散"的结构形,创造结构的"功能美图"。

从审美发生学角度看,散文的叙事结构和情感线珠,并不是"杂乱无章"的,而是一个"多圆相切或相交"的结构。它后面有无数个"叙述表",有很多审美的"未定点",随时触发读者的创造。它的背景也不止一个圆心,而是有多个圆心,它的"潜结构"也没有固定模式，情感就是它们相切和相交的"黄金分割点"。

关于散文的审美构造，皇甫修文在《散文哲学化》中认为，散文是最能体现文学艺术这一美学原则和审美构造的形式，它以极自然的形式梳理感觉脉络，以感觉的方式追踪断续的生活，以情感渐进的过程介入历史感受，因而它最能体现文学的本质特征和审美功能。

散文的结构美，体现在它没有任何矫饰和虚伪，是在真诚的感觉律动中，以追踪情感的方式，而切入文化核心环节的"人的思考和行为文式"，不像其他文体，时时有一种理性的自觉，而不得不束缚的抒写方式。它的结构有时像一道溃决的大堤，"行之所道，无所阻挡"。

散文隐蔽的内在结构，是"美"心态外化的功能载体，是流动的图景情绪，是情感由表及深的艺术摹写，并最大限度地延伸入人的情感世界和想象世界之中，构成了散文独特的结构审美特征。

越来越多的现代方式，改变着散文的"潜结构"，越来越丰富的载体，给散文带来了创新的"美学准备"。无限深宏的"智慧背景"和其独特的美学魅力，无时无刻不在丰富着散文的"元结构"，指向审美创新的纵深处。

第 22 章
散文的前途与未来

二十世纪充满了大动荡、大碰撞、大整合元素，西流涌入，传统被颠覆，也成就了中国新文学的创新发展。二十世纪的中国散文，也就在中西文化撞击声中，启动了它艰难的人文旅程。

百年也只不过是一瞬，一个世纪即将过去，二十一世纪又响起了它紧迫的跫音。一个世纪的文化承继、影响、发展和蜕变，已集中体现于"世纪末"人们的话语行为中。散文在历经一个世纪的沉浮裂变、风雨坎坷后，也迎来了世纪末前所未有的困惑。

一批新的散文批评家诞生了，他们以新的文化语境、生存环境和精神向度，勇敢地对散文提出了质疑、解构，面对下一个世纪，散文将面临着新的抉择。散文是为关怀世俗人生、追求精神理想而存在的吗？散文是为放逐心灵和体验生命意义而存在的吗？散文是为我咏唱还是为时代而歌？一种颠覆文本的巨大力量，正野蛮地生长着。

不可料的是，影像文化好像势不可挡，有图有真相，声情并茂，无疑会给居功至伟的散文当头一棒。可能一夜之间，它就从"先锋"文体，梦一般滑向边缘，失却千年宠贵。

我这不是危言耸听，试看日益暴露出的尴尬和无奈，当前一些自诩不凡的"大家"，其作品与大众消费格格不入，陷入了孤芳自赏的困境。散文如何在夹缝中反躬自省？如何自我救赎？如何打量自身？在我看来，当务之急，就是回归本位，体现存在，用习察世人心态，把握时代心脉，调整生存策略，使文体由虚高走向世俗。跨世纪转型之际，我们不需要拥有虚幻的话语权，而是应该表现出一种新身段，感受世俗的呼吸，跨越世纪的文本高度。

1. 新人文精神的树立与建构

文化的转型，使原有的市场经济法则被颠覆，导致当前的文化失语，商业侵入了精神栖息地，使文化产品成为可交换商品，精神价值和理想信仰只能退居末位，精神失魂落魄，文学被悬置着，秩序被颠覆。偌大的艺术世界，闪烁的只是金属光芒，曾有过的辉煌，隐进了历史的深处，满眼充斥的是道德失范，欲望膨胀，游戏崇高，精神沉沦，欲望物质化，道德价格化，文学制作化。

原以为无可动摇的理想、文化观念、人生信仰都纷纷移位，作家们从"中心"被排挤到边缘，失落感、窘迫感以及无所适从感，迫使作家们崇高精神"被萎缩"，人文精神失落，理想价值消解，是作家们不得不开始低头面对的。

作家们的精神，就是明天的前景。在曾经的喧嚣声中，散文在大转型飓风中，并没有像很多人臆想的一样"被泯灭"，反而始终以特有的姿态，表现出一种拒绝堕落的品格，傲立于浊世，获得了新的生长点，拒绝时尚诱惑，淡定守护文明，净化思想殿宇，横扫文字垃圾，超越精神向度，介入当下俗事，自觉融入民众，沉入劳动实践，倾听灵魂吁求，求索生命本质，散文因而由"失宠"转为"受宠"，重新拥有一度失却的话语权。

首先打先锋的，就是一批文化散文、人生散文、生活散文、抒情散文，它们"火中取栗"，放逐欲望，将散文叙事目标，大面积地投向生存原相，投向世俗现实层面，确立了一种终极关怀的叙事情态，成为一种反小说、对抗欲望的强大文体，深得世人关怀和喜爱，从而将散文的精神从泥潭里拉了出来，让旗帜呼啦啦地飘扬。

作家的本质，就是用话语同世俗交流，与现实时空对话，情感式地个人化写作，以自我的思想切入历史，切入当代生活，通过一种个性化的文字组合，关注人生，关注世俗，并以此构成权威话语和主流叙事的对话，通过媒介与大众交流。

余秋雨的散文就是一面呼呼响的旗帜，他的作品可谓是一场隆重的生命排场，他的《文化苦旅》是沿着历史的古道，寻找一种人类命运尤其是人类精神命运的足迹，与古之圣贤对话，与山川风水对语，与人生沧桑对眸。

还有张中行的《负暄续话》，以其文化烛照，世俗情怀，建构了一种"我"的符码和标尺，以无标题集约性实验写作，张扬了一种深层的，真实而零碎的人生，应该算是余秋雨第二。

作家们紧要的是做什么？荣格说，一切文化运作的最终体现是人格，这也说明了人文，最终还是需人格才能建立，只有健康的人格，才能守住我们自己的精神家园。若都能坚持高尚操守，从"小道"复归为文学"上乘"，沉寂的散文肯定能火爆起来。

从失落的文学理想中拯救和重建人文精神，从物欲横流的深渊中打捞沉沦，这是很多作家的当务之急。放弃痛苦的消解和形而上的体验，拒绝精神丛林里的孤苦挣扎，点亮精神荒原里的明灯，煮沸转型文化的磨难，展现坚强的"洁身自好"，不再"精神失语"，不再煞有介事，不再闲聊媚俗，不再"聒噪"自娱，不再精神萎靡，不再信仰持存，更多精神提振，更多理想守望，更多脉脉温情，更多关注美好，让时代的阳光照进心田，让精神疆地汇入涓涓心泉，作品向文学向中心靠拢，让文字烛光成为人们夜行的手电，让一个个灵魂的栖居找到安稳的驿站，希望也就在前面。

二十世纪西方现代化人文思潮潮水般涌入，猛烈冲撞固有的架构，人们猛然发现，引以为傲的很多向往，又重新回到了"五四"起点上，这使得人们大吃一惊。

对"人"的关怀或个性重视，可以说是新文学运动的梦想。鲁迅散文是"为人生"，周作人是"人的文学"，沈雁冰是"文学与人生"，郭沫若更是"赤裸裸的人性"，"五四"新文化运动的思想，是以"人"为主体建立起来的，关于人的民主、自由、平等、独立人格，以及"觉醒了一代人的声音"，它是新文学中"最有成就的样式"，"五四"散文好像是一条淹没在沙土下的河，多年后又在下游被掘了出来。

"这是一条古河，却又是新的"（周作人语），这条"河"，就是我们深厚的中华文明。李大钊说:"'五四'运动的最大成功,第一个要算'个人'的发现,从前的人,是为君而存在的,是为道而存在的,现在的人才晓得为自我而存在了。"

启蒙的主要内容,还是"人的自由和全面发现",它是文人们心心念念的存在方式,融摄了生命层面的所有,谋求的是作家主体精神,以及整个社会的全面提升,使文学具有了真正的历史使命。

散文文体的革命,白话对文言的战胜,引车卖浆者言的文本叙述,使"五四"散文大放人文光彩,并呈现出一派沸沸扬扬的繁荣。令人遗憾的是,这种带有启蒙关怀的人文精神沉沦了,并消失在精神的荒漠深处。

直到新时期之初,作家们才又开始觉醒,精神又重回高地,价值才又被"发现",秩序又得到了"重建"。散文不失时机地贯彻自己的价值标准,以一种清俊的话语立身、立德、立言,烛照世人的心灵,洞悉世人的精神目光,这应该是我们世纪末散文再启程的希望和辉煌所在。

2. 体察世俗人生的终极关怀

散文的天性,就是追求写实的人生态度,让作品成为作家生命的另一种延伸,只有个体和作品中的情感体验、生命感悟、价值取向合二为一,浑然天成,作品中的人物话语,才会真实地映现出自由状态下的写实人生,以及对世俗人生的完全认同。

我们要强调的是,每一个作品的创作,都要源自生活,源自内心,从强烈生命体验出发,发现关怀自我,追究生存之实,展露人性之实,优化生存环境,崇尚写实人生,实现精神满足,探索生命源泉,扎根心灵深处,检视世俗欲望,释放自我能量。

对于一个散文作家而言,这是人生坐标上的"旁知视点",目的是获得对人生更清醒的观照,先确立人的精神高度,才有艺术个性,作品的传播才能被认可。一场轰轰烈烈的完美人生,以散文的方式进行复制,在有限的空间里直播,这就是担当,这就是视界,这就是责任。

人生从来就是散文的风旗,梁实秋的雅舍小品,林语堂的幽默人生,张爱玲的雅致逸达,颇受世人之宠,红红火火走进民众之间,这就是一个例证。

这些作品写人生,写家庭,写亲情,写日常和感性生活,往来礼尚,谈琐事,谈雅好,论古谈今,关怀自身,文字是七情六欲的文字,散发的是世俗气息,是对生命的歌颂,对质朴俗界的雅赏。这样的作品,就是滋润心灵的鸡汤,放逐人生的雅茗。

个性从来都是散文的标签。"人"的存在和"人"的文学,即是文学。二十世纪之初,"五四"散文最显著的成功,就是那飘动的个性旗帜,"人的发现,从前的人,是为君而存在,是为道而存在,现在的人才晓得,是为自我而存在了"(郁达夫《中国新文学大系·散文二集导言》)。个性解放作为人的解放象征,"五四"散文的繁荣,实际上就是人生散文和生活的繁荣。

人生终极关怀的命题,在经过一个世纪曲折和反正后,现在又被重新定义,并赋予了其新的含义,可谓是名重一时。余秋雨所解读的人生话语,也正是很多人思索已久、想说而未语的情感。

散文在文化转型的排挤中,被"逼"上世俗关怀道路,走入一个个普通人的存在状态中、一个个世俗的缝隙里,以及以往很少涉及的"隐私"中。在"私情"长期封闭之后,摆脱"理"的桎梏,独抒性灵,张扬自我,解语人生,一下成为蜂拥的题材和洪流,昭示着千年"失语症"的真正结束。

现在散文的繁荣告诉我们,作品的"俗人俗态",并没有降低散文雅之品位,反而扩张了其内涵,提升了"人"的精神高度,也成为时下最亮丽的景观。

终极关怀所要建构的是作家应具有的使命感,大量"世俗化"作品受捧,佐证了关怀的必要性,作家们卸下了对社会和历史的承诺,而解放成"个人",这本身就是史无前例的。

个人解脱了真正的压力,回归了自由和权利,调和了内心欲望,作家以一种前所未有的视角,这种"合目的性"借助散文轻舟,摆渡情感,放纵心灵河川,"关怀"带来了生产力释放,这种源创作是十分可喜的。

"我们在轻扬的散文里一再地表达着对亲情的思念,对故土的眷恋,对往事的体味,对苦难的恸哭,对命运的迷惘,对生存与世界的无奈。"(梅洁《精神的目光》)这种情感方式是个人化的,世俗化的,它所表现的形态,不是层面的世俗化,而是用心去体察自我、关怀世俗、思考人生,以及个体于"群体"于社会的责任感和使命感。

关怀是需要"正立场"的。从审视自我到回归自我,从外部世界到转回情感内心,从经世致用转向审美自身,散文成了一个人与世界的对话、参与叙述生活的点滴,文字成为与世界之间"平视"的工具,爱憎成为植根的立场,无论你讲什么故事,如何逼真平淡琐细,在弯弯曲曲的情节后,最后一块布总是要揭开的。

读者将知道你告诉了他什么,或是道理,或是立场,你的创作给了他人潜在的影响,影响了他对世界、对人生的态度,这是非常致命的。所以,无论你写作姿态是"俯视"还是"仰视",但其终极关怀的立场,必须是积极正面的。

关怀是需要温度和高度的。终极关怀的人文历程,始终艰难踽踽而行,从"零的关怀"到"理想关怀",从思想有多深到作品有多高,成为很多批评家衡量一个作家的重要尺度。

巴金、孙犁以"说真话""取信于世",使中断了多年的"五四"精神,人情和人性得以衔接和延续;贾平凹状写商州的世俗风情于纸端,传不尽人生感悟于言外,这种世俗风情散文的关怀风格,就是贾平凹对散文和"人"的双重贡献。汪曾祺在一种或平淡或超脱的境界中寻求人生与自然的和谐,寄寓了世俗的人生体验;史铁生则以自己的生存困境,不断拷问灵魂,审视世俗,指涉生命,表达世俗感喟,呈厚重之风。

关怀不能失语。面对举世滔滔、滚滚而来的商品经济大潮,城市化、世俗化无孔不入的侵蚀,一直固守学术园地的"学究们"痛苦了,迷茫了,失语了,笔端充满不解,心中顿失滔滔。

在失语的背景下,散文这种最宽容的文体给他们提供了精神的宿营地,恣意抒发,言论自由,沉思吟唱,放逐人生,学究们也都写起了"小作文"。

他们自己都发笑，但散文两字，让他们仿佛找到了归宿，泊进了心灵的港湾，李劼、赵园、蔡翔、朱学勤、南帆、李辉、陈平原、孙绍振、于坚、夏中文、潘旭澜、季红真等，纷纷跻身于散文天地，以厚重的文化底蕴，刚劲的人生感悟，对文明、文化、命运、世俗深层次地思考，失语群体一夜之间狂欢起来，他们因此而感谢散文，给他们提供了"复语"的通道。

3. 一种雅作雅赏的价值取向

现在有一种小说倾向，基本是以媚俗的姿态，假借"新写实"面具，拆除消解现实意义，崇尚精神消弭，随心驱逐灵魂，小说不再是小说，而只是一种泄俗的文本。在很多小说的文字里，"色""黄"是少不了的标签，读者对粗俗不堪的厌恶，使"小说"成了淫邪的代名词，受到无情鞭打，其嚣张的欲望，迫使理想就范于现实，文化被现实倾覆，小说纵情肆欲，失去了贞操和品格，使小说滑向欲望深渊。

形成鲜明对比的是，散文却始终坚持自己操守，挨过了最冷落的日子，守住纯净的精神天空，清新一派，文字很洁净，关怀有温度，情感很真实，思想很清白，以真实的雅风情怀，赢得世人青睐和认同，成为品类中最受世人关怀的品种，显示出了散文的巨大正能量。

散文是一个雅的品种，与小说不同。钱穆云："即在中国古代，语言文字，早已分途，语言附着于土俗，文字方臻于大雅。文学作品，则必仗雅人之文字为媒介，为工具，断无即凭语言可以直接成为文学之事。""雅"历来是评断散文特征和价值的语汇，是散文特有的价值术语，代表了中国散文几千年来，从语言到精神向度的一种崇尚。"经世致用"的千年文风，表达了拒绝庸俗腐蚀的本质。

面对小说的堕落，散文大胆地说"不"，与我不族，败类耳。散文一行行的文字，就是一篇篇干净的思想，一个个标点，是"雅驯"之后的佳酿，每一篇都入得了圣殿，所以散文骄傲了，被俗世仰视了。

高雅是时代的裁判标准。读者审视一篇作品，鉴赏作品文字，批评家点评，写"读后感"，手里捏有一把尺子，那就是"雅俗共赏"。一篇作品面世，被晒于读者和批评家面前，赏之于手掌，能雅俗共赏者,则获"捧"字,有"下作"文者,将被"诛"之。

看来,这把尺子搞下来还真有分量,于作品性命攸关。难怪"雅俗共赏"被视为"真理标准",被写进教科书里,作家们唯此而诺之,批评家们唯此为大,就是这个"戒尺",不仅拯救了散文文体,而且救赎了一批又一批文人的灵魂,真是幸莫大焉。

散文是雅的品种,不以题材的媚俗和文体的虚假而自立文格,它始终以"雅"的姿态而行销于世。大凡雅之散文,笔老则雅,意真则雅,辞切则雅,言有尽而意无穷则雅,欲至远微深厚之境者,非雅而莫能至。

在丰赡繁富的中国散文史上,梁实秋是玩雅散文的高手,他的《雅舍小品》至今已发行五十余版,可见雅作品受欢迎之一斑。

面对当下的散文繁荣,作家都在自觉"雅俗共赏",以期引起更多读者的侧目而视。但我们要警醒的是,很多作品以散文的标签,文字充满了乡愁、调侃、逢场作戏、琐事梦呓、小幽默及无聊的情感絮语,给散文带来一种浮躁、肤浅、庸俗,一片洼地之上,泛起嘈杂喧闹之声,冗长词费,强作解人,明月虽尽,而夜珠不来。

雅有雅的读者,俗有俗的受众,我国古代的赋,不谓不雅,扬雄、班固的汉赋,典丽雅然,深刻物象,破空而游,可是到了南北朝有人想让赋俗一点,就写出一种俳赋(骈赋),结果因题材卑琐、词采绮丽、风格媚俗而失却自身。

唐代敦煌文学里有一种"敦煌赋"俗得很,其语言通俗畅通,明白如话,故事性强,典型的"通俗故事赋",所以又称为"俗赋",大受文人儒士之喜爱。后来俗赋成了士大夫手中的雅玩,蒙上"雅"之色彩后,其品种也就逐渐在艺术的天国里萎缩消亡了。

雅与俗没有绝对的畛域界限,批评家们看中的是作品骨子里的东西。雅中有俗,要俗得巧,俗在朴实的笔墨和情致中。俗中有雅,要雅在流动的文势气韵文品里,雅和俗同是难工的技巧,然非积力久,深造有得者莫能为之。

"共赏"难工,这确实对作家们有点苛刻了,鱼和熊掌,不可兼得,而对于小说等其他品种,如同一台晚会的节目,一首歌曲,其有雅有俗，如同散文，需兼容而共赏之。散文它始终是一个雅的品种，我们必须坚持雅赏为好。

4. 温情打量散文的未来

当一个纷纭繁复世纪即将过去，许多人都会忍不住回眸，我们有必要打量一下过去和现在，或温情或冷峻地检视自己所走过的路、读过的书、写过的文章、经历过的往事，静心思忖，展望未来。

散文在历经一个世纪整合和发展之后，开始以存在之思，细数终极关怀的点滴，洞悉未来自身的命运，对前途命运的本质思考。欲望对文学的本质和精神，才刚过十几年，一切都仿佛面目全非，今非昔比，当下的文学，无可规避地受到了重创，从千军万马到孤家寡人，从神坛跌落的滋味，相信大家肯定是不好受的。

精神失语的聒噪，使文学迅速迷失在欲望之中，物质的不断增长，带来了精神的崩塌，散文的通道被一种迷雾笼罩，欲望遮眼，让你辨不清方向。

此时此刻，散文面对艰难抉择，对未来的忧心忡忡，体现在很多研讨会发言中和报刊的专栏里，面对文化的湍流，散文也是不得不"摸着石头过河"，"小心打量"下一场侵略和战争什么时候到来，也许在下世纪的某一年，文学应该怎么适从的问题。

散文的"生存策略"是什么？好像这不是问题的问题。只要能吃饭喝水，生命就会不止。文学随时代嬗变而发展，大方向是进步，生活总要继续，散文同样也要繁荣。我们可能要关注的，是现在如何适应，对于一个作家来说，与商人为官者们相比，适应能力往往是比较差的。

首先，电脑技术之类的先进手段，颠覆了传统纸笔的书写习惯，这是划时代的，是革命性的。作家们要深刻认识到这一点，如果你不能用键盘写作，你就会落伍，就不能高产，就会与时代脱节，就会被淘汰。把作品变成键盘符号，输入电脑，建立电子档案，文字、图像自己编辑，把车间搬到你桌面上，这是孔子当年万万没有想到的。

电子文本的阅读，对纸媒的冲击当然是巨大的。读者直接参与的速度提升了，和作家的互动变得快捷，读者不再单纯是读者，而是作者的创作共享者，双方可以在同一时空里，一起完成文本的叙述和写作。

这种"交互式"的创作，给文学创作带来了根本变化。所有文字不再是单纯的书面文字创作，一种报纸副刊的点缀，它将不再受书籍刊物局限，电脑、影像等媒体，将给散文带来"革命性"的角色转换，那种等铅字印刷的时代，可能一去不复返了。

至少我们可以这样猜测：散文被放在一个网形结构中，作品不再是一个孤立存在，它可以与许多文章联在一起，作家将不再是传统楼阁里奋笔疾书的孤独天才，曾经印刷成册的书可能不需要印刷，就能与超级媒体结合起来，由此也将产生一种新的平台。这个时空可能是无限的，读者也可能通过互联网被放大到无限，散文写作状态也即将发生不可想象的变化，这就是潮流，也必须要适应才是。

其次，传统散文受宠，东西方文化在长久相互隔绝、自我封闭的状况下，二十世纪终于进入了大交汇大碰撞的时代，科学经济实力占优势的西方文化，不可抗拒地涌入中国，给古老文化以强烈冲击。西方文化扮演了强者角色，是绝对的主动，并有些"霸道"，现代主义、后现代主义，这些"元语式建构"，都试图强加于我们，外在的、表层的、非本质的、深层次的，一切都好像是推倒重来的样子。我们有必要惊慌吗？我们有必要迷失方向吗？答案是否定的。

我们的国学是深厚和伟大的，西方人在进入中国后，对东方文化的绚丽惊叹不已，脑洞大开，超过我们对西方文化的惊叹。他们对我们的哲学、宗教、美学、风格、艺术等充满了好奇和仰视、赞赏与佩服，所以文化是相互的，不是水与火的关系，而是如何适应、互相学习、融合互补的关系。

二十一世纪必将是两种文化猛烈撞击的时刻，可能是你死我活，也可能你中有我，我中有你。我们现在要做什么？那就是固本传统，兼收并蓄，为我所有，以新的营养滋补其血液和身体，让我们传统的恢弘光芒，也照亮西方的"全世界"。

再次，散文真正做到以"人"为本，关注生命，关注世态冷暖，二十一世纪家庭大都是"四老一小"结构,父母与子女大都分开居住,其中未婚、丧偶等独居家庭占比率会上升,在物质富足的生活状态下,他们的精神生活和情感慰藉,还有很多老年人的养老问题,他们的孤独寂寞,抑郁焦虑,都将成为社会的一个痛点。孤独和回忆,无可回避地将进入下世纪主题话语之中。

我们的散文,要担当起贴心关爱的角色,关注每一件需要关注的,承担和问鼎一切民生关注的话题,填补和滋润社会的小漏洞,润泽特殊群体的人心,让散文成为对语关怀的镜子。现时精神方式的愉悦,让我们的繁荣根植在小巷弄堂里,把对普通人的终极关怀,杂糅在一个鲜活的事件和人物中,我们就会创造一个辉煌的时代。

最后,各种新文本探索的散文不断涌现,各色各艺,此起彼伏,不断策动出一个个浪花,甚至是一股潮流,像一种实验操作,更像一种艺术演示,把散文的各种呈现,艰难向前推进,从陌生化到形而上,对自我、对人生、对社会、对生活,包罗万象,散文毫无顾忌地渲染着,沉浸着,立体全视角展示着,场景里大密度、高质量、快节奏的独白,夹杂着喋喋不休的聒噪,或表达一种现象的抗议,或表达对某种进步的惊喜,一步一个脚印,显示出探索的无穷魅力。

现在更多的作品,侧重透视细节的描述,突破常规的人物和情感认知,显示出结构方式的新时空观,手法多以暗示、梦幻、陌生化等,片断和细节极具发散性、跳跃性、多修饰的特性,呈现出语言的迷宫和魔方。

现在读一篇新散文,就像做一个物理实验,或玩一种电脑游戏,或解答一个方程式,通篇结构为开放状态,背景宽大无边,信仰、生存、时间各大类元素"一锅鲜",让读者充满了陌生感和对篇尾以及后续的不可探测和预知性。有个别散文,就像被高科技设定的程序,让你大脑直接收、定位、保存、操作,感受悦读,体验快乐。

"这不是在阅读,而是在体验大战风车的游戏",这类新散文一般为科技知识分子所为,与传统读者的思维不在同一轨道上。虽然不为广大读者广泛接受,甚至排斥,是一个病态癫狂者的"疯作品",但却能引起少数群体的共鸣,为之击节叫好。他们认为,这是一种高级精神享受，是并存的另类刺激，是高端的散文代表。

探索路上肯定有歧路，也有误区，路究竟在脚下，还是在观念的误区里，是知识结构主导前进方向，还是民间情感主导作家头脑？下世纪是什么样的新天地，谁也不知道。

但我们一定相信，散文只要坚守本分，不断创新，上承国体，下为黎民，发乎真情，止乎礼义，上下五千年，就一定会江山永固，再创辉煌，我们正站在下一个世纪的风口上，出路一定比思路更加宽广，更加无疆。

第 23 章

古代散文"载道论"

中国封建社会的"正统思想"是儒家思想,古代散文的"正宗"审美理念,就是儒家思想支配下的"载道"。在漫长的封建宗法制社会里,散文是被伦理化的"载道"工具。散文千年来一路"载道"狂奔,不论是古代、现在,或是将来,它都在"道"上一路向前,从来就没有"停息"。

"载道"源出孔子,"兴于诗,立于礼,成于乐"(《论语·泰伯》),"诗可以兴,可以观,可以群,可以怨。迩之事父,远之事君,多识于鸟兽草木之名"(《论语·阳货》),也就是说,孔子"开端"就把文纳入了政教体系,强化了文的社会伦理功能。

荀子进一步为"载道"奠定了理论基础,《荀子·效儒》曰,"圣人也者,道也者,道之管也。天下之道管是矣,百王之道一是矣,故《诗》《书》《礼》《乐》之归是矣。《诗》言是,其志也;《书》言是,其事也;《礼》言是,其行也;《乐》言是,其和也;《春秋》言是,其微也。故《风》之所以为不逐者,取是以节之也;《小雅》之所以为《小雅》者,取是而文之也;《颂》之所以为至者,取道而通之也"。

荀子阐明了"道"的基本含义是圣人之言,也就是《诗》《书》《乐》《礼》《春秋》之言。在此基础上,刘勰明确提出了"原道、征圣、宗经"的文艺观念,曹丕也强调文章"乃经国之大业,不朽之盛事",强调文的载道功能。

韩愈、柳宗元提倡古文运动,在思想上反对"佛老"二教,主张恢复孔孟之道的正统地位，在文艺上更加明确地主张"文以载道"的创作原则，把提倡古文和学习"古道"联系起来。韩愈在《答李秀才书》中说，"愈之所志于古者，不唯其辞之好，好其道焉尔"。

柳宗元《答韦中立论师道书》倡道："文者以明道，是固不苟为炳炳烺烺，务采色，夸声音，而以为能也""道假辞而明，辞假书而传，要之之道而已耳"。由于他们在创作上的巨大成就和影响，"文以载道"的主张，从此成为历代散文创作的经典命题。

八股文"原道、征圣、宗经"，对文章内容和形式作了严格规定，"载道"思想也得到了极端贯彻。之后"唐宗派"又主张恢复古文传统，提出"义法"说，仍未摆脱"载道"观的窠臼。方苞在《礼闱示贡士》中说，"我皇上引而申之，谆谕文以载道，与政治相通，务质实而言必有物，其于文术之根源，阐括尽矣"，唱的就是韩柳的载道老调。

"载道"的本质，就是忽视了散文的审美特性，使散文沦为政治的附庸，它的幽灵"无时不在，无朝不在"，即便古文消亡，"载道"也从未消亡，如鬼魂联附体，与散文"如影随形"。

"五四"新文化运动是一次史级的封建文化的断裂，但儒家之"道"，并没有从此消亡，而是步伐更快了。当"五四"新文化运动的先驱们刚从封建主义的囚笼中挣脱出来，身上还带着被封建主义踩躏过的血迹斑斑的伤痕；当他们刚刚掌握资产阶级人道主义的武器，与封建主义打响以"人性解放"为主题的战役时，历史的车轮已滚滚向前了，一种更先进的武器——"马克思主义"的迅速传播——无产阶级文学诞生了。

新文化运动统一战线迅速产生了急剧分化，一部分人紧跟时代潮流，完成了伟大的蜕变，成为反帝反封建的战士，另一部分人却被一浪高过一浪的大潮冲得迷失了方向，没有勇气彻底斩断同封建文化千丝万缕的联系，成了时代的落伍者。

封建文化在他们这里找到了新的、改头换面的"推销员"，周作人对此并不讳言，"新散文里的基调虽然仍是儒道二家的，这却经过西洋现代思想的陶熔浸润，自有一种新的色味，与以前的显有不同，即使在文章的外观上有相似的地方。我并不讳言中国思想里儒道二家的基调,因为这是事实,非言论所能随便变易,不管做出了怎样的让步,骨子里仍是封建儒道思想"。

新中国成立初期,中国文坛就在胡风的"五把刀子"下生存,即由"权威人士"提出的文艺创作"五原则","创作唯理论""改造先行论""唯一源泉论""题材决定论""民族形式论"。从这"五条原则"中,我们不难发现"载道"是其核心。

这一时期的"杨朔模式",为什么总要拖上一条"光明的尾巴"。这"五把刀子"到"文革"时期,发展为"样板戏三原则":"根本任务论""三突出论""高大全论",规定文艺的根本任务就是"塑造英雄",把人神化,把个人崇拜艺术化。

"文以载道"的封建文艺观,这个肿瘤的恶性膨胀,比起朱程制定的"八股式",有过之而无不及。如果这一时期"代圣贤立言"的文章都列入散文,在"载道"一派里,其繁荣也是"史无前例"的。散文"随风载道"在十年"文化大革命"中,是封建"载道"文化全面"复兴"和极端发展的时期。

至高无上的"文以载道",把"文"和"道"直接联系起来,因太过而忽视了"文"与"真"、"文"与"美"之间联系,企图以政治——伦理观(善),来涵盖散文的文学审美观。加之封建统治者对这一创作原则的"肯定性放大",即把散文功能之一种("载道"),视为散文功能的全部,其片面性是显见的,"文以载道"这个命题本身,就忽略了散文的审美意义。

"文"与所谓"道"之间,并非直接相互作用的,而是有许多中间环节存在其间。这些"中介"最重要的就是人的主体性。忽略创造和接受的主体意识,把"文"看作是异己,附庸统治阶级的意图,扼杀人和散文的个性,把散文拖入了模式化的深渊。

然而,散文的生命力始终是无法扼制的,"文以载道"锁不住觉醒的主体。散文也并不是"载道"的永远产物,从它产生的那日起,它就渴望"自我表现"。

魏晋时期"人的觉醒"和"文的自觉",公安三袁的"独抒性灵",

"五四"新文化运动的"表现自我",散文一次又一次打破"载道"观的枷锁,赢得了一个阶段的真正创作自由。虽然这种自由不是脱离政治"流浪汉"似的自由,但在政治的轨道上,作家"独抒性灵",起码也获得了创作技巧的自由。

第 24 章
散文创作"真实论"

在中国散文美学中,"真"是一个具有独特内涵的美学概念,同时也是一个不断发展的历史概念。在哲学层次上,中国古代哲学中真、善、美是三位一体的。"真"就是老庄所谓"道",就是世界的本源和人类的本性。

在美学范围内,"真"是艺术的真实,而不是生活的真实。艺术真实是"以生活真实为基础,通过概括、集中、提炼创造出来的具体生动的艺术形象,表现出社会生活的某些方面的本质和规律性"。

《庄子·知北游》曰:"天地有大美而不言,四时有明法而不议,万物有成理而不说。圣人者,原天地之美而达万物之理。"这里的"大美""天地之美,万物之理"都是指的"真",即"生成天地万物的最究极、最本原的实在"。

王充"实诚在胸臆,文墨著竹帛",柳宗元"文以行为本,在先诚其中",都强调一个"诚"字,"诚"则真。真实是艺术生命。写"真",也是我国散文的优良传统。

描述真人真事,历来是散文的首要特征,这是散文与诗歌、戏剧、小说相区别的重要标志。就散文内容来说,描述"真情实感"是最基本的要求。巴金说,散文应当"把心交给读者""全篇文章从头到尾,不论事实、讲话、感情都要是真的"。

散文可以虚构吗?虚构与真实是一对不可调和的矛盾吗?对此历来有完全对立的两派。

周立波认为，散文不能虚构，"描述真人真事是散文的首要特征，散文家们要依靠旅行访问、调查研究事实积累材料，要把事件的经过、人物的真容、场地的实景观察清楚了，然后才提笔铺纸。散文特写绝不能仰仗虚构，它和小说、戏剧的主要区别就是在这里"。

秦牧也指出，"散文一般写的是真人真事"，季羡林也认为"小说可以虚构，不虚构不行；可散文不能虚构，报告文学也不能虚构"。

对散文"真"的问题，另一些大名鼎鼎的散文家，却持截然相反的态度。

冰心认为，散文"在真人真事的基础上允许略有虚构"，她的《孩子们的真心话》就有虚构成分，她说，"丢了自行车的不是她爸爸，而是我的一位朋友（虽然她妈妈的新车子上曾丢了一只铃儿），那一次带她去天安门广场的，不是她的妈妈，而是她的姨妈"。

何为和峻青更坦白，何为在谈到《第二次考试》的创作时，说这是"偶尔听来的小故事，我用感情笔触和青春色调，描绘陈伊玲的画像，包括那几笔肖像画，其实是医院一个年轻的实习医生的起初写照，声乐专家苏林也是虚构的"。峻青则老实交代说，"我的《秋色赋》中那个老头是虚构的，《傲霜雪》中的老雪青也是虚构的"。

持截然相反意见的散文家们，却都写出了极好的文章，获得了同样的成功。这就使我们不得不对散文"真实——虚构"的审美原则进行反思。

路德维希·利希特有一个著名的实验，他曾和三个朋友打赌，看谁能把眼前的同一条河流，再现得最准确。结果四个人的画，完全是四种不同的样子，反映了四个年轻人的不同气质和个性，结果他们"都赢了"。

朱自清和俞平伯同游秦淮河，写出了两篇极为不相同的《桨声灯影里的秦淮河》。很显然，他们在"作画和作文"的时候，都是按照他们"自认为"最真实的样子来描绘和创作的，他们都没有半点"虚构"。然而，他们的作品却是如此不同。

散文里的"真实"，并非一个纯客观的概念。我们所说的"真实"，就是我们所认为的事物的"本来面目"。"真实"其实是一种"偏见"。

我们都认为自己所看到的对象的模样才是真实的，其实我们每个人都戴着一副文化习俗和个性气质的"有色眼镜"。从这个意义上讲，"真实"本身就是一种虚构，一种对对象想象性的、习俗的解释。理解了这一层，我们就不会再去为散文"能否虚构"的问题而争论不休了。

"真"的争论是怎样产生的呢？究其本质，两种观点的出发点根本不是一回事。一种是艺术的"他治论"者，即用文学的外部标准（散文是否符合外在的生活真实），来作衡量散文的审美尺度；另一种是艺术的"自治论"者，即以文学本体的内在要求为审美判断的尺度。

散文是一个独立的生命实体，"他治论"者对散文真实性的要求毫无道理。只要一篇散文的内容（不是题材）在散文的"生命形式"中是"可能的"，它就是真实的，"所谓可能的，就是很有希望出现的或必然要出现的"（亚里士多德《诗学》）。

其实散文就是"情"文，有情故我在，只要内容符合作品的内在要求，它就是"真实"的。巴金深谙个中三昧，"另外一些散文里面的'我'，就不是作者自己，写的事情也全是虚构了。但我自己有一种看法，那就是我的任何一篇散文里面都有我自己"，这样看来，也许只有"虚构"，才是通向"真实"的最有效途径。

第 25 章
散文"意境"审美

从美学的源流出发,审美意境就是审美主体所欣赏、创造的"美"。它是审美意识的虚拟化形态,具有满足审美主体需要的相应价值,不以欣赏主体的价值而转移。即使审美主体因个人原因缺乏相应的审美条件而不能构成欣赏关系,这也无损于意境的审美存在,它永远是"虚拟而真实"的。

文学的审美意境是被作家创造出来的,也是作家审美创造的产物。这种创造性从感性、知性的角度看,它是"并不真实"的物质材料,但它通过语言的载体和艺术结构而成的"非物质东西",其中包含了素材、题材、人物、场面、情节、专题、问题、观念和作家情感,以及艺术创造方式的各种"客观存在"。

它是源于生活,又高于生活的,是更高意义上的再创造,体现着作家对生活美的情感观照,它比生活更"真实",更合目的性。比如说溪沟里的游鱼是真实的,当作家用艺术的审美情感去观鱼时,并要把这种情感和"真实的自然"(游鱼)传达给另一审美主体时,它就担负起了这种审美的职能,使人进入这种"真实而又虚幻"的境界之中,从而打破现实意识的屏障,使心灵之间融合,这就是文学意境审美的效应。

《庄子》中有这样一个故事:庄子观鱼,见鱼逍遥自由游来游去,不禁感叹,鱼儿真快乐呀!惠子问道,"你非鱼,怎么知道鱼儿快乐呢?"庄子反问道,"你不是我,怎么知道我不知鱼儿快乐呢?"

它告诉我们的是,审美意境是作品中客观存在的,"知鱼"快乐与否,那是意境的艺术属性,是主体的体验和感知,是作品在读者心中的"再创造"或"情景再现"。

而我们读《庄子》观鱼的故事,它是作家创造的"第一自然"(歌德)和"第三王国"(席勒),是文学的意境,其内涵不仅仅是"溪里的鱼",它包括了庄子、惠子想象空间里的感情、观念等,一种比自然存在更高、更丰富、更真实的境界。

我国独有的"意境"古典审美,与西方古典美学的"典型论",同为世界美学史上的"双璧"。意境从一个独特的角度,解释了文学艺术的本质及其发生,至今仍有强大的生命力。

我国古代的诗词书画无不讲究"意境至上""有境界则自成高格",一篇优秀的散文,总是创造出一个优美的意境,散文的意境比诗词意境更宽泛,更自由。

从审美的发生看,"意境"主要是指"意与境"范畴的统一,"境"是生活形象的客观反映方面,它是形与神的统一;"意"是艺术家情感理想的创造方面,它是情与理的统一。情、理、形、神,互相渗透,相辅相成,有机融合,情以物兴,物以情观,即景生情,因情生景,物我两忘,情景交融,情合乎理,形造乎神,情理交织,理在情中,这种客观与主观浑然统一的意象,便是"意境"。

散文意境的本质特征是情景交融,意与境浑,如果说诗词意境偏重造象,追求"境生象外",散文意境则直接造境,是对"象外之象"的散文化展开。

王国维说,"文学之事,其内足以摅己,而外足以感人者,意与境二者而已。上焉者意与境浑,其次或以境胜,或以意胜。苟缺其一,不足以言文学"(《人间词话》),文学的本质就是"意与境浑",亦即"情景交融"。

心理美学认为,"情景名为二,而实不可离,神与诗者,妙合无垠。巧者则有情中景,景中情"。在优秀的诗人笔下,"一切景语皆情语"。在优秀的散文家笔下,不仅景语,每一个细节,每一个物,每一个事件,无不饱含着作家的情感。

散文意境是在作品渲染的情感氛围中展开的,《小石潭记》《岳阳楼记》《醉翁亭记》《赤壁赋》《荷塘月色》《茶花赋》《背影》《一件小事》,都是意与境浑,情景交融,成功塑造散文意境的典范之作。

散文纸短情长,如何在尺幅之间,展海洋般广阔的情感世界呢?答曰:以少胜多,以小见大,通过暗示和象征传达"境外之境"。

司马迁评《离骚》说,"其称文小而其指极大,举类迩而见义远"(《屈原传》)。刘勰称赞《诗》"以少总多,情貌无遗"。司空图《诗品》说,"悠悠空尘,忽忽海沤,浅深聚散,万取一收"。所谓"称小指大""以少胜多""万取一收",都是深谙造境之道的高论。

朱自清着意提升意境的深度,他说,"意境似乎就是形象化,用具体的暗示抽象的,意境的产生靠观察和想象"(《关于散文写作》),这个观点是深受厨川白村"暗示说"的影响,即散文写法的最大特征,就是"将作者的思索体验的世界,只暗示于细心的注意深微的读者们"(《出了象牙之塔》)。

胡梦华提出,散文家卓越的艺术手段就在于"把这些意志的,情感的,观察力的结晶融会贯通,笼统地含蓄在暗示里,让细心的读者去领会"(《絮语散文》)。夏丏尊、刘薰宇更认为"暗示是小品文的生命""如果用暗示的笔法去描写暗示的材料,那就是最理想的了"(《文章作法》)。

"暗示"是意境塑造散文的重要手段,高明的作家绝不会把话说尽,而是给你一个暗示,一个意向,让你去领略那"如空中之音,相中之色,水中之月,镜中之象"的想象空间。

如果说,意与境浑是散文意境的内容美学,以少胜多是散文意境的发生美学,那么,"清新自然"则是散文意境的形式美学。

何谓"清新自然"的意境?司空图有云,"俯拾即是,不取诸邻,与道俱往,著手成春。如逢花开,如瞻岁月新、真与不夺,强得易贫。幽人空山,过雨采蘋,薄言情语,悠悠天钧"。"自然"乃是天籁,如羚羊挂角,无迹可求。优美的散文意境必须是清新自然的,无须刻意雕凿。这样的意境才是"不隔","语语如状目前"也。

杨朔的散文有雕饰过分之嫌,他刻意追求散文的诗意,追求意境的塑造，结果陷入模式化，就是因为他所造之境"隔"在了"物——情——理"的三段式中，物与情、情与理没能做到妙合无垠、水乳交融，而是有意把"理"拔高了，造成了物与情、理之间的分离（"隔"）。

"隔"就是不真的意境，而"真"正是散文意境的核心。唐弢指出，"一个意境的产生，是由作者的经验，配上当前的题材，也就是想象和事实两者糅合而成的新的境地。这是不允许伪造的。'合乎自然''邻于理想'，作为风骨的一个字：真。不真，就不能唤起读者的共鸣，使作品失去应有的力量了"（《关于散文写作》）。

"起初性"是散文意境的保证。一篇意境优美的散文必须是"合情合理"的。"合情"指情感的真挚。为什么写父子情、慈母情的散文名篇这么多呢？为什么那些只是偶尔到"散文世界"来"散散步"的革命家、专家写出的散文甚至比专业作家的作品更成功呢？如方志敏《可爱的中国》《清贫》，朱德的《母亲》，等等。关键就在于一个情感真不真的问题，是"为文而造情"呢，还是"为情而造文"的问题。

意境的"合理"，是指一篇散文的"理趣"必须与"物趣"和"情趣"高度契合，不能牵强附会，硬加一条"光明的尾巴"。如果不管什么散文都要"大团圆"收场，甚至把这当作"创作原则"，只会把散文导入歧途。

我们说茅盾《白杨礼赞》、陶铸《松树的风格》成功地塑造了高深的意境，是因为它们是"合理"的。他们抓住了描写对象（白杨和松树）和表现对象（伟大的人格）之间的本质联系、物、情、理浑然一体，毫无矫饰，毫不矫情。

意境，是散文创作的主要追求之一。意境，有单纯明快的，有深邃高远的；有疏落有致的，有繁复缜密的。散文的魅力就在于为读者提供各种不同风格的意境，让读者置身其中，自由联想，体味"山外青山楼外楼"的无穷境界，情无伪则能动人，有境界则自成高格，散文之"雅"，盖在于此。

第 26 章
散文"空白"审美

何谓"空白"？空白不是什么也没有，而是"象外象""味外味"，是作者通过比喻、暗示、象征等手段表现出来的广阔的想象空间。

散文意境理论讲究"象外之象""境外之境"。这"象外之象""境外之境"讲的乃是虚象、虚境，是读者在"实象""实境"的暗示下，通过联想和想象创造的审美境界。这个境界并不是完全的散文"空白审美"。

"空白"源于道家所谓"无"。老子曰："天地万物生于有，有生于无。""无"乃是万物之本，但又视之不可见，听之不可闻。所以说，"大音希声""大象无形"。在老子哲学看来，完美的艺术乃是只可意会不可言传的。这无形的"大象"，无声的"大音"，其实就存在于"审美空白"之中。

老庄哲学这一思想，对中国古代美学关于空白、审美的虚实论有重大影响。虚实理论首先在书法、绘画、诗词理论中发展起来，到了刘熙载时，散文虚实理论才得到系统论述。刘熙载认为文要"虚实互藏"，有疏有密。

《艺概》云，"春秋文见于此，起义在彼，左氏窥此秘，故其文虚实互藏，两在不测"。苏子由称太史公"疏荡有奇气"，刘彦和称班孟坚"裁密而思靡，'疏''密'二字，其用不可胜穷"，"文或结实，或空灵，虽各有所长，皆不免著于一偏"。

试观韩文，结实处何尝不空灵，空灵处何尝不结实？这里的虚与实、疏与密、结实与空灵，都是强调散文要留有"空白"，不能"泥空"。

创作的"留白"，对于艺术创作是必然的，它是客观事物的运动和思维规律的要求。就思想来说，主观意识对客观存在的反映本来就是有空白的，因此艺术反映生活也就必须有空白。

"钟空则鸣，耳空则聪"（据训诂释义），如欲穿形尽相，必须会适得其反，"谨毛而失其貌"。汉赋曾喧嚣一时，但终于无情地衰落了，并一蹶不振，就是因为赋体散文太过铺陈，太多静态的纤毫毕现的描述，因而没有"味外味""象外象"，没有"空白"，只能让人昏昏欲睡。

周作人曾针对性地指出，"中国的文学革命是古典主义的影响，一切作品就像是一个玻璃球，晶莹透澈得太厉害了，没有一点儿朦胧，因此也似乎缺少一种余香与回味"（《〈扬鞭集〉序》），因此他主张散文"要明白，但不要太明白，这是经验之谈"。

散文要"半明半暗""半遮半露"，就是要塑造可知的形象和意境，但又不能"太明白"，文贵含蓄，散文结构是开放的，而不是封闭式的，留有空白，散文更有"张力"。

怎么才能创造审美空白呢？发生美学有两条主要的途径，一是以实写虚。艺术实形可闻可见，艺术空白却无声无形，从具体可感的艺术形象入手，暗示出只可意会不可言传的审美空白，就是以实写虚。如刘熙载《艺概》所说，"山之精神写不出，以烟霞写之；春之精神写不出，以草树写之"。

二是避实写虚。虚实生白，虚实之间的关系是辩证的，刘熙载云，"文之善用事者实者虚之，虚者实之"。有些实体虽然是作品的主要表现对象，但若真的正面描写，却会显得冗长直露。这样就要避实写虚，以烘云托月之法，使人睹影而知竿。

有"空白"就有"断章"，要处理好"断"与"续"之间的关系。刘熙载云，"章法不难于续而难于断。先秦文善断，所以高不易攀。然抛针掷线，全靠眼光不走；明断，正取暗续也"。

林斤澜说的"连续性的中断"，也是这个意思。他说，"读好的短篇，叫人折服，先是'断'得好。'断'好了以后，再……勾引读者到'断'处，到'空白'的边沿"（《谈叙述》）。对叙述性散文来说，制造空白的要诀就在于善"断",似断而实续,才能曲折动人。

散文空白审美的发展,与发生美学的兴起也是分不开的。发生美学十分重视读者,认为只有读者才是"文学史的仲裁人",一部作品最终要经过读者再创造,才能最终完成。作品本体只是一个多层的、未完成的结构,存在许多"未定点"。"未定点"其实就是"审美空白"。

很多"新潮散文"追求立体多维结构,强调复合情感的表达,致力于"冰山风格"式的"冷抒情",其实这都是对"空白审美"的追求。

这些散文不再是答案明了的"加减乘除"和一眼即可看透的"玻璃球",而是复杂的一题多解方程式和变幻迷离的"水晶宫",有很多"审美空白"需要读者去完成。这样,散文怎样创造"空白",怎样"虚实互藏",就不再单纯是一个创作问题,而涉及作品的发生与效应,其美学发生的重要性,时下就自不待言了。

第 27 章
散文的悲剧表现

亚里士多德在《诗学》中认为，悲剧的主要是情节，但是散文的特长不是去展现情节的丰富与复杂性，去描绘灾难和不幸的宏大场面，而是让人们的认识和情感，在更高层次上获得"肯定和再生"。古希腊的悲剧大部分是命运悲剧，贯穿着命运的观念。《被缚的普罗米修斯》《俄狄浦斯王》《安提戈涅》都是命运在起作用。文学即是人学。

我国悲剧理论的产生和发展，是现代西方悲剧理论进入，特别是马克思主义悲剧观产生之后。马克思主义认为，悲剧是"历史的必然要求和这个要求实际上不可能实现之间的悲剧冲突"（《马克思恩格斯选集》卷四），这就深刻地把握了悲剧的本质。

《堂吉诃德》和《奥赛罗》是一个人物性格的悲剧，林黛玉的悲剧也属此类。人物性格的悲剧，主要是表现在文化背景下和社会生活中的悲剧。由于人们观念上的差别，性格各异，知识结构和气质不同，生活也就赋予了他们或悲或喜的不同命运。

中国古代没有像古希腊那样出现伟大的悲剧，但中华民族却是一个崇尚悲剧精神的民族，屈原投江、孟姜女哭长城、牛郎织女鹊桥会……无数悲剧性的历史传说或神话故事，得到最广泛的流传。戏剧《窦娥冤》、小说《红楼梦》是中国悲剧审美产生的典型代表作。

刘鹗《老残游记》自序中把一切艺术都总结为"哭泣的艺术"，他说，"《离骚》为屈大夫之哭泣，《庄子》为蒙叟之哭泣，《史记》为太史公之哭泣，《草堂诗集》为杜工部之哭泣，李后主以词哭，八大山人以画哭，王实甫寄哭泣于《西厢记》，曹雪芹寄哭泣于《红楼梦》"。

王之言曰，"别恨离愁，难淘泄，除纸笔代喉舌，我千种相思向谁说"！曹之言曰，"满纸荒唐言，一把辛酸泪，都云作者痴，谁解其中味！名其茶曰'千芳一窟'，名其酒曰'万艳同杯'者，千芳一哭，万艳同悲也"。

后来的王国维更把《红楼梦》视为"以生活为炉，苦痛为炭，以铸其解脱之鼎"的大悲剧，认为"至美"是否完全的"解脱"，这与西方悲剧理论的"净化说"相近。

我国悲剧理论的奠基者是鲁迅，他认为"悲剧将人生有价值的东西毁灭给人看"（《再论雷峰塔的倒掉》），他猛烈抨击中国传统文学"曲终奏雅"的"团圆主义"，主张"如实描写，并无讳饰"，起初地写出价值的毁灭。他的创作实践了他的主张，《狂人日记》《祝福》《离婚》《故乡》《阿Q正传》《伤逝》《在海楼上》《孤独者》《药》等，都是著名的悲剧作品。

散文是时代感应的神经，应当深情地注视伟大变革的时代，全面地、深刻地把握时代的脉搏。一方面，我们固然应当注意讴歌光明的生活、美好的人和事，深入挖掘，发现美，创造美，创造美的散文篇章。另一方面，我们也不能无视生活中的悲剧，不能无视时代在伟大的变革中新与旧、美与丑、真与假的冲突。散文应大胆反映这个时代冲突中的悲剧，表现美的毁灭和美的永生。

"悲剧散文"不是"英雄的悲剧"，由于篇幅短小，散文更适合表现那种"几乎无事的悲剧"，鲁迅主张悲剧应表现最平常、最具有普遍性的真实。

他说，"这些极平常的，或者简直近于没有事情的悲剧，正如无声的言事一样，由非诗人画出它的形象来，是很不容易觉察的。然而人们灭亡于英雄的特别是悲剧者少，消磨于极平常的，或者简直近于没有事情的悲剧者多"（《几乎无事的悲剧》）。

正因为其"平常"且"多"，非常适合用散文表现。巴金的《随想录》就是一部伟大的"悲剧散文"，是他"用真话建立起来的揭露'文革'的博物馆"。

巴金在《合订本新记》中说，"一百五十篇长短文章全是小人物的喜怒哀乐，自己说是'无力的叫喊'，其实大都是不曾愈合的伤口出来的脓血""五卷书上每篇每页满是血迹，但更多的却是十年创伤的脓血""没有人愿意忘记二十年前开始的大灾难，也没有人甘心再进'牛棚'，接受'深刻的教育'。我们解剖自己，只是为了弄清浩劫的来龙去脉，便于改正错误，不再上当受骗"。

确实，巴金从写这部《总序》到写五卷本的《合订本新记》，风风雨雨近十年，巴老用他战斗的笔剖析了那"史无前例"的十年，理清了"浩劫的来龙去脉"，表现了大大小小的命运悲剧、家庭悲剧和社会悲剧。

《怀念萧珊》不只写出了萧珊的悲剧命运，也写出了整个家庭，乃至整个社会的悲剧现实。作者只写日常琐事，娓娓道来（"几乎无事"），却有悲痛，有眷恋，有义愤，一腔至情表露无遗；《小狗包弟》把手术刀勇敢地切进自己的灵魂深处，无畏地挤出"伤口的脓血"，是自我的性格悲剧。

《说真话》系列散文认真反思了那个"谎言变成了真理，说真话倒犯了大罪"的时代，悲剧意识深入到"悲剧散文"，是对一个悲剧进行血淋淋的控诉和深刻痛苦的反思。这部"里程碑式"的作品，为散文的悲剧表现提供了创作的典范。

悲剧不是"悲观"。悲剧的审美效应是积极的振奋的，它能提高人的品格，激发人的意志。如果散文不敢面对现实，不敢表现悲剧，散文终将在一片庄严的赞歌声中走向没落。这不正是散文的悲剧吗？

客观地说，当代散文缺少一批深沉、生动、具有时代感应力的优秀作品，散文题材还相当狭窄，散文作家审美范围的开拓还受到相当的局限，审美视野和潮流还囿于在一个较褊狭的领域，作品缺乏一种真实的近代感和历史感，缺乏崭新的创新精神和艺术风格。

散文由于受中国文化的制约和其思想模式的束缚与限制，当代相当部分的散文作品要么直接从属政治，"为文而造情"，题材"运动化"，直接号称"轻骑兵"，成为政治的传声筒；要么是淡化政治，远离生活，把一个改革的时代写成"小花小草小雨小溪"似的苍白，作家龟缩在藩篱中孤芳自赏咀嚼一些陈腐的糠叶。

还有的作家追求纯艺术的"审美自身",把散文当诗去写,追求作品单纯净明所"升华"出的美的境界,"托物言志,借景抒情",强调主体精神的实现,而忽视体现时代真正的精神,散文相当程度上成了作家在书斋里搬弄感觉和情绪的玩什。

散文审美功能不能被异化,应深情讴歌伟大变革的时代,抒写光明的生活和美好的人与事物,深入挖掘,发现美,创造美,表现悲剧的力量,拉响警醒的响笛,这是散文之神圣使命。

散文也能表现悲剧吗?迄今还鲜有论者涉及这个问题,我们不得不提出这个问题。面对当代散文界涌现的一批表现悲剧的作品,像《一个军人在耻辱松下》《傻成山》《八爷的悲剧》《那老人,那枯竭的河》《红棺材的灾难》等,都是悲剧题材的,一种敢于直面现实,有高度责任感的写作文本。

时代改革的波光之下,必会隐藏着漩涡和积淀。新旧体制转型之际,假丑恶会产生放大效应,旧的封建势力、旧的思想观念,会时常阻碍我们时代的发展脚步。生活中必然会出现悲剧现象,美的东西有时就会毁灭,人生有价值的东西有时也会毁灭。

不管是如何出现还是如何面对,无论是何情何境的人物悲剧、命运悲剧、性格悲剧或社会悲剧,既然生活中客观存在着,散文作家就不能回避绕弯走,散文就不能避而远之,或在作品中摒弃它。

悲剧表现的题材,应是一个广阔的领域,散文应该发挥其功能的独特优势,表现毁灭的同时再现美的永生。但当下散文的现状,却使我们感到忧虑,真正表现悲剧题材的作品少,力作更是寥寥无几。

是散文不适于表现悲剧题材吗?散文拒不接受悲剧题材的"浸入"?作家观念的陈旧和视野狭小,"视而不见"甚至"麻木不仁"吗?难道散文只能"讴歌",表现"花花草草"吗?

看惯了《荔枝蜜》和《长江三日》,散文的印象就是"美文",审美境界都是"山清水秀",审美对象都是高尚的人和事物。当读者的审美心理定势和欣赏习惯"固化后",散文的题材便狭义化了,审美趣味也就单一化了,走进了某种框子和格套之中。

有读者认为，表现悲剧题材是戏剧的事，是小说的事，散文不适于表现悲剧，悲剧进入散文将会"损害自身本体的美的形象"，散文本身要拥护自己"纯洁和尊严"，把悲剧题材拒之门外。

文坛上有个"通病"，就是对一批壮美或柔美作品的膜拜，给它们戴上经典性光环，"形散神不散"是创作原则，"一根线串许多珠子"是散文结构，"中心明确，紧凑集中"是散文风格，"字字珠玑，环扣主题"是散文理想。

在这种强大的话语漩涡里，散文题材被封闭和禁锢，当代散文从题材上、艺术风格和审美表现上，便悄悄走入了困境和死胡同，散文作家的审美眼光受到局限，悲剧题材的散文当然"寥若晨星"了。

散文是时代敏感的神经，不能囿于狭窄的题材。历史和社会既然是立体、多方面的，那么散文也应有相应的立体、多方面的表现，散文不仅能表现悲剧，而且是它的一种优势。

悲剧题材能唤起人们的道德情感，具有强烈的抒情意味。悲剧中的同情、怜悯、仇恨、恐惧打动人的情感，就是散文的独特力量。问题是我们如何在散文中表现悲剧，散文中悲剧的表现虽然与戏剧和小说不同，那么，悲剧题材在散文中的审美特征是什么呢？

悲剧的本质不是单纯地再现人生的苦难和毁灭，只是让人感到伤心落泪，而是在苦难和毁灭中突出真善美的价值，把有价值的东西毁灭，使读者产生"痛感"，从而否定丑恶势力。

《李顺大造屋》写的是翻身农民李顺大从土改开始立下盖三间瓦屋的宏愿，却因种种干扰和运动，一再功败垂成。它不同于《骆驼祥子》抱着"有了自己的车就有了一切"的幻想，最后被生活无情抛弃的悲剧，也不同于古希腊悲剧中的《被缚的普罗米修斯》，作家以精短篇幅和"净化"了的悲剧激情，再现"很久以前"的灾难和不幸，从而揭露了因封建文化造成的人物和命运悲剧，深刻揭示了造成这种悲剧的社会根源。

我们散文中所说的"悲剧"和生活中的悲剧不一样，它是散文作家创造出来的艺术品，是作家的塑造。综观当下散文，大致有这样几种悲剧题材，还是值得关注的。

一是"社会悲剧"题材。"悲剧中毁灭的价值越高，效果也就越强烈"，战士为国捐躯、烈士为抢救国家财产和生产安全牺牲、教师死在三尺讲台前……这些悲剧表现的都是一种崇高感，他们虽然牺牲，却在作品中获得永生，精神永远激励着千千万万的读者。

死亡是人生的悲剧，比如生活中突发性的灾难如翻车、沉船和爆炸等，但散文不可能去细致描写从挣扎到死亡的全过程，记录死亡者生前的事迹和彼此的交往，而是要使死者的精神获再生和闪光，使读者受到启迪和振奋。

作品中的遇难者不一定成为悲剧人物，散文中的悲剧不能与现实生活中苦难混为一谈。散文中的悲剧人物不是"巨人"而是普通人，社会环境是社会悲剧的根源。

新时代是旧时代脱胎换骨出来的，中国封建文化对改革开放的阻碍和制约，并不能一时消除，改革开放避免不了有沉渣泛起，国民劣根性还不能一时根除，社会主义制度还不完善，普通人与社会环境还会发生龃龉，难免有人会遭受一些挫折、失败和毁灭。这里有深刻复杂的历史原因和社会原因，是不能避免的。

祥林嫂的悲剧命运在封建社会的旧中国中是无法改变的，十年浩劫中很多人的遭遇和不幸也是时代的产物，当今有很多改革家遭诽谤、打击和杀害，文学不可能去回避它，散文更不能"作壁上观"，只去"咏弄风月"，在表现社会悲剧的时候，我们最重要的是揭示社会悲剧的根源，表现悲剧人物与环境冲突的必然性，以感情为载体，表现震撼人心的感染力。

一批对老一辈革命家悼念的散文，揭示了"四人帮"罪恶和悲剧的社会根源。巴金《望着周总理的遗像》和王西彦《炼狱中的圣火》等一系列作品引起的巨大反响，"追悼性"的散文一时歌哭俱在，血泪交汇。

失恋者也不能与"歌德"恋绿蒂和罗密欧的痛苦相提并论，悲剧常常也在自生自灭，散文就需以否定的方式（痛苦、灾难毁灭等），积极去表现和肯定人生最有价值的东西，从而达到积极的审美效果。

当代部分散文作品需对突发性灾难和死亡有所涉猎，但大都只是停留在"悼念"和描写之中,没有把握悲剧题材表现的本质,从而使悲剧激情产生淡化,削弱了悲剧题材应有的震撼人心的审美力量。

二是"人物命运"悲剧。人生会遭遇很多不幸。高尚的人遭陷害,纯洁的姑娘被强奸,改革家被围攻和杀害,恩爱夫妻没有生育能力,突如其来的灾难使理想成为泡影,加之中国人对命运的安排是很敬畏的,他们在灾难前不能正确清醒地审视和寻找解除灾难的方法,他们更多的是俯首听命。希望避脱灾祸,因而产生很多"子虚乌有"的崇拜和性格悲剧。

《那老人,那枯竭的河》写的是一个老人在垂暮之年的悲哀,他的不幸是一生清苦,无妻无子、孤家寡人,结局是老人死了,生前渴望自己有个孩子,但他只是在河边遇见过一个孩子,只是老人死时在其枕下发现给孩子买的网球鞋之类的东西,悲剧激情在散文的结尾达到了相当强烈的程度,"那河枯竭了。老人死了"。从作品中我们可以明显看出这是关于老人命运的悲剧,这种命运的安排是"无法"改变的;它的表现也明显存在着散文的特殊性,其感情的渲染十分铺张。

这种"命运"带有一定程度的偶发性,散文在揭示悲剧人物命运的同时,一定要揭示其产生的社会根源,引起读者的悲思,激发读者的悲剧激情,从而获得悲剧人物命运将转变的希望,产生潜在的悲剧审美效果。

三是"人物性格"题材。我们不能忘记在"四人帮"横行之时,那些逆来顺受的"芸芸众生"的性格,他们在受辱后还用阿Q似的精神麻醉自己。有人来抄家了,他却说"幸亏不是枪决示众";要关"牛棚"了,他却说"幸亏不是蹲牢房",好像自己还受到"格外恩宠"似的。

这些人与同"四人帮"相斗争宁死不屈的人比起来,虽然他们或许是出于"无奈",但这是他们性格的悲剧。新时期"国民性劣根"不断绝,温柔敦厚不实为一种美德,虽挨了打还要感谢棍子的关怀,这远比《哈姆雷特》《李尔王》更具有悲剧意味。

散文性格悲剧的描写,必须充分展现人物性格的复杂面,揭示其性格导致的必然性。有一篇散文,写一个贫穷的乡下女子,醉心于灯红酒绿的城市生活，力求攀附有钱的城市人，好高骛远，这个女子最后走向堕落，散文在这个女子"出走"踏入城市之后，展现了她被骗的悲剧。

虽然她后来"醒悟"了，作家浓墨重彩，展现了这个女子性格的复杂面，揭示了其悲剧的社会根源，展现了特殊历史条件下蕴藏的悲剧因素，及其灵魂受到摧残的社会根源，从而使作品产生了强烈的悲剧审美效果。

第28章
游记散文审美

　　游记散文是我国散文百花园中的一朵奇葩，具有相对独立的历史轨迹和审美属性。我国游记散文起源很早。它肇始于魏晋，成熟于唐宋，至今仍有旺盛的生命力。

　　魏晋以前，一些抒情诗文和某些铺叙苑林的辞赋作品中，已有了有关自然景物的散文化描写，不过尚属附庸。到了魏晋南北朝，"老庄告退，而山水方滋"，出现了大量的山水诗和一些写山川胜迹的书信，如鲍照《登大雷岸与妹书》、吴均《与宋元思书》、陶弘景《答谢中书书》等。

　　郦道元《水经注》的问世，为游记散文的发展奠定了一块坚实的基础。至唐，柳氏《永州八记》则标志着游记散文的成熟。《始得西山宴游记》《小石潭记》《钴鉧潭西小丘记》《石涧记》和《小石城山记》。"八记"以简洁清隽的语言，刻画了永州奇特秀丽的自然风光，并从中透露出作者强烈的身世感。情景交融，意境深邃，是我国山水游记的珍品。

　　唐游记重情趣，宋游记则尚理趣。王安石《游褒禅山记》、苏轼《石钟山记》可为代表。柳氏是借景抒情，他们则是借景寓理，为我国游记散文开辟了又一条蹊径。

　　南宋以后，日记体游记勃兴。陆游《入蜀记》、范成大《吴船录》、徐弘祖《徐霞客游记》可为代表。至明清，山水游记空前繁荣，其艺术成就虽未超过前人，其数量却非以前可比，几乎每个文人都有游记之作。其中袁宗道、袁宏道、袁中道、张岱、姚鼐、龚自珍为代表作家。

现代小品文的发达是空前的，游记散文的发达也是空前的，产生了很多名篇佳作。如朱自清《温州的踪迹》、孙伏园《长安道上》、郁达夫《感伤的旅行》、周作人《游日本杂感》、孙福熙《山游掇拾》、郭沫若《到宜兴去》、吴稚晖《游鹰山殖民地记》、林克多《苏联闻见录》、高一涵《皖江见闻记》、俞平伯《江阴之日记游》、舒新城《苏锡之生》、徐志摩《我所知道的康桥》等，或描山画水，姿态万千；或描摹风土人情；或考察社会风貌，令人美不胜收。

当代游记散文的发展势头喜人，杨滕西编《中国当代游记选》，可视为当代游记散文的"总览"。当代游记中有不少名篇，如丰子恺《南颖访问记》、李健吾《雨中登泰山》、徐迟《黄山记》、刘白羽《长江三日》、峻青《沧海日出》、从维熙《巴黎朝圣》、徐刚《黄山拾美》、张抗抗《埃菲尔铁塔沉思》等。

游记是描写旅途见闻的一种散文形式。它可以记叙社会风貌，也可以描写自然景物。有人曾经用数学公式来定义游记散文："游＋记＋文学意味＝游记文学"。这虽然不准确，却基本上抓住了游记散文的特征。

游记散文是散文的一种，"文学意味"是它的首要属性。这就把游记散文与地理学著作区别开来。比如《水经注》中只有那些具有较强的"文学意味"的篇什才是真正的游记散文，否则只是客观的地理学术文章。

旅游的"文学意味"，就是在描绘自然风景或描摹社会风貌过程中，流露出的主观情感及其评价，也就是"登山则情满于山，观海则意溢于海"中所谓"情"和"意"。游记散文的一切景语都是情语，而不像地理学著作那样客观和"纯粹"。

游记散文以"游"和"记"为前提，它的地理性又使它与一般意义的抒情散文区别开来。我们通常说抒情散文"借景抒情"，其"景"只是一个触媒，景是文章的主体对象，一个引发点，由此而"思接千载，视通万里"。

游记散文必须从起初地写出游踪和景观,必须经过考证和调查,如实地写出所游之地的社会风貌和人情风俗,它受地理和环境的制约,不允许虚构。《桃花源记》《西游记》之所以不能称为游记,是因为它们是虚构的。

游记散文不是虚构和想象的产物,但更不是"导游指南"。它是对自然景观和社会风貌的客观描述与作者主观感受和评价的有机融合,具有自然景观和社会风貌的"两重性",它既是客观的存在,又饱含了作者独特的旅游感受和审美价值评判。

第五部分

申 论

第 29 章
散文的"空间思维"

散文是时间的艺术,散文的"空间感"以获得最大限度自由为前提,在流动的时序中"有情展示",这不仅与散文自身的灵活性有关,更与中国艺术偏重表现的传统有关。

与西方古典艺术偏重再现不同,中国古典艺术偏重"表现",即使绘画这种典型的再现型艺术,中国画也不囿于定点的透视,不追求自然物理结构的"形似",而追求诗意的、心理结构的"神似"。

散文的空间形象以符号性的语言文字为载体,其思维空间就更不必局限于"所见所闻",更重要的则是由实际空间为构架,展开想象的翅膀所获得的自由的心理空间。

所谓"精骛八极,心游万仞""思接千载,视通万里",所谓"一粒沙里见世界,半瓣花上说人情"等,都是我国古代空间思维理论中"一语中的"的警语。

散文的"时空自由度",主要是由它灵活多变的体裁特点决定的。散文是语言的艺术中最灵活的,也是叙述空间最大最自由的一体,它"可以发挥议论,可以畅泄衷情,可以摹绘人情,可以形容世故,可以札记琐屑,可以谈天说地,本无范围,特以自我为中心……包括一切,宇宙之大,苍蝇之微,皆可取材,简直是无所不包"(林语堂《〈人世间〉发刊词》)。

散文的空间思维是"发散思维",而不是一根红线串许多珠子的"线型思维"。从美学的空间审美论看,发散思维亦称辐射思维,由美的自由想象产生无数新信息的思维过程，具有多端性、灵活性、独特性及细密周全的特征。

许国泰《散文快速构思法》，就是以发散思维为理论前提，创造出的"快速构思法"，他把任何事物之间具有的直接或间接的联系，统统"捆扎"在一起，以某一物为创作的触发点，然后从各种不同的关系中，寻找种种相关的新信息，从大量的新信息中选取体验最深、感受最切的事物，进行再创造的"组合"，从而剪辑粘贴成篇，显示出散文空间思维的巨大自由性。

王蒙的论述则切合实际，更有指导意义。他在谈到自己创作时说，"好的故事对于我是一种启示，一种吸引，一种创作心理学意义上的暗示——当我在构思的过程中或者命笔的过程中微笑、低语、念念有词起来或者眼睛湿热、呼吸粗重起来的时候；当我努力去追踪、去记录、去模拟那稍纵即逝的形象的推移，情绪的流传，意念的更迭，去表现那'诸影诸物，无不解散，而且摇动；扩大，互相融和；刚一融和，却又退缩，复近于原形'的生活五光十色的时候；我觉得，我的尝试，我的心情和我的追求，都可以从好的故事里得到鼓励和参照"（《橘黄色的梦》）。

他作品里描述的审美时空是流动的，是变幻的，"诸影诸物，无不解散，而且摇动，扩大，互相融和；刚一融和，却又退缩，复近于原形"。"自然时空"与"心理时空"互相交流，互相融合，经过审美心理机制的扩充、压缩、变形，从而获得自由的生命节奏和广阔的审美空间。

何为《春夜的沉思和回忆》，以贝多芬《命运交响乐》为主旋律，从命运叩门的震惊到命运叩门的高潮，从"受苦与希望交替出现"的低回到获得光明的轰响，把对总理长逝的悲伤，对"四人帮"的仇恨，以及秋天如期到来的狂喜，以及诸种复杂感情错综交汇而抒写出来，打破了传统平面、二维的时空观，以跳动、多维的"全结构"，构筑了一个广阔而丰富的"空间世界"。

第 30 章
散文的结构审美

古代散文家们对此一直崇尚"自然"论，主张顺乎自然，"文无定法"，把散文结构问题看得很神秘。所谓"文章本天成，妙手偶得之"，所谓"行于所当行，止于不可不止"。散文自诞生之日起，散文的"结构问题"，就历史性地摆到了散文作家们的面前。

对"结构审美"进行自觉探讨和系统论述的，首推桐城派方苞"义法说"，它是中国散文美学史上，第一次科学系统地论述了散文结构的理论学说。

方苞认为，散文的结构以散文的内容为内在依据，散文要"义"，只有"言有物"，才能"言有序"。作家的创作思想和主观意图在作品中不应浅显直露，一览无余，而要含蓄委婉，旨深义隐。

怎样处理"义"与"法"的关系呢？散文的结构原则是什么呢？方苞《春秋通论序》云，"凡诸经之义可依文以求，而《春秋》之义，则隐于文之所不载"，他认为《史记》"十篇之序，义并严密，而辞微约，览者或不能遽得其条贯，而义法之精变，必于是乎求之"（《书史记十表后》）。

他在《又书货殖列传后》中说，"义"就是作品的内容，"义"即《易》之所谓"言有物"也；何谓"法"？"法"就是作品结构技巧，"法即《易》之所谓'言有序'也""义以为经而法纬之，然后为成体之文"。

方苞认为文章应该旨深义隐。而要做到这一点，就必须注意剪裁，"常事不书"，以"体要"为标准。他在《书汉书霍光传后》中说，"春秋之义常事不书，而后之良史取法焉。昌黎韩氏曰《春秋》为谨严，故撰《顺宗实录》，削去常事，独著其有关于治乱者。《班史》义法，视子长少漫矣，然尚能识其体要"。

他提出"体要"的剪裁原则，与我们现在所说的"典型材料"相类，至此，"命意深""选材精"三处，方苞合乎自然地提出了散文结构要"巧"的原则。其《书五代史安重诲传后》云："记事之文，唯《左传》《史记》各有义法，一篇之中，脉相灌输而不可增损，然其前后相应，或隐或显，或偏或全，变化随宜，不主一道"。

他称赞《左传》"详简断续，变化无穷"，称赞欧阳修的文章"所向曲折如意，如乘快马行平地，迟速进退，自由其心"（《古文辞类纂》），这就比较科学地把握了散文结构自由灵活的特点。

当时的散文家很多惊叹散文"魔方"变幻无穷，不约而同地发出感叹：写散文难哪！难在哪里呢？"难"就难在散文"结构极度自由"。梁实秋叹道，"散文的妙处真可说气象万千，变化无穷。我们读者竟只有赞叹的份儿，竟说不出其妙之所以然"（《论散文》）。

唐弢《小品文拉杂谈》里说，"散文虽然只三五百字，几十句话，然而要写得像样，三五百字，几十句话也有它的难处，会写长篇小说、诗歌、戏剧的作家，未必就写得出好小品文，即是一个例证"。

朱自清认为散文结构"比较可随便些"，散到"闲话"相类，"抒情的散文和纯文学的诗、小说、戏剧相比，前者是自由些，后者是谨严些，诗的字句音节，小说的描写结构，戏剧的剪裁与对话都有种种规律，必须精心结撰方能有成。散文表现比较随便些，所谓'闲话'一种，就是他的很好的诠释"，真是"法无定法，而后知非法"啊。

现代散文自以为摆脱"进退维谷"的境地，因为他们找到了一条"真理"——形散神不散。然而，这反而使散文陷入了困境。因为散文并不如此简单，一条"用自己精深的思想红线串生活海洋中的贝壳珍珠"的"闪光的项链"，也不是"物——情——理"的结构模式所能涵盖得了的。

从美学结构论来分析，一切散文的内在结构，都源于作者的情感流向和事物本身的内部秩序。结构就是"秩序"，"秩序"就意味着真理，意味着和谐，秩序就是简洁、真、善、美，是不能容于零乱和繁杂的。

"哲学活动和科学艺术，企图从零乱的现实世界中，整理出科学秩序，艺术的秩序和哲学秩序——这就是对真善美的起源和发展"，散文只有从"潜结构"入手，才能把握其"显结构"的情感流向和终极的"艺术秩序"。

苏珊·朗格的符号美学告诉我们，"如果要使某种创造出来的符号激发人们的美感，就必须使自己作为一个生命活动的投影或符号呈现出来，必须使自己成为一种生命，与基本形式相类似的逻辑形式"（《艺术问题》），也就是说，一切艺术的逻辑形式必须与生命的基本形式相类似，这种形式就是艺术的"生命形式"。

也就是说，生命活动具有有机统一性、运动性、节奏性和生长性，而所有这些特征都可以在艺术形式中找到。散文是生命的一种形式，也具有有机统一性、运动性、节奏性和生长性等几个特点。散文也是主情的艺术，而情感实际上就是一种集中、强化了的生命，是生命湍流中最突出的浪峰。

从艺术美学的表现形式来看，生命意识最强烈的散文，其潜结构就是生命形式。任何一篇成功的散文，不论其描写的内容有多么不同，表现手法如何地奇特，它都是作者生命意识冲动的轨迹。

散文作为主体生命创作出来，它就获得了独立，成为一个生命实体。因而它具有了有机统一性。它的每一个部分都极为紧密地联系着，每种因素都依赖着其他因素，每一种因素都不能脱离整体。

任何一篇散文都不是纯粹静态的描述，而是贯穿着情感的发生、发展和消亡，情感流动不是无序的、机械的，而是体现了生命的节奏，它是创作前过程转化而来，再建立的新的紧张关系。

传统美学的形象大于思想，内部各要素之间有机地联系着，体现出生命的运动和情感的节奏，可以说，没有哪一种文学形式，比散文形式更接近生命形式了。从根本上讲，散文结构审美，正是生命自由的具体体现，从而决定了散文结构的生长性和节奏性。

第 31 章
散文的风格审美

在世界美学史上，中国风格理论体系是最早、最完备、最深刻的。比布封提出"风格即人"的命题早一千多年，刘勰就提出了"各师成心，其异如面"的观点，甚至更早，曹丕的"文气说"，开始强调作家的个性气质对艺术风格的重要作用。

《典论·论文》说："文以气为主，气之清浊有体，不可力强而致。"曹丕所说的"气"就是指作家的个性气质。"文气说"实可视为我国风格理论之发端，至刘勰《文心雕龙》已初步建立了一个比较完备的风格理论体系。

这个体系的核心，就是"风格即人"。所谓"夫情动而言形，理发而文见，盖沿隐以至显，因内而符外者也"（《文心雕龙》），"言"因"情"形，"文"以"理"现，内在个性决定了外在的风格。

而人的个性是千差万别的，"才有庸俊，气有刚柔，学有浅深，习有雅郑"，风格也就千差万别，"盖声色之来，发于情性，由乎自然，是可以牵合矫强而致乎？故性格清彻者音调自然宣畅，性格舒徐者，音调自然舒缓，旷达者自然浩荡，雄迈者自然壮烈，沉郁者自然悲酸，古怪者自然奇绝。有是格，便有是调，皆情性自然之谓也"（李贽《焚书·读律肤说》）。

"风格"最初是指人的风度品格，以后逐步由评品人物过渡到评品艺术，成为美术语。作品的风格与创作主体的"人格"确实有非常密切的关系，是作家作品思想和形式的密切融合，是自己个性和精神的独特印记。

　　作品"风格"与作家"人格"不能简单地画等号,"风格即人"的命题,只有在说明风格的来源时才有意义,它并没有对作品风格和内涵做出界定,或者说,这种界定太过宽泛,就像"美是生命"的命题,对"美"的界定一样。

　　作品是人类创造出来的精神产品,不可避免地打上人类精神的烙印,但两者并不是一回事。作品一旦被产生出来,就具有了相对的独立性。我们认识一篇作品的风格,是根据这篇作品的语言、结构、内容等内在要素做出判断的,而不是根据它的作者的人格来做出判断的。

　　苏轼的"其文如其为人"未免有些绝对化,但"盖因文观人,亦但得其大端而已"(黄侃《文心雕龙札记》),这种因人观文,以人格论风格的论述,就已经很确乎时序了。

　　比较美学认为,世间万物都是互为中介的,"人与文绝不类者,况且又不知其几焉",也就是说"人格"与"风格"之间也存在许多中介,有不俗的人格,并不一定就能写出高雅的作品。相反,人格并不怎么样,却也能写出有风格的佳作。

　　散文风格与人格的中介是语言符号,现代解释学美学认为,一切对象只有被装填到"符号"的容器中之后才有意义,世界总是我们认识到的世界,没有被认识到的对象是毫无意义的。所以苏珊·朗格说,艺术表达的情感是"人类情感",即可感知、可用符号传达的情感。

　　这样看来,"人格"只有通过符号传达出来,才会转化为作品的"风格"。何绍基注意到了这一点,他说,"因作诗文自有多少法度,多少功夫,方能将真性情搬运到笔墨上,又性情是浑然之物,若到文与诗上头,便要有声情气韵,波澜推荡,方得真性情发见充满,使天下后世见其所作,如见其人,如见其性情"(《与汪菊士论诗》)。

　　原生性情乃"浑然之物",只有将它符号化,懂得诗文的"法度",才能在作品中"发见充满",将其转化为风格。这是一个艰难的过程,必须经过长期的创作实践,才能实现。

　　何绍基《〈使黔草〉自序》中说,"移其所以为人者,发现于语言文字;不能移之斯至也,日去其与人共者,渐扩其已所独得者,又刊其词义之美与吾之为人不相肖者；始则少移焉，继则半至焉，终则全赴焉，是则人与文一。人与文一，是为人成，是为诗文之家成"，达到这种境界，我们才能说"风格即人"。

我国传统美学历来主张艺术风格的多样化，要求众体皆备，不主一格。方孝孺说："人之文不同者犹其形也，不可不同，天下之道，根于心者一也。故立言而众者文之隶也，明其道不求异者，道之域也。人之为文，岂故为尔不同哉！其形人人殊，声音笑貌人人殊，其言乎不得而强同也，而亦不必一拘乎同也。"（《张彦辉文集序》）

散文高度繁荣昌盛的标志之一，就是散文艺术风格的多样化。名篇充栋的古代散文不必说了，短短几十年的现代散文就"绚烂极了"，有种种的流派，表现着，批评着，诠释着人生的各方面，迁流漫衍，日新月异。有中国处士风，有外国绅士风，有隐士，有叛徒，风格或绮丽，或洗练，或流动，或含蓄，恣意状况大概如此。

不同作家有不同的风格。同一作家的风格也不是单一的，而是有变化，有主调也有副调。杜甫的风格是"沉郁"，但"正而能变，变而能化，化而不失本调，不失本调而兼得众调，故绝不可及"，他的风格随着年龄的增长、阅历的深入、技巧的纯熟而不断变化，"少而锐，壮而肆，老而严"（吴可《藏海诗话》），这也是风格多样化的表现形态。

风格多样化还表现在不同的民族风格和时代风格上，"文变染乎世情，兴废系乎时序"，同一时代不同风格的作家，也表现出某些共同的倾向，这就是时代风格。刘白羽、杨朔、秦牧，他们就有着各自不同，或共同的"时代风格"。

刘白羽的散文雄浑、热烈，融历史感与时代感为一体。他的散文，多截取生活断面，融汇历史的思考，提炼生活的壮景，为伟大的时代留影，为时代的创业者作传。他的笔端总是燃烧着热情，以热烈的想象展示革命的历程，抒情性强，气势雄伟阔大。

杨朔的风格是玲珑精美，清新隽永，他的散文追求的是意境，结构布局精巧，语言清新别致，形成了所谓"杨朔模式"，影响很大。

秦牧是一位涉猎广博、敏于思索的散文家。他的散文，题材广阔，知识丰富，见解独到，文笔动人，"闪耀着饱满的生活知识的光辉"。

他们自成一家，但有着共同的时代风格，强烈的时代感和社会责任感。刘白羽热情奔放，把散文当作时代的战鼓；杨朔立下誓言"我认识了人民的伟大，要替他们服务"；秦牧寓教于乐，在谈天说地之间启迪人们思考，为新生事物的成长擂鼓呐喊，为清除旧社会遗留下来的污秽而斗争。

三位都是抒情和说理为一体，具有较强的哲理意味，刘白羽说理是"顿悟"，物起兴，很自然；杨朔说理是"卒章显其志"，稍嫌牵强；秦牧的散文更以"理趣"见长，在平凡的生活中发掘深刻的哲理，以独到的见解让人折服。

作家们由于思想感情、创作主张的相似，或由于取材范围相近，表现方法大体一致，往往形成不同的艺术流派。史上有许多流派和团体，如公安派、竟陵派、唐宋派、桐城派等，文学研究会、创作社、浅草社、语丝社、左联等，这些"派团"都是风格多样化的又一表现形式。

至刚则折，太柔则无力，刚柔相济方为上乘。风格类型尽管多种多样，但从更高的美学层次来概括，不外乎阳刚和阴柔两种形态，最高风格的审美理想，就是"刚柔相济"。

何为阳刚之美，何为阴柔之美？姚鼐《复鲁絜非书》说，"鼐闻天地之道，阴阳刚柔而已。文者，天地之精英，而阴阳刚柔之发也。惟圣人之言，统二气之会而弗偏，然而《易》《诗》《书》《论语》所载，亦间有可以刚柔分矣。值其时其人，告语之体各有宜也"；

"自诸子而降，其为文无弗有偏者。其得于阳与刚之美者，则其文如霆，如电，如长风之出谷，如崇山峻崖，如决大川，如奔骐骥；其光也，如杲日，如火，如金镠铁；其于人也，如凭高视远，如君而朝万众，如鼓万勇士而战之"；

"其得于阴与柔之美者，则其文如升初日，如清风，如云，如霞，如烟，如幽林曲涧，沦波，如漾，如珠玉之辉，如鸿鹄之鸣而入寥廓；其于人也，漻乎其如叹，邈乎其如有思，暖乎其如喜，愀乎其如悲。观其文，讽其音，则为文者之性情形状，举以殊焉"。

阳刚美之"崇高"，阴柔美之"优美"，这实际上是对风格在美学更高层次的把握，阴阳互补，刚柔相济，才是最理想的风格境界，"阴阳刚柔并行而不容偏废，有其一端而绝亡其一，刚者至于偾强而拂戾，柔者至于颓废而暗幽，则必无与于至文者矣"（姚鼐《海愚诗钞序》）。

鲁迅既是封建宗法的"逆子"，绅士阶级的"贰臣"，又是罗曼蒂克革命家的"挚友"，他的文论悲愤沉郁，正气凛然，如绿剑倚天，是地下奔突的火，同时他的小品却清新秀丽，如《朝花夕拾》所呈现的，却完全是另一种风格。

朱自清以真挚清新、绵新深厚著称，如《荷塘月色》《背影》《桨声灯影里的秦淮河》，而在《生命的价格——七毛钱》《白种人——上帝的骄子》篇章中，我们却看到了他自称"媚人"的那种刚正严肃、机智幽默的风格。

第 32 章
散文的情感审美

　　散文作家的情感审美，是以自我为中心的情感享受，是"外部集中"，即对享受客体散文作品的情感观照，它与快感的心理特质一样，以美感为基础，带有极大的主观性，是作家的心理和生理反应。

　　马斯洛把人的情感需要分为五个基本层次，即生存需要层次、安全需要层次、归属需要层次、尊重需要层次和自我实现需要层次。如果创作仅仅为了满足生存需求，"著书都为稻粱谋"（龚自珍），也不可发挥作家的审美创作能力。

　　在诸多文学样式中，散文同现实生活的关系最密切，特别是受政治的影响最深，因而受非审美因素的干扰最大。加之散文本身的"非美"因素，散文作家的审美负荷也最大。这就要求散文作家要加强审美修养，冲破世俗的偏见和外界的压力，把散文写成真正的"美文"，满足读者自我实现的需要。

　　在中国封建宗法家长制社会，封建士大夫文人迫于政治压力，为了追求功名利禄，把文章视为"经国之大业"，当作飞黄腾达的通行证。所以作家不能被繁琐的现实利益所束缚，也不能为了时事的需要而创作，否则散文就会沦为歌功颂德、粉饰太平的"赞美诗"，虚假而苍白。

　　从骈文到八股文，散文史上"歌德派"可谓"江山代有才人出"。"文化大革命"的散文一般是"革命形势无限好"，作家们为了安全需要而逃避现实，为了归属需要而写作，即为自己所隶属的阶级、派别、团体而写作，散文因而成了"遵命文学"。

散文如果只强调"时代精神",就会走进模式化死胡同,如果只强调"阶级性",遵需而写,就会沦为战斗的工具。作家应通过自己辛勤创作,用作品赢得社会承认,以情动人,唤起读者的共鸣,以超越自我生存和安全需求的底层心理,升华到高级的艺术审美境界,创造出一个"美文"的世界。

散文是主情的艺术,控制它的原则是美学的"快乐原则",促使我们从书架上取下它来,并在其中获得乐趣。散文中的一切必须服从这个目的,它应当从第一个字开始就使我们陶醉,直到读完最后一个字才清醒过来,顿时感觉到耳目一新,散文必须把我们包围起来,并在现实世界前拉起这样一道帷幕。

情感历来是散文创作的内驱力,《礼记·乐记》认为"情动于中,故形于声。声成文,谓之音""情动于中而形于言,夫缀文者情动而辞发,观文者披文以入情,沿波探源,虽幽必显"。

白居易《与元九书》中说,"感人心者,莫先乎情,莫始乎言,莫切乎声,莫深乎义。诗者,根情,苗言,华声,实义。上自圣贤,下至愚马矣,微及豚鱼,幽及鬼神,群分而气同,形异而情一,未有声入而不应,情交而不感者"。

散文是由情驱动的产物。情是"源",是"根",是文学的内在源泉。是衡量一篇散文的重要尺度。情不真则文劣,情不深则文贫,情不酣则文滞,情低俗则文无高格。

托尔斯泰认为,艺术感染的深浅决定于下列三个条件,所传达的感情具有多大的独特性、这种感情的传达有多么清晰和艺术家真挚程度如何,也就是说,艺术家的生命力,就是作家传达"情"力量程度的多大。散文结构遵循的是情感而不是形式逻辑,情感的贫乏,必定导致散文的模式化。

散文的情感修养,是作家创作活动或对生活中一切美好事物的感知,在这个创作过程中,作家的情感高涨,充满着快慰、娱乐和满足的感受,好比看相声的享受是笑的愉快,看小说和电视是享受情节的愉快,读诗是享受节奏和音韵的愉快,读散文是自由和情感的享受,是赞美和思索的享受,审美倾向是一样的。

散文家很容易"动情",但这种感情自然,其特征是常常表现在情不自禁地把自己的情志寄托到被自己动情的审美对象上,从中观照到自我而获得审美愉悦。但它不会像诗人那样有强烈的外部表现,像拜伦那样发疯地把怀表扔进火里,用手枪向夫人房间里开枪一般的"冲动",也不会像小说家那样善于包裹自己的感情,理性地体现在情节中。散文作家情感的特点是真挚、顺其自然。

鲁迅通过《螃蟹》一针见血地揭露了一个声言要帮他的"同种",其实是想趁机吃掉这只螃蟹的险恶用心,新生事物有被扼杀的危险才是味外之旨,观看沟河里的螃蟹爬动,和餐桌上吃螃蟹的感受是大不一样了,我们从《螃蟹》富有特色的语言、美丽自由的散文形式、真挚鲜明的感情色彩中,完全可以感受到鲁迅对《螃蟹》的情感享受了。

顾城的情感审美,是"每粒晶亮的雨滴中"的"无数激动的虹","在我上学的路上,有一棵塔松,每当我从它身边走过,它什么都不说。一天,是雨后吧,世界洁净而新鲜。塔松突然闪耀起来,枝叶上挂满了晶亮的雨滴,我忘记了自己。我看见每粒水滴中,都有无数游动的虹,都有一片精美的蓝色天空,都有我和世界"。

散文的特长就是抒情,一篇好的散文就是"天使",这种情是原生态的,它的审美享受结构清晰,语言生动,新颖独特,结构唯美,内涵丰富,是天使的美丽翅膀。

散文作家的情感有时也是很"天真"的,时刻还有孩子般的激动状态。童心可贵也最"真"。对于儿童,任何一件平常的事物都能成为他们其乐无穷的玩具,如香烟盒、碎木板、空罐头瓶、一朵花、一个野果,他们都可以从中发现审美价值。散文家的心正像孩子一样,在这些平凡的事物面前发现美,从而创造美。

儿童从来都不会掩饰自己的感情,饿了要吃,渴了要喝,笑是真心地宣泄心中快乐,它不会假饰,创作的作品也必然具有孩子气和绝假纯真和真诚纯净。顾城的情感经历和创作,本身就是优美的散文文学。作家靠的就是独特的感受力,把所见之物化为优美散文的巨大情感魅力。

在情感审美中,作家感情的完全超越,是对现实生活一切的关心和欲念的纯粹的归依，是激动后复归平静的宣泄。

杨朔写《茶花赋》，先是对茶花的感受，继之产生激情，再是从大自然的茶花到散文中的"童子面茶花"的创造。杨朔经历了一个从感觉之外的现实世界回到主体的直接感受范围的心理过程，客观存在的"茶花"变为杨朔心中的"茶花"。

杨朔面对心中的茶花之美，进入了静观的审美情感中，步入"无我之境""天下无心外之物"，大自然的茶花此刻经风吹雨淋也与他无关，它只是一个"影子"。

正如明代王守仁《语录·传习录下》中说的，"你未看此花时，此花与汝心同归于寂，你来看此花时，则此花颜色一时明白起来，便知此花不在你的心外"。

作家经过这种静观的审美，完成了从客观存在的"茶花"到散文审美的"茶花"的艺术构思过程，达到了这种创作境界，杨朔即可拿笔创作《茶花赋》了。

第 33 章
散文的"识见修养"

美学家克罗齐认为,艺术家的识见和感觉,是与一般人不同的,他们的那种"内在视力",是由于他能见到旁人只能隐约感觉到或依稀瞥望而不能见到的东西。我们以为我们见他一阵微笑,实际上我们所得的却只是一个模糊印象,而没有看出他全部的性格,以及这种微笑所蕴藉的含义总和。

作家的识见和修养,是通过表象和概念认识世界,通过形象和意象体验世界的。哲学把文学(审美把握的一种)当成自己的物质武器,文学则把哲学作为自己精神的武器。通常人们把文学看作是一种哲学的形式,一种包裹在形式中的思想,深刻的哲理正是文学的情感内核。

所以我们不必奇怪,蒙田、培根、罗素、叔本华、鲁迅等中外哲学家、大思想家同时又是杰出的散文家。我们正处在哲学与文学相互渗透的时代,我们的散文要克服"贫血症",必须求助于哲学,散文家也应当是"哲人"。

散文作家能敏锐感觉时代脉搏的细微变化,预示新时代的到来,并善于从细微细处、平凡的生活中感受到美的原子,从而发现其散文美,能敏锐地感受到"生蚝牡蛎中所藏的珍珠",一片秋叶所体现的整个秋天,一滴水所象征的浩瀚大海,具有从平凡的一事一物一人中挖掘出丰富的美的世界的审美触角。

现代散文的创作队伍,大致分三种类型:第一种是散文界的元老,以巴金、孙犁等为代表。第二种是散文创作队伍的中坚,所谓"五七年作家群",以王蒙等为代表,他们大多同时又是小说家或诗人。第三种是散文创作队伍的生力军,即所谓新时期青年作家群。他们中有很多已成为新秀,如贾平凹、唐敏、苏叶、赵丽宏等。

他们都经历过"文化大革命",读书的时候没能好好学习,知识储备不够。促使他们拿起笔来的主要是他们独奇的经历,他们的成功主要是得力于生活的馈赠。一旦生活积累掏空了,他们别材别趣的"底气不足"了,将很难超越自己。所以知识修养对他们尤为重要。他们中的很多人已放下笔来,静心读书。这实是明智之举。当然,这是求一个长远目标,也不一定要放下笔来,可以边写边学。

就职业气质来说,有军人气质、演员气质、书生气质,有音乐气质、美术气质、诗人气质。那么,散文家的"识见"有哪些呢?

我们认为首先是独特的"散文识见",能时时刻刻从原始的生活形态中,"感觉出"一种冲动和美好来,这就是一篇散文创作的起点,源于作家最初的"识见"。

散文家的感觉不同于一般人的感觉,他们的感觉比一般人的感觉敏锐得多,其艺术触觉可以探伸到一般人远不能达到的地方,具有一种一般人所不具备的被人称作"内在视力"的功能。

要成为一个"散文大师",不仅要有文学"天才",独特的艺术个性,超越一般人的敏感,深厚的语言功底和熟练的技巧,还要有渊博的学识,需精通文学、社会学、美学、哲学、自然科学等领域相关知识,具有"哲学把握"和"审美把握"的创造力。

散文家还要有相当的自然科学知识修养,随着历史的发展,人们对世界的认识越来越趋向综合。有人说,未来的文学,可能是诗和数学的统一。我们先来看看罗素散文集《真与爱》扉页上的作者大致简介:

> 罗素是二十世纪西方声誉卓著、影响巨大的哲学家、思想家、科学家和散文作家。就读剑桥大学时,就同摩尔成为实在论者,后期转向逻辑分析研究,先后与怀特海合著《数学原理》,与维特根斯坦建立逻辑原子论。

他创始的分析哲学,成为西方最有影响的哲学思潮。《哲学问题》一书为他的代表作,其他著作涉及政治、社会、文化诸方面,散文风格尤其流畅优美。

散文作家应具有职业的敏感,深厚的文化修养,他必须借助丰富的间接经验,去拥有广泛的识见,因为光靠有限的生活积累,对于创作是远远不够的。

罗素为什么能成为散文大师?蒙田、培根、罗素、叔本华等哲学家,没有成为小说家,而最后成为散文大师,这与他们内在的修养和对生活的卓越识见有着最根本的关系。

回望过去的一个世纪,真正的大师必须精通哲学及相关学科,必须具有深邃的思想,必须具有渊博的学识。如果一个作家仅凭生活积累和情感技巧,也许成"家"可以,但想成"大师",却是万万不可能的。

第 34 章
散文的"类别审美"

1. 关于散文的分类

"夫文本同而末异,体有万殊,物无一量,纷纭挥霍,形难为状",散文家族庞杂,卷帙浩繁,种类不断赓续递变,由简入繁,逐渐肢解又交错相融,一直以来类型复杂,概念模糊,范围博广,若要穷形尽相,全方位揭橥散文复杂、繁富的文体美,确实是一件颇费踌躇和困难的事。

古代散文种类尚且有百余之众,当代散文又何以能以三类囊括之,如果对每一种文体都"原始以表末,释名以章义,选文以定篇,敷理以举统","纤毫毕现"地去探本溯源,诠释定义,赏析文本,探讨风格,那未免太枝蔓和笼统,终有顾此失彼、不明文理之嫌。

文学种类的区分,在原理上说有语言形式的分类、表现对象的分类和表现形态的分类三种。当代散文色彩纷呈,繁星璀璨,各类文体争奇斗艳,五彩斑斓。我们既不能简单地把散文分为议论、叙事、抒情三种,也不能以"载道"论取代本体论,以"单纯明净"取代技巧,以"抒情"而拘束自我,凡此种种,无疑是给散文"戴上脚镣让其舞蹈"。

假文体美之桥梁,入本体世界之迷宫,多视角审视各文体的绰约风姿,才能整体把握当代散文风貌,审视当代散文美之视点于绝顶,一览当代散文泱泱恣肆和浩瀚之壮观,把散文美学研究推向一个纵深和广袤的新领域。

当下的散文在"觅禅慕道"之后,品种更加多样,体制更加复杂,"情结"更加独特,语言符号更加多元,蔚成大观。我们要芟除散文批评中传统的观念痼疾,尊重其审美属性,正视其历史嬗变轨迹,以体律本,不囿国别,才能真正领略散文类别美学之丰沛。

2. 散文类别的演变

文学发展史,实际上就是各种文学类别相接递变的历史。每一个萌蘖、发展以及互相转变、渗透的过程,每一种新文体的产生和形成,既是"系乎时序"之需,也是社会语言发展变化及作家创作经验循循渐积之结果。

散文范围庞杂,类别繁多,文体多名,难可拘滞,终其细而不能概括其繁。中国古代散文是一个包含有文学观念的非文学范畴,"从广义上讲,就韵文而言,古代散文是指诗、骚、曲外的一切散体文章,但包括一部分散化的辞。从狭义上说,就骈文而言,古代散文是指诗、骚、曲、赋、骈以外的一切散体文章"。

而外国散文,也同中国散文一样,"是一个没有范围限制的术语,一切口语化和书写式的,不具有韵文那种有规律性的格律单位的文章,都是散文"。由此可见,在文学与美学的相交之中,有一个繁富陆离的情结,这就是独特的散文类别美学。

没有文字,就没有散文,"上古之世,朴茂未漓,结绳而治,无所谓文也",散文萌芽于具有文字雏形的殷商时代,"书之于竹帛,镂之于金石,以为铭于钟鼎,传遗后世子孙",卦之《周易》,就产生在巫祝垄断、甲骨为记的文化时代。《周易》占巫之书,巫官之作,其中的卦、爻之辞,可视为当代散文之原始形态。

《尚书》标志着我国古代散文的成形,它记君王之言、王公辞令,文武宗室,各得其宜。其属史官之作,官方文献,所载殷商、西周之典、谟、誓、命、训、诰各类,已渐趋严密和完整。

逮至先秦,散文鼎盛,九流十家,诸子蜂起。他们以不同的学说和政治主张,谋献筹划,寻找门庭,思考社会,著书立说。历史散文和诸子散文便适时而蓬勃发展。

诸子各家,著述颇多。《论语》自成"语录"一体。《孟子》《庄子》《韩非子》等诸子百家之作,自由地创造和选用适当的表现形式,散文各体,一时竞相妍盛。春秋战国,王者身旁设立左右史官,"左史记言,右史记事",大事就策,小事于简。诸侯建邦,各有国史。简策相纂,系为史书。

此时有历史著作《左传》《国语》《战国策》及《晏子春秋》。这些史学著作,记述社会生活与历史人物,同时也孕各种文体之滥觞,如"书牍"之文,生于《左传》,"三代政暇,文翰颇疏;春秋聘繁,书介弥盛",相告语书,聘问频繁,断有"书牍"之文盛。《郑子家告赵宣子书》《巫臣遗子反书》,是我国保存下来最早的一批"书牍文"。

一种旨在规劝、告诫的文体"箴",始见《左传·襄公四年》,其《虞箴》是最早之"箴文"。而与"箴文"相近的"铭文",常镂于钟鼎碑版之上,史传之册,亦不鲜见。至于"谏文",则见于《左传·哀公十六年》中的《孔子谏》,它是我国最早见于史册的谏文。宋陈骙在《文则》中就列举了《左传》之所备"八体",即命、誓、盟、祷、谏、让、书、对,可窥见一斑。

散文逾秦,各体竞兴。贾谊和晁错的政论文,续先秦诸子争鸣之余风。面对现实,疏直激切;针砭时弊,深切著名;其识深远,"皆为西汉鸿文,沾溉后人,其泽甚远"。

贾谊的《过秦论》,是最早单篇之"论"文。而"驳议"之文,肇始汉代。它"表以陈情,议以执导"。"驳"者,"其有疑事,公卿百官会议,若台阁有所正处,而独执异意者,曰驳"。蔡邕之《独断》、刘歆之《毁庙议》,可视为"驳议"之祖先。

政论之中,蘖出一种"解"体文,一问一答,讽讥时事,以泄不平,扬雄之《解嘲》,当推为首。而司马迁之《史记》,如盘古中天,光耀千古,创传记文之新体,以润色鸿业之需。散文与赋合二为一,继而分之。散文之脉,从此渗入赋体之血液。"赋体散文"而独居散文一宗,托体高远,繁星独璨。

而"序跋"之文,亦在汉代始出,如司马迁《史记》之《太史公自序》、班固《汉书》之《叙传》、刘向《战国策序》。而"书牍文"完全脱离公牍文性质,成为情感互递之"牍",则始于汉代,如著名的司马迁《报任安书》、杨恽《报孙会宗书》和马援《诫兄子严敦书》等。

另一种专门记述功德,"从臣诵烈,请刻此石,光垂休铭"的"纪功碑文",自李斯《会稽刻石》始,独为文一体。班固之《封燕山铭》刻石,也此所出也。用以劝进、辞免、庆贺、贡物、谢恩的"表"文,自祝融《荐祢衡表》,它与"檄"文,同属公牍文类。汉代檄文书写在木简上,最早完整的檄文,是萧统《文选》所载的司马相如《喻巴蜀檄》。

秦汉之时,文体竞兴,文人儒士常以著其某类文体而显,他们或擅纪传,或喜表文,或作哀谏,推波助澜,贡献卓著。不仅如此,汉代散文之繁富,还包括小说一类。三国两晋散文,体裁愈多样化,文体专著开始出现,类别意识形成自觉,新体式也不断出现。

"书檄之文,骋词以张势;论说之文,渐事研求名理;奏疏之文,质直而摒华;笔札之文,意直而语畅",论难散文,析理严密;书序之属,狷急深邃;史传散文,简洁质朴;章令笔札,率直明晰;杂帖文字,文约义丰;碑铭表檄,择言雅洁,箴铭哀祭,情挚辞重。

由于西晋散文逐渐骈偶,文体越来越多,"赋序"遂成为一专门体裁。陆机《豪士赋序》《叹士赋序》即赋序之典型。陆云、张敏作"俳谐散文",一时纷起效尤,成为散文中的一个新门类。

"赠序文"乃"君子赠人以言",专为送别亲友而写,源始于晋,有傅玄《赠扶风马钧序》之作。起始于鲍照的《石帆铭》和张载之《剑阁铭》的"山川铭",很快成为散文琼林之一枝。

"山水游记"亦兴于魏晋,是散文中的重要一体。魏晋之前,自然景物只是抒情诗文和铺叙苑林的辞赋作品之附庸。逮至魏晋,老庄告退,而山水方滋。

正是这些借景抒情、生动活泼和真率清峻的山水游记,写人纪事的散文和抒情小品,使散文在文学史上与学术分家,取得"纯文学"特称的散文时代。

由魏晋到齐梁,是中国文学史上各类文学体式发展趋于定型成熟的时期，文学体制的辨析日益精密。散文之分类，已经进入非常细致的阶段。

郦道元著《水经注》，摹叙山水，峻洁层深，尽态极妍，有《楚辞·山鬼》《招隐士》之胜景，文人一时纷纷效法，以至于逐渐形成一种"水经注"体。另有鲍照《登大雷岸与妹书》、陶弘景《答谢中书书》，它们状景抒情，堪称游记之祖。

此外，一些文人独运匠心的墓碑文，铺排郡望，藻饰官阶，自成一体。庾信《周大将军怀德公吴明彻墓志铭》清新洞达，被骈文家推为"志文绝唱"。

萧统《文选》，收录作品五百一十四题，"凡次之文体，各以汇聚"，从其分类来看，有三大类三十八小类，小类之中又有门几十，可见南北朝之时文体辨析已非常琐细精密。不仅如此，一些臻于成熟的文体不断从散文中分离出去，俱居独立品格而自成一宗，与散文并肩。

骈体文虽在隋唐五代始终不断流行，上自诏敕，下至判辞、书牍、刻版，习骈体文者不鲜。但骈体文的正宗地位已经消逝，雄踞文坛独尊地位的，已是散行流畅的"古文"。韩柳倡导之古文运动，强有力冲击了骈文之尊体，各类文体也在此时臻于完美，成熟定型。散体古文更是洋洋宏富，蔚为大观。

"古文"成为一种新型的散文，而为之正宗。鸟瞰隋唐散文的雄浑奇肆，其文体类别概有这样几种：

一是议论文，包括诏令、表章奏疏、对策、论说、序跋、书札等文体。"说"文自唐出。韩愈《师说》是为典范。记叙文，包括碑碣、志传、记、序、铭等，文体内容涉及记人记事、记山水、记建筑、记物等方面。其中尤柳宗元山水游记脍炙人口，堪称楷模。

二是抒情文，包括辞命、表疏、书牍、赠序、祭吊等应用文，内容有上对下、下对上、离别生死等。

三是杂文，包括长篇析对文体和寓言、小品。

四是辞赋和佛教文章，包括赋、赞碑各体。

五是汉赋渐衰，唯杜牧《阿房宫赋》打破过去赋体全用对偶的窠臼，开导了以散文体为赋的先路。

清康熙时的储欣把此时散文分为六门三十类,"第一是奏疏,有书、疏、札子、状、表,第二是论著,第三是书状,第四是序记,有序、引、记,第五是传志,有传、碑、志、铭、墓表,第六是词章,有箴、铭、哀辞、祭文、赋",诗歌、戏剧等文学样式都已出现,并取得了很高的成就。

宋代笔记文是一种随笔记录的文体,笔记文包括史实笔记、考据笔记和笔记小说,其以史实笔记最为发达,主要特点在于以散记、随笔、琐记之人本,就亲历亲闻来记叙本朝轶事与掌故,新鲜活泼,不假雕饰,质朴自然,是宋代散文中最具特色的一种文体。

滥觞于北宋的"八股文",终以严格的格式之体,泛滥于整个清代,成为明清科举所采用的一种专门文体。而"桐城"坚守文章壁垒,博雅渊懿,显胸上典实之富,尤囿八股之一流。姚鼐把此时的散文分为十三类,反映了散文由繁趋简的发展趋向:

论辩类、序跋类、奏议类、书说类、赠序类、诏令类、传状类、碑志类、杂记类、箴铭类、颂赞类、辞赋类、哀祭类。

中国古代散文是一个异常庞杂的范围,它与韵文相对而言,是除诗歌以外的几乎所有作品,可见它是一个包含有文学观念的非文字范畴。

"五四"新文化运动,才使散文获得了文体的彻底解放,取得了品格的根本独立,散文概念得到了真正的确定,成为与诗歌、小说、戏剧并列的文学样式,姹紫嫣红。而散文自身文体形式的丰富多样,更是珠玉璀璨,竞妍芳菲。

举凡杂感、随笔、速记、游记、书信、日记、报告、通讯(特写)都可以归其一体,概之为抒情、议论、记事三类,其类别包括报告文学、杂文、小品文、传记文学、散文诗、随感录以及被称为美文、抒情散文、幽默散文、闲适散文、絮语散文、游记散文等。由于其体内有体,彼此间畛域不明,作家们分类又各执己见,难以类聚,从而构成"五四"新散文类别五花八门的景观。

外国散文同中国散文一样,它是一个没有范围限制的术语,举凡与韵文相对的、书面的、口语化的文章,都称为散文,它包括一切非韵的文章，甚至小说、公文亦属此类。

叙"散文"万言，而对散文之界定，只一句云，那就是凡随手写成的短文，就是散文。十六世纪法国米歇尔·蒙田写《随笔集》创 Essay 之体，继之十七世纪英国弗兰西斯·培根致力于一种表现自己的美的散文，这种潇洒闲适写意的谈话体"五四"被译介到中国，直接规范和引发了具有现代意义与中国民族特色的散文文体的空前繁茂。

现代外国散文类别大体可分为：

一是随笔，是典型的 Essay 体散文，蒙田、培根、罗曼·罗兰把这文体推向成熟顶峰。

二是抒情小品，兰姆、泰戈尔的"个人小品文"发于情性，由乎自然，精短隽永。

三是游记，一种记述旅游过程审美感受的散文，卢梭、海涅、显克维支旅在山川，履痕处处，游记外更注重主体意识的披露和哲理的探寻。

四是回忆录，从西格丽德·温塞特《挪威的欢乐时光》和泰戈尔《我的童年》中可以看出，外国散文的"回忆录"更注重自我的披露和内心的剖析。

五是诗的散文，波特莱尔《暮色》、屠格涅夫《爱之路》篇幅精短，无韵律，不分行，具有诗的情味，它是一种纯净的诗美和深挚的情感"透明感人"的散文体。

近几年出现"文化散文"之新产品，已引起散文类别的系列变化。无论是古希腊亚里士多德、德国的黑格尔和俄国别林斯基的"三分法"，还是中国传统的两分法、四分法，都无法准确综合归纳品种繁多五光十色的当代散文类别美学。它正如舞厅旋转的无数彩色方块组成的圆形彩灯，把整个"舞厅"装扮得五彩缤纷，扑朔迷离，妍态万种。

3. 散文类别的研究

对散文分类的研究，始发轫于魏晋，而盛于齐梁以后。曹丕《典论·论文》云"夫文本同而末异"；陆机云"体有万殊，物无一量"；挚虞《文章流别论》"类聚区分，各为之论"；李充《翰林论》"分类精细，远见卓识"。他们把文分为碑、谏、铭、箴、颂、论、奏、说、哀策、对问、檄、书、表、骥等类。散文之类，从此庞杂。

刘勰《文心雕龙》体大精深，对各种体条分缕析，"曲照文体""论文叙笔，囿别区分"，所论文体近五十种。"即雕龙篇次言之，由第六迄第十五，以明诗、乐府、诠赋、颂赞、祝盟、铭箴、诔碑、哀吊、杂文、谐隐诸篇之文也；由第十六迄于第二十五，以史传、诸子、论说、诏策、檄移、封禅、章表、奏启、议对、书记诸篇，是皆无韵之笔也，此非《雕龙》隐区文笔二体之验乎。"

他把文体区分为"文""笔"两类，"今之常言有文有笔，以为无韵者笔也，有韵者文也"。把无韵的散文称为"笔"，体现了散文分类的美学趋向。

萧统《文选》，虽分体碎杂，但芟繁剪芜，所选之文可分三十九类，可谓"众制蜂起，源流间出"时之宏著。

明吴讷《文章辨体》分文为五十九类，虽有繁杂之弊，但反映了文体发展之新经纬。而徐师曾《文体明辨》，所分文体一百二十七类之多，可窥文体碎细一斑。

逮至清姚鼐《古文辞类纂》，把文分为十三类，对文体重新整理归类，以简驭繁，开一时文体研究之新风。

现代与当代散文的文体解放，"散文"虽"纯"了，但却展现出一种难以穷尽描摹的审美之数。冰心用排除法，林非用聚类法，他们都把散文分为四类：以议论为主的杂文；以叙事、描写、抒情为主的回忆文、抒情文和游记散文，也就是小品文；以记事报道为主的散文，便是通讯和报告文学了。

但事实是杂文与报告文学已分开，通讯更应排除在外了。由于散文范畴历来太复杂，概念太模糊，迫使它以一个不固定的半径作圆周运动，且时与其他圆相切相融，因而使之似有可感而又难以捉摸、似窄实宽、似此又彼之飘忽，使界定之屐隐入繁富之沼泽。似雾中看山，层层叠叠，以至无穷。当代散文类别的美学观照，恰如这种雾中藏山，寓不尽美机锋于无穷无尽之中。

我们认为，从品格论，分雅散文和俗散文；从功能论，有纪实散文、抒情散文、叙事散文和说理散文；从气质论，有幽默散文、闲适散文和哲理散文；从形式论，有赋体散文、骈体散文和小品散文；以主体论有女性散文、儿童散文和老年散文；以对象论，可分草原散文、校园散文、军旅散文、历史散文、乡土散文、爱情散文和游记散文等；从手段上论，有电视散文、广播散文和书面散文；以区域论，有岭南散文、江苏散文、福建散文和海派散文等；以国别论，有中国散文（大陆散文、台湾散文）、外国散文（英国小品、法国随笔和日本散文等）；以方式论有同题散文和推理散文；以新潮论而言，则有文化散文和四不像散文；如从模式论，则有杨朔式、秦牧式和冰心式，等等。并从这些类别之上，派生出众多美学类别，虽类别不同，但各有风情，兼收并蓄，互相融合，逐渐形成了不同类别、不同风格的理论研究体系，极大促进了当代散文的繁荣和发展。

第 35 章
散文的"艺术灰箱"

散文是艺术的"灰箱",连冰心也不敢说"散文是什么",所以我们只好把一篇散文,拿到别人鼻子底下嗅一嗅,说:"瞧,这就是散文!"这实在是当下散文的尴尬,从历史发生学和艺术哲学的立场去审视,去解读,去"观照",我们就会发现其文本的基本特征,从而把握它的本质,诠释它究竟是个什么"东西"。

1. 非文学性和不确定性

散文是什么?从哪里来,要到哪里去?这确实是我们无法准确回答的问题。中国古典文学在早期极不发达,它并不是作为一种文学样式而诞生的,由于当年它在朝堂"表现出色",有了功利性"记事和记言"的功能后,才赋予了它文体的形式,有了"文学"角色的定位。

事实上,散文其实就是文学的"胚胎和母体",它是文学发展初级阶段的产物,历代为"居庙堂之高"的文学"垫底",虽"儿女成群,子孙繁旺",但却无名无分,艰难前行。由此发轫,散文从一开始就是一个"混沌"未分、"非文学性"的东西。难怪人们从来说不清"散文是什么",而只能以"散文不是什么"作答。

所以,散文的"传承基因",就是与生俱来,它就不是个"东西",具有先天的"不确定性"。今道友信说,"有生于无,限定是艺术之母",也就是说,小说是在对散文"限定"的基础上繁荣起来的。对叙事的限定,产生了小说和戏剧;对真实性的限定,产生了报告文学;对抒情功能的限定，产生了（狭义）散文；对议论的强调，产生了杂文……

散文始终游离在文学的边缘，被剥离，被肢解，被融合，它天生有着"无所不能，无所不包"的品质，具有了"多种选择可能"，从而使它的种种创新，都成为一种掠夺和冒险。

散文游走于文学与非文学边缘，历来被忽视，被小视，但只要你想真正跨入文学圣殿，你就必须先从散文下手，让它在你心中"伟大"起来。因为它是你进入文学殿堂必须经过的第一步台阶。

韩少华把散文比作文学素描，真是再恰当不过了。现在很多小说家、剧作家、诗人，都是当初从散文"小门"而入，而成为圈内高手的。

"散文消亡论"曾以此为论据，说什么散文虽是"基础"，但也只不过是小说家、剧作家"练练笔"的工具罢了。"练笔"一词恰好"反向"证明，看不入眼的"散文"，正是他们高攀时必须踩踏的肩膀。

2. 在"工具"与"戏子"之间

在中国文学史上，有一个奇怪的现象，有的统治者把散文抬得很高，认为是"文章乃经国之大业，不朽之盛事"（曹丕）；有的统治者，却把散文贬得一钱不值，认为"君辈辞藻，譬如春荣，须臾之玩！岂比吾徒千丈寒木，常有风霜，不可凋悴"（《颜氏家训》）。这就使历代文人士子们，长久陷入尴尬的境地，向前走，是工具，所谓"文者以明道"；向后退，成"戏子"，吟风弄月而已。

散文只是个工具，需要时就让你"载道"，洋洋洒洒给皇上"奏上一本"，高兴时就"把酒言欢"，充当戏子。散文就这样在历史夹缝中，妥妥地求着生存，然而也"不知不觉"地跌入非文学沼泽，滑向否定自我的歧路。

历代帝王和统治者正是看中了散文的"灵活性"和"可塑性"，把它视为"载道"的附庸。散文也"奴性"十足地攀附这棵政治大树，开出动人的"喇叭花"。"唐宋古文"大概就是这根藤上最灿烂的一朵奇葩。

这根"藤花"，同时在山林民间也优雅地"绽放"。鲁迅谓之"山林文学",抒发的是"不得帮忙的不平"。由此看来,入世的"孔子派"也好,出世的"庄子派"也好,散文都一直攀龙附凤,"骑墙如风",它就像一个"奶妈","只要吃了我的奶,就是我的儿,只要你有需要,我做什么都可以",散文就是文学历史上最"平凡而伟大"的代表了。

然而,散文并非天生就这么"贱"。从诞生之日起,散文就做着它的"文学"美梦,且这个梦,在"五四"新文化运动时,几乎就要实现了。周作人、朱自清们倡导并付诸实践的"美文",使散文第一次升格为"纯文学",实现了一个"划时代"的超越。

然而没想到的是,社会出现急遽变革,政局动荡不宁,使"五四"文化启蒙运动"内部潜移"的战略方针,被"外部导引"所偷换,散文再度充当了"导引"工具(遵命文学),放弃了散文自我革命和转型良机,毅然投身到"爱国救亡"中去,杂文和报告文学冲锋在前,"悼惋散文"一时成为文坛主流。

随着新时期文学主体意识的觉醒,文学属性的回归,散文再一次"卸重整装",带梦起航。事实上,散文虽一直在非文学化的重负下,迫不得已挣扎前行,但它时刻都向往"突围和新生",在"工具"与"戏子"之间,左右逢源,试图闯出一条新路。

在那段特殊的时期,它甚至不惜"面壁十年",寂寞十年,不屑爬上政治大树,绽放革命的"喇叭花",从这一点上讲,也标志着它的"觉醒",一个新生的时代,即将随之来。

3. 在"守土"和"入侵"的夹缝中

中国文化五千年的历史发展,创造和积累的全部财富,包括文学、艺术、教育、科学、宗教、道德各方面,就是我们引以为傲的"文化"。其传统的本质,就是封建宗法制的儒家文化,"善"是其核心,进为"经国之大业",退为"修身齐家济天下"。以"善"为核心的价值取向,决定了文学艺术的使命和责任。

散文家应该是"预言家,他们开辟道路,指引方向,走在时代最前头",应是"构造一种文化时,最强有力的国王"(康定斯基《论艺术的精神》)。

所以散文的职责，先是要弘扬传统，"光宗耀祖"，而不是"媚外从俗"，幻想嫁个老外，"一夜暴富"成名，散文的任何创新，都必须从"守土有责"开始。

由于文化是动态和多元的，相互之间彼此影响，不可避免地发生很多交集。文化的相融交流，这对推动社会进步的"生产力"，是大有裨益、相得益彰的。你有好的文化元素，我就拿来借鉴，比如贝多芬《命运交响曲》，俄罗斯《天鹅湖》，就是可以拿来，成为"欣赏"的艺术。

但现在的状况是，西方涌进来的"体育表演"、色情制品、各类游戏、暴力电影、迷信宗教，使我们的传统文化遭受到了前所未有的冲击，作品良莠不齐，很多读者的价值观也发生了"负"的变化，这是十分可怕的现象。面对当前如此复杂的格局，散文该怎么办呢？

现在主要问题是，不少作家对西方"方法论"很热衷，把作品的独创性和个别性（偶然性）混为一体，企图通过"花样翻新"来吸引读者眼球，不事"载道"，也不"抒情"，提倡"四不像"文风，在圈内"炫新"，在百姓面前"摆谱"，如果再这样下去，那肯定是危机四伏，散文"百花里歪风吹，倒下一片又一片"，注定前景暗淡，看不到曙光。

《大英百科全书》里的词条，这些"有用"的提醒，也许对我们有不同的启示："在现代文学中，非小说性范畴内，无论是从实际作品数量，还是质量上看，排在最重要位置的，都是散文，它在保持文学性的同时，也有着严肃的沉思，特别是在德国和法国，哲学重压在它的上面，几乎使它和学院论文一样，感染了呆子般的学究气。"

蒙田是伟大的哲学家，而休谟、叔本华、罗素、萨特这些哲学大师，都以散文著称。萨特1947年以来出版多卷著作，最有分量的前两卷，是没有"政治色彩"的文化精品，我们不妨可以借鉴学习，为我们所吸收，将鉴赏"泊来"的好东西揳入我们的散文中，至少不应该一概弃之。

西方现代散文，就是"五四"文化先驱们提倡的Essay，和中国散文的风格已十分"抵近"。我们认为，如果散文严肃的沉思"超重"，思想内涵盖过美感，淡化形象，忽视理想，缺少抒情，散文就会蜕变成"寓言",从而破坏其文学性。散文如果不再是"情种",不再是"真格"的,而沦为"学院论文"的话,那我们所谓的学习和借鉴,不就成了"祸国殃民""损败国体"、坑害读者的下作行为了吗?

散文看上去,也许似"东"似"西",但文本必须呈现其"是东非西"的本质。毋庸置疑的是,"散文"正在经历着一场"史上"最严峻的考验,它已经被西风吹得摇摇晃晃,虚弱地"拄着拐杖",陷入了迷茫之中。

也许它现在唯一的出路,就是重拾传统文化,修其身,强其骨,观风云,不迷路,为"情"为"民",就不会误入歧途,在守土和入侵的夹缝中,也许这是一剂良药,一服猛药,能把散文拯救出"深渊"。

第六部分

律 论

第36章

论散文的新闻性

提出散文的新闻性，是因为现在"新闻类散文"，正以庞大数量和巨大阅读群，冲击着当下的散文格局，成为备受关注的文学现象。现在的新闻类报纸，以其传播面广、发行迅速、读者队伍优质，自始至终为散文提供稳定发表阵地，为散文的繁荣，作出了"卓越"贡献。

它好比一粒种子，播进了最适合于它生长的沃土，使本来是"纯文学"的散文，具有了强大新闻属性，成为很多新闻人物、突出事件表现的最佳载体，同时也为报纸文化内涵"增光添彩"，构成了当下散文繁荣的一大景观。

1. 选材的"新闻性"

报纸上刊发的散文，一般是在"副刊"上，它受到新闻特质及其规律的制约，这一特点决定了这类散文的题材、人物、主题和表现形式的限定，也决定了它独特的"新闻美"。

报纸副刊必须有效地配合新闻传播，面向新闻传播对象，面向新近发生的事实，必须反映时代气息、描写新闻或典型人物、叙述乡村变化，以及正能量社会事件和人生感悟。

这类散文具有双重美学性格，兼具文学性和新闻性，具有鲜明的真实美、新鲜美、主题美、生活美，也是新闻对散文"渗透"表现出来的一种文化现象。

这类题材的散文，大多取材于新近发生的事实，形式上新闻性与文学性同存,"真实性"是它的生命,具有"适当拔高"的艺术虚构在里面,具有生活真实和艺术真实的双重属性,是媒体和文化融合的时代产物,我们把它称之为"新闻体"散文。

它们在报纸上充当的仍然是"新闻手段",讲究的是"快速反应",它对人物和事件进行附加的"深入报道",它与时事亲密配合,描写更细腻,人物形象更加鲜明,也弥补了新闻语言的不足。由于当下媒体是纸媒主导的时代,所以这类散文类别中,它是传播面最广、影响范围最庞大的一支。

2. 风格的"地域性"

报纸版面上的散文,以其鲜明的地方特色,有别于大型期刊的主流作品。方圆九州,尧舜十亿,边疆与内地、山区与平原、沿海与内陆,报纸有着各自不同的行业和区域,有着不同的利益体和"地盘",功能和定位也迥然不同,每家报纸着眼的,都是本地事件、本地人物,讲究的是"特有"和"独有"。所以同是"报类散文",也有着很大的风格差距和变化。

每家报纸都非常重视研究本地读者的文化素质、审美习惯、人情世态、民族特色、山川风物和地域奇姿,并从副刊上的散文作品中鲜明地体现出来。

《中国教育报》面向广大师生和教育工作者,副刊《朝晖》上的题材,大都是描写学校及师生生活的,是师生的"课外读物",而《云南日报》上很多散文,则大多是描写壮乡风情、傣族人物以及各少数民族社会生活和社会巨大变迁,讲究的是"群众喜闻乐见"。所以新闻类散文的特质,主要在于它新闻与文学性的高度融合,地域性与读者具象化是它最主要的"标签"。

3. 作品的"精短性"

"精而短"是报纸上散文的优势,小中寓大,咫尺间呈万里之势,文约而实丰,言不多而容量大,意未尽而情味浓,篇幅短小灵活,方寸之间藏宇宙万象,以"一叶知秋"的敏感,感受时代脉搏,叙写生活美好，描绘山川风物。篇幅虽短小，但主题鲜明，思想深刻，表现"恰到好处"。

散文的精短，并不代表必然弱化其文学性，这种顾虑其实是没必要的。散文实际上是一种结构灵活、与新闻特写相近的文体，能及时捕捉社会的热点，抓住生活中"美的瞬间"，并在新闻与文学的疆域之间"游刃有余"，展现它独有的个性力量。

新闻与散文的联姻，始于清末，当时《中外纪闻》《国闻报》《时务报》报纸上的"豆腐文章"，都是以新闻事件为题材，笔调辛辣，思想新颖，力效从速，文字精警，纵横驳难，"论时事不留面子，砭时弊常取类型""锋利而切实"，都是"劳作和战斗前的准备"，这些文章既是新闻又是散文。

"五四"早期《申报》上辟有"论说散文"栏目，《同文沪报》的"丛谈"，《时报》上的"闲评"，这些栏目"无所不谈，闲言直笔，不拘一格；指陈时弊、褒贬得失、颇有影响"，相近于现在的很多"新闻特写"。

《新青年》"随感录"、《向导》"寸铁"等，都是有名的散文专栏，其特征就是真实记录和描写"新闻和盛事"，记录社会关注的热点，关注大到国家大事、世界变迁，小到黎民百姓、街巷细事，并以文学的笔触，进行点评或"编者按"，就是这类散文的典型代表。

4. 写作的"从属性"

新闻类的散文姓"副"，是新闻的"从属"，旨在服务于报纸文化及畅销性，1921年北京《晨报》第七版栏目"晨报附镌"，特用隶书"副镌"刊头，因为《晨报》在当时影响太大，于是"附刊"便被称作了"副刊"，其版面作品要求"具有鲜明时代和社会内容，具有受关注的新闻性"，它既是新闻版的"配合"，也是要闻的"延伸"，与各版"殊途同归"地服务报纸中心工作。

新闻性散文的特性大致有，根据消息提供的新闻事实，或以耳闻目睹的事实为据；所运用的素材和新闻一样敏锐，立意有先导性的"预见"，手法寓情于理，以古喻今；大处着眼，小处着墨；辣能开胃，更可祛寒；猪苓味甘，可治水肿；蛤蚧味咸，可治咯血。"火柴盒""豆腐块"中表达题旨和思想，体现出"旨中之味"，或提一个新见解，或寻找一个新角度，或掘出一点新深度，以达到配合新闻版目的。

马克思说，"报纸应能够反映当前的整个局势，能够使人民和报纸发生不断生动活泼的联系"。在当下纸媒一统天下的格局下，散文"依附"于报纸，以其新闻性的价值存在，为当代散文审美增添了新内涵，充分体现出散文叙事和抒情的巨大优势，散文根植于副刊版面这块"沃土"，一定能更与人民贴近，为时代而歌，为散文的繁荣和创新"锦上添花"。

第 37 章
散文的叙事方式

描述和阐释当下的散文多元,确是一件非常庞杂而又五彩斑斓的事情。在传统的散文结构和抒情方式仍然继续被大众推崇、叙述、消费之时,另一种反传统叙述方式的"新散文"被普遍理解和认同。

就在传统的语言和话语方式被解构衍生之际,一种新的文本和意义空间广阔地呈现出来,"散文"被重新审视,概念被重新书写,新的叙事法则被确立。散文的叙述者已不再是纯粹的散文家,学者的随笔创作、小说家散文创作、女性的散文创作、自由撰稿人的随性写作,单纯散文作家已不再是被推崇的角色。各类写手对人生的记录,构成了当下散文的消费品位群体,确定了其创作方式和价值取向。

凡此种种,构成了九十年代异彩纷呈,杂语喧哗,繁荣多元、传统散文和"新散文"共生共荣的局面。在九十年代的语文即将成为历史记忆的背景下,我们首先解码"新散文",无疑是洞察下一个潮流到来之前,最关键的语码和阅读视点。

1. 被认同的新叙述方式

如果说九十年代初胡晓梦、苇岸、冯秋子、子蔓、止庵等以反叛传统散文的姿态所进行的《这种感觉你不会懂》《沼泽地》《大地上的事情》等文本实验不被大多数人所认同、不被理解、不知所云的话,却有一种散文,将先锋性俗化、磨平,不断消解传统,新语言植入、情节放逐、反抗传统叙事方式,及其叙述的极端客观性,渐渐成为很多人的文化消费和探索方向,被圈内人推崇,被摹写,被张扬,被掌握,好像已成为不争的事实。

现在可以随时在高品位、先锋意味的大刊上,阅读到庞培的《乡村肖像》、张锐锋《倒影》、周晓枫《表达》、刘元举《广场》、李敬泽《收藏者及其他》风格的作品,随时可阅读到董海声《狂冷而光荣的面孔》、冯秋子《等待回声》、安民《拒绝庸常生活》,也可以从报纸的副刊上不断发现《房间》《它们》和《玩一玩中途下车的游戏》之类的新创本。

散文纯文学的限定被打破,各种自然科学的言说法则和半夜鸡叫的叙述方式,涌进了传统语言领地,赵鑫珊的《建筑是首哲理诗》,就是一种自然的定理公式成功介入散文身体的一个很经典个案例证。

我们在对这些文本的解读和取证中,首先发现的无疑是非文学语言的大量植入,专业程度类似解答一个方程式。几千年来传统语言的抒情、叙事方式煮在锅里成了糊糊,有头有尾的故事被颠覆,真情的意义被稀释,抽象的非文学语言织进形象语言之中,两者的界线被抹平。

作家们的本意就是:语言空间深度增加,形成了一种隐匿情感,强调客观实在,暴露非美感经验的叙述姿态,这种被"植"的语言不再只是情感化地浮在文本的表面,不再像传统散文语言那样追求生活节奏感和形象动感,叙述深度和语言空间恣意扩张,叙述强度无限加大,精深地实现对"思想"的包装。

这是一种全新法则和方式的语言,一种焕发生机和活力的语言,这种"包装思想",让文字进入了全景叙事网络,作家的思想就是"黑洞",比如:"使物无用,将物从实用性中解放出来,赞同谁只是政治姿态,反对谁只是道德的反叛,如果仅仅是理性的反抗,那就是'两反',是一种'隐喻'的作乱。"(李敬泽《收藏者及其他》)

"语言的发音、结构和意指,介入了我们的生活轨迹,更圈定了我们的思维方式。人与语言的主仆关系发生了倒置,语言被规范化、秩序化,语言的初夜权被先辈占用了,现在这个女人远比我们更有经验。"(周晓枫《表达》)

"我踩着弟弟的肩膀,想攀住屋椽,结果扒下一块砖头砸在我的头上,我想攀住的东西原来是一种疼痛的惩罚。这种处罚静静地,一直等待我,而我却是那么急不可耐地想要得到它。惩罚比生活更有耐心,却是生活中不可少的一部分。这正是我后来所知道的。好比一个英国人所证明的悖论:部分可以和整体相等;偶数是全体自然数的一部分,而全体自然数都可以和自身相加得到一个偶数。因而偶数的数目应该等于全体自然数的数目";"人是那么孤单。他需要一支烟顶端的火球跟周围取得联系。或者,借助一点小火进入无边的想象。小毛在想什么?有时,最重要的想象是猜测别人的想象。我的父亲是一个铁匠"(张锐锋《倒影》)。

读《荷塘月色》的作家们,一定对以上文本很"反胃",这些语言不具备诗的美感,没有散文应有的虚词和叹句,它就是一种纯粹表意性的符号,一种抽象、说理、无序性,更像一种论述或一种哲学的阐释,一个定理的推演的证明,一种难懂的抽象语法结构,一种内心的坦白和分析的语段,一种语言合成下的抑制力,或者说是一种语言层面上的隐退。你说你读不懂,可偏偏大编辑们,就只仰视这些人、这些语言。

我认为,这种新散文的语言,消解了新生代之初的语言密码,属于"错乱"先锋,虽秉承着传统精到的语辞活力,植进了各种新词语汇,创新了传统叙述的语链,并公认"所具有的意义,远远在语言之外",对于疏远大多数读者的这种探索,我现在是持有明确的异议的。

这种新散文的另一个最核心意义和表现,就在于它叙述方式的纯客观性。这种客观非常"无微不至"和"纤毫毕现",它无论是对人生体察、社会描摹、历史追问、文化探寻,还是读书旅游、言情论物,都对当下生活进行了真实的揳入,其广度、宽度、客观度与细腻程度,都达到了一种前所未有的深刻境地。

细读这些作品可以发现,这种"客观"叙述方式,前提是以自身个体情感为要,注重身体的投入创作,强调零度和平面,强调一种"史"和"自然"的契合。

当然,"客观"是不可置否的,但它存在于意识图景之外,没有主观情感的介入，感觉和认知上是绝对真实的，修饰和想象叙述也是隐蔽的，潜抑的心理语言一览无余。这种客观"构成"的生存真实，在一种客观的叙述话语中展开，凸现了新的本质。

《倒影》的叙述是一种记忆和感觉，连缀生命的点滴，坦视心理的描述，这种感觉和描述最真实，无遮地窥视着人生，尽情于自我情感体验。它在史的"水面"上，映现了最令人心动的"倒影"。

"那年我大约十六岁。恐怖来自我的消失。我晃动着电筒，才能证实我的存在。我只有紧捏自己的证据，才能从惊恐的夜晚坠落在自己的平静之处。身旁的庄稼，焦渴地骚动。我能够感觉到，这骚动来自土地的力量。夏风轻轻地，有如呼吸，从庄稼的缝隙之间小心地穿过，通过一个个气管似的，光滑地、轻轻地。没有哮喘和咳嗽，只有呼吸。大地是这样健康，以致它的毛发都这样充满力量。我是瘦弱的，这是一个对比。"

从张锐锋简短叙述片断中，我们可以发现，它的叙述是没有限定的，是无羁的，语义和情节随意地飘移，隐喻的结构潜藏于客观叙述，结构思想大于叙事，独白大于对话，文字只是一种方式，语言只是一种媒介物，情节只是一种艺术，而真正的意图我认为，就是表白生命处境和生命，其本真的意义，在字里行间获得了她。

南帆《循环的链条，生老病死》是生命轮回和终极的哲学苦恼，描述了"我们从哪里来"到"何处是归宿"的生命历程，"我们不讳避死亡，死亡不仅是躯体终结，而且，死亡具有精神的重量"，不避死亡恐怖，不避疾病隐秘，不避丑恶消极。他的这种叙述的"不避讳"性，显示了新文本叙事方式对人类本质的把握，深度的悲剧性体验，掺和积极进取的人生姿态，这就是他要表达的"理想"。

一切从"客观"意义出发，一种新的语言秩序和新的叙事方式，渐成潮流，打开了语言、结构和空间的极大想象力。

2. 当下散文的叙事景观

言说当下散文的多元景观，实际上是对另类文本的适应。这种被洞开的空间，源自叙述者的言说创造和新的历史文化背景。九十年代的小说家散文、学者随笔、女性散文，其实是少数知识分子对散文的热衷和介入，使散文突破身份的限定，成为大众消费文体或一种深奥的语库，一种可资游戏和阅读的"电子软件"，这种精神和理想呈现方式，是先秦以来从没有过的。

繁杂的散文格局，其实与当下文学商品化、市场化倾向、城乡文化融合、传媒资讯发达、文化消费时尚以及文学的商业化，有着不可分的关联。

现在是纸媒发达的巅峰时代，每天报刊上各类散文可谓是"车载斗量"，似乎散文已进入无拘无碍的时代，踏上了一条人文主义和商业整合的"第三条道路"，裸体狂奔，蔚为壮观。我们现在从以下几个方面，来看清这样几条创新的套路。

一是学者的随笔创作，它不同于抒情散文，学术与文学语言迥异，知识专业性强，文章兼具学术性和文学性，确实能让人耳目一新。学者一般学养厚实，博洽古今，深究历史，精审西方，其游记、书评、论文、随笔都透出精深的学问和智慧，作品的情趣与理趣、识见和辞采、感性和知性汇铸于一炉，大批学人的"学术性散文"深具影响，在提升散文思想和文化品位上，显示出特别的辎重意义。

余秋雨《文化苦旅》以宽容的怀抱，一种历史学家的卓识和学问家的思辨，对中国人、中国历史和文化、人类精神物质文明，以及人类社会未来，表现出一种关注和反思，一种真情的终极关怀。

"这些年我为自己的一些研究课题，常常东跑西颠，常态化于跋涉中，我到新疆喀什，是为了考察上个世纪以来，欧洲探险家们的行踪旅程，这与我正在从事的一个大课题密切相关。"（余秋雨《我们的大地就是茫茫心》）

以余秋雨为帜，众多的学者步其后尘，一群活跃的年轻学者泉般涌出，如南帆《包装的神话》、孙绍振《香港人和清明节》、雷达《论尴尬》、陈思和《写在子夜》、彭洋《圣堂山圣典》，以及王辉、阎昌明、张颐武、周晓枫、胡彦、尹昌龙、江冰、赵园、蔡翔、陈平原、潘旭澜、于坚等具有浓厚学术品位的"学人散文"，先锋地凸现出一种新的散文图式和意义空间。

在这些学人群中，既有非文学学者，也有非学术而名但作品深具学识、融智慧的"俗人"。伍立扬《浮世逸草》、张世彦《天物》、陈原《祖父是一粒粮食》和朱增泉《读怀素草书帖》诸篇章，近年备受推崇和雅赏，就是一个例证。

二是小说家的散文创作，小说提供的是情感和直接人物故事，不宜直接倾诉和叙情，所以散文就是他们的最佳选择。

小说家带着情节和场面，带着小说结构和叙述方式，颠覆散文传统，他们写小说写散文，就像从一个房间走入另一个房间，于是人色混杂，众语喧哗，在这个"公众话语"的房间里，他们"反客为主"，拆除了文学品类的篱笆。"小说家"对职业"散文家"的身份，进行了无情融合和合理入侵。

以小说方式言说世界并产生影响而知名者，"小说家"写散文已不再是什么新举，只是近年情况日炽，似有"盟主"称霸之嫌。

众多的小说家，一开始就是散文的大写手，王蒙、冯骥才、李国文、刘心武、王安忆、铁凝、何申、关仁山、韩东、谈歌、邓一光、方方、池莉……可以说是如数家珍。近日对二十多位小说家的散文集卷展阅，虽然只是相当局部片断的阅读，但检视出的现象，还是有一种普遍的深刻认同。

谈歌即以《大厂》《城市行为》等为视线，把目光投向国有大中型企业，以及种种当下的生存困难，又同时《随想随写》，以散文的形式，不但讲述自己的人生际遇，而且倾诉和体察种种人生过程，形成另一种风景；

何申的《穷人》《乡里的大事》把眼光投注到"乡镇干部"上，同时也对《边城小巷》中搜索和审视关于"我"和当下的记忆，展示出一种散文的写实风景；

李国文是著名的小说大家，而他近年几乎荒于小说，频频以《隐赋佳话》之类的随笔成席卷之势，成为他人生中最厚实的篇章。

小说与散文本只是两种方式的精神抒写，有时这两种方式很相似，彼此相融又互相依存。小说家的散文更多的是作家把"小说的方式"带进散文，使这种散文更擅于叙述，视界更广远，更有情节性。

浪波《谈谈小说家的散文》云,"小说家自身的优势在于和其他'家'们相比,他们对于生活素材的占有,对于叙事抒情的把握,乃至对于社会万象、人生百态的观察和理解,写起散文来更有可能得心应手,游刃有余"。

第 38 章

论散文的世俗化

时下散文突破限定的表述,被情感和商业广泛运用,文体不拘于传统意义的"八股",挤入俗世的话语圈,揳入民间广场,被百姓和非文人的"圈外人"广泛使用,成为众多行业叙事和抒情的基本手段和载体,非诗非小说的篇章,一切都纳入其范畴,涌现出了很多非作协系统的"民间散文家"。

他们一些言志叙事的文章,包括商业化的报告文学,赫然出现在刊物散文专栏里,并引起相当的瞩目。如果说诗还有"行"之标签的话,那么散文现在就成了一个无边界文体,就像一件衣服,哪合适哪用,谁需要谁就穿的皇帝新衣。

有需要就有市场,就有它存在的合理性,这是潮流涌动的必然现象,既不必视为洪水猛兽而恐惧,也不要因"繁荣"而自喜。

九十年代初涌现的商业主义,艺术也为之"随波流俗",文学由时代话语中心向边缘转移,从"全民热潮"到"岛民孤钓",文学的受众被洗牌,定义被重新限定,这就是当下文学的生存背景和境况。

从趋势上进行比较,我们可以发现,传统的散文写作一直是被限定在知识分子手中或文人及作家手中,"圈外人"至多也只是一个读者,而在时下,小说、诗歌、理论因其特有的基因,无法大面积被商业利用,所以也只有散文舍我其谁,"绝网而出",而且其势如决堤而下,声涛巨响,蔚为大观。

散文是如何突破限定的表述?散文承载的是情感,是叙述的随意性、没有标签和专业知识的限制，所以无论你我，教授还是"贱民"，都可各说各话，信手拈来，因为散文具有无囿之域，当无可厚非。

就当下的散文策略看，"改头换面"的揳入、文体"宽泛性"广泛运用，是当下最主要的发展趋势。在纯文学的报刊上，或一栏所统，或括号注释，凡"散文"标签者，基本都是大杂烩，已不再是原来的"清汤面"了。非文学的报刊版面上，这些作品被模糊文学"识别码"，被编辑重新加以包装，推向市场。

可以说，八十年代中后期，文学期刊的边缘化和市场中心话语退移，使"生活"类的报纸期刊闪亮登场，占据了更多席位和中心位置。从形式上看，散文虽然已随文学"退守孤岛"，而事实上，散文由于它独具的天然颜值，却以另一种生存方式，改头换面揳入生活类报刊中，更加鲜活地生长起来。

当下各类"晨报""晚报""都市报""生活报"，直接指向百姓生活，叙述百姓人生，讲述的是老百姓自己的故事，有些作品以呵护生活、关怀人生的非常姿态，以十足"贴近"的关怀，赢得了很大的市场份额。

其实这些被包装的文字，脱去外套就是"散文"。有些报纸版面，散文就占据了半壁江山，其势如虹，各种非生活类的文化报刊，也看好这个市场，换汤改面。

前不久改版的《文化报》，就是一份"套餐"式生活报。从它二十个版面看，其中"民间档案""情感潮""多味斋"占据多半，一篇篇不同视点、不同题材的篇章，其实都是散文，甚至关于装修、体育、股市评说方面的文字，也是彻头彻尾的散文，置放在专业散文栏目里。

还有很多冠之以"百姓档案""人生感悟""街坊""亲情之间""心灵烛语"专栏名，众多版面分类推出，但明眼人一看，全都是没有标签的散文。

如果再睥视一下少男少女和女性读物，像《女友》《爱人》《希望》之流，其中更是类聚，连关于服饰、化妆的文字，都弥漫出散文独特的语言和文体魅力。散文文体一旦突破限定，看来是防不胜防。

散文现在就像百姓手里拎着的"方便塑料袋"，想装什么就能装什么。它母体概念的巨大包容性和外延不确定性，赐予了它最广泛的"实用性"。

在这个民间市场里，散文比其他类纯文学品种，有了更大提升空间。在文化被冲击、被世俗化的当下，散文因此具有了更多商品属性，成为一种典型的文化消费品。

从走向上看，随着世俗化进程不断下沉，但仍有"学术散文""文化散文"守本固质，以媒体之优势大放异彩。我们相信，原来只有少数文坛中人才能泅达的彼岸，在突破自我限定后，一定会迎来一个崭新的散文繁荣时代。

第 39 章
论散文虚虚实实

真实性问题涉及对散文品质的认定，所以一直是文坛的口舌之争、频发讼案。执着一方称散文以真实为生命，不能虚构；另一方则反诘为何不能虚构，能把散文都当真吗？在杂语喧哗之中，散文受到质疑，虚真相诋，不可调和，问题反而更模糊，难以明断。

"真"方称，散文以真实为生命，不能虚构，此早成学术界之共识，已无须多论。历代散文都恪守真事、真情、真思的文本法则，如苏轼、如李斯、如鲁迅、如巴金……如《永州八记》、如《岳阳楼记》、如《背影》……

周立波说，"描述真人真事，是散文首要特征，散文特写绝不能虚构，它和小说、戏剧的本质区别，就在这里，作品非真，就要大打折扣。散文若虚，人们还敢相信吗"。

巴金说的"真话"是假的吗？杨朔的《茶花赋》是虚构的吗？三毛自传式的散文，难道都是在欺骗读者？数不胜数的"证人、证作、史证"均表明，散文绝不能虚构。

"虚"方称，散文是文学的一支，血脉相依，而文学的本质，就是一个虚拟的人生对话框，在这样一个空间里，强调真实的镜像存在，一切复制生活，一切还原情景，一切服从事实，那是绝对荒谬的，也有悖艺术常理的。

冰心说，"作品在真人真事基础上，是允许虚构的"，峻青也承认，《傲霜雪》中的"老雪青"是虚构的。只要是艺术，只要是作品，就需要虚构,不存在不需要虚构的艺术,如果创作只是写家书、拍电报,那就可以不虚构了。

散文是不是需要虚构?这个问题前段时间讨论得很热闹,但都莫衷一是,公说公有理,婆说婆有据。以文字的方式进行机械性的摄录,那就是会议记录,是决心书,是检讨书。

道理已经明白了,就像空气很纯净,有了桂花的香味,空气更有滋味,沁人心脾。要体态丰润,就需要营养,女孩子要漂亮,就需要好看的衣服,还有化妆,俗话说,三分长相七分打扮,只要适当就是合理的,也是必需的。

散文创作,虚构是必要的,就像成长需要营养,不是生活中所有的人和事都是个性鲜明,事件都恰到好处,既然是创作,就要有恰当取舍,适当雕饰,构思组合。只有在情节和人物的丰满都具备的时候,文字才能发挥它最大的扩张力和再现能力。

很显然,诉案的关键词,就是如何对"真实"解读。在传统的散文证作中,的确有两类"真实"散文:一是绝对真的散文,是生活和思想的真实记录,如柳氏《永州八记》、郭沫若《到宜兴去》、朱德《母亲》,不存在细节虚构的问题,这类散文以游记和怀人记事为主。二是相对真实的散文。在这类作品里,真实存在这样两重性:生活的真实由个人的生活经验构成,思想的真实由观念认定。

朱自清和俞平伯同游秦淮河,都写了《桨声灯影里的秦淮河》,作家都是按"所见最真实的样子"描绘的,都没有半点虚构,但写出的作品,却是大大地迥然不同。

看来真实的东西到了散文里面,"真实"也走了样,"变了形",真实也成了虚拟中的真实。我们不得不这样质疑:在虚拟的文学空间里,有绝对的真实可言吗?

从生活的真实到思想的真实,是传统散文的写作路径。虚构只是一种手段,一种"技艺",一种通向真实的"桥梁",当真实被实现,被认同,就立即被覆盖,被扬弃,被隐藏。

杨朔《茶花赋》是作家游昆明圆通寺的真实见闻,但其中关于茶花、红叶、小蜜蜂,以及"做了一个梦"的叙述却是虚构的,这是作家以思想真实辅之于生活真实的"技法",也是传统散文艺术的单元空间。真实的层面下覆盖着虚构,因而使"真实"的东西更加真实,这类散文以抒情散文为主,容许适当虚构。

当下一批作家作品(或称"前卫方")对传统散文的"真实"进行了深度的消解,对真实进行否定和颠覆,言称散文是"虚构"的艺术,并确定了散文新的本体论存在——虚构。

在这类作品中,事件和细节根本都是虚构的,这也的确有些让坚守"传统真实"的作家们接受不了。对这类"作品"的真实认定,只能从其虚构本身内在合乎规律、逻辑的判断上加以认定,从思想的层面上、在虚构的基础上加以认定。

海男、于坚、钟鸣、张锐锋、陈东东等人的作品,致力于对传统散文"真实"的质疑和消解,改变传统散文的指向唯一的本质表达。

他们直接的价值指向是开启散文存在的多元空间,让一种想象的生活获得本体存在价值,在"虚拟"中建立"真实"。

张锐锋《飞箭》《倒影》的虚构性,"从一百个方向"探索"存在",以广阔的视界,获得了"存在"的丰富矿藏;于坚《云南冬天的树林》的虚构,是通过他对"经典表达"的解构而显示的。

这类散文生存于两层覆盖的虚拟背景下,直接的真实性被退隐,真实所蕴藏的信息量,也已非传统的"真实"意义所能解读和类比的。

有一点可以肯定,那就是"三方"的论据,不同的作品都获得了读者的认同,都获得了同样的成功,看来症结还是在对"真实"的读解上。

事物的本来面目也好,本身就是一种虚构也罢,真实绝非"所见为真"也可,不应该用"真"去规范和鉴定一个作家或者一部作品,只要读者喜欢,只要时代需要,只要它能带来阅读的快乐,只要有足够的正能量,那就是好作品。

我们的结论是,对于艺术麾下的散文,不仅允许虚构,而且唯有虚构,才能更充分呈现"真","超以象外,得其环中",非虚构无以达其功。

虚构不仅是技术层面上的扩张,更是对散文情感、容量、意蕴等文本意义的延伸，就像爱情和呼吸的关系，互无因果，无论是直接和间接，都不是一个逻辑链上的关系，但彼此相依，就像爱情之于生命如同呼吸之于生命一样，虚构之于散文，彼此都是不可或缺的。

在当下多元格局里，"虚方、真方、前卫方"就是一个三足鼎立的关系，共生共荣，真也繁荣，虚也繁荣，道之所道也。不要像"先有母鸡还是先有蛋"的论争一样，论辩旷日持久，最后是鸡飞蛋打，一地鸡毛。还是先把鸡养肥，生蛋多多，本看有趣的事情，如果过于偏执，也就失去了文学争鸣的意义。

第 40 章
鉴味"新散文"

散文应有"散文味",就像糖有甜味、醋有酸味一样,呈现出一种"本质"的东西。欧阳修说,味就是如食橄榄,真味久愈在;苏轼说,咸酸杂众好,中有至味永;钱钟书说"味",就是如水中盐,蜜中花,体匿性存,无痕有味。作品的味,不同于食物的酸甜苦辣,它是醇美的、明净的、刚劲的、柔美的、崇高的、悲壮的……

作品的"味",即品味、趣味、滋味,它是文学最丰富的话语,最有趣的情操,一篇好的作品能在阅读中迅速刺激读者"味蕾",激发读者想象,调动读者情感,入情入景,与文章中的人和事情景交融,"同喜同悲"。

"散文味"就是一部作品的"特色"。欧阳修文章"达济天下,果敢刚直";苏轼散文"洒脱豪迈,轩畅疏放";韩愈散文"刚健雄肆,奥衍闳深";柳子厚散文"精裁密致,灿若珠贝";鲁迅散文"雄健桀骜,如匕投枪";茅盾散文"神爽气壮,峥嵘迤逦";巴金散文"情真意切,直言不讳"。

纵览千年散文浩卷,我们不难发现,历代被经久传诵的作品,一篇好的作品,其光如玉,其势如虹,其味醇美,都有其耐人咀嚼的"味"道,虽绵延千年,依然"唇齿留香",被一代代传诵,被一遍遍观赏,被教科书般细细品味,令人不忍释卷。

当代散文在经历了困惑和变革后,近几年出现了一些"怪味"散文见诸报刊重要位置。卫建民《村葬、村童》、华姿《走出城堡》、马牧边《太阳，我的礼赞与思索》、小音《发生了什么，要发生什么》，这些作品从哲学的视角，以"学科般"的语言，展示了一种智慧灵光，关于某一事件，不再只是描述，而是深究其源，挖出背后的势力及逻辑，解答事件本质，提出问题的"解决方案"，同时给读者列出"思考题"，把读者带入"思的行列，行动的群体"中，表现了一种强大的"叙事功能"，和传统的叙事相比，确有着大大的不同，让读者实在吃了一惊。

"不图为乐之至于斯也"（《论语·述而》），因为《韶》乐"尽美矣，又尽善也"；"味飘飘而轻举，情烨烨而更新"（《文心雕龙·物色》），意思是先其情、中其才、后其"味"，本质上就是说，有"味"才是根本，才能"意味深长"，才能被流传。

明陆时雍曰：古人善于言情，转意象于虚园之中，故觉其味之长，而言之美也。他强调文章必须先表达真情实感，才会被人相信，才会有美感，才会有滋味。

翻看了近几年国内"权威"散文期刊合订本，我从一个批评家的角度看，确实感觉有一批"新散文"，给读者带来了多样性、灵活性、随机性的"新观感"，带来了"新阅读体验"。

它们的主题多义性，手法的不拘一格，情感的复合功能，主体的审美心境，情绪的舒张方式，审美空间的拓展，是"旧散文"不能比拟的，情感所受的震颤，情感所受的灌溉，让我们感到分外欣喜。

这种"新散文"抒情特点是没有固定模式的，它在叙事的同时，从多个侧面和角度带给读者不同的"味道"，读者放下书本后，一时界定不了对错，无法确定人物的"正反性"。

阅读者从一种单纯激动，转为一种复杂思考，情感从一种"流动状态"，从一个层次，流向另一个层次；从一种冲动，流向另一种冲动；从一种体验，流向另一种体验。就这样不断地反转，不停地刺激读者的判断，反复地纠偏，多次颠覆认知，把读者变成"后期创作者"，成为一个不可或缺的"参与者"和"剧中人物"，这就是这类作品的"最大看点"。

前不久炒得很火的《黑夜，我的黑》，作家把"情"观照到"黑咕隆咚"的夜里，刻意给读者展示了一种"黑色美"，女主角是那么可人，"情"是那么纯净，可在黑黑的夜里，在没有灯光的床上，又是那么轻松，那么地俗。

很难说作品表现了一种什么情感，但从开篇到结尾，那情，那爱，那味，却是挥之不去，不舍卒读的。作品字里行间反复流淌的，就是阅读者心中，那五味杂陈的味道，真是盈盈一水间，脉脉不得语。

在这些文章里，情感的体验超越了文本空间，一种内在的审美冲动"油然而生"，留给读者的，有些只能"意会"，靠"悟"才能得"道"。

这就是当下探索性散文，反叛传统是它的最大"出彩之处"。"情"是不可捉摸的"水中之月"，这种"情"在同类对象的反复刺激下，把读者所产生的多种情感深度融合起来，使其"情"具有更大感染力，更强渗透力，情感跌宕于胸壑之中，波澜闪动于晶莹，以致"不可言传""无痕有味""不可遏止""但见情性，不睹文字"，羚羊挂角，无迹可求，可谓是至高境界了。

朱自清《背影》表现的父爱"情"则不同：当父亲蹒跚地在月台爬上爬下时，眼里只有泪光晶莹了，此时任何语词，都表达不了那动人的情感。虽然《背影》较之新散文，抒情结构显得单一，但它在情感递进和唤起上，却给了我们"新散文"太多的营养。

明焦闳曰，"敬其感不至，则情不深。情不深，则无以惊心动魄，垂世而行远"。当代散文若要"垂世而行远"，就必须着力提升"情"味，把"打动人心"放在首位。若情为"盐"，无"情"之品，无疑是一杯白开水。

四川人的烹调以麻辣为主，又兼有酸咸苦甜，前不久我在成都玉林路吃火锅，鸳鸯锅一冒腾，口水就流了出来，就感觉舌尖麻麻的、辣辣的、甜甜的、酸酸的，很好吃，大快朵颐，三日回味不绝，仍然绵延于齿。我在餐桌上，突然想到了时下创新的文章，"无法之法，为至上法"，感觉就如同那火锅，读时口里怪怪的，但舌尖却是爽爽的。

冷静审视当代散文，我们可以发现，散文审美空间"天生瘦小"，篇幅受限，出"大章名篇"的概率小，和诗歌一起，是被作协和权仕们小视、不入法眼的。

现在"走红"散文的某种"突破",主要表现是:美学、哲学走进了散文,"西派"手法走进了散文,小说、电影、音乐表现手法走进了散文,社会、自然、人生、历史、喜剧、悲剧"融入"了散文,散文转眼成了"大肚汉",虽然可能出现短时间的消化不良、囫囵吞枣的现象。

但我们也必须为此感到振奋,曙光就在不远处。坚守变革创新,不能遇问题就以偏概全,因噎废食。"新散文"不守旧格,在探索的路上,着实是一个可喜的现象。这些年"反常合道"作品的轰动,也算是"成功"的一个标志。

我国古代文艺和美学理论,注重"余味",讲"无理而妙",这里面的"无理",就是"违反一般生活规律和逻辑",美学中的"妙",就是"通过无理的描写",表现出合理的结果,给人一种强烈的"余味",似乎"飘忽不定"却又"味在其中",虽"语中无语",但"句为活句"。

"一个字,不仅是一个符号,而且是形象的招呼者""采菊东篱下,悠然见南山""小桥流水人家,古道西风瘦马",这些词语和情景,你中有我,画中有画,类似电影蒙太奇,叠加在一起,就会产生新的审美境界。艺术在于创造,文学更是如此。

曾经的"主旋律"散文,都是"用一根红线,把一串珠子串起来",要求紧扣"主题,中心",讲究时间空间顺序,纵向串联线索,主题鲜明为不二标准。衡量作品好坏的不是"情",而是立场和价值。

现在改革开放,国门訇然中开,把旧的秩序冲得"东倒西歪",弱不禁风的散文,如果文化根基不深,政治站位不稳,就会如一片片树叶"随风起舞"。

最近我为很火的一篇文章《发生了什么,要发生什么》写了一个千字短评,刊发在《文艺报》"时下漫谈"专栏里,文中关于"梦"的释读占有较大篇幅,白天发生了什么?夜里究竟发生了什么?梦里又发生了什么?好像是一种对短暂人生"三个阶段"的大彻大悟……或是的吧,或不是的吧?一千个堂吉诃德,远远不止一千个哈姆雷特,与其说是和创作者"大战风车",还不如说是读者自我释放,"借酒放歌"罢了。

我最后表达的，也就是文章中的亮点，"说不出的模糊性"，"有限的负载量，实现了无限的超越"，也算是为创新添了一把火。

《庄子·外物》曰：筌者所以在鱼，得鱼而忘筌！蹄者所以在兔，得兔而忘蹄！言者所以在意，得意而忘言；叶燮在《原诗》中也说：意中之言，而口不能言；口能言之，而意又不可解。

好像现在茁壮的一批"新生代"，都是齐刷刷的"庄派"人物，主题都是"多义性"，架在有意或无意、可言不可言、可解不可解之间，要用你的阅读力去"烤熟"，去"品鉴"，才能"顿悟"。

再说一篇"新散文"，《山花》上刊发的《黑雪》，它属于一个悲剧题材，着力描写的是一个纯洁善良的女子遭遇的种种不幸，文章的人物悲剧，表面看源于性格，其实是知识分子在"文化大革命中"必然命运的缩影。有对"她"的同情，也有对"她"软弱的愤怒，黑夜无亮，大雪纷飞……

文中对故事叙述的冲击力，远远超过了同类小说的能量，这类"新作"，伴随着文体创新的步伐，其在文风和语言上表现得更加"日臻完美"。

历代文仕批评家，喜欢"以味论诗"，少有对"散文味"论述者。不知是散文本来"无味"，还是批评家有意"无视"，现在时代发展"一日千里"，锅里"盐"已换成了"糖"，一切都变了，读者的胃口也变了，但永远不变的，还是大众喜欢的"美味"。

借鉴和创新，当然是创新必由之路，只要我们散文作家不断探索出新，中国散文就一定会迎来一个新的世纪，呈现散文前所未有的"盛世与辉煌"。

第 41 章
散文的朴素与华美

前不久在贵阳参加了一个作品座谈会，一位作家问我，你认为作品是华丽好，还是朴素好，现在有些争论，你也写两句吧，我们要推出一期讨论版，把双方论点都摆到桌上，你是站队哪一方，写个千字文给我。

我笑着说，是鲜肉好，还是腊肉好呢？其实各有味道，只是看味道正宗否，能否诱我味蕾，实话实说，我都喜欢，我是"好吃派"，所以站队"骑墙"派。他听后哈哈大笑说："各有其味，有道理，有道理。"

我认为，首先是要"朴素"，普通人能看得懂，只有读懂了，明白了，作品才有其价值。朴素是散文的光芒，更是一种难工的技巧。

陆放翁云，"入妙文章本平淡，等闲言语变瑰琦"，看来用"平淡"的语言方式，达到"瑰琦"的朴素效果，确是一件不容易的事，也不是每一位为文者都能做到的，需要对语言驾轻就熟，不施粉黛素颜的技巧，而看上去能赏心悦目。

但朴素不等于无味，不是没章法的"白话"、无思想的文字梦呓。读时下很多散文，追求所谓一种无技巧"娴熟"，着力摒弃一些精美辞采，追求一种语言"朴素"本色，做生活的"录音笔"。

有的作家像平庸洗衣婆，为追求一种"朴素干净"，刻意把衣服上的扣子、饰带、别针，甚至衣领都统统撕去，文章的"趣味和风采"，都被"洗衣婆的审美观"给搓洗得荡然无存。这种变性的"朴素"，就像人妖的表演，不仅为读者诟病，而且损耗编辑和读者的时间，实在是在制造"文字垃圾",当摒之弃之。

好的文章必然"华丽有度"。语言的光芒,源自于其文字的博大、无与伦比的内在魅力。"虎豹无文,则鞟同犬羊",文学是语言的艺术,没有文采,就无所谓文。王世贞云,"抑扬顿挫,长短节奏,各极其致,句法也;点掇关键,金石绮彩,各极其造,字法也;篇有百尺之锦,句有千钧之弩,字有百炼之金"(《艺苑卮言》)。

我们之所以强调,文章必须有恰当文采,有闪烁文字光芒的语言,这是为文之初心决定的。一篇好的作品,必须有语的妙笔葩芳,以及摄人的智慧艳光。

世界语言发展趋势表明,人类最后的语言有两种,一是实用的英语;二是艺术的语言,也就是汉语言文字。它的词汇丰富,声调优美,意境深邃,状物传情,华彩灼灼,无与伦比。

有些作者以"朴素"为文章要义,恰恰背叛了汉语言文字最基本的构成含义,那就是汉语言特有的文字风采。如果见词就弃,见典故就删,好像得了见祖宗就烦的怪病,臆想"身着兽皮",而摒弃现代文明衣裳,忘记了自己是何种何族,忘记了自己应该用汉语还是英语进行写作,就显得数典忘祖,一副"西奴相"了。

我们只要把这些人的"大作"放在"坛上"去拷问一下,你很快就会发现,原来这是一群"初中"学历的噪者,在看不懂古文名篇时,像张铁生交白卷般,吸人眼球地呐喊,装模作样而已。文学遇到"文盲",也只能呵呵了。

一篇文章的文采,是作家学识修养、文字敏悟、文品气质的具体体现,任何一篇精美作品,它必得文采的光芒,才能成章面世。

巴金对"文采"一词,一向私心爱之,却不加雕饰,把辞采如蜜溶于水中,十分充盈地表现了一种朴素的神韵、味道,以及思想的深刻、情感的真挚,这是一种大境界的朴素,是无技巧的技巧,是艺术的"至美"境界。

"言之不文,行而不远"(孔子语),历代传世久远之作,也正是以那些闪烁心汁和智慧的精美文采,铸就了一代文风,也才有历史长河中浩浩闪烁的华章。孟文的犀利,庄文的恣肆,荀文的深厚,韩文的峻峭，司马迁的博大精深，李白的雄奇奔放，柳宗元的缜密深刻，以及鲁迅的诙谐犀利……看似平常，却得于华美文采，璀璨于世。

近读一部散文集《四季韵》，作者在自序中云，"我不喜欢刘白羽和秦牧的散文，刘老的散文铺张扬厉，秦老的散文时有雕琢，他们玩些语言的技巧，都不是好的散文"。而作者称自己的散文却"平淡中见功力，以不讲技巧为技巧，以朴实见长，不施粉黛，娓娓道来"，表现了一种"创作的成熟"，然而卒读全书，感觉作者"朴素"功夫尚未成熟，文采不足，因而韵味溢失。

使我们感到痛心的是，有些作者不真正下功夫锤炼文采，却自称追求朴素的"大美"，率尔操觚，结果捉襟见肘，令人失望。

照此推理，鲁迅文章中迤逦的语言，旧辞藻的妙用，包括文言句法的引鉴，都应一律摒之。如此这般，这些"洗衣婆"在一些编辑的关照下，一定会弄出一些倒胃口的东西来，恶心你的感官。

最后又回到朴素的审美状态。也就是语言文字的运用，从原始的朴素语言状态（口语），到华美文采（文字雕琢），最后又回到高层次的"朴素"状态。表面看来同为"朴素"一词，内质却有了迥然的不同。

其实有的"作家"，还不真正懂得什么叫"朴素"，以至险些把前辈们的"祖产"都给糟蹋了，也就真的《四季韵》，无一点点韵味了。

具有不朽神韵的文章，一定是字里行间充盈了深刻思想，我们把作家的文字功夫，分三个审美层次：观景看山，一座峰峦；俗人见山，山外有山；高手看山，见山不是山，如此是也。

精美的文采是我们文学艺术最美的体现形式，语言是文学的本质，而文采便是语言闪烁的光芒。当前的散文，我们呼唤更多灿烂的作品，文采斐斐，灼灼闪光。

第 42 章
散文的技巧审美

有人试图把文学上种种可能的技巧和手法,"悬腕运斤"一网打尽,甚是豪言自信,批评家们也逐腥而至,夸张称颂"点评",把各种技巧语言神秘化,一概归于散文一体,好像包罗万象的"融合",都是散文创作的基本手法。

有的作家刻意雕琢,居高临下,大谈技巧及文法之道,把技巧神秘化,强调文学只是"天才的产物"。这些作家仿佛置身人民大会堂,给"堂下"作者讲座和介绍经验,"授业解惑",教你如何布局谋篇,如何赋物达理,如何哲中思辨,"课件"动辄万言,字字"指点迷津",句句"创作指南",看上去比千年前的孔圣人,学识更渊博,更气派多了。

我总算明白了,要写好文章,就要向这些"导师"取经,购买原课件,求其传授"秘招",否则你就别在文人圈子里混了,每一句都是"操作要领",每一篇都是"创作必读"。

创作就这么玄乎吗?深奥吗?我看未必,我如果要拜,一定是跪在孔圣人像前,而不是在"泥像"面前求赐。散文创作真需要技巧吗?我的回答是:散文从来都拒绝技巧。

冰心想到就写,情之所真切,兴之所至,从不讲究什么技巧和"法度";巴金只讲究一个"真"字,真情为文,与心对语,信手拈来,挥洒心汁,情透纸背,如大将运兵,没有什么"技巧章法",却能出奇而胜;梁实秋写散文很随意,就是"把心中的情思,干干净净,直截了当表现出来,透露在文字中间就是"。

作家们冬夜围炉,品茗咂酒,促膝闲谈,独抒性灵。听慈母低声细语,与爱妻密友絮语家常,情真意切。下笔不能自止,哪还顾得上什么"技巧"?

散文美学是情感的美学,而不是技术美学。解读散文的文本话语,从哲学和文学审美中抽丝剥茧,我们就会发现,散文确是一种没有技巧的"特殊文体",是随性而为的抒发,是情感流水般宣泄,是情感的真挚倾诉。躺在纸上的整齐而"赤裸文字",能使读者抚摸到她的芳香体温,感受扑鼻的真实呼吸。

宋代沈括云:"尽得师法,律度备全,犹是奴书。"他要求书法家在提笔前,熟悉掌握基本笔法之后,再行赐墨。也就是说,凡艺术者,既要创新,又不能受制于技巧,入于法度,更要"出乎法度",适当借鉴技巧,是为了攀上"无技巧的高境界"。在这里我要强调的是,散文拒绝的是,无真情实感"纯技巧"、美颜后的虚伪,也包括无妆的难堪。

适当的技巧是必要的,就像每个行业"手工制作",必须掌握行业的基本功,才能入场谋职一样。写作也是,思想、叙事和文字组合,是写作的"基本能力"。因为恰当的技巧,更能把创作者的情感表现得淋漓尽致,对于"新散文",这种"功"更不能差。

我欣赏这样的作家作品:看似无技巧,叙述平淡,但字里行间文随心生,浑然无迹,情感质朴,思想真实,道德高尚,人格强大,作品入眼入心,给人一种阅读的快乐。这样的作品就是好,就是美,读来也最有劲。那些作家的所谓"技巧"教科书,其实都是骗人的,哄哄圈子外"白菜们"的。如果说"散文拒绝技巧",更准确地说,是"去假存真",拒绝"矫饰和虚假"。

第43章
女性散文的写作

　　现在流行的"女性散文"概念，就其准确性而言，我并不苟同。以性别去解读艺术创作，本就是一个误区，甚至有歧视之嫌。当然，从女性独特的叙述、体察自我、感受人生和语言方式，去欣赏一种"风格"，况且当下一批女性散文，确实以一种非常成熟的方式，极其丰富的形态，垦殖出新的艺术空间，秀于百花园中，也是一道亮丽的风景。

　　女性散文之所以备受瞩目，应该是社会进步的显著标志。历史上还没有哪个时代能像今天这样，如此众多的女性卷入到散文创作中，并成为了一种文学现象，它随着当前女性文学的潮头，在极其广阔的背景下，一浪推一浪，永无终止。

　　王英琦、舒婷、李佩芝、施雁冰、叶梦、黄殿琴、唐敏、韩晓蕙、王子君、傅天琳、苏叶、郑云云、梅洁、斯妤、冯秋子、周佩红、黑孩、荔君、珍尔、杨泥、邢秀玲、文洁若、姜丰……与铁凝、赵玫、海男、林白、陈洁、陈染、徐小斌等较大的小说群体交相辉映，构成了一种女性写作特有的"大秀场"。

　　阅读女性散文，能深切地感受到女性话语在她们写作中的鲜明印记。由于独特的生理标识，体验角度的细腻，女性偏爱袒露心迹，以极个人化的叙述方式写作，把目光投注到自我的隐秘角落，对自身经验作无所顾忌的发掘，并回到内心及自己的身体语言中。

　　对于一个女作家来说，不同的文化背景和生活经历，有着不同的思维方式。写作的关键，并不在于如何表达，而是这种表达是否源自她最真实的"身体与经验",始于"经验",最后终于"身体",这就是创作。

在社会生活中,女性常常是一个"屋内人"的角色,不同于男人必须"走出房间",为家为生存而奋斗,女性则不同,她可以"回到自己的房间里",用自己的眼睛,打量自己的身体,以女性自身的角度,发现自我,认识自我,审视自我。

她们的视线,从外部世界回归到室内,从寻找自我,到直视自己的内心,并以女性的眼光、姿态和立场,描写女性的生活和人生体验,揭示其生活本质和情状,对女性的生命层面作出最本真的窥视,用文字去谛视它,触摸它,展示它,冥思它。

在这种女性写作中,各种有关女性的人生体验以及有关女性身体的炫目感,成为女性散文主题话语。因而,更多的女性散文是一种对生儿育女、丈夫孩子、生命身体骄傲的袒露。

《婴儿诞生》(冯秋子)、《不要拒绝做母亲》(珍尔)、《生命的响声》(李蔚红)、《流自谁流向哪里的第一滴血》(黑孩)、《不喜欢的女人》(韩晓蕙)、《丈夫戒烟》(杨泥)等,这些来自女性之躯的语感和话语流,极大丰富了散文和整个文学的语汇。

在这些指涉生命本体的女性散文里,"母亲"成为人伦之根,生命之源,存在之本,生命之归。或人妻,或人母,相夫教子,她是"后宫之首",她又是儿女人格的"雕塑大师",其寓理于情的话语方式犹如神的声音,在儿女灵魂里终身回荡;她饱享亲情抚慰的快乐和精神庇护的安宁,同时也寻觅着她们心中的人格范式和适合自身的社会角色,体验一种人性的存在和生命的追求,这种女性特有的情感"脐带",是男性话语所根本没有的。

毋庸讳言,女性的存在就是一种"身体存在",而这样一种"存在感"的创作,对于女性和散文来说,就具有异乎寻常的意义,它是女性赖以确立自己、证实自己的尺度和价值,从历史的、现实的场景中,抽身返回,回到对生命、对生活的体悟上去,在自己身体的"自然波动"中感受生命的律动,融入存在的恩泽。这就是女性写作原本的执着的追求和永恒的诉说话题。

女性文学的提出，始于二十世纪初，并在"五四"时期以个性奋争和民主色彩的追求，呈一时辉煌。随着女性地位的逐渐提高和女性写作的繁盛，被男性作家所忽略与误解的女性存在，悄然占据了文学的重要位置，女性写作的角色被坦诚接受和认同。

从冰心、庐隐、石评梅到丁玲、萧红、白薇、张爱玲，到宗璞、茹志鹃，到施叔青、聂华苓、张洁、靳凡、张辛欣、残雪、张抗抗等等，女性写作随着女权话语的喋喋不休，历经了漫长艰难的曲折。与男性写作相比，女性写作受宠一时，突然热闹起来，这是男人们没想到的。

以女性的视角、视点，发现一个关于"女人"的叙事，完成一个女性追问自身的过程，纵身一跃，奔向生命的深处，指涉世俗，关注自身，走向时尚，坦露体验，展现隐私，这是女人奉献给文坛的最昂贵的奢侈品，我们应该充满感激。

女性写作浸润了女性独有的特点，让男性作家望尘莫及，叹为观止。女性的文本，终于在这样一个平面视点上，与男性平等对眸话语，这应该是她们的骄傲。

"这是一些渴望情爱渴望倾诉渴望生活的文学女性，她们的血肉灵魂，在散文中显得骨肉丰满，因而往往能给人以强烈持久的心灵撞击。她们毫不遮掩地把整个自己袒露给读者，让人真正看到一个个真实的女性……这就是这些女性散文的高妙所在。"（王剑冰《女性的坦白》）

由此可以看出，女性散文被视为一个特殊审美载体，以一种女性之躯，认识和创造世界，奉献华章，可以说是一种难得的、不可替代的叙事方式。

《感受幸福》是一位女作者的一篇散文，在这篇散文里，作者以特有的女性视点，对"幸福"作出了释读：陪伴丈夫、炒菜做饭、逛街购物、化妆聊天、携夫牵子、漫步林荫、交流教子心得、听音乐、静心读书、享受平常家庭生活，包括两性之爱、自我体验、袒露女性经验及隐秘倾诉，文章以非常怀旧、非常多情的情态，无比诗意地叙述了一种幸福的理想生活，并透出一种沉迷的乐观和惬意，以供市民消费。

这类散文当下甚为繁荣，各种社科类期刊、发行量大的报纸，都为此辟有专版专页，特别是生活类的报刊，更以贴近生活、关怀人生的媚态，博读者青睐。而众多的纯文学期刊，也大力推举此类女性写作。先期的女性散文经过一批女作家如林白、陈染、海男的"自我体验"，一时文坛喧嚣，成为一股"旋流"。

女作家们身体化、生活化的写作，十分契合时下的读者消费方式。当下经济呈现繁荣发展大好局面，使一批在经济上没有负担，不再需要面对日益严峻竞争（那是男人们的事）的"太太"女性们，开始退回家庭，"感受幸福"。

她们甚至是在百无聊赖的状态下，以自我拥有的女性经验为方式，开始了她们的最初写作。这些散文对于个人生活方式的叙述，对情感内心的解襟，与众多市民的阅读渴望和心理之需十分契合。一个个市民进入她们虚拟的"聊天室"，以弥补他们隐形的心理，甚至生理之需。

这类散文以关注生活、关怀人生为视点，切近市民最日常的生存状态，进入寻常百姓家，因而极受年轻读者的欢迎。这类散文在写作的同时，对传统散文的意义也进行了深度的消解。作为一种方式的探索，和消费阶层的特殊存在，它的意义是积极而又明显的。

女性的这类写作，开始是经少数知识女性的"自身"操作，而呈现另一种极端，极大冲击文坛而引起关注的。她们抖出自我最隐秘的"幸福"，洞开女性的内心世界，从一种暗示，到毫无顾忌地裸呈。

从《美人肩美人背》到《独身女人的卧室》，以及《我的肉体》《黑色洞穴》之类的作品，勾起了"市民们"的极大兴趣，他们开始时刻关注这种女性经验的写作。

这类女性在她们不受干扰的写作空间里，注视着自己的身体，感受真实的存在和冲动。这种创作行为，唤醒了女性作为人而存在的、最羞涩的生命意识，面对自我的"身体经验"，描述原始生命构成，感到自己不再只是风景，而被"占有和观赏"。她们用一种特别的话语，解构了传统的道德防线，以一种形而下的视点，抹平了作品的思想深度。

市民们却对这种写作充满了"进入"的渴望，如同渴望进入女性的身体。特别是男性阅读者，因为他们某种潜在的欲念，长期被压抑、被掩饰、被搁悬，对女性的"生活"充满了陌生、神秘和朦胧感。

所以，他们对这种女性虚拟空间和身体写作，表现得格外情有独钟。在这里，写作成为一种传达幸福的方式。女性在自我感受幸福写作的同时，男人也同样享受到了一种窃喜。

很多都市女性的写作，将复杂的人生痛苦进行消解，而单纯描写平静琐碎的女人心绪、家庭生活，致使作品浸淫着一种小女人非常庸俗的自鸣得意，把小市民的情绪，无情宣泄在报刊橱窗里。

拥有写作手段的女性，有一种天生的骄傲，这使她们更加迷恋自我。这类写作即使在广州不受欢迎，但在上海和重庆，却大受青睐。这类女性生活散文，拥有很大的市场，有可观的受众群。上海的小市民趣味是有目共睹的。这类作品是一间卧室，是一座花园。但它不是一座森林，而是一条浩瀚的长江。

在我看来，女性的这类写作自有其玲珑剔透之处，包括很多传统的散文，都无法与之相媲。前几日我读到一篇《发魅》，可谓这类写作的精美之作。纵观当下文坛，女性写作日益都市化，乡村对于她们，已是愈来愈远。这些作品类似瓜子，无营养，可以消磨时间。但它的负面影响在于：它以平面的姿态和形而下的视点，消解了当代散文美学的意义和深度，使散文放弃了本该具有的深度、价值和意义。它以精致的语言（也许都是废话），取代了传统意义的消费，呈媚俗状，这使散文陷入了形而下的沼泽，流于平庸无聊，使之缺少了应有的崇高和大气。

当下我们面对这种女性写作都市化的倾向，需着手的，是如何提升这类作品的思想深度和精神高度，如何引导市民去审视这种"精神消费"，如何消解女性写作给市民日常生活带来的风险。

居于杂语喧哗的都市，面对从事一种幸福写作的女性一族"太太"们来说，我们既要真正感受和享受从她们"身体"里射出的光芒，也要让她们从一种纯粹的经验写作中，加入更多的责任感和道德水准，让这些女作家"不迷路"，真正成为女性解放和"半边天"的新锐代表人物。

第44章

论随笔与小品文

先说小品文。

这里的"小品文"是指文字作品,而非影视小品。

小品文是中国散文园地里的一片"宝树琼林","中国散文之文学价值,主要正在小品文"(钱穆《中国文学讲演集》)。明代万历年间,小品散文汹涌澎湃,席卷了整个文坛,取代了正宗古文,而成为文坛主流。"五四"时期的小品文更是争奇斗艳,成就辉煌。鲁迅认为,"五四"运动后"散文小品的成功,几乎在小说戏曲和诗歌之上"(《小品文的危机》)。

曾朴认为新文学的成就"第一是小品文学",而林语堂甚至认为"中国现代文学唯一成功,小品文之成功也"(《人间世》发刊词)。小品文汹涌的繁盛的洪涛,较之历史上任何一次文体变革都更加深刻,它开创了一个伟大散文创作的新时代,其声势确属罕见。

令人疑惑和诧异的是,到了当代,"小品文"从人们的视野中不见了,从期刊目录上消失了,散文的品类中找不到了,在喧嚣声中渐入寂灭。倒是从舞台和电视荧屏,出现了"相声小品""影视小品""戏剧小品",旗幡飞舞,成为多年春晚最叫座的"压轴曲"。难道小品文真的从散文园里从此消失了,如元之杂剧、明之散曲一样,"终朝正寝"了吗?我在当代散文茂盛的森林里寻觅芳踪——小品文哪里去了?

小品一词始于晋代。《释氏辨空》云:"详者为大品,略者为小品。"

小品文的孕育、萌发和繁盛，同中国散文之发展同辙。从晋陶渊明之《桃花源记》到宋苏轼之《赤壁赋》，已有精美小品如星散碧空，闪烁异彩。其中更以名家之圭臬，清新喜人、璀璨如珠玉。

而以"小品"名之，并为散文之身唱调新之时，则是在明代万历年间。明人把"独抒性灵""不拘格套""悦人耳目，怡人性情"的短隽之文，名之"小品文"。刊行于万历三十九年的《苏长公小品》，便是一部以"小品"命名的苏轼选集。

万历年至崇祯年间的散文，题材多样，形式活泼，摆脱了古代散文之藩篱。流畅隽俏，"幅短而神遥，墨希而旨永"。公安三袁"一扫王、李云雾"（《公安县志·袁中郎传》），游记、尺牍的小品，秀逸清新，活泼诙谐，描景叙物，自成一家。张岱不为所囿，兼采众派之长，创明丽清净之小品，如《西湖七月半》《湖心亭看雪》，语言清新，博观约取，金声玉振，实乃集晚明小品之大成也。

明末清初小品文进入鼎盛时期，编选、创作小品文成"文人时尚"，《古今小品》《皇明十六家小品》《涌幢小品》如雨后春笋，煽炽之势蔚为壮观，可以说小品文"一举取代"了千百年来占据文坛正宗的古文的"霸主之位"，成为时代之主流，实堪称奇，所料不及。

晚明小品文的繁荣，以不拘格套的笔墨、浅显的语言、"性情之发，无所不吐"的品格，大胆"言人之所欲言，言人之所不能言，言人之所不敢言"（雷思沛《潇碧堂集序》），"以心摄境，以腕运心，性灵无不毕达"（江盈科《敝箧集序》），给散文带来了一场深刻的革命，清新小品文取代了僵化呆板的古文。这股晚明小品的滚滚洪涛，使中国散文经历了脱胎换骨的变革，而且比历次"古文运动"更深刻、更富有关键意义。

现代小品文同时更是"大走鸿运"，1934年被人们誉为"小品文年"和"小品文杂志年"，现代小品文汗牛充栋，它的成功把中国散文推向了历史第三次繁荣高峰。但是正在此时，关于小品文的"文体"之争，畛域的界定，也第一次出现各不相让的"激烈"场景，成为现代散文史上一直悬而未决的问题。

再说"随笔"，比小品文更加轻松的一种文体。

十六世纪欧洲出现了蒙田和培根，他们随感式的散文以"Essay"作为书名，现代作家和翻译家们把这种从容运笔、随感随录，任意漫谈、信笔写就、自由自在的小品文翻译过来，就称为"随笔"和"絮语散文"。

如果说小品文是公安派和英国小品文相融而产生的，那么"这种外国闲适小品传到中国，恰好是中国读者所需要的品味，诱发了随性的大批制作，并且形成了对于随笔的闲适观"（伯韩《由雅人小品到俗人小品》）。现代作家们把这种自由随便的 Essay 与传统小品文之风格糅合在一起，从而产生了现代意义的"随笔"。

林语堂、周作人主张"以自我为中心，以闲适为格调""宇宙之大，苍蝇之微，皆可取材"，主张从一种悠闲的生活中，用消遣的态度来写，正如蒙田随笔 Essay，"如果是冬天，便坐在暖炉边的安乐椅上；倘在夏天，便披浴衣，啜香茗，随随便便，和好友任心谈话"。

这种"闲谈随笔"，如晋人清谈，宋人语录，启人智慧，发人深思，瞬时妙悟，轻松自然，发自天籁，好像天地间本有一句话，只是被他们说出口而已，"让方寸之中的一种心境，一股牢骚，一把幽情，听其由笔端流出来"。

他们讲究的是闲情逸致，主张的是"似俚俗而实深长，似平凡而实闲适。似朴素而实新奇"的境界，追求一种"湖上的浅影，林中绿烟"的轻灵之美，力求一种真情的品格。这种闲适随笔，把中国散文从经世致用的"载道"圣坛上一把拉了下来，和大众狂欢。使"散文"更加明晰，更加丰满，更加成熟，剥葱般地展示了散文的魅力。

鲁迅等左翼作家，主张"只有挣扎和战斗"，必是"匕首和投枪"，强调作品"并不是'小摆设'，更不是抚慰和麻痹，它给人的愉快、休息和休养，都是劳作和战斗前的准备"，反对以个人笔调，性灵、闲适地"狭隘呻吟"。唯"苍蝇之微"而遗却"宇宙之大"。唐弢强调要"刺"到"正人君子们"的"疮疤痛处"。

胡风说必须带有"社会批判"性的重要内容；伯韩反对只求"言志"，不求"载道"的作品，推崇"言志之中载了道"，声明"天下没有无道之志"的作品。这类小品风格犀利，感情强烈，夹叙夹议，言近旨远，是现代散文园里一朵"刺眼奇葩"。

再说散文,一个与小说、诗歌、评论并座的文体四大天王之一。

其实现在很多"散文",就是昨天的"小品文"和"随笔",不是简单地更了个"旧名",换了件马甲,而是经千年发展,逐步融合而来,今天的散文大家族"今非昔比",作品载道功能更明显,情感更真挚,品格更高雅,题材更广博,内涵更丰富,笔调更自由,形式更精美,其主要表现特征有:

同视"真"为生命。"说自己的话,真的声音",写"简单普通的真我",使"我的毛病纤毫毕露地说出来",毫不伪饰,唯真诚才是大品格。"可爱的地方,就在它的细、清、真三点,是情景兼到,既细且清,而又真切灵活的文字",诚如巴金所言,"是把心交给读者了"。

朱光潜比喻说,散文就是写"情书",和"写给朋友说的心里话家常信,在这些书信里,我心里怎样想,手里便怎样写,不计较收信人说我写得好,或是骂我写得坏,因为我知道他,他知道我",说明现代散文,"真情"就是生命。

同求自由驰骋。林语堂在《〈人间世〉发刊词》中认为,可以发挥议论,可以畅泄议论,可以畅泄衷情,可以描绘人情,可以形容世故,可以札记琐屑,可以谈天说地。本无范围,特以自我为中心,闲适为格调,宇宙之大,苍蝇之微,皆可取材,灵机触动,文思偶发,就可挥洒自由,信笔纵横,无拘无碍,可平淡,或奇峭,或清淡,或放傲,各性灵,各天赋。味愈醇,文愈熟,愈可贵,都不必勉强,有味的就是佳作。当代散文自由清新之风,由此可见一斑。

同求精美短悍。短小隽永,盆山蕴秀,寸草涵奇,是很多人追求的境界,正如随意小酌,不饰排场,片纸只字,言简意赅,视大而无当者,如买书券三纸,不见驴字耳;如妙龄女着短裙,虽"短"且至美,令人想入非非,浮想联翩。

同惟清新别致。作品贵在"轻灵",清新雅人,如别调新声,清新怡人,如一池水,镜一般展着,天上飞过一朵薄云,淡淡影子横跨水面,竹林深处有人在那儿煮饭,炊烟袅袅而起,阳光穿过竹梢映着它,满眼是湖上浅影,林中的绿烟,轻灵到虚无,神出鬼没,满眼的"淡墨色",写出这样的散文,也真是文人们的清福了。

同主"取小用宏"。徐懋庸认为,"散文的作法,是与廊庙文学相对立的,廊庙文学系载道之作,皆从大处着墨。不曰'嗟乎天下之人',便曰'人生在世',既与之对立,则力避此种俗套,而特从小处着眼,故不谈大而谈微。讲究大处着眼,小处着墨,以小见大,取小用宏,由一粒沙子中间看世界"。题材虽小,但它同样能表现出作者伟大的心灵,反映社会复杂的现象,意思是散文的技巧和小品文一样,都是先将"大"的东西缩"小",再将"小"的东西放"大",这一缩一放,"隽永"之味就更浓厚。这种"取小用宏"的技巧美,就是圭臬境界,精妙繁富,更加灵活了。

同重时代特色。以"苍蝇之微"而"忘却宇宙之大",其实这是对文体的误解。蒯斯曛在《一个读者的话》里说,散文跟文学其他形式,在同一步调之下,写身边琐事,也写身外大事,都是从事的揭示出现实真实面目,叫人正确地理解世界,叫人不负自下而上的时代。

鲁迅的小品是"时代的鼓手""战斗的匕首"自不必说,而被责骂为躲进象牙塔中抒写悠闲小品的林语堂,其《祝土匪》《读书救国谬论一束》和《悼刘和珍杨德群女士》,同样揭露军阀政府的倒行逆施,抨击丑恶行径,高举反封建大旗,讴歌群众革命热情,怎么能说林语堂、周作人是"阴派"呢?

"一概无视时代之呼唤,节奏如何急促,如何响亮,都不能把他们从小楼里呼唤出来,从小楼窗户里,向外窥两眼呢",这显然是误读他们的了。

小品文也好,随笔也罢,看来都是代代血脉相传,穿上"散文"新衣,文脉至今依然繁荣昌盛,与生活与人生如影随形,片刻没分离、也没有离开过。

至于"戏剧小品",也只是一个符号而已,不管它是被"借鉴"去的,还是自己"溜去"的,都是小品文的台词和灵魂,是现代影视给文本带来的一种新的表现和阅读形式。如果真是出现个"戏剧小品年"的话,那真是"小品文"大走鸿运了,也是散文的无上荣光。

第七部分

派 论

第 45 章

论散文的流派

1. 关于文学流派

文学流派是指文学发展过程中，一定历史时期内出现的一批作家，由于审美观点一致和创作风格类似，自觉或不自觉地形成的文学集团和派别，通常是有一定数量和代表人物的作家群。由一个或几个核心作家，自觉或不自觉结成不同的文学集团和派别，每个文学集团和派别就是一个"流派"，每个流派的文学观点和创作风格基本一致，在写作风格、写作技巧上独有特色，得到了广大读者"一致认可"。

在文学发展到一定的成熟阶段、大量作家作品产生之后，同时在思想活跃、艺术自由比较充分的社会条件下，不同思想倾向和不同审美趣味的作家，通过在艺术上多方面的摸索探求，形成不同的风格，才会出现不同风格的相互区别或相互接近、相互影响或相互竞赛，从而促成不同文学流派的诞生。

而不同文学流派和艺术风格的自由发展和相互竞赛，又必然会加速文学艺术本身的推陈出新，促进文学艺术的繁荣。它是文学繁荣的重要标志之一。在文学处于初期发展阶段时，由于文学的创作方法还不成熟，艺术风格还比较单一，便谈不上形成文学流派。

有的流派在反映一定阶级的意识上并不明显，但却较清晰地反映出特定的审美理想和创作风格。由于文学的审美理想既有一定的阶级意识的烙印，又包含有民族共同性、时代共同性、人类共同性的因素，因而文学流派还往往表现出一定的相对独立性。

创作方法并不是各种流派区别的标志，采用同一创作方法的作家，由于社会观点和审美趣味的差别，或者在社会观点上基本一致，仅在审美趣味上有差别，也会在题材选择、主题提炼、语言风格和艺术表现手法上有所不同，从而形成不同的流派。

这种半自觉或不自觉的集合体，或者是因某一个作家的独特风格，吸引了一批模仿者和追随者，逐渐形成了一个有特定核心和共同风格的派别；或者仅仅是由于一定时期内的一些作家创作内容和表现方法相近、作品风格类似而被后人从实践和理论上加以总结，冠以一定的流派名称。

他们有明确的文学主张和组织形式，是一种"自觉的集合体"，其政治倾向、美学观点和艺术趣味相同或相近，具有明确的派别性，有一定的组织和结社名称，有共同的文学纲领，公开发表自己的文学主张。

2. "散文流派"探源

散文流派与政治团体不同，政治团体可以先有"主义"，后有目标，但散文流派需在一个目标、众人努力之下，在读者认同的情况下，树起令人信服的"旗帜"。

他们散文的创作实践，形成了共同的鲜明特色，有组织、有纲领、有创作实践的作家集合体，这才有严格意义上的文学流派，才是自觉的"散文流派"。

散文流派的形成比较复杂，比如某一个时期，由于一批散文作家的阅历相近、文学观点相同，创作出了许多相同风格的作品后，就有人开始总结，开始概括，总结出"共同"的作品特色，提出其"流派"观点，就自觉不自觉地形成了散文"一派"。

散文流派历来众多，数不胜数，比如八大骈文家、香山九老、唐宋派、竟陵派、桐城派、阳湖派、性灵派、湘乡派、公安派、伤痕派、反思派、寻根派、新感觉派、新思潮派……他们之所以形成"派"，主要是因为其审美观点相同，创作风格类似，他们独树一帜，并有一个领军人物和一批写作理念相同的"作者群"。

前些年也有一些在没有成熟理念和作品情况下，打着"流派"的旗号，提出这样的口号、那样的观点，甚至有人像《沙家浜》里的"胡司令"，硬扯一个旗号，强拉七八条"枪"，找上几名"吹鼓手"，"鼓"出了一个"门"，"吹"出了一个"派"。所以，就散文创作而言，只有有了令人信服的作品之后，再谈什么主义、什么流派才合时宜。

3. 散文流派审美

流派有从题材区分的，比如"哲学派"散文，怀着一种对生命的敬畏之感，以古老的哲学思想为终极命题，用活泼的文风、鲜活的生活场景，把哲学的历史性、文章的抽象性，与生命的常态性、生活的应用性融合在一起，在生命的悲欢离合中，探究人生的真谛。

他们把生活中遇到的人，听到的话，碰到的事情，观察到的现象，用感性的语言、形象的思维、诗化的文笔，进行收集和整理，把情感升华到哲学的高度，哲学融入情感世界之中，把深奥的哲学思想以文学散文的形式阐释出来，从而脱离了哲学家和散文家的界限，开创了"平民化"的哲学散文流派。

哲学派以学识、才情为基础，以美学为手段，怀着深厚的人文情怀，从文化视觉的角度入手，把科研的理性与诗意的激情、智性的思考、文化的关怀、文学创作的"情理"结合起来，表现出对社会、文化、人生深刻的思考和领悟。

流派有从风格上区分的，比如"原生派"散文，他们在反对文化过滤和意识形态选择的基础上，提出了贴近生活、原汁原味地反映生活的新观点；它积极探索写作手法的多样化，来反映各色人等的思想与情感。用一种"还俗"的写作方式，歪曲价值取向，这就像是一名高级演员的"无距离的表演"一样，尽管他文章中的思想、情感颠簸而震荡，但表演终归是"表演"，而非"原生态"的生活。

比如"情理派"散文，它们融合情趣、智慧和学问，寄情山水，拷问历史，寄情于人文，反思文化，凝重博远，精深厚朴，对历史、对文化、对社会进行重新的"文化"认识，从而给读者耳目一新的感觉。他们的学问、修养、文化观，心灵深处的良知、精神、责任和使命、人文关怀和文化反省，都表现出作品的"集体的共同特征"和价值取向，从而自成一派。

比如"公安派"，它是明代后期出现的一个文学流派，他们反对抄袭，主张通变，公安派反对前七子和后七子的拟古风气，主张"独抒性灵，不拘格套"，发前人之所未发。其创作成就主要在散文方面，清新活泼，自然率真，但多局限于抒写闲情逸致。

流派有从区域划分的，比如"京派散文"，它是三十年代前后，新文学中心南移上海后继续留在北京活动的一个自由主义作家群的独特文学流派，主要成员有周作人、废名、沈从文、汪曾祺、李健吾、朱光潜等。之所以称之为"京派"，是因为其作者在当时的京津两地进行文学活动。其作品较多在京津刊物上发表，其艺术风格在本质上较为一致。

"京派散文"的基本特征是关注人生，但和政治斗争保持距离，强调艺术的独特品格。他们的思想是讲求"纯正的文学趣味"所体现出的文学本体观，以"和谐""节制""恰当"为基本原则的审美意识。

"湘西散文"以沈从文为代表，以描绘湘西的系列散文"湘西散记"为代表，他以沅江为轴心，以自己的见闻为线索，状写湘西的历史地理、人物风情、社会状态和百姓人生，采用以情入情的手法，糅合诗的语言和小说的情节艺术，叙述和评论湘西的历史现状、山川独特风貌，结构宏大，整散有致。

湘西散文以还乡为"线"，以小船停泊处为"点"，点线相连，徐徐展开了湘西的风情画，并以地理位置为迁移，将常德、沅陵直至湘西腹地连在一起，构成壮美的湘西人文风情和历史画卷。其文语言简洁而澄明，典雅与世俗并存，繁富与朴素同在，几乎无一笔空疏，言简而义丰。

4. 三峡散文流派

当散文又一次以惊涛巨浪之声，越过文坛漫长海岸线，成席卷之势，受宠新时期文坛之时，"三峡散文"也随着举世瞩目三峡工程的兴建，而迅速成为文坛上一座恢宏的"散文大坝"，以作品数量之众、名篇数量之优，盖过了国内所有乡土和工程题材创作，形成了知名度较高的"三峡方阵"。三峡散文现作为一种灿烂的文学现象，拥有鲜明的题材、旗帜和作家群，蔚为壮观，受到广泛的瞩目。

三峡散文"借坝生势"，有批评家率先将岭南散文、福建散文、京派散文、湘西散文、海派（上海）、江派（江苏）及承德山庄散文和汕头散文并称为散文界"八大庄园"。它"系乎时序"地亮出旗帜，专注"三峡"主题讴歌，坝记、游记、移民，叙述三峡百万大移民"征尘"，倾听三峡工地隆隆机声，描绘三峡景色壮美，蜀道三千，峡路一线。全国名家纷至沓来，本土作家更是占天时地利，击鼓而歌，汇成了一曲讴歌三峡的世纪"大合唱"。

庄子云，"得至美而游乎至乐，谓之至人"，历代文人无论是得意还是落泊，他们皆向往"至美"，而成为"至人"。古代先哲们，他们一叶扁舟，草履一双，旷达于江面"一咏一觞"的自在，纵情于猿声哀啼的峡谷，得山水至乐，日夕而归。

从屈原《橘颂》、宋玉《高唐赋》至郦道元《江水·三峡》（《水经注》），历代文人巨擘，或宦游三峡，或迁谪巴楚，驾舟出游，叩舷而歌，饱餐风月，回舟返棹，归卧松窗，出则鱼弋山水，入则言咏属文，游踪墨痕皆成章，无数璀璨的浩浩名篇，构成了至美三峡繁富的历史文化宝库。

雄伟壮丽的三峡工程，横江大坝的崛起，作家们从四面八方云集于此，与三峡作"揖别游"，在"中堡岛"上向"世纪"说再见，他们眷恋，他们亢奋，他们高歌，边写边唱，把心中对三峡的热爱，化为一首首诗，一篇篇文章，激情澎湃，不舍昼夜。作家们刚从青藏高原一路挥洒走过来，还没来得及注入东海，此时他们又迫不及待地向三峡飞奔而来，与三峡"偕游"同行，驾万里长江"悬腕而歌"。

一卷卷历代卷帙浩繁的作品，一篇篇俯拾皆是的新辞华章，不同历史时期，有着不同的代表作家和作品，他们个个文名昭彰，成就了一代文风。屈原"刮垢磨光"三峡地区祀神乐曲，成就了《橘颂》的大纛华章；宋玉"梦游高唐""巫山云雨"，用《高唐赋》《神女赋》大胆地描写了"神人同欢"的爱情故事；郦道元《水经注》全书四十卷就有三十四卷详尽描写了三峡雄奇壮美的山水风景和历史地理，其中《三峡》《夷水》之篇,可谓是古代山水文的滥觞之作,它融三峡神话、历史、民歌、山水景物于一体,成为三峡散文的"开山之祖",也是"三峡流派"之源。

历代叙写三峡的巨擘名家大致有:王粲登当阳麦城楼,所作《登楼赋》;诸葛亮率师入蜀途中,作《黄牛庙记》;袁崧遍游郡中山水,作《西陵峡》;白居易与白行简、元稹同游,作《三游洞序》;欧阳修任夷陵县令时,作《峡州至喜亭记》;苏轼谒秭归屈原庙时,作《屈原庙赋》;苏辙同父苏洵、兄苏轼东下三峡,作《巫山赋》;黄庭坚被贬为涪州别驾时,记游《黔南道中行》;陆游授夔州通判时,旅记《入蜀记》;范成大从成都出发,经岷江、沿长江返回吴县时,作《吴船录》;林俊历官四川巡抚时,游写《三峡洞记》,袁中道、刘大櫆、林俊、白居易,都同作《三游洞记》,部分手迹墨迹,至今仍铭留在洞壁石碑之上。

一代文宗欧阳修,他一生创作了五百多篇散文,而记游三峡的散文,就有五十多篇。贾谊、刘禹锡、宋璟、王十朋、张尚儒、刘大櫆、袁中道,他们都以赋为文,典丽裔皇,深刻物象,寄情咏志,以万管玲珑之笔,状三峡峰壑亭台,叙蜀道山水无限风光,"落泊"时,三峡是他们最好的"精神家园",得意时,三峡是他们放飞心灵的"神游之地"。

现代三峡散文,一脱记游的窠臼,使狭小的"小三峡",具有了鲜明时代性,产生了大批力作。这时期的代表作家作品有刘白羽《长江三日》、萧乾《初冬过三峡》、徐迟《三峡记》、方纪《三峡之秋》,曹禺、叶君健、骆文、阿英、碧野、郭风、峻青、康濯、菡子、冯英子、王蒙、玛拉沁夫、袁鹰、刘真、石英、李黎、赵丽宏、徐刚、齐克、李华章、吕红文、王维洲等,他们对三峡这块神奇土地,充满了诚挚向往,无论是旅游考察,谒屈原,思昭君,或顺道而游,即便是峡中小住,他们都把澎湃的胸膛,紧贴在三峡这块丰沃的土地上,聆听三峡脉搏跳动,他们用绚丽的文采,去抒写三峡的华章。我做了一个简单的统计,仅《三峡文学》期刊,近十年来,刊发三峡题材文章三百余篇,可见繁荣之一斑。

三峡工程的兴建,迎来了三峡散文的黄金季。或叙写葛洲坝水利枢纽工程、三峡水利枢纽工程、百万大移民,或讲述大桥飞架、移民新村的感人故事，都是当下最炽热的创作题材和板块，受到最广泛的瞩目。1995年《散文选刊》《三峡晚报》《三峡文学》联合举办"全国三峡散文"大赛，收到应征作品一千三百八十篇，其中游记作品七百四十件，移民题材一百一十二篇，工地写实四百二十八篇，其他题材一百篇。我参与主编的《三峡赋》一书，共收录二百余篇，刊发一百三十四篇，真是不得不令人称奇。

知名作家李华章作品有《告别三峡之旅》《三峡游览志》《长江三峡》《桃花鱼赋》《三峡文库》等，吕红文有《三峡旅伴》《三峡风情》《家住长江边》《三峡鉴赏志》系列三峡风光、民俗风情散文集，齐克有《金色的长江》《春满长江》《大江源记》《三峡画廊》，还有易继魁、张百三、文猛、晓喻、黄世堂、肖雄文、王健强、郑文燮、甘茂华……他们都不是"匆匆一游"的过客，而是生于斯长于斯，把生命融进三峡每寸土地，用心汁讴歌的地道三峡人。汪昌鼎《三斗坪，一支多年想唱的歌》、杨闻宇《三峡别辞》、梅洁《河魂》、张立先《古老三峡》、王文媛《让出家园》、代薇《告别三峡》、兰文藻《三峡工程三峡石》都是这个时期值得关注的作家作品。

再说说"流派"，三峡散文是否"入流"的问题。臧克家《论流派》中说，"茫茫九派流中国，流派何只九个"。流派可以题材分，如边塞派；可方法论分，如浪漫主义派；可审美形式分，如"西昆体"。本文所指"三峡散文流派"，主要以题材划分界定，旁及文体形式（如游记），以源探流，从而"引峡入流"。

历代的作家们深一脚浅一脚地，在古栈道和猿猴的啼唤声里，在峡江激流的拍岸声里，在悠长峡谷的船笛声里，在推土机隆隆掘进的速度里，在工棚袅袅生起的炊烟里，他们以一种难解难分的情结，汇成"三峡流派"的长江大海，他们"拍岸惊奇"，让歌声和诵诗声在峡谷绵延千年不绝，留下了无数璀璨的瑰丽篇章。

我并不是说"三峡散文"已经是一个成熟流派，相反，它刚"破蛹而出"，沐浴时代春风，日臻走向成熟。本文所叙述的，只是对三峡历史的回眸一望，绽放花蕾的枝头，往往比熟透更迷人，我坚信，三峡散文必将成为中国散文界一支阵容庞大的劲旅。

第46章
论文化散文

1. 文化与文化散文

我们对文化一词并不陌生,在每一次重大的历史转折和社会变革关头,人们总是会对"文化"产生浓烈的兴趣。中国从近代到现代变革的重要标志,就是"五四"新文化运动。八十年代中期人们对文化的重新关注,也预示了一场深刻的社会变革已进入实质阶段。那么,我们经常挂在嘴边的"文化",其含义到底是什么呢?

文化一词,古已有之。《周易》"贲"卦《象传》曰:"观乎人文,以化成天下。""文化"盖源乎此,乃"文治教化"之义,与我们通常意义上说的文化不相干。

我们说的"文化"是舶来品,是西方学者十九世纪下半叶提出的一个概念,关于它的定义有一百多种。但有一点是大家公认的,即文化是人类社会实践过程中,创造物质财富和精神产品的总和,以及活动方式本身的价值体现。

文化有三大特点,即地域性、民族性和时代性。由此我们可以把文化分为三个方面:物质文化、精神文化和方式文化。这是广义的文化,狭义的文化则专指精神文化,即思想、宗教、道德、科技、艺术、文学、制度等精神产品。

散文也是一种文化,精神文化。从这个意义上讲,所有的散文都是"文化散文"。而我们这里所说的文化散文,则有它特定的内涵,即专指取宏观文化视角,具有明确文化意义的作品。它主要关注那些富有文化意蕴的载体,比如婚丧嫁娶和各种祭祀神的仪式,把玩古董,研究人们吃穿住行的方式。

不仅如此,它敏锐的触觉有力地刺穿传统文化的角化层(古老的风俗、传统的生活方式等),直接深入到生活的核心,从不断复现和再生的观世态度中,把握民族特殊心态,以及种种"象征物"(文化原型),取文化的视角,对人的"创造物"(包括人自身)作宏观的静态观照,从而区别于"微观"及"动态"的传统抒情散文。

文化散文的叙述者高高在上,在描写的文化现象之外,指点江山激扬文字;传统抒情文则讲究"物我两忘""情景交融"。文化散文以"隔"求"陌生化效应",让读者对原本习以为常的现象,作文化的反思和自省,从而获得社会人生的"新观照"。

传统抒情文则以"不隔",求"物我两忘"的审美效果,把读者诱入规定的情境之中,受情感"炼狱之火",以期获得心灵净化和美的陶冶。

文化散文是一个新品种。它诞生于"五四"新文化运动之中,在新时期得到继承。遗憾的是,新时期的文化散文,只是刚有"复萌"之势,距"五四"文化的高度,还有相当的距离。

2. 文化散文的诞生与发展

关于散文兴衰与文化的关系,周作人有一个著名的论断,认为散文是"文学发达的极致,他的兴盛必须在王纲解纽的时代"。

他从"载道"和"言志"的角度解释道:"在朝廷强盛,政教统一的时代,载道主义占一定势力,文学大盛,即所谓'大的高都是正的',可是'差不多总是一堆垃圾,读之昏昏欲睡'的东西,一直到了颓废时代,而正统家则大叹其人心不古,可是我们觉得有许多新思想和好文章,都在这个时代发生。"(《中国新文学大系·散文导言》)

从文化人类学的角度看,"道"就是"集团的"传统文化,"志"则是"个人性情",是个人对传统文化的态度。二者的关系是辩证的:当个人的人生观完全认同传统,"志"即是"道";当个人的人生观吸收了新的文化因素,与传统发生矛盾,"志"则表现为"叛道"。所谓"言他人之志即是载道,载自己的道亦是言志"是也。

如果我们把散文作为"载道"的工具,它的发达必在"志道合一"的时代,即"朝廷强盛,政教统一的时代",如果我们把散文视为"言志"的产物,它的发达则必在个性鲜明,即新旧文化冲突激烈、"王纲解纽"的时代。"载道散文"沦为传统文化的有机部分,"言志散文"才能对传统文化进行审视,才有可能选择文化批判的视角。

从本质上讲,任何一个时代变革都是文化的变革,是一种新文化对传统文化的取代,"五四"时期,由于封建传统文化的穷途末路和外来文化强有力的冲击,正是一个新与旧、中与西斗争激烈的时期。新文化运动的爆发就属于历史的必然,"文化散文"的诞生,也就源于它内在的机制而勃兴。

同是出于建设一种新文化的努力,现代散文对传统文化,却取两种相反的态度:一种从现实的功利目的出发,重在批判传统文化腐败,讲究的是"不破不立",此以鲁迅为代表。而对传统文化的反省过程中,作品普遍对"属于人类智慧和气质结晶"和具有"普遍人类性"和"超时代性"的财富,持认同审美态度,此以周作人为代表。

3. 关于鲁迅的文化批判

新文化运动的浪潮,固然给文化散文的诞生创造了良好土壤和气候,但没有鲁迅、周作人、沈从文、梁实秋、俞平伯这些学贯中西散文大师的辛勤开拓,它也不会以如此鲜明的美学特征而迅速成长,成为散文百花园中清雅脱俗的一枝奇葩。

尤其是鲁迅,这位新文化运动的旗手和主将,为建设科学、民主的新文化,而不遗余力地抨击"吃人"的封建文化,是他作品的自觉追求和基调。

在这个意义上,鲁迅散文(包括杂文)具有本质上的文化批判特色。郁达夫说,"鲁迅的文体简练得像一把匕首,能以寸铁杀人,一刀见血。重要之点,抓住了之后,只消三言两语,就可把主题道破,这是鲁迅作文的秘诀"。

由于历史风云变幻和现实变革的迫切要求,"五四"新文化运动之初确立的"文化潜移"方针,为"文化导引"应急手段所偷换,以鲁迅为代表的进步文学,反而充当了"遵命文学"角色,把推动"社会制度的革命"放在了首位,而无暇"触及灵魂",被迫把文化心理素质的改造,放在了社会革命之后。

所以,鲁迅的文化批判多取社会及历史的视角,而少冷静的文化分析。即使是描写故乡民俗,也不忘抨击国民的"劣根性",如《无常》和《女吊》。尽管如此,他的文化批判精神,对后来者的启示,仍是功不可没,具有划时代意义的。

4. 关于周作人的"文化反思"

尽管人们鄙薄周作人的"做人",但我们也不能抹杀他在现代文化革命中,对散文的筚路蓝缕之功,他在散文古河中注入的新流——由"闲适散文"的小溪,涨潮成"文化散文"的大江;一支在大陆成为"内陆河",一支在台湾成为支流,虽然他一度被"没入沙漠",终在八十年代中期,滋润出一片新的绿洲,对他进行重新审视和评价,从而还原了他本真的面目。

周作人的散文之雅,要归功于他作品中弥漫着的浓郁文化气息。一株白杨,经过文化的浸润,挺拔在古诗十九首里,"白杨何萧萧,松柏夹广路";摇曳在古风民俗里,"古人墓树多植梧楸,南人多种松柏,北人多种白杨。白杨即青杨也,其树皮白如梧桐,叶似冬青,微风击之则淅沥有声,故古诗云,白杨多悲风,萧萧愁杀人"(谢在杭著《五杂俎》)。

我现列举出了周作人《两株树》中的一株(另一株是乌桕),就可以看出周作人对"草木鱼虫"的偏爱,和他对文化沉淀的深究。

"惠开为少府,不得志,寺内斋前花草甚美,悉铲除,别植白杨"(《南史·萧惠开传》);"龙朔中,司稼少卿梁修仁新作大明宫,植白杨于庭,示何力曰,此木易成,不数年可庇。何力不答,但诵白杨多悲风,萧萧愁杀人之句,修仁惊悟,更植以桐"(《新唐书·契苾何力传》),他散文里的"历史掌故",使很多人难以望其项背。

与鲁迅不同，周作人对传统文化是持认同审美态度的。他总是喜欢选择那些富有文化意味的素材，在深厚的文化背景中，从文化史的层次上进行洞察和观照，像《故乡的野菜》《喝茶》《鸟声》《日记与尺牍》，皆莫不如此。

他的这份雅趣，虽有士大夫的闲适，更有大学者的睿智。可以说，是古老的中华文明，"造就"了文化的周作人。

5. 关于沈从文的"湘西散文"

人类在求生存的过程中创造了文化。文化在历史的长河中沉积，发生"角质化"，从而形成"民风民俗"。因此，以描写民风民俗为特征的"乡土散文"，总是具有一种特别敏感的文化神经。一旦"乡土散文"的文化神经触及了文化史的层次，"乡土散文"就成了文化散文中"最靓"的一支。

沈从文是现代"乡土散文"作家的杰出代表。他以描写湘西风情而闻名于世。他的《湘行散记》和《湘西》，是乡土文化散文的典范之作。

如果说，他的早期散文还留连于对故乡"田园风光"的诗化和美化，对旧事的怀念和体味的话，那么到了《湘行散记》，沈从文对故乡"乡土文化"的思考，已从怀旧伤感的乡恋中清醒过来，开始了对"故乡的人"的叙写，就达到了一种新的文化高度。

他在《箱子岩》里这样写道，"这些人的生活，仿佛同'自然'已相融合，很从容地在日月升降寒暑交替中，尽显他们的生命之理""他们放弃'明天'的'惶恐'，对自然和平的态度，重新来一股劲儿，用划龙船的精神，坚强地活下去"。

他作品中的"思考"，已触及以自然经济为基础的传统农业的文化本质，刻画出了"这些人""清静无为"的麻木心态。

正是基于这样的思考，沈从文开始了他"湘西文化"的研究和状写。他的作品从认识"现实的湘西"开始，就一直走在"改变现在的湘西，建设未来湘西"的路上了。

他在《〈湘西〉题记》中，明确地表达了他的主张，"未来湘西的重要，显而易见。然而这种'未来'是与'过去'和'当前'不可分的，我们是不是还应该多知道一点点？还值得多知道一点点？因为一种比较客观的记载，纵简略而多缺点，依然无害于事，它多多少少可以帮助人们，对于现在湘西的认识"。

沈从文的创作历程启示我们，文化散文不是对奇风异俗，甚或怪风陋俗的追新猎奇，而是通过对乡土文化的切实研究，达到认识乡土的目的，并且通过对乡土的历史和现状考察，指出一条"未来湘西"之路。

文化散文是一支指向未来的利箭，以"当前"为弓，"过去"为弦，向"过去"回溯得越深，张力就越大，对"未来"的穿透力就越强。

6. 关于梁实秋的《雅舍小品》

在现代散文史上，梁实秋是一位后起之秀。他以诗歌步入文坛，四十年代才奇迹般以散文名世。1940年，他应刘英士之邀，开始以"子佳"为笔名，在《星期评论》陆续发表《雅舍小品》。此书一出，文坛震惊，屡版不衰，至今已发行五十余版，创中国现代散文发行的最高纪录。

1960年，时昭瀛先生将此书译成英文，使其影响遍及北美和东南亚。梁先生到台湾后，笔耕不辍，以《雅舍小品》的"续集""三集""四集"和"合集"、《雅舍谈吃》、《梁实秋札记》等力作奠定了他在中国现当代散文史上不可动摇的独特地位。

他沿着周作人闲适主义路线继续开拓，在写法上亦古亦今，亦中亦西，融中西古今于一炉，拉杂写来却不显枝蔓，他笃信的艺术信条是简洁，在情感控制上，他追求外冷内热，外枯中膏，入水不濡，入火不热的境界。

不仅如此，他还克服了闲适主义的弱点，比周作人、林语堂在阐发思想方面更加深刻，在刻画人性方面更有深度，在感受社会底层方面更加敏锐，在提高艺术品位方面更加简洁，比他们都"略胜一筹"，成为无可争议的"一代宗师"。

他的作品，骨子里不存在消极颓废的"避世情调"，他的幽默也不存在"玩世不恭"的油滑。相反,梁实秋充满哲思的人生思辨和处世待物的智慧,具有"警世、通世、醒世"的多重意义。

因此,我们对周、林两人的批评,很难套用到梁实秋头上。换句话说,梁实秋在克服和修正了闲适主义路线的毛病之后,把散文推进到了一个新的阶段,树起了一座新的丰碑。

可以这么说,梁实秋的成功,就是"文化散文"的成功,《雅舍小品》的生命力,证明了文化散文的巨大韧性。

梁实秋是典型的"抽象人性论"者,在强寇压境、国难当头的四十年代,仍然紧持"五四"精神的"潜移默化"宗旨,反对以功利看待文学,他形象譬喻说,人在情急时固然可以抄起菜刀杀人,但杀人毕竟不是菜刀的使命。在抗战时期,文人借用文艺这把"菜刀"去救国,目标虽属正统,终究也是"权宜之计"。

他认为文学应当表现普遍的、永久的人性,在当时的历史条件下,这种主张无疑是"不合时宜"的。但历史常常作弄人,当年的"抗战八股"已随战火的硝烟,消散得无影无踪,而《雅舍小品》却重印五十余版,这不是很耐人寻味吗?

对"普遍的""永久的"人的认知,决定了梁实秋散文的文化视角。他把传统文化及其在现实社会中的表象,放在传统的大文化背景中、辨伪存真,以"警世、通世、醒世"为己任,从而决定了《雅舍小品》的高度,这与他深厚的学识修养和敏锐的洞察力是分不开的。

《雅舍小品》多取类型,剖析传统文化的惰性和劣根性,以期重建"极文明"的新文化,它有一个基本的主题,就是一幅"百丑图"。韩国汉学家许世旭教授就曾说,梁实秋先生是以极高的文化修养和"极文明"的心态,来写人世间"极文明"的事,是一位罕见的"文学大师"。

比如《结婚典礼》:"婚姻大事,不可潦草,单凭父母之命媒妁之言,就把一对男女捏合起来,这不叫潦草;凡因一时冲动,而遂盲目的订下偕老之约,这也不叫潦草;唯有不请亲戚朋友街坊四邻来胡吃乱叫,或不当众提出结婚人来验明正身,则谓之曰潦草,又名不隆重"(旁白:"我们能否有一种简便的节俭的合理的愉快的结婚仪式呢?这件事需要未婚者来细想一下,已婚者就不必多费心了")。

比如《穷》:"穷一经酸化,便不复是怕见人的东西。别看我衣履不整,我本来不以衣履见长,人和衣服架子本来是应该有分别的。别看我囊中羞涩,我有所不取;别看我落魄无聊,我有所不为,这样一想,一股浩然之气火辣辣地从丹田升起,腰板自然挺直,胸膛自然凸出,悲哀啸傲,无往不宜。"

梁先生的文化小品,超越了庸俗社会学的急功近利,达到了"普遍人性"的深度。就是今天我们读《雅舍小品》,也疑心他是在调侃我们。钱钟书先生有云,"诗之情韵气派须厚实,如刀之有背也,而思理语意必须锐易,如刀之有锋也,锋不利,则不能入物;背不厚,则其入物也不深也"。

梁先生既经传统文化之熏陶,复受西方文明之洗礼,"刀背"既厚,"刀锋"又锐,既有"局内人"要求变革的觉悟和热情,又有"局外人"的冷静和清醒,自能识得"庐山真面目",出语幽默,足见传统文化和"普遍人性"之深刻。

7. 新时期文化散文的复兴

由于封建文化在"文化大革命"期间的全面复辟,"五四"文化散文的传统断裂。文化散文在本质上是"言志派",而封建文化需要的是"载道"。封建文化的复辟是以个性泯灭为基础的。历史进入八十年代,随着政治上的拨乱反正、经济上的改革开放,人的主体性和文学主体性重新受到重视,"五四"文化精神才得以继承和发扬。

相对小说和电影而言,文化散文可算姗姗来迟,一直到1990年,散文界才出现"文化散文"提法。佘树森在《九零散文琐谈》中用了"文化散文"这一概念,以文化之视角,伴历史之反思,故称文化散文。

由于这种观照多以非凡机智,集中透视矛盾诸相,故行文常含幽默;还由于作者故作"超脱"与"旷达",所以常有苦涩掩藏于闲适中,这大概是最早对"文化散文"的理论描述。

文化散文的复兴,不仅要有良好的文化环境,还要求作者有"极高文化素养,和极文明的心态"。文化散文是品位极高的"雅散文"。

因此，新时期散文能贯以"文化"二字者不多，至于像梁实秋这样的文化散文大家，就更屈指可数了。

首先是关于贾平凹和梁实秋。贾平凹是其中的一位。他的散文成就虽不如小说，却也是新时期文学不能忽视的。在浩浩荡荡的"文化寻根"大军中，贾平凹一亮相，就引起了文坛注意。

《商州初录》和《商州又录》，一开始就将注意力指向具有古老文化传统、世世代代处于平静封闭自给自足的农业经济圈（陕南商洛），指向这里人们赖以生存的古老生产方式、生活方式、观念意识、风俗习惯，敏锐地展现他热爱的田园风光故土，商洛地区的"文化板结"和历史惰性。

正如马克思在《不列颠的统治》中指出的，"尽管从纯粹人的感情上着眼，看见这无数勤劳的宗法制，和社会组织陷于崩溃和破坏的情景，该令人感到多么凄惨。尽管目睹它们被投入苦海，而其每一个成员丧失自己古老文明形式，和祖传生存的来源时，该是令人多么伤心"；"但我们终究不应该忘记，这些田园风光的农村公社，不管初看起来怎样和善，却始终一直是专制制度的牢固基础；它们把人的头脑局限在最狭窄的范围内，使其成为驯服的迷信工具；使其备受传统规则拘束，使其失去任何伟大精神，失去任何历史首创作用"。

《商州初录》和《商州又录》具有鲜明的"地域文化"色彩，针对"人"的时代，给我们提出"我们是谁？从哪里来？到哪里去？"的存在主义哲学命题，把"人"还原到生存背景中去，把舞台布景的"文化"，推到生活的前台。

贾平凹后来的散文，则超越了"商州"，超越了"文化→人"，或"人→文化"的因果律，把"文化"和"人"同视为主体对象，以漫画手法表现"文化和人"的主题，为"文化人"画像。他的《弈人》《人病》《笑口常开》《名人》《闲人》《生活一种》等，都是针砭痼疾时弊，描摹世俗百态的"文化散文"的代表之作。

我们把贾平凹作品与梁实秋作品对照起来读，就觉得很有意思，梁实秋有《男人》《女人》，贾平凹有《名人》《闲人》；梁实秋有《下棋》，贾平凹有《弈人》；梁实秋有《病》，贾平凹有《人病》……他们都行文幽默，化俗为雅，融苦涩于闲适，以《下棋》和《弈人》为例：

《下棋》：君子无所争，下棋却是要争的，这时节你行有余力，便可点起一支烟，或啜一碗茶，静静地欣赏对方的苦闷的象征，观者不语是一种痛苦，喉间硬是痒得出奇，思着一吐为快。

《弈人》：中国号称礼仪之邦，人们做什么事都谦谦让让，你说他好，他偏说"不行"，但偏有两处撕去虚伪，露出真相，一是喝酒……另外就是下棋，胜时便不一下子置死，故意玩弄，行猫对鼠的伎俩。围观的一律伸长脖子双目圆睁、嘶声叫嚷着自己的见解……弈者仰头看看，看见的都是长脖颈上的大喉结，没有不上下活动的，大小红嘴白牙，皆在开合。

贾平凹是不是抄袭？非也。虽然相同的题材，相同的细节，却是两种不同的风格，梁实秋行文简古，他说"散文的美妙多端，就是'简单'二字"，而贾平凹在《关于散文的通信》里则说，所谓的技巧就是大技巧，是对进入了大境界作家而言的。

对于我们，技巧是必需的，因为我们还没有达到运用文字随心所欲的地步，这如气功界所说的修炼，大气功师在修，小气功师在炼，我们还得老实去炼。贾平凹行文深刻，这得力于时代进步。他的世界观比梁实秋先进。

梁实秋是抽象人性论者，他认为象棋之盛，是"因为它颇合于人们好斗的本能"，这是一种"斗智不斗力"的游戏，弈虽小术，亦可观人。

他打比方说，如果有个慢性的人，见对方走当头炮，便左思右想，不知是跳左边马好，还是跳右边马好，想了半个钟头也迟迟不决，急得对方拱手认输。这样慢性的人，每一着都要考虑，而且是加慢的考虑，我常想这种人如果加入龟兔竞赛，也必定可以获胜。

贾平凹则是以棋观世，"大凡大小领导，在本单位棋艺均高""中国象棋代代不衰，恐怕是中国人太爱政治的缘故"，于善意嘲讽中更中时弊。无论是贾平凹对商州的痛定思痛，还是梁实秋的百丑图，他们实际都少了一些诗意，多了新旧文化的冲突和矛盾，但他们的理想追求，却是高度一致的。

其次是关于作家的文化功底问题。

当下"文化炽热",为何文化散文"姗姗来迟"?"五四"运动是中国人民近百年来,寻求富国强民之路斗争的总爆发,发动新文化运动的"五四"青年,是沿着几代人探索遗迹走来的,他们的"觉醒"是先驱者启发下的良知和理性的释放,当他们在全新文化热情的驱使下,拿起笔来直抒胸臆,一吐为快,就形成了"觉醒的潮流","五四"散文的成功,则理所当然居于小说之上了。

"五四"新文化运动的闯将,大都是学贯中西的学者和教授,而新时期作家则不同,由于"文化大革命"影响,他们有丰富的人生阅历,但知识积累却严重不足(特别是青年作家),他们只能通过自己的亲身感受,靠自己的才情和敏感来捕捉现实社会中新旧文化的冲突。

"五四"作家是"以清醒的理性认识观照世事",而新时期作家则只能从自己切身感受叙写人生,而当他们的生活积累一旦被掏空,必然会难以为继,名噪一时的"阿城引退",就很能说明问题。也就是说,做文化散文的写作,是必须有相当功底的。

张承志致力于西北文化研究、阿城擅长古代哲学和美学,韩少功专注苗族历史文献,李杭育成就于对江浙民间文艺的发掘,他们各自成功的经验表明,作家既要有学识的修养,也要有对人生"洞若观火"的深刻,化严峻为幽默,融苦涩于闲适,兼具以雅化俗的功力。

我认为,文化散文复兴之所以"姗姗来迟",症结在于当下的散文家们还缺乏"那份修养"。

时下有些文化散文,虽然从文化视角切入社会,流于对奇风异俗的炫耀和对文化表征的直觉表达,状写"乡思""乡愁""乡恋""乡情""怀旧",对不复存在或即将消失的昔日田园表现出执着的怀恋,对昔日自然生态和人际关系表现出怨世的不平,在对文化的批判和扬弃中表现出肤浅的文体体验,停留于文化的表层,作品也不具备应有的文化风度。

这其实是由于作家悟性不够、"刀锋"不利、"刀背"不厚、修养缺乏造成的,这类作品应该叫"亚文化"散文,入不得"正宗"。

"故乡"不仅是生存之所在,也是精神的寄托所在,一代又一代的人生活在"这一片土地"上，其文化是深入骨髓的，作家们必须具有足够的知识积累，超越自身的农业文化心态，才能纠正对"故乡"的过分依恋和盲目认同，发掘其文化合理内核，寻求他们内在精神原动力。

文化散文应当"善作善为"，正如汪曾祺《闲话散文》中说的，"只有他们对习俗饮食、草木鱼虫的兴趣提高了，才能提高他们对语言文体的兴趣，达到提高他们文化素养的目的"。

也就是说，文化散文骨子里如果不是"人情种种，世俗百态"的"大众消费"，实际上是有悖"散文初心"的。如果一味热衷贴"文化标签"，效果可能适得其反，有碍文化散文的繁荣和发展。

第 47 章

论哲理散文

如果说散文是一枚青果，果肉是表象，果汁是情感，那么哲理，就是那坚硬的核。哲理散文和抒情式不同，往往是在反复咀嚼之后，才细品出来的味，觉得口齿留香，耐人回味，最后觉出"深刻"的东西。

散文抒写的情感絮语，风土人情，大多是"果肉果汁"，吃了品了也就享受了，但哲理散文给读者的却"不止于此"，它往往篇章里隐藏着人生感悟，得到或失去的，犹豫和坚决的，欣喜和痛苦的，那些深刻的经验，使人警醒的启迪，"原来如此"的顿悟，都如一颗颗"耐以咀嚼的核"，体现出哲理散文的妙处。

新时期哲理散文以全新审美体验，进入当下视野，应该是从贾平凹《丑石》为开端，继有余秋雨《文化苦旅》、金马《蝼蚁壮歌》《针尖上的天使》、赵丽宏《敲门》一批作品"鱼贯而入"的，从而使"哲理散文"作为一个散文类别，备受广泛瞩目。

1. 哲理散文的萌芽

新时期散文思潮经历了三个阶段，即从"解放"初的兴奋，到困惑中的浮躁，到冷静后的思索。"思索"是九十年代的主旋律，"哲理化"是顺应时代的内在要求，是对"全盘吸收"的自我纠偏，是坚守文化底线的绝地反击。

全盘西化带来价值观的混乱，信仰被金钱取代，文学随着社会无序的状态，带来沉渣泛起和信仰缺失。庸俗作品大行其道。在这个"生死存亡"的关键时刻，有良知的作家提出"一部好的作品，给我们的时代带来什么"的诘问，并广泛寻求社会的答案。

《文艺报》"文学应给大众带来什么"的专题讨论，就像当年"真理标准"讨论一样，唤醒了不少作家的良知，举起了"道义"的旗帜，开始对风花雪月、思想颓废的堕落文风，进行史无前例的"口诛笔伐"，从而催生了哲理散文的萌芽，合乎情而又顺乎礼地把"哲理"作为导向和检测要求，推到了创作的最前沿。

哲理散文的"哲理"，不是单纯的严肃讲理，正统的说教，而是"寓理于事""寓思于情"，受感化于无痕，受教于娱乐之中，强调哲理是从作品"溢"出来的，确立了"哲理散文"的创作者，首先是高屋建瓴的思想者，是具有前瞻性意识的谋划者，是有高尚情操的守望者的"三原则"。

2. 哲理与符号美学

符号美学认为，一篇作品就是一个扩充的句子，一个句子就是一篇"微型"作品，一个句子可以划分出若干句子成分，一篇作品再划分出若干基本结构单位，包含"功能层、行动层和叙述层"三个层次。

"功能单位"是作品最小成分和基本构成单位，是横向构成作品的"行动"，而"行动"又是创作的"系统"。这个"系统"通过"叙述"实现它的"合目的性"，就像一个句子或一篇作品都有自己"语法"结构一样，"哲理"是在叙述的过程中，无形之中表现出来的。

"哲理"是文本中潜藏的"思想符号"，它既是一种横向铺陈，同时也是一种纵向聚合，无论信息源多么丰富，人物形象多么丰满，语言多么华丽，但这些"附属物"，都是为"哲理"而存在的。

我们把这种功能单位横向组合称为哲理的"转喻关系"，把其纵向聚合称为哲理的"隐喻关系"，所谓作品的叙述，就是从隐喻的各系统中分别选择一项加以组合，从而在这种选择中，"暴露"作者的哲思和意图。

纵向结合是作家思想前行的"标志"，它是一种暗示，在"行动层或叙述层中"递进释放。在这里，功能的横向组合是作品的纬线，而纵向聚合则是作品之"经"，散文的情感场与哲理场组合，就形成了思想与人物事件的交织，哲理散文也就在"经纬网"中形成了。

在美学的档案里，哲理也只是一个符号。熊光炯的哲理散文《挪树》，作品不只是几个"线型功能"，"院子里那株腊梅奄奄一息了""老花匠来了，他铲开了！刨开了""腊梅在阵痛中出土了！独立了""腊梅再新生了"，而是用横向"链式"组合，传递出这样一个信息，那就是"一棵腊梅挪活了"的背后隐喻。

"锄落之处，铮铮有声，发声之处，竟露出白生生的断裂开的主根，像断裂的骨骼，白白地瘆人。我的心一阵悸动""它会死吗""死不了"，老花匠漫不经心地回答，"可不能把它的主根砍断！"

"不砍断怎么挪呀！"

"嚓！嚓！"一铲，一铲；

"喀！喀！"一锄，一锄；

"嘎吱"一声，老花匠一脚蹬过去，最后最粗的主根断开了，我仿佛听到了腊梅的呻吟，腊梅的根须与这块热土的联系，也割断了。

……

作者不惜浓墨重彩，详细描绘腊梅的出土，显然在暗示什么，暗示什么呢？"人挪活，树挪也活！"叙述者出来说话了。一句话如一道闪电，照亮了整个作品，"标志"的意义在"叙述层"明朗了：句句写"挪树"，实是句句写的"挪人"！

作家写了半天，说了句老生常谈"人挪活"。这算哪门子"哲理"？如果我们把作品看作一个自足的"符号体系"，像结构主义者那样，就会产生这样的疑问。我现把这篇作品分成四个层次，可能有助于解开文中哲思的演绎"轨迹"。

"共同语境"是一篇作品的"标志"所指，《挪树》的"大语境"是我们的时代太缺乏"挪"的精神，我们的社会体制太缺乏"挪"的机制，"人挪活"的古训似乎已被我们遗忘了，我们习惯认为一挪即死的树犹可"挪活"，那么"人挪活"，就应该是我们深层次思考的问题了。

哲理和符号在散文里关系密切，隐藏在"标志"之下，哲理在"行动"和"叙述"中逐渐明确，在"共同语境"中"双向互补"被接受，没有"叙述"的"闪电"，"功能"和"行动"就会处于黑暗之中。离开了"功能"的"行动"，叙述则成为从概念到概念的冒险。所以说，哲理的获得，是创造与吸引"共同努力"的结果。

《挪树》作品中的哲理分布呈"链条形"，"长江后浪推前浪"，在叙述的"沙滩上"获得哲理的光辉；而"对立式结构"却使各功能单位处于"对立"位置，哲理火花则在"碰撞"中闪现。我们来看王文杰哲理散文《倒开江》的图表。

作品如果以"文"开头，一般是文笔细腻；如果以"武"开篇，则鲁莽暴躁，但无论怎样开头，都也逃不过平平常常、慢慢腾腾的传统"开江法"窠臼。而作者却意想不到地用"倒开"手法，以"上游"先"动工"的方式，用锐意进取的"源头"，撞击下游滞留在河道的浮冰，给人以震撼之感。

《倒开江》的哲理就蕴含在三个功能单位的对比之中：它的伟大和悲壮，正是因为它"破了常规"，昭示出最深层的哲理——改革大潮不就是一种"新"冲"旧"的"倒开江"吗？

我们在这里发现，"链条式结构"中对哲理的承载，似乎无足轻重，而"功能"及其关系却成了哲理的载体，"标志"成了哲理的深化和补充，作品遵循"演绎法"原则，从某一核心出发，多层次揭示了一个共同的主题，充分印证了符号美学和哲理之间互融互存的关系。

余秋雨《废墟》里隐藏的哲理，是从"废墟是什么，如何对待废墟，通过废墟看中国民族文化及其心态，废墟与现代文明"四个层级演绎的，哲理被融解在作品个性中，渗透在叙述的隐喻里，让哲理"无所在而又无所不在"，让"哲理性艺术，对艺术的整体性做进一步张扬"，从而揭示出"废墟"的本质。

"废墟是毁灭，是葬送，是诀别，是选择；时间的力量，理应在大地上留下痕迹，岁月的巨轮，理应在车道间辗碎凹凸。没有废墟就无所谓今天和明天。废墟是课本，让我们把平面的事情读成立体；废墟是过程，人生就是从旧的废墟出发，走向新的废墟。营造之初就想到它今后的凋零，因此废墟是目的；更新营造以废墟为基地。因此废墟是手段。废墟是进化的长链",作品的"功能"和"标志",两者形成一股强大合力,直指哲理散文暗轴,揭示符号美学与哲理的内在本质。

3. 哲理散文的情理

"情者文之经,理者辞之纬",情与理的交织,从而构成作品的经纬。但在不同文体中,情与理的关系也不同。抒情文以情为主,哲理散文则旨在明理,情感充当了各功能单位之间的润滑剂,起着"催化"的作用。克服创作的"理障",彻底走出"情理"的误区,是变革时代给我们提出的新命题。

我们认为,哲理散文必须解决好三个方面的问题,一是形而上与形而下的结合;二是渗透现代人生意义的哲理思考;三是继承传统,转化传统,创新语言、节奏和表达方式。

这就要求我们的哲理散文,必须处理好"情语"与"理语"的关系,在"哲学老人"的点化下,让科学的内涵和文学的想象亲切握手,用情感的风帆鼓动哲理之舟,驶向"雅典娜"的彼岸。

还值得一提的是,近期异军突起的女性知识分子作家群,纷纷"走出姥姥家",刮起了一阵阵温柔之风,如叶梦的《羞女山》、张抗抗《地下森林断想》、唐敏《花的九重塔》、于君《长生鸟》、傅瑛《寻找简单》。

她们不再絮絮叨叨地诉说,作品不再是"软体牡",而是加入"思索者"行列,奉献出一颗颗闪着理性光芒的"珍珠",为落寞的新时期散文,增添了一抹温柔的哲理亮色。

4. 哲理散文的亮光

欲明理,先明心。两石相击,偶有火星四溅,燧人氏取之,焚毁了人类野蛮史。心物相遇,时有"火花"迸射,温暖一颗孤寂的灵魂。

两心邂逅,情热"火"生,燃烧两个焦渴的生命。艺术家的祖师爷从来不是缪斯,而是普罗米修斯那盗火者。

然电光石火,转瞬即逝。流星划不破黑夜,石火燃不起荒原,人在世间行走,光"上山打柴"不行,还要善于盗得"火种",点燃凡尘中的智慧之光。

哲理的散文就是一个火种，虽不能经天纬地，改天换地，但却有缝缝补补，慰藉人生，启迪顿悟，烛照人生的功能，点亮人心的灿烂伟功。

一篇哲理散文，就是一个火种。播火者把火种交给读者，因为他确信，读者心中贮存着大量"干柴"，作家要么给一粒火种，点燃读者心中温暖的火焰，烛照他生命的历程；要么架起一堆干柴，不带一丝水分，埋下一根"火绳"，让读者自己去引燃。因为作家确信，读者中也深藏着一颗炽烈的火种。

好文要靠写，哲理皆靠悟。人心本如顽石，有人自弃荒野，终不得"开窍"；有人却吸日月之精华，师天地之造化，修炼成一块"通灵宝玉"。

我们的散文作家，欲得智慧之火，必须"大悟十八次，小悟不计其数"，才可能得到"真传"。

哲理散文"得火不难"，重要的是得火之后，须承之以"干柴"，辅之以东风，然后让智慧的火久不灭，才是真正的"上善若水"之境界。

当下的哲理散文，虽然目前还只是散文星空下的"一束萤光"，但我相信，它一定会像一道道闪电，虽不常有也不多见，但一定是刺破天穹，惊醒世人，特别闪耀的那束亮光。

第 48 章
论幽默散文

"中国人缺乏幽默",近日报章有几篇"歪论文章",说"幽默"是英美的专利,他们板起一副假面孔,痛心疾首的模样,哀叹中国传统文化从来就是正统地"板起面孔",缺乏"幽默"。说这话的人,我查了一下他的简历,原来是喜剧演员改行过来的,这本身不就显得十分滑稽和"幽默"吗?

中华民族从来就是一个豁达幽默的民族,"中国幽默史"可谓源远流长。早在公元前八世纪,西周宫廷即有用"优"之风。"优"专以讽刺调笑为业,史称"俳优"。其表现方式是运用俏皮话,滑稽模仿表演,以戏谑隐喻等方式,嘲讽时政,取悦国王,即使说错了话也不算"犯上",不可定罪。

幽默这样受到"法律保护",大概只有中国才有,是真正的"国粹"了。《史记·滑稽列传》中记载的优孟、优旃、淳于髡等一批优人,堪称是中国最早的幽默艺术家。

中国"幽默文学"几乎与文学史同源,在先秦诸子散文中,就有大量寓言故事、民间笑话,《诗经》的民谣和诗歌,是集体幽默智慧的结晶,这些作品体现了先民们朴素而机智的智慧和幽默感。

三国魏邯郸淳,应该是我国第一位"幽默作家",他所撰的《笑林》三卷,是我国最早的"笑话"专集。魏晋名士孔融、阮籍诗文,谐趣横生,盛一代文风,算得上我国最早"幽默作家"的杰出代表。

魏晋以后,中国幽默的发展主要在戏剧方面。元杂剧的辉煌成就,标志着中国喜剧艺术的成熟。关汉卿、王实甫、郑廷玉、白朴、李寿卿、康进之、石子章等创作的《望江亭》《救风尘》《西厢记》《看钱奴》《墙头马上》《度柳翠》《李逵负荆》《竹坞听琴》等喜剧，写作诙谐，人物风趣，给中国的幽默宝库留下了丰富的遗产。

明清时期，幽默掀起了它史上第一个"高峰"，戏剧之外，幽默艺术在话本小说、散文、诗词各方面，均大放异彩，出现了《西游记》《儒林外史》《红楼梦》等大量饱蕴幽默情趣的文学作品，塑造出了孙悟空、猪八戒、李逵、张飞、刘姥姥、济公、范进等一大批栩栩如生的喜剧幽默形象。

明朝浮白斋主人《雅谑》、冯梦龙《古今笑史》《笑府》、郭文章《谐语》、赵南星《笑赞》、钟惺《谐丛》，清代石成金《笑得好》、吴趼人《俏皮话》、程世爵《笑林广记》，均是幽默散文长河中闪耀的灿烂明珠。

中国幽默文学的自觉，则是以林语堂倡导的"幽默小品"为发端，而逐渐繁荣起来的。受英国随笔的影响，林语堂宣布自己要成为一个"在缺乏幽默的假复古世界里，头一个鼓吹幽默最重要的人"，第一次把幽默作为一种艺术主张，提倡并融入创作实践中。他和鲁迅一起，创造了基调高亢、语言诙谐、讽谕犀利、影响巨大的"语丝体"散文。

细数这时期的文学史，活跃并卓有成就的有林语堂、鲁迅、老舍、钱钟书、沙汀、张天翼、梁实秋、赵树理、丁西林、陈白尘、袁水拍，形成了世纪初第一代有影响的"幽默作家群"。

1. 幽默与幽默的艺术

幽默首先是一种特殊的人生态度，它以悠然的超脱和达观知命的态度，快乐地待人处世，与那种功利的人生态度，有着迥然的不同。

富于幽默感的人，从来就是处变不惊，见怪不怪，内庄外谐，既能看破人生的严肃面，又能把握人类庄严和滑稽的双重性，为一种推动文明发展的强大力量，从而把轻松愉快的处世艺术发挥到极致。

幽默有广义和狭义之分，喜剧的别名，包括一切能引起笑的表情、体态、姿势、动作、情境、语言、文学、画面、音响，以及讽刺、滑稽、机智、怪诞的喜剧因素，都是广义的幽默。而狭义的幽默，仅指艺术的一种特殊样式，它温和含蓄而深沉，诙而不谑，把幽默和讽刺区别开来。

"焦不离孟"同时出现造成，但两者不可混为一谈。它们都表现美与丑的对比，幽默的"对比"体现了美对丑的明显超越，表现出艺术家扬美抑丑的自信心和优越感，展示了艺术家博大宽宏的胸怀，保持亲切友善、温和宽厚的态度。

幽默是一种复合的喜剧效果，常常在具体的情境中营造一种"出人意料"的效果，诱导人们以深入思考的态度，理解所笑对象的本质。它从来不以居高临下的姿态，讽笑他人的愚蠢，让人忍俊不禁，开怀畅笑，用笑声撕破丑的虚假面具，它和"讽刺"有着本质的不同。

单纯的讽刺，仅限于以夸张、虚拟和变形手法，勾勒出一种变态的心理或一幅变形的图画，对事物往往采取尖刻辛辣的否定性态度，在嘲笑他人的同时，包含了人类可悲的本性。丑角以丑为美，它以语言的匕首，诋毁和伤害他人，与滑稽的直露性、幽默的含蓄性，形成巨大鲜明的对比。

狭义的幽默作品可分为两类，一类是"纯幽默"，就是以幽默的手法和情境的营造、智慧的语言，表达出快乐的态度。如幽默画、歇后语、幽默故事、幽默喜剧、诙谐曲、相声、独角戏。

另一类是喜剧性手法的"情境融合"，"笑料"在其中占决定性地位，通过不断地对情节的铺垫，对人物的塑造，对故事的演绎，最后达到意想不到的效果。幽默小说、幽默戏剧、幽默歌舞、幽默散文，都属于这一类。

2. 昙花一现的现代幽默

幽默是一种积极的人生态度，是人们为了追求真善美，而对假丑恶进行的嘲讽和戏谑。幽默的最佳文化氛围，并不是太平盛世，恰恰相反，越是沉闷压抑的时代和环境，人们越需要借助幽默，透一口闷气，营造精神乐土，其所谓"乱世出英雄，乱世盛产幽默"也。

1993年是中国现代文学史上的"幽默年"，可谓"风声所播，有字皆幽，无文不默"，散文也在这一时期达到"幽默的极致"。为什么会出现这样的"奇观"呢？

"'五四'精神"弘扬"个人的发现"，为幽默散文提供繁荣氛围和土壤。"载道文章"一直正经地板着面孔，谈"经国之大业"，而"自由民主"的时代，人的个性得到充分尊重，思想解放，压力尽释，"一群尽显幽默的人，生产出了一批幽默好文"。

但在新旧文化激烈斗争的时期里，用"文学炸毁古旧的城堡"，并不是一件容易的事情，仅有"流氓气"和"土匪气"也不行，幽默产生不了"呐喊"的效应，所以当时的文学"火药味"较浓，"匕首投枪"的文章，比"幽默散文"更受欢迎，更有"战斗气势"。

但在黑暗现实的高压下，新文化战线发生了急剧分化，阿英在《林语堂小品序》中说，现在有的作家前进，有的高升，有的退隐，一种是"'打硬仗主义'，对着黑暗的现实迎头痛击，不把任何危险放在心头"；二是"'逃避主义'，他们对现实失望，即使肚里也有愤慨，也事不可说，'沉默起来闭户读书'"；三是"'幽默主义'，这些作家，打硬仗没有那样的勇敢，逃避又心所不甘，讽刺又觉露骨，说无意思的笑话又感到无聊，其结果，就走向了'幽默'一途"。

幽默以其战斗性和隐蔽性兼备的完美结合，而备受"乱世文人"青睐，郁达夫直言"统治者掩住了你的口，不容许你叹息一声"，"末了也就只好泻下气，以达舒畅，作长歌而当哭"罢了，鲁迅却"从讽刺到幽默"，把肚子里的半口闷气，"借着笑的幌子，哈哈地吐了出来"。

幽默的"走红"，主要还是缘于它的娱乐性。在缺乏幽默假复古的世界里，现代幽默小品以其机智和调侃博得读者会心一笑，其魅力何其大也。

现代幽默小品的繁荣，正如郁达夫所说，"主因是历来中国国民生活的枯燥，是在世界无论哪一国，都不能与它相比。现在因为国民经济的破产，反更不如前了，哪里还有一个轻便的发泄之处呢，所以散文的中间，来一点幽默加味，当然是中国上下层民众，所一致欢迎的事情"。

幽默小品以其战斗性、含蓄性和娱乐性，在三十年代文坛独领风骚，为当代幽默散文发展提供了宝贵的经验。现代幽默是黑色幽默，是大智若愚者的"假痴假呆"。当时需要批判性、哲理性的幽默，在笑声中善意地嘲人和自嘲，笑过之后，能让人幡然醒悟，促人深思。

现代幽默又非出于本愿，"实在是千年不复朝，贤达无奈何耳"。它由讽刺而来，如果是暂时"战略撤退"，终究免不了向讽刺回归；如果是消极的"战略逃避"，又免不了坠落和油滑，即传统"说笑话"和"讨便宜"。

因此，现代幽默小品昙花一现，是历史必然。当代幽默散文要避免重蹈覆辙的话，就必须注重幽默的思想深度和隐喻的哲理内核，并以"严肃"的态度对待"它"。

3. 捷径通幽或曲径通幽

幽默是"全人格、全身心的表现"（郁达夫《幽默论抄》），文章要幽默，立身须达观，宁静以致远，积学以储室，观物每有奇思，静思常得妙悟，幽默得很自然。

达观，是幽默第一要素，林语堂对此深有感触地说，"幽默与讽刺极近，却不一定以讽刺为目的。讽刺趋于酸辣，去其酸辣，而达到冲淡心境，便成幽默。欲求幽默，必先有深远之心境，而带一点我佛慈悲的念头，然后文章火气不太盛，读者得淡然之味。幽默只是一位冷静超远的旁观者，常于笑中带泪，泪中带笑。其文清淡自然，不似滑稽之炫奇斗胜，亦不出于机警巧辩"。

幽默的文章在婉约豪放之间得其自然，不加矫饰，使你于一段之中，指不出哪一句使你发笑，只是读下去心灵启悟、胸怀舒适而已。其缘由乃因幽默是出于自然，机警是出于人工。世事看穿，心有所喜悦，用轻快笔调写出，无所挂碍，不作烂调，不忸怩作道学丑态，不求士大夫之喜誉，不博庸人之欢心，幽默是客观的，机警是主观的。幽默是冲淡的，讽刺是尖利的。

有了"达观、冲淡、深远"心境，还要有敏锐的感受力和丰富想象力，才能幽默。老舍是闻名世界的幽默大师，他在《什么是幽默》里中肯地指出，"幽默的作家，也必然有极强观察力与想象力，因为观察力极强，他就能把生活中一切可笑的事，互相矛盾的事，都看出来，具体地加以描画和批评。因为想象力极强，所以他能把观察到的加以夸张，使人一看就笑起来，而且永远也不忘"。

这是幽默新颖度所要求的，王君在《幽默释义》解释道，"幽默非滑稽放诞，故作奇语以炫人，乃在作者说者之观点，与人不同而已，幽默家观世察物，必先另具只眼，不肯因循，落入窠臼，而后发言立论，自然新颖。以其新颖，遂觉其滑稽。若立论本无不同，故为荒唐放诞，在字句上推敲，不足以语幽默，滑稽之中有至理。此语得之"。

幽默散文是雅俗共赏的"纯文学"，对任何事物都能以美的眼光来看待。比如去旅游，"载道派"一心只想着赶到目的地，游览一番，赞叹一番，因为他事先已知道"美"在那儿等他，他去"拜谒"，不过是去"认识"一下，如同拜访一位仰慕已久的大师一样。

"幽默派"则喜欢徒步旅行，并不急于赶往"胜地"，而是以散步之心境，赏路边一花一草，一蜂一蝶，激发他的奇思，寻找美，发现美。所谓的"胜地"，对他并无特殊含义。而恰恰是他们在先发现胜地，载道派才又尾随而至的。

幽默是一门艺术，它需要技巧。你从"事事中看出可笑之点"，发现了生活中的幽默，还要学会有技巧地写出，幽默的作家，必是极会掌握语言文字的，写得俏皮、泼辣、警辟。我们以林语堂作品为例，来演示一下幽默写作的技巧。

幽默中的"对比"，是指把几种互不相干的，彼此之间没有历史的或约定俗成联系的事物，放在一起对照比较，揭示出其中"不谐调"因素，从而创造出幽默的情境。他在《萨天师与东方朔》中是这样"对比"的：

"在这城中，无猜青年请问：我们要把良心放在何处？把羞恶之心置于何地？长辈回答说，你只要端庄，饭有你吃的。改你羞恶之心，易以老成之面。长辈于是翻过身去搂他的小老婆。"

幽默中的"移植"，是作家有意打破语言条件和手段正常的对应关系，选择似乎最不恰当的词、词组和句子，进行反常组合，造成"文不对题、词不达意"的失调和"错乱状态"，从而产生幽默感。他在《我

的戒烟》中这样"移植":

"在那三星期中,我如何的昏迷,如何的懦弱,明知于自己的心身有益的一根小小香烟,就没有胆量,取来享用,说来真是一段丑史。此时事过境迁,回想起来,倒莫名何以那种昏迷就三星期,把三星期中之心路历程细细叙述出来,真正罄竹难书。"

文中的"昏迷""懦弱""丑史""罄竹难书",都是感情和语义容量很大的词,用以形容戒烟过程和心态,故意"过甚其词",造成语言上的"牛刀割鸡"式的不谐调感,正是他这种用词上的胆大妄为,才创造了一种幽默情境。

通常的"比喻",以"贴切、神似、谐调"为原则,而"幽默的比喻"则反其道而行之,刻意追求语境的巨大反差,常给人以意料之外、忍俊不禁的幽默效果。

幽默中的"仿词",即根据现成词句,仿造出内容相反或相对的新词,造成不谐调、不搭配的矛盾,使人有新奇感和生动感,产生出强烈的幽默效果。林语堂在《"读书求国"谬论一束》中写道,"中华无所谓民国,只有官国而已",一字之改,把金玉其外、败絮其中的段祺瑞政府,批驳得体无完肤。幽默中的"漫画",即用漫画手法为假丑恶画像,通过变形和夸张处理,达到喜剧效果。

"现在的学者最要紧的就是他们的脸孔,倘若是他们自三层楼滚到楼底下,翻起来时,头一样想到的是拿起手镜照一照,看他们的假胡须还在乎?金牙齿没掉么?雪花膏未涂污否?至于骨头折断与否,似在其次。"

幽默中的"反语",即用相反的词语表达本意,使反语和本意之间形成交叉:

如他的《粘指民族》,"最近普斯基大学生物学教授摩尔君发明,中国人巴掌上分泌出来一种微有酸味之粘性液质,分泌管之后有脑系膜直通第五脊椎与眼系脑筋连络。凡眼帘射到金银铜时,即引起自然反作用,分泌额外加多,钱把手时尤甚"。

作者一本正经地为"中国人的粘指性"作"科学"论证,有意变换讽刺与被讽刺之间的关系,反话正说,变正面论述为"逆笔",用观念的倒置，从而达到嘲讽的艺术效果。

幽默中的"夸张"，这是创造幽默最常用的手法，比如老舍《何容先生的戒烟》：

"掌灯之后，他回来了，满面红光，含着笑，从口袋中掏出一包土产卷烟来。'你尝尝这个，'他客气地让我，'才一个铜板一支！有这个，似乎就不必戒烟了！没有必要！'把烟接过来，我没敢说什么，怕伤了他的尊严。面对面的，把烟燃上，我俩细细地欣赏。头一口就惊人，冒的是黄烟，我以为他误把爆竹买来了！听了一会儿，还好，并没有爆炸，就放胆继续地吸。吸了不到四五口，我看见蚊子都急着向外边飞，我很高兴。既吸烟，又驱蚊，太可贵了！再吸几口之后，墙上又发现了臭虫，大概也要搬家，我更高兴了！吸到了半只，何容先生与我也跑出去了，他低声地说：'看样子，还得戒烟'。"

幽默中的"误会"，即把幽默的情节冲突建立在误会之上，把同一事物认识上的矛盾、对立和不谐调建立在"误会"的语境中，使观赏者的期待，合乎逻辑地落空，在误会和正解的反复对比中，产生了浓郁的幽默感。

契诃夫说，幽默一般包括四个环节，即制造悬念、着意渲染、出现反转、产生突变，其中关键是反转，就是在着意渲染悬念的基础上，突然笔锋一转，打断观赏者的正常设想和"全理预想"，给读者审美判断上以突变或飞跃，会心之间产生"恍然大悟"。

林语堂把幽默比喻为"抄小路回家"，"当我说'对话'时，我的意思是指真真好的、长的、闲逸的谈论，一说就是几页，当中有许多迂回曲折，后来在最料不到的地方突然一转，绕过一条径，而回到开头所讨论的问题上来，好像一个人爬过一道围篱回家去，使他同行的伴侣惊奇一样。啊，我多么喜欢后门的篱笆，绕着小路回家啊"(《生活的艺术》)。

这就是幽默之途，在手段上故布疑阵，九曲回还，在思维上"抄小路"，走捷径，"曲径通幽"是也，"捷径通幽"也是，都是绝顶的幽默。

4. 幽默散文如何满血复活

1966年8月24日，一代幽默大师老舍拄手杖，拿着一卷亲自抄写的《毛泽东诗词》，从容走出了家门，和人们开了最后一个不该开的玩笑。他也就自然"悲剧"了。一夜之间，幽默变成了"毒草"，成了"反革命"的东西，老舍的悲剧，隐喻了当代"幽默文学"的宿命。

十年浩劫过后，幽默家族成员纷纷走出历史阴影后，幽默散文却表现出对时代的"冷漠和迟钝"，噤若寒蝉，归隐于世，着实让人大吃一惊。

契诃夫《我的"她"》是这样写的，"不受她的驾驭。她日夜都不离开我，我也没有打算立刻躲开她，我的一生中没有哪一天不属于她，因此，我们之间的关系是紧密的，牢固的。首先，我的'她'日夜不离开我，不让我干活……像古代的克利奥佩特对待安东尼一样，总在诱惑我上床。其次，她像法国的妓女一样毁坏了我。我为她、为她对我的依恋而牺牲了一切，前程、荣誉、舒适"。

幽默的"她"不是人，而是"懒惰"，当人物遇到挫折难以实现愿望时，幽默作品就以自我解嘲及刻意贬低的方式，歪曲事物真相及其价值和意义，从而获得精神上的满足和成功，颠覆观赏者在对该事物或事件实际价值和意义的正常评价，构成交叉型的理解误读。且看契诃夫通篇的"自嘲法"：

"为了不断地感到幸福，甚至在苦恼和愁闷时候也感到幸福，那就需要：（一）善于满足现状，（二）很高兴地感到'事物原来可能更糟'，这是不难的，要是火柴在你的衣袋里燃起来了，那你应当高兴，而且感谢上苍：多亏你的衣袋不是火药库。要是有穷亲戚上别墅来找你，那你不要脸色发白，而要喜气洋洋地叫道，'挺好，幸亏来的不是警察'"。

幽默散文需要"稚拙的幽默"。孩子稚拙的，往往也是惊世鄙俗、惊世骇俗、惊世绝俗的，稚拙往往是真得喜人、真得逼人、真得怕人的。稚拙往往是美得朴质、美得实在、美得素常的。稚拙往往是卓越之始、卓越之程、卓越之终……稚拙往往是俏皮的。

孩子是世上最出色的幽默家，一颗无瑕的童心，具有无限丰富的想象力。这些我们都曾拥有，可是我们渐渐失去了这笔财富，我们的童心一天天泯灭，想象力一天天丧失。找回失去的童心，"返璞归真"，才能去其浮躁，去其矫揉造作，获得心灵的自由。项小米《小小世界》这样"稚拙"描述童真：

"小小说：妈妈，这蜂王浆不好喝。小小是我的女儿。我说，可能有点，但是你必须把它喝下去。为什么呢？因为，我说，因为它很有营养。蜜蜂把采花粉做成蜂王浆，吐出来给蜂王喝，结果蜂王的个子长得有好几个小蜜蜂那么大，活得也比小蜜蜂长得多。小小赶快把蜂王浆喝下去了。可是，过了一会儿小小说，为什么小蜜蜂不自己偷偷把它喝下去呢？"

贾平凹在他三十六岁病中写道，"有了另一批散文作品，如《人病》《笑口常开》《名人》《闲人》《生活一种》，回头看看，以本命年为界，也可以说以大病前后，散文的境界确是大有不同的"。

他在病后的散文深刻幽默了，那是因为"大病也是人生的好事，是难得的哲学""病使我把一切都放下了，病就是另一种形式的参禅"。

"提倡幽默，必先提倡解脱性灵，盖欲由性灵之解脱，由道理之渗透，而求得幽默，思想真自由，则不苟同，不苟同，国中岂能无幽默家乎"，幽默不是简单地自嘲，当下的时代是缺少不了幽默的，微笑、稚拙，应该是幽默散文的特有姿态，也是使自己畅销的最好招牌。

当下是不是散文也需要"大病一场"，幽默才能"满血复活"呢？如果我们不"大病"一场，"把一切都放下"的话，散文还能幽默得起来吗？

第49章
杂文创作审美概要

杂文是散文的分支,"议论而兼叙述者,谓之杂说","杂说"就是我们今天所说的杂文,"杂"者,无所不包也。

杂文是作者以个人的身份说话,是个人的一种审美活动,它的体裁决定了只能"大处着眼、小处着墨",在"火柴盒""豆腐块"的篇幅中表现最深刻的思想和深层的思索。

杂文篇幅短小,决定了杂文语言凝缩精练,篇幅短小,锋利、泼辣、隽永,短小精悍,"意则期多,字难求少,文约而事丰",以尽可能少的文字表现更多的内容,将宏大的题旨和丰富的思想熔铸进去,杂文短而有风骨之力,寥寥几句,说不尽森罗万象。

清叶燮《原诗》云,"昔贤有言,成事在胆,文章千古事,苟无胆,何以能千古乎?吾故曰,无胆则笔墨畏缩",杂文往往"脚踏三只船",它是"文艺性的短论""诗与政论的结合体",还兼有文学和评论、创作和理论的特点,所以杂文的作者,应是有胆的斗士。

杂文就是讲"道",刘勰有云,"道沿圣以垂文,圣因文而明道";韩愈则从理论及创作实践上大倡"文以载道""道假辞而明,辞假书而传,要之立道而已耳"。

"载道"是杂文的天职,"明道"是杂文的存在价值。诸子百家到白话文运动,一部中国文学史就是一部"载道"史,"道"之大旗始终被历代文人高高擎举。在封建社会里,文艺是载"圣人之道",载统治阶级之道,渗透了旧的甚至反动的政治、道德、伦理、宗教封建色彩。

第49章　杂文创作审美概要

　　杂文不同于评论，可以"大处着眼、大处着墨"，它要有很强的针对性，它的特点一般是直抒胸臆，无所不谈；闲言直笔，不拘一格，指陈时弊，直击痛处，褒贬得失，笔调辛辣，文字精警，感情强烈，纵横驳难，利而切实，和其他文体有着迥然的不同。

　　郁达夫曾经这样评价过鲁迅的杂文，"简炼得像一把匕首，能以寸铁杀人，一刀见血。辣能开胃，更可去寒，猪苓味甘，可治水肿；蛤蚧味咸，可治咯血，重要之点抓住了之后，只消三言两语，就要把主题点破"。

　　我们从下面的一篇文章，就可以看出杂文的精短和趣味：古代一位少妇，丈夫死了，媳改嫁，公公和小叔子不同意，这少妇便写了一张状纸，"翁壮叔大，瓜田李下，问该嫁不该嫁"。知县大人一看，耳目一新，当即批道："嫁！嫁！嫁！"

　　鲁迅说，"杂文这东西、恐怕要侵入于高尚的文学楼台去的，杂文味也不完全等于艺术性；杂文味同时也包括思想性在内的，深刻的思想要靠文学手法的表达，旨中无味，便是干瘪的说教"。

　　大家议论什么是杂文味，应该以什么样的风格呈现，或者它的本体特征是什么，一般认为主要是辛辣，或者说，杂文总要带刺，不痛不痒就难发人深省。

　　马铁丁认为，杂文味表现在五个方面，第一最直接最迅速地反映现实；第二是"厚今薄古"，从现实出发，又要"古为今用"；第三构思精巧，别出心裁；第四是在对敌斗争中，要善于利用敌人的自我矛盾，以及敌人营垒里的矛盾；第五是政论与诗的结合，是思想性、艺术性、形象性、抒情性的浑然结合，并有相当的文采。

　　杂文具有形象化、色彩感，富有音乐性特点，含而不露，留有余味，适合表达强烈的爱憎，它尖刻、幽默，能直接道出人们的心里话，"契合它大喜大悲大怒大傻的秉性，得其所哉"。

　　《老残游记》作者认为，"灵性生感情，感情生哭泣"，古人写文章讲究"文以气为主"，"为文者秉有真情实感，绝非为文而造情，情不真则文伪，情不深则文贫，情不酣则文滞，情低俗则文无高格"。

　　"虎豹无文，则鞟同犬羊"，杂文虽然便于说理，理色浓厚，但也必须真实情感，要以情动人，不能"板着面孔说教"，嬉笑怒骂，皆成文章。

"杂文应向读者交心，敞开心灵，站在与读者平等的地位，表现真知灼见，而不可以摆一副理论的架子，和政治指导家的面孔，居高临下地教育人。"

鲁迅在《写在〈坟〉后面》里说，"记得三四年前，有一个学生来买我的书，从衣袋里掏出钱来放在我手里，那钱上还带着体温。这体温便烙印了我的心，至今要写文字时，还常使我怕毒害了这类青年，迟疑不敢下笔"。鲁迅的杂文以火一样的热情文字和真挚感情，不能不使人感到折服和感动。

从接受美学的角度讲，杂文情感不依附太多的概括，说理需透彻，敢爱敢恨，大胆泼辣。是理性和感情相撞击的产物，"感人心者，莫先乎情"，是匕首和解剖刀，爱看不看，爱骂不骂。饭后消食，睡前解气。"既然战斗性是杂文的灵魂，就要敢开第一腔，让新的精神使人诧异和震动起来。"

杂文作者需具备相应基本功，要吃"五谷杂粮"，具有达达派的孤胆精神。杂文常常是三言两语，直发议论，讲道理，教化人，提出新问题，发表新见解，必然要涉及历史、哲学、美学、自然科学及社会学方面的专业知识，还要有"战斗精神"，必须比一般人站得更高，懂得更多，看得更远。

杂文前些年曾为文艺"冲破禁区"叫好，可是"魔瓶"一旦揭开，却难以把"魔鬼"装进去，"先锋实验"在实验室里"探索"，在"实验室般明净的空气中，与艺术幽会"。

杂文与政治天生就是"鱼"与"水"的关系，而不是"船"与"水"的关系。杂文如果"淡化政治"，甚至"淡化生活"，注定是一条绝路，导致其文体的国家边缘化，甚至不复存在。

第八部分

政 论

第50章
散文若干问题回答

1. 沉寂带来的阵痛和反思

新时期的散文创作和理论研究,与当代普遍热闹繁荣的、色彩斑斓的其他文学样式相比,其处境确实有些难堪。被称为当代"文学霸主"的小说,在新时期文学度过它最初激动期之后,就以"反思小说"赢得了社会广泛青睐,从而独领风骚。

接着就是外国现代派文学手法的"横移",主导了小说讲述人物和故事的"议程",使当代小说第一次摆脱了从单一"讲故事"到"讲述和推理"同时铺开,拓展出艺术视角的新空间。改革小说、纪实小说、伦理小说和乡土风俗小说,你唱罢他登场,从而把小说的叙述空间进行了"颠覆性"扩容。

当下的电影和戏剧也很繁荣,实验性电影《黄土地》《海滩》,探索性话剧《野人》《一个死者对生者的访问》《狗儿爷涅槃》《绝对信号》和《车站》,以从未有过的视听方式,树起了新时期影视大旗。诗歌以学院知识分子"朦胧派"为代表,一扫传统"顺口溜"、格律诗形式,摆脱语言的桎梏,带着义无反顾的反叛精神,把诗歌带入了"现代诗"的全新时代。

时下的散文处境确实有些尴尬,被"边缘化"担忧的情绪逐步蔓延,而且正在变成现实,散文连续多年缺席"全国性评奖",无可诵可传之精品。有人甚至惊呼,散文再这么下去,就要"出局"了,可见

"被冷落，被看不起"的现象，已经十分严重了。

小说故事曲折性对读者的吸引，影视对观众感官的刺激，使散文"门可罗雀车马稀"，被报刊戏称为"豆腐块"、版面"补丁"，没有可轰动的作品，没有领军的人物，更没有作妖的"身板"。难怪有的说"气数已尽"，有的说趋于"土崩瓦解"，有的说正"被淘汰"，曾经文学之"正宗"，一时间树倒猢狲散，乌云盖顶。虽然当下"西风"劲吹，但散文前景却一片暗淡。

散文果真由中兴走向末路了吗？为什么在文学艺术进入繁荣时代、展示出前所未有活力之时，它却表现得"麻木不仁""无动于衷"呢？为什么"散文在蚊帐里跳舞，还用双纱布缠住自己的双脚"？与其他文学样式相比，散文显然"被冷眼"了。

没有争议的是，近年来散文确实是"默默无闻"，没有异军突起的队伍，没有"轰动性"作品，更没有引起评论家普遍关注的代表作。在期刊林立的今天，散文刊物更是占比低下。散文这种最古老的文学体裁，是真的被边缘化了？竟落得当下如此难堪之现状？

2. 从历史中寻找散文答案

唱衰散文好像成为有些人的"癖"好，而且极尽"唱衰"之能事，其主要说辞是：散文是一切文学体裁的"母体"，小说替代了叙事，诗歌代替了抒情，散文只剩下"概念的空架子"，重又回到了"记事、记言"原始状态，只能怀怀旧，记记事，抒抒情，吟风弄月，小酌小饮，不可能再承担起"经国之大业，不朽之盛事"的历史责任了。

从哲学演变史看，旧的体裁在解体，昨日信念在崩溃。历史的变革洪流将打破一切"超稳定系统"，建构新的秩序关系，以求"重生"和繁荣。而散文就是变革"链上的一环"，当历史发展到一定阶段时，它或许被"解体"，或许是必然结果，或许就是"宿命"。

历来的诡辩都是貌似有理的。我们且静下心来，姑妄听之，认真来"思考评估"现状，散文是不是真的"没救"了。

我认为，历史的涛声如雷贯耳，不舍昼夜奔向东海。某"批评家"最近唱衰散文调门很高，你总不能用棉球堵着耳朵，还质疑这世界失声了吧？你可以数典忘祖，可以大放厥词，但不能"刨根"，更不能危言耸听，如果我没看错的话，你那篇《正在沉陷和消失的命运》，试图引起"轰动"的"宏论"巨制，就是一篇彻头彻尾的"散文"。

"结论"一定是历史发展的必然结果，仅仅是为了制造"噱头"，那就是悖论，有违"传统祖制"。中国散文传统源远流长。世界上有三个国家散文历史最悠久、作家最多、名作最佳、数量最大、创作最发达：它们是中国、英国、日本。而中国又以深厚的传统根基和悠久的历史，冠其首位。

我国的散文发轫于《尚书》，内有"誓""诰""命"，可谓源远流长。在中国古代，为区别于韵文、骈文，凡不押韵、不重排偶的散体文章，包括经传史书在内，概称散文。纵观我国历史发展脉络，散文在升降隆替的历史进程中，有过几次大的"分离聚合"。

春秋时代之文学，以孔子左丘明等人为大宗师，战国诸子各以其学术鸣，其所为之，莫非鼓吹学术之作也。先秦诸子散文《春秋》《论语》《孟子》《庄子》《韩非子》《战国策》《国语》，它们的特点是说理与哲学、史学融为一体，它们就是当时的"散文"。

汉代辞赋盛行，散文和韵文合二为一，南梁萧统主编《文选》，开始把文学和"学术散文"区别开来，文体畛域渐明，文章开始由学术时代渐变为"文学时代"，汉司马相如不精湛他学，唯以辞赋见著，实为"学术家与文学分家"之始祖。

自是而后，汉之学者，乃有专为文学而文学者也。《史记》《出师表》《世说新语》《水经注》，它们已都具有深厚的文学色彩，虽然在当时的时代背景下，它们仍然是"政治或学术的"著作，但从两汉到魏，文学之风始盛，散文也真正进入"为文学而文学"的时代了。

中唐至北宋，出现散文史上的第二次繁荣，韩愈、柳宗元、欧阳修、苏洵、王安石、曾巩等，他们的闪耀出现，使散文创作出现了前所未有的兴盛，比之先秦，更加丰富多彩，至臻完善。比之秦汉六朝，创作意识更为自觉，可谓"盛况空前"。

骈文、散文两名，至清而始盛，其间数百年的创作，从此绵延不绝。"公安派"首领袁宏道主张"倡以清真""独抒性灵"，成为晚明杰出代表；"竟陵派""前后七子"各领风骚，散文为一代又一代"出仕、修身、济天下"的士大夫们立下了"汗马功劳"。直到二十世纪初"五四"时期，散文史上第三次繁荣局面出现。

明清"抒情小品"盛行，表明"古代散文"的概念开始缩小，出现"纯粹化"的趋势，直到"五四"，这种趋势已基本确立，变成事实。很显然，"叙事散文"的叙事功能被小说代替，"议论散文"的议论功能被学术评论代替，《中国哲学史》《华盖集》不再被称为"散文"，体裁的泾渭分明已十分明朗化了。

"五四"时期，白话文兴起，散文进入了有史以来最繁荣的时期。"散文小品的成功，几乎在小说戏曲和诗歌之上。"从旧民主主义革命转向新民主主义革命，百家争鸣，这时期抒情小品大行其道，受欢迎程度超过"旗袍和大麻"。

鲁迅、周作人、冰心、叶绍钧、朱自清、郭沫若、郁达夫，大家频出，革一代新风，其盛如炽，如先秦散文复归，势不可挡。自那以后（除六十年代初有过短暂的兴盛外），散文就"每况愈下"，进入"残喘期"。

我们不能只看批评家们怎么说，还是要"批评与自我批评相结合"，"正本"才能"清源"。事实上，我们现在所说的"散文"，虽是与小说、诗歌、戏剧并列的"四大天王"之一，"但其真实的含义，并非纯粹文学概念，而是涵盖可以涵盖的，一切写作形式"（梁实秋语）。

我们还是这么理解吧：从唐传奇到元末明初小说的崛起，《三国演义》《水浒》《红楼梦》相继问世，本来是"散文分支"的小说，则后来居上，另立门户，香火日旺；戏剧也是源于"散文分支"，从元杂剧兴起，戏剧便风生水起，"受宠朝野"，被扶持而久盛不衰，从此成为文学大戏的"主角"。

杂文以陈独秀、刘半农等人在《新青年》上所提倡，钱玄同、周作人、鲁迅、瞿秋白等所践行的"随感录"，抨击时弊，其锋芒直陈时弊，所向披靡，使"杂文"独树一帜，成为最锋利的"匕首"。

报告文学和新闻搭界，从初期代表作夏衍《包身工》开始，之后名篇佳作迭出，特别是到了改革新时期，报告文学走到报刊头条和要目位置，成为与小说、散文、诗歌并列的文学样式。

现在圈内已少有人叫小说、戏剧、杂文、报告文学之类为散文了。同样，传记、特写、文艺评论、笔记，乃至"遗嘱"，也从散文中分出去了。看来散文比大母鸡"厉害"多了，孕育了这么多的"新品种"。

从我国散文的历史轨迹来看，散文曾经与"韵文"为伍，后来又分离出来了。后来散文和学术又"合二为一"，但不久又分开。看来分分合合，散文"孕性十足"，它骨子里的文化基因，强大得令人太不可思议。

散文的发展，并不是其文体本身的"造山运动"，也不是率性而为的必然结果，它是受制于哲学和传统文化的"双重钳制"而负重前行的。

从根本上说，它只是一个哲学和文化"细枝末节"的表现形式，而不可能成为一个独立的"学科"。无论是创作还是阅读，都是一种"繁衍"和文化的再生。

艺术哲学的显著特征，就是强化审美的纯粹性。在艺术创造、表现与接受方面，摒弃非艺术性的因素，使艺术还原为艺术，为人类情感"世袭领地"，显示出纯粹化的努力。而传统文化的显著特征，就是以模糊性、灵活性、可变性和包容性，防止任何一部分的"专化"。

当下的文学创作功绩，正是打破了传统文化"低层次和谐"和固有的秩序，使其整体结构"部分专化"，从而使文学遵循哲学规律，进行新的再组合。

历史总在分拆聚合、不断融合中曲折前行，散文也概莫能外。它每个时期的嬗变，既是对传统文化的反叛，也是对"文学"的极大丰富和发展。

3. 影响深远的"杨朔模式"

传统有着自己强大的惰性，约束着人们的欣赏习惯和创作方法。散文创作也不可避免，被有形与无形"范式"约束着，它必须满足大众的审美趣味，必须符合大众的阅读习惯，作品必须体现高尚的人生价值观，所以"自由的散文"也是不能随心所欲的。

从美学风格上说，古往今来，很少有人给散文写作定什么"规律"和"写法"，有多少作家，就应该有多少写法。没想到散文到了六十年代，有些人着眼于"散"的特点，从"散"与"不散"的关系上，概括出散文的特征，用"一根线把珠子穿起来"，其标准一直沿袭至今，视为至上法则。《荷塘月色》《背影》《井冈翠竹》，这些耳熟能详的名篇，就是"形散神不散"的代表作。

荀况《天论》曰"形具而神生"，刘勰《文心雕龙·神思》"神与物游"，他又说"神用象通，情变所孕"，可见形散神不一定散，而且散与不散不是主要问题，主要的是感情，散发真情实感，只有"情动而言行"，才能写出真正的"道之文"来。

六十年代初"形散而神不散"的理论主张，是在文学为政治服务、作家必须写中心、配合当时现实斗争的大文化背景下提出来的，是符合当时创作状况，合乎规律的理论总结，契合民族文化心理结构，"集中为美，散者不美"，没有任何人持有异议，"形神兼备"就这样主导了一个时代，成为主流。

我认为，其实散文之"散"，只是针对"骈文"之"骈"而言的。作为文体的概念，最早见于南宋学者罗大经的《鹤林玉露》，意思是"散文"之"散"，并非指选材及风格上，而是指语言上的灵活性。文学创作中形和神关系，是由哲学的形神关系发展而来的，这应该是被"误读"了。

关于散文"形散神不散"，前段时间有过一阵激烈的争论，现代散文的经典，无疑都是"形神兼备"的极品。我们语文课本里的范文，都是一直以来传诵的不朽名篇。这本来无可争议的散文"金科玉律"，怎么突然就被质疑了呢？

他们质疑的主要论点是，散文被"形散神不散"模式化了，虽"明净、纯真"，但创作被严重僵化，作品数十年风格单一，创作成了"按图索骥"的游戏，作家的创作思想都自觉不自觉地陷入"千篇一律"的封闭定式中，阻碍了散文的创作和繁荣。试想，如果写散文时，都必先处理好散与不散的关系，那创作不就成了"模板制作"、流水线上的工艺品了吗？

再就是"杨朔模式"的争论。杨朔在艺术上最显著的一点，就是着力于"诗意"的创造，他把散文从五十年代"通讯、报告、特写"中剥离出来，把散文从叙事和实用性中解放出来，强化"把散文当诗来写"，强化其抒情性唯美性。

客观地说，杨朔不愧是一个具有创新精神、独特美学风格的大散文家，他的作品表现了一个时代侧影，是常人难以望其项背的。

他的散文也确有不足之处，很多篇章很雷同，文章结构一般是开始提出一个问题，文中作些铺张渲染，写到关键之处笔锋一转，打个比喻，点出本意，"托物言志，借景抒情"，不知不觉固化出了一种风格模式，引得万人效仿。

《荔枝蜜》由蜜蜂酿造蜜，揭示出这样一个深刻真理，那就是"那些辛勤劳动、建设新生活的人们，实际上他们也是在酿蜜，为自己酿造生活的蜜，他们是平凡的，又是伟大的"，从而把作品的意境提高到新的高度。杨朔借鉴诗的写法写散文，是很成功的。

但他"无限制"地用写诗的方法来写作，当时的局限性被忽略了，一些评论家又把杨朔的散文戴上"经典"的光环，从而使他以后的理论及其创作，统统都是先写景物、再借喻比人、最后点明哲理、抒发情感"物——人——理"三段式，到"文字点题"的创作套路。

由于他的巨大影响，从而使相当长时间的散文创作，从课本到考卷，形成了杨式"八股文"，而且成一代风气，从而诱发了散文的"堕落"。

再可口的东西，天天吃就会腻。当初的"一见钟情"，已不再有新鲜感。好比一种美食，吃的时间太长，早已成了"教条"，也不再有胃口。作家们呼吁突破，力图创新，也是"被逼的"必然选择。"杨朔模式"好像"干将莫邪"之剑，曾经威名赫赫，但现代已没有哪个将军"佩剑在腰"了，在现代化战争中，它已经"百无一用"，只能在小说中"华山论剑"了。

我们从散文历史的经验中得出，创作不能因循守旧，也不能妄自菲薄，更不能自诩"出身不凡"——每一块青砖，每根房梁，均有"年代和出处"，满阁里供奉的都是"丹书铁券"，不断创新，从来就是散文走向繁荣的根本之道。

4. 创作中亟待解决的问题

散文每个时期的兴盛,都与政权衰替历史变迁有着直接的联系。我国先秦时期百家争鸣,产生了辉煌的先秦散文;唐宋两朝,各路大家纷争,社会长时间安定,生产力长足发展,给文学提供了兴盛的必要条件。

韩愈、柳宗元倡导古文运动,以首倡举旗的姿态,开散文勃兴之先河;"五四"新文化运动时期,许多先驱者横扫旧时代残云,创新世纪之篇章,出现了鼎盛繁荣的局面。

五六十年代出现的怀念性、揭露性的作品,可惜只是"昙花一现",随着轰轰烈烈"文革"到来,散文的"风向"发生了彻底变化。

散文一夜之间成了"轻骑兵",并迅速成为文坛"主旋律",从"杨朔模式"转为"标语口号",忙于配合阶级斗争,热心于"解说"和"敬仰",好像散文最大的特点就是"冲锋陷阵",就是"红缨枪",就是工具。本来作品就不多,仅有的作品都是"语录"般照抄,我姑且把这时期的作品,称为"西昆体"散文。

"西昆体"盛于宋初,以杨亿编《西昆酬唱曲》而得名。此类诗文缺乏真实生活感受,内容单薄,感情虚假,从头至尾缺乏感情内在联系,注重外表的华丽,"堆砌典故",杂凑成章,看上去艳丽浮华,但内容极空虚,文风颓靡,忸怩作态,我把这类散文称为"西昆体",应该是再恰当不过了。但随着历史"拨乱反正",散文也终结了它"文革"使命,回归到了"本职"的岗位。

当下散文"萧条"的原因,我认为症结有三。其一是阵地问题。任何一种艺术的繁荣,从来都是从"阵地"开始的。没有阵地,作品就发不出去,戏曲没有舞台,就不能进入"流通渠道",就没有读者和观众,就不能产生"社会反响"。所谓的"阵地",现泛指纸质性的刊物和报纸。

"五四"散文的兴盛,与报刊"量"的发达有直接关系,从《新青年》首倡"随感录",到《每周评论》《民国日报》《晨报副刊》《语丝》《莽原》《北新》《论语》《人间世》《太白》《新语林》《申报》《自由谈》《火星》《鲁迅风》《野草》，为现代散文提供了面世的广阔天地。三十年代添《芒种》《宇宙风》《散文》《诗与散文》《文学》《现代》《文学季刊》《光明》《作家》等，出版刊物达三百多种，因此出现了1934"小品年"，把散文推向繁荣推到了极致。

而现在的散文刊物光景就大不如前，仅有《散文》《散文世界》《随笔》，以及常态化推出"散文专号"的《福建文学》《广西文学》等寥寥几家期刊，不及当年三百多家的"零头"。从刊发散文报刊的数量上，就给人十足"萧条"之感。

即使加上报纸副刊千字文"小摆设、豆腐块"，我们俗称"夹缝散文"，那也只是杯水车薪啊。没有阵地和土壤，你想繁荣和生长就真的很难。

其二是报刊编辑的原因。现在很多的散文编辑，都是"文坛老匠"，资历深厚，亦文亦编，在校时读的都是"杨朔散文"，审美观念基本是意境纯美、有神来之笔、结构必须"三要素"的美文，不合者弃，随手就把"不合标准"的扼杀掉，丢入纸篓里了，那是再正常不过了。

"另类"的作品根本过不了编辑这一关，去年《作家报》"编辑手记"刊发了我《文学编辑队伍亟待年轻化》的短评，表达了我对此现象的深深忧虑。

其三是作家队伍问题。从现代散文发展来看，文学兴衰固然有其社会原因，但主要还是靠作家创造。"五四"散文队伍空前壮大，前十年的鲁迅、郭沫若、瞿秋白、郁达夫、朱自清，十年后期的茅盾、鲁彦、丰子恺、钟敬文等数以百计的名家大腕，阵容这么庞大的作家群，共铸了世纪散文"繁荣之奇观"。

三十年代后涌现的巴金、茅盾、冰心、夏衍、杨朔、刘白羽、秦牧、魏巍、吴伯箫、徐迟、杨绛、曹靖华、袁鹰、峻青、碧野、陈残云、何风等，有的已去世，有的"高龄"衰老，创作精力几近枯竭。

而新时期备受瞩目的黄宗英、贾平凹、刘再复、赵丽宏、唐敏、张洁、舒婷、苏叶、陈慧英、王英琦、叶梦、李佩芝、马瑞芳、吴丽嫦等，他们大都以"小说"闻名，虽然他们操起笔来，比那些专事散文的作家影响更大。

不可否认的是，那都是因为"名人效应"，而不是散文作品本身的轰动。当下专事散文者少，专业领军人物尚"虚位以待"中，队伍也杂混不一，时势还没有造就出"散文精英"，这是当下散文"落魄"的又一重要因素。

我们的散文要有自己独特的观察，独立的感悟和思想。更为重要的是，要耐得住寂寞，耐得住清贫，远离喧嚣的世俗，纯净自己的心灵，与自己的灵魂对话，用作品说话，也许现在看似有些问题的问题，在若干年后，就根本不是问题了。

5. 再次繁荣的对策及措施

"五四"刺破苍穹的，是那绿剑千尺长的"野草"，从黄海追寻到黑海，当年呼唤革命暴风雨的，是那骄傲的、黑色的、闪电般的"海燕"。

散文以什么形式，在什么时候，能迎来繁荣的转折？经历了一次又一次潮起潮落，面对全新语境的九十年代，散文该如何向杂语喧杂的八十年代揖别？我们刺破创新苍穹的"矛"在何处？再次繁荣的"对策及措施"是什么？

日本为鼓励创新，大胆设"乱步"奖，重奖"践踏"既定规则的"创新者"，"犯规"也概不追究。我们散文"政策"和规则是什么，那就是坚持"先进文化的前进方向"，领会和贯通了这个"灵魂"，就不会入歧途，繁荣就会"不请自来"。

首先是对"传统文化"的态度问题，是弘扬，还是舍弃？这本来不是问题的问题，但在西方文化蜂拥而入的今天，就显得"异乎寻常"重要了。

中国传统文化特性具有两种基本特性，一是"不可否定性"，二是提供"应予否定的依据"。由此可以肯定的是，散文要繁荣和"突破"，想否定传统而全盘西化，那是根本"此路不通"的。

其次是功能定位的问题，是"讲故事"和小说拼，还是激昂地和诗歌拼？我看都不是，既然不能"包打天下"，那就扬己所长，只要对社会有用，只要大众喜爱，那就是我要做的，只有"正视"自己，才能"明目"向前。散文就是要发挥"短小灵活"的优势，既要"文美"，也要"载道"。

散文先是要"美"。从美学的角度讲，散文要注重自身特性，承担社会责任，实现对社会生活的审美传达和表现。审美意识是在社会生活中产生、发展和不断完善起来的，在此基础上，作家才可能与外部世界构成审美关系，从而获得审美感受。

长期的历史发展和历史的生活经验，把作家对世界的理性思维成果、功利伦理、文化修养和道德评判，积淀为一种不自觉的"心理结构"，而读者的审美意识，正是建立在这个心理结构之上。所以"创造美"，就是散文承载的基本职责和创作的首要目标。

美是多维度的，现在有些戏剧、诗歌、小说作品，大胆采取西方表现手法，运用迷离流动的心理色彩，描绘诗意摇荡的感觉特征，构造发人深省的幽默意味，无论是舞台上还是文体都有一种"全新美感"和视界冲击力。我觉得散文也可以如此借鉴，打破自我封闭的"杨朔模式"，扫除"西昆体"，接受现代派文学的"再次渗透"。

散文要有"情"。"感染力来自情感的独特性"（列夫·托尔斯泰），"岁有其物，物有其容，情以物迁，辞以情发"（刘勰《文心雕龙》）。我们把散文当"情种"，要抒情，要感悟，要吐露，就找散文。

情感是神奇的感染力，是世界上最复杂的东西，西方美学格式塔学派用"异质向构论"解释审美经验形式时，提出了著名的"心理效应说"，就是审美对象给审美主体多方面刺激时，从而引起各种感觉器官的通感，获得审美心理场的整体效应。说明"情"是最能打动读者的"灵丹妙药"，只要抓住了情，就抓住了散文的本质。

散文靠什么给"审美主体以多方面的刺激"？——那就是"复合情感"，它不仅能推进读者情感的曲折和"纵向进层"，而且还能使情感发展"横向分化"，从而达到"形神相聚"的境界，达到向心灵深层结构"突进"效果。

现在的普遍共识是，散文适宜"抒情"，抒发人生百味，记录生活真情，写情而见性，写情而见"时代"，现在的散文，基本泛指"抒情散文"。《老残游记》作者说,"灵性生感情,感情生哭泣,只有散文最合适"。

佘树森在《散文创作艺术》中强调,真情实感是散文的灵魂,真情的流露,即使幽微柔弱,也会长上有情翅膀,获得知音的共鸣。情不真则文伪,情不深则文贫,情不酣则文滞,情低俗则文无高格,为文者需真情实感,以气为主,而绝非为文而创情,散文就是"情种",是"抒情的艺术"。

我们认为,抒情的核心要义,就是"无拘无束,无所定格",好比一个粗通文字的少女,当她要给所爱的人写情书坦露心迹时,此时她的"形式和情致"这种状态下,就已完全具备散文创作的一切要素,而她发自内心的情愫,就会冲破文字的所有障碍,把情感表达到相当程度。

但散文仅仅"抒情"是不够的,从美学的经验看,情感太多依附于"诗的概括",单纯直接地抒情,作品在叙事中演进的情感脉络,往往只限于正反两个极点之间的双向运动,就会把复合情感形态简单化,从而导致"概念化抒情",使作品缺少了结构曲折和变幻多层的"审美体验"。

散文贵在"创新"。散文完全可像诗一样,运用"象形文字"的形与声,制造出抑扬顿挫的节奏、浏亮的音节,并用这种节奏,来抒发愉情绪意或"情感流",它将从"第一个字开始就使我们陶醉,直到读完最后一个字,才清醒过来,顿时让我们耳目一新"(弗吉尼亚伍尔夫《论现代散文》)。

台湾散文作家余光中《丹佛城,新西域的阳关》,善于用一种特殊长短句子,表达一种特殊的、绵绵不尽而又澎湃的激情。近日唐敏、吴丽嫦、叶梦、赵丽宏《怀念黄土》《心中的大自然》等作品,从形体到内心,展示了"不一样的自己",带给了读者全新的阅读体验。

我读二十世纪西方现代文坛上流行的心理分析、意识流小说、反理性诗,觉得很多东西是可以借鉴的,我反对"崇洋",但不反对"媚外",余光中作品启示我们,借鉴好的东西"为我所用",也许是散文眼前"突围"的最佳路径之一。

面对目前散文境况,我们心中"复合感情"还是十分复杂的。但我相信,在先进文化前进的道路上,散文一定能阔步前进,迎来新世纪繁荣的曙光。

第 51 章
散文鉴赏原理论

1. 散文美的鉴赏基础

散文审美鉴赏，不是自发的、原始的鉴赏形态，而是一种自觉、复杂的审美鉴赏活动。正确地鉴赏散文美，可以使自己的心灵变得更美好，情感更加真挚纯洁，人格更加崇高。

如果我们具备了丰富的鉴赏经验、独特的审美洞察、正确的审美判断、丰富的审美理想，我们就会发现，散文将给你的人生、你的心境、你的生活投注绚丽的色彩和绝假纯真的魅力，使你步入一个斑斓的美的世界，从特有的审美场中观照到五光十色的人生，肯定和发现自己。

鉴赏是获得美感享受的一种过程，是美学理论的重要审美建构。古人们历来重视文与美的鉴赏，其鉴赏与创作论"同位一体"，互相辉映而又各成体系。

司马迁《史记·屈原贾生列传》中关于鉴赏的论述，可谓一语中的，"《国风》好色而不淫;《小雅》怨诽而不乱，若《离骚》者，可谓兼之矣"。

曹丕《典论·论文》鉴赏"建安七子"之文，"王粲长于辞赋，徐干时有齐气，然粲之匹也。……琳、瑀之章表书记，今之隽也。应场和而不壮，刘桢壮而不密。孔融体气高妙，有过人者，然不能持论，理不胜辞，以至乎杂以嘲戏"。

刘勰《文心雕龙·才略》这样鉴赏曹魏文集团之文,"魏文之才,洋洋清绮,旧谈抑之,谓去植千里,然子建思捷而才俊,诗丽而表逸;子桓虑详而力缓,故不竞于先鸣。而乐府清越,典论辩要,迭用短长,亦无懵焉,仲宣溢才,捷而能密,文多兼善,辞少瑕累,摘其诗赋,则七子之冠冕乎!琳瑀以符檄擅声,徐干以赋论标美,刘桢情高以会采,应场学优以得文"。

汉武帝读《子虚赋》,恨不能与"作者同游",读《大人赋》,"飘飘有凌云气游天地之间意"(《汉书·司马相如传》)。

我们认为,唐宋古文运动,其实就是一种从鉴赏到创作的审美触发,没有鉴赏活动的介入,也就无法构成艺术生命存在的本体世界。

散文美鉴赏是一种复杂的、双向复合的审美运动,它至少包括这样几个基本要素,一是审美主体,也即读者,再美的文,如果没有读者,它就毫无生命力可言,也就无法构成完整的审美活动。

不同的读者"读"的方式、因其程序不一样,每个读者的知识结构、鉴赏目的、审美心境、审美能力和价值观念不一样,其效果也就截然不同,正如赫尔岑说的一样,"人类世世代代,各以自己的方式反复阅读着荷马"。

二是从审美的活动方式探源,其作品是客观的,它有着"质"的规定性,不以读者的主观意愿为转移,是客观的物质存在。

对于作者,则是反复寻求的过程中,反作用于创作与精神的"同体位"审美的信息反馈,就是对作品进行鉴赏时所获得的美感和心理享受。它是作品反复刺激读者后的生理反应,包括"共鸣""情不自禁"等方式。

2. 鉴赏的心理审美

鉴赏散文是一个复杂综合的审美心理过程,是一种内在的综合阅读效应,这种鉴赏过程难以把握。在主体与客体之间,有一个复杂的审美场,有如"羚羊挂角,无迹可求",而读者的"顿悟",包括审美心境、审美经验、审美知觉、审美感受、审美享受、审美想象、审美判断等环节,它是创作和鉴赏活动的终点。

散文一般篇幅短小，鉴赏的审美过程也很短，"读"散文的心境与小说不同，其状如"品茗"，应该是几口就咂出"汁味"的东西。读一篇散文，就是去体验一番真情实感，获得轻松愉悦，让自己步入一个优美"意境"中，其语言也不会像诗歌那样含蓄，不需要准备太多的理性阐释，去破译密码的思辨注意力，更不像读小说需几小时或耗更长的时间。

不同的读者有着不同的审美经验，一般读者的鉴赏和高层次读者鉴赏，粗略阅读和反复体味，每一个读者知识结构、审美能力和心理判断都不一样，导致审美效应的千差万别。他们或出于欣赏目的，或是批评的动机，都显示出各自需求的不同，折射出审美鉴赏的多样性。

鉴赏者或多或少，还应该具备相应的审美经验，才会有相应的"共鸣"。"凡操千曲而后晓声，观千剑而后识器，故圆照之象，务先博观"（《文心雕龙·知音》）；"鉴赏力不是靠观赏作品，而是观赏最好作品的过程中，打下感知的基础，并用于衡量其他作品的标准，估价不至过高，而是恰如其分"（《歌德谈话录》）。

中学生读《荔枝蜜》和《泰山日出》，只会对作品有表层的鉴赏体验，鉴赏的价值判断大都来源于老师的赏析，而对于一个破万卷书，具有鉴赏经验的人来说，就会有自主明晰的鉴赏层次，体验也丰富深刻得多，重要的是在审美过程中，产生必然的"否定意识"。近来对杨朔散文模式的质疑，就是具有丰富审美经验的那些人所表现出来的"否定性鉴赏"。

"知觉"是鉴赏的第一步，也是读者对审美主体的反应。鉴赏过程中产生的复杂、精细的精神活动，都是在知觉的基础上产生的。

鉴赏首先是对语言的直接审美感知，大脑皮层的语言区，产生"起初的兴奋"，这种兴奋迅速向感知、表象层扩展，在脑中多种"分析器"的神经参与下，把作品的空间形式、情感、景物、形象等多种特性和属性综合起来，从而形成读者心中重新创造的"审美形象"。

读秦牧《南国花市》《花市徜徉录》，我们首先感知的是描写的语言，"单说一样红吧，就有朱砂红、石榴红、猩红、紫红、橘红、桃红……其他绿、黄、蓝、白等等颜色变幻丰富""绚丽的鲜花，像美妙的音乐一样"，读者就是通过这些白纸上铅字的语言，"感知"到了花市"蔚为奇观"的色彩，那"幽香淡淡"的醉人芳香，千姿百态的逗人风姿，"喃喃絮语"的动人声音，不同花种的不同性格。

这一切的审美过程，都是通过优美的语言，把花的颜色、气味、姿态、声音、品格诉诸读者感官，构成一个"心中的花的世界"的。

读者在欣赏散文时，"知觉"引起精神的愉悦，主体情绪也随之充满着一种快慰、娱乐和满足，获得感知后的审美享受。作家按照"美的规律"创作出作品，目的也就是满足读者的这种审美需要。虽然不同的情感体验受到不同的心理制约，但表现出的情感享受却是殊途同归的。

范仲淹的《岳阳楼记》，抒登楼所见所感，体现的是"处江湖之远，则忧其君"的忠君感情，而读者获得最深刻的，却是"先天下之忧而忧，后天下之乐而乐"的崇高情感。

不同读者读《岳阳楼记》，产生不同的心理审美效应，主要是源于不同的审美享受，做出的不同价值判断和情感心理体验，因而就会产生较大的审美差别。

正如马克思在《哲学手稿》中说，"忧心忡忡的穷人，甚至对美丽的景色都无动于衷，贩卖矿物的商人，只看到矿物的商品价值，而看不到矿物的美的特性，也就没有矿物学家的感受"。

知性美学心理分析认为，"审美想象"是主体根据作品信息源，调动自己的"表象贮存"，在头脑中建立起的相应形象，极其复杂的心理过程就像一粒种子，在心中成长为高大树木，这就是鉴赏的能动作用。它是鉴赏过程中，最需要投入全部心智、最有创造性也最能获得享受的关键审美环节。

韩愈《听弹琴诗序》中对太学饮宴"儒生"的容止步态和情形，通过"鉴赏"而在心中重现其形象，靠的是他古文的修养和对文言文的感知能力，还有多维度的素质，"宴会的气氛"才能逼真地创造出来，"有一儒生，魁然其形，抱琴而来，历阶以升，坐于樽俎之南，鼓有虞氏之《南风》，赓之以文王宣父之操，优游夷愉，广厚高明，追三代之遗音，想舞雩之咏叹"。

审美活动是潜在的、复杂的，需要根据自己的审美标准、理想、趣味和想象，"饱含深情"地做出价值判断。严文井《一个低音变奏》作品中的"小银"，他那把孤独的小号，引起了读者强烈的"共鸣"。

这种共鸣，就是一种肯定的价值判断，他们从作品中看到了与自己相似的经历、情思和理想，从而引起了"全人格震动"，情感与作品"交融"，产生了"共鸣的美感"。

健康的心理判断能获得更充分的体验和享受，不论作品是否能让你激动或喜欢，总有一种价值判断潜藏在你的心底，而且对作品观察愈细，审美感受就愈深切，做出的判断就愈可贵。这好比喜欢某作家的散文，而不是喜欢某作家的人，是复杂的心理审美纠结后，最后所产生的"终极鉴赏"。

3. 鉴赏活动的"潜结构"

复杂的散文潜结构，构成了对作品的鉴赏层次。多元的读者结构，构成了接受审美的多样性。很多以欣赏为目的，带有很大随意性和偶然性，是冲动型审美行为，体现出审美的中介类、间断型、单篇的、片刻式体验心理特征。

李健吾《雨中登泰山》体验的只是登泰山过程的愉悦，不会因为读到这篇散文，要去研究他的身世、整体创作风貌，除非读者产生了冲动，想了解他一个时期，乃至一生的创作。想进行综合性分析鉴赏，带有美学批评和学术探索的目的，伴随有充分鉴赏准备和复杂的分析创造，实现更高意义的鉴赏活动，就是审美活动中的"潜结构"作用。

对一个时期众多散文作家的横向比较，包括作家与作家、前期与后期、流派与流派、民族与民族、岭南与岭北、中国与外国、历史与当代，进行综合性的分析和鉴赏，而且很大程度是一种学术鉴赏活动，进行全方位的比较型审美鉴赏，为读者提供一个鉴赏的审美比较坐标。

比较美学认为，鉴赏有横向的，也有纵向的类比，比如《中西散文之异同》《秦牧与杨朔之鉴赏》《论古文与白话文进步》，都是从"影响比较"切入的，带有鲜明比较美学的时代特征。

散文没有小说曲折动人的情节，没有戏剧尖锐的矛盾冲突，没有诗歌鲜明的节奏和韵律，散文的首要特征就是语言的"触媒"，即语言的技巧，"凡起句当如爆笔，骤响易彻；结局当如撞钟，清音有余"，这就是现代作家散文的革命，通过对其"语言"的淬炼，把"鉴赏"提级到一个更高的层次。

秦牧"从来不回避流露自己的个性，总是酣畅淋漓地保持自己在生活中形成的语言习惯"，所以他的散文新颖、深刻和奇巧，写景叙事形声色香流于笔端，抒情议论褒贬扬抑力透纸背，"挟艺术魅力，以叩击读者心扉，文字震撼人心"（《三十年的笔迹和足迹》）。这种魅力来自他广博的知识、浓烈的激情，特别是自然朴实、亲切率直和生动传神的语言所带来的艺术效果。

巴金的散文，在于准确地直抒社会、人生和人情世事，毫无保留打动读者心的真情。他的秘诀是"把心交给读者"，仰慕高尔基英雄和"勇士丹柯"，真诚而无掩饰，作品中燃烧着一颗火热的心。

郭沫若《银杏》的银杏之美，秦牧《榕树的美髯》中的榕树之靓，宗璞《紫藤萝瀑布》的紫藤萝之壮观，金马《蝼蚁壮歌》的蝼蚁之伟，都是情感鉴赏活动中，最具感染力的潜结构。

散文鉴赏古有"三意"，即作品的"情""志""神"，集中体现出先人的审美理想，柳宗元《复杜温夫书》"引笔引墨，快意累累，意尽便止"，韩愈"志深而喻切，因事以陈辞"，杜牧说"凡为文以意为主，以气为辅，以辞采章句为之兵卫……是以意全胜者，辞愈朴而文愈高；意不胜者，辞愈华而文愈鄙。是意能遣辞，辞不能成意。大抵为文之旨如此"。

鉴赏乔良《高原，我的中国色》，让读者感受到一种对阳刚的崇敬，"那条真正的中国汉子，那裸露着青筋、露着傲骨的高原"，那古朴深沉的"中国色"，就是鉴赏活动中的总轴，审美情感围轴而铺开，如果舍轴色而谈其他，鉴赏就不能切中肯綮。

4. 鉴赏中的"双重功能"

审美的鉴赏活动，是主体与客体之间复杂的双向运动，具有双重的审美功能。从创作角度说，鉴赏反作用于创作，从读者角度看，鉴赏可以满足人们多维度的精神需要。

鉴赏心理学家把"发现自己",然后"肯定自己"的心理图景,视为审美情感的双向互融,是审美理智相统一的过程,是审美能动性的心理效应,也是鉴赏者水平高低的审美结果,是审美鉴赏的"第三功能"。

鉴赏是创作的终点,所谓"嘤其鸣矣,求其友声"(《诗经·小雅》)是也。如果文章写出来却锁在柜里,那么审美的信息传递就中断了,只有触发读者"情感燃点",使他们感到喜悦,或高兴,或感慨,或思索,或赞叹,这样互动的鉴赏活动,才能使创作达到终点。

白居易被贬为江州司马时,有次听到一位女子弹奏琵琶,他从如泣如诉的琵琶曲中,联想到自己的遭遇,发出了"同是天涯沦落人,相逢何必曾相识"的悲怆感叹。此时的他因为这首"琵琶曲",拨动了心中的情感之弦,他把自己的情感与琵琶曲融合,产生了极其深刻的美感"共鸣",从而才有了《琵琶行》。

在审美的"双向"互动过程中,白居易是审美主体,"琵琶曲"是审美客体,情感共鸣是"琵琶曲"审美活动的终点。他首先从曲中发现琵琶女的情感状态,然后琵琶女的鉴赏反馈,又让他燃情地复归到创作的原点,产生"同是天涯沦落人"的情感共鸣,随后"琵琶曲"再一次复归到鉴赏活动中,使《琵琶行》再次进入创作终点。

巴金《再忆萧珊》发表后,引起了读者的情感共鸣和人格震动,对于已鉴赏过的人来说,作品已完成审美的阅读,它的审美价值被肯定,完成了一个审美的终结。

如果三十年后读《再忆萧珊》,就将再一次产生创作和鉴赏的状态,作品也因此处于"未完成状态",就如存放在柜子上的"半成品"。

只要读者还有鉴赏的可能存在,鉴赏活动就永远不会被终结,"鉴赏"也就会成为无穷无尽的审美活动,一直延续和存在下去。

艺术美学认为,鉴赏是主体的创作意识和读者鉴赏意识互相作用的结果,鉴赏是作家创作的必要性存在,只有鉴赏的活动,才能体现创作的生命价值。

杜甫"何时一樽酒,重与细论文",就是他从"文"中获得反馈信息后，从鉴赏中获得创作灵感，而"把酒论文"的。

孔子闻《韶》乐，三月不知肉味；读柳宗元的作品，余香满口，从而忘记了吃早餐；《红楼梦》里的林黛玉经过梨香院时，只听墙内笛韵悠扬，歌声婉转，偶尔有几句飘进耳内，"良辰美景奈何天，赏心乐事谁家院"，"则为你如花美眷，似水流年"，黛玉听了，不知不觉引起"共鸣"，竟然如醉如痴，站立不稳，于是蹲身坐在石上，细品其中滋味。

此时的黛玉，已从《牡丹亭》杜丽娘的身上观照到了自己的影子，感受彼此的相似，这种"相似"突然在《牡丹亭》里遇到了，彼此相鉴相融，这就是黛玉的"鉴赏"带给《牡丹亭》"双重感染"的力量。

第52章
论二十世纪散文

世纪末的钟声已经敲响,百年也不过一瞬。一个世纪即将过去,新的纪元又响起紧迫的跫音。回望百年文坛之状,如纷繁之"万花筒",令人"眼花缭乱",又让人"惊叹不已"。一个世纪的文化承继、影响、发展和蜕变,看似"万象丛生",结果好像"什么也没留下"。文人们站在世纪之交门槛上,仿佛"疯"了一般,一种从未有过的焦虑感、恐惧感、陌生感,袭扰着他们的心灵。

他们爱过也恨过,满足过也后悔过,失败过也成功过,有喜悦,也有狂欢;有失落,也有沉重;有枷锁,也有自由;有抑郁,也有疯狂。

当一切即将过去,当激情成为回忆,面对大动荡、大碰撞、大整合的二十世纪,面对世纪之初"五四"运动、中西文化撞击,到改革开放"西方文化"再入侵,一个世纪出现了两次惊骇的"滔天巨浪",散文家们不再"失语",再也无法"淡定"了,他们"有话要说"。

散文历经了什么?一个世纪的沉浮裂变、风雨坎坷,可谓是"一言难尽"。世纪末的文化语境、生存环境、精神向度,和世纪初之境况,已有了天壤的大不同。文学边缘化的困厄,深刻影响了它繁荣的土壤和根基,散文从少数人的"欣赏品"演变成大"消费品",历史转眼发生了最深刻的变革。面对下一个世纪,散文又再一次面临着艰难的抉择。

1. 边缘化背景与散文对策

世纪末的文化转型，主要体现之一，就是"影视"势不可挡的冲击力，使散文随文学整体"下坠"，由"先锋"滑向边缘，失却昔日宠贵，暴露出生存的尴尬和现实的无奈。报刊阵地陷落，纸媒不再"纸贵"，读者集体"叛逃"。面对这种困境，散文再一次受到拷问，在夹缝中如何繁荣？

用世俗的眼光打量历史和自身，习察世人心态、把握时代心脉、调整生存策略，它从崇高走向世俗，表现出坚强的反躬自省和自我救赎精神，展示自我颠覆和征服的巨大力量。散文从来就是圈内"高手"，它善于"突围"，面对生存，它能迅速绝地反击，在适合自己的一方水土上，去建构新世纪的"散文天地"。

世纪末文化转型，以及"市场经济法则"的确立，导致了传统文化的失范和无语，在"经济建设为中心"的主流话语面前，文化只能是附庸，是"服务商"，是"代言人"。商业入侵的本质就是商业方式的运作，使文化成为"可交换的商品"，理想信仰必然退居末位，文学不再能随意进行"理想化叙事"，只能把曾有过的辉煌隐进了历史深处，再一次被沦为"工具"。

作家们从"中心"被排挤到边缘，失落感成为他们的"通病"。很多作家精神开始"萎缩"，道德失范，欲望膨胀，游戏崇高，欲望物质化，道德价格化，文学制作化，原以为"无可动摇"的文学信念和美学理想，在大潮中纷纷移位，中国人文精神的失落消解，一时成为最令人堪忧的也最普遍的现象。比如报告文学的"汗牛充栋"，就是因为文字和版面背后那不可言说的利益驱动折射出的"繁荣乱象"。

散文从来就不会在飓风中泯灭，而是"迎风而生"，历史的经验早就证明了这一点。它拒绝堕落，将散文叙事目标大面积投向百姓的生存原相，人生百态，小巷胡同，喜怒哀乐，把一切的发生和结果，都放在大时代的文化背景下，拒绝时尚诱惑，淡定守护文化宝库，清除思想殿宇的垃圾，确立了一种"终极关怀"的叙事情态和散文的责任担当。

散文迅速挣脱八十年代末"消亡"的喧嚣声，从"沼泽"回归本来立场，开始着手建构一种新的人文态度。在短短的时间里，一种个人化、生命化、世俗化的"叙事法则"就悄然确立下来，文风"焕然一新"，少了"媚俗"，多了"崇高"，少了堆砌，多了"真情"，表现出它"绝尘"的新人文姿态。

当下"走红"的文化散文、人生散文和生活散文，以"反叛"的姿态，"火中取栗"，成为一种反小说、对抗欲望的最佳文体，深得世人喜爱。它以"自我之存在，倾入个体生命实践"，去聆听世人灵魂深处的吁求，不懈求索个中情感，力求抵达生命本质，听百姓呼声，为百姓吁求，与社会共呼吸，因而使沉寂的散文，又重新开始喧闹，一度失却的话语权力再次回归，"失势"的"答应"，摇身一变成为"宠妃"。

这些颇受关注的作品，主要是试图表现出对人类和自然命运，以及人生的深刻思考。作家与现实对话，与世俗交流，以自我写作，切入历史，切入生活，切入生命，把文字的表意和审美，情感式地表达为个人化写作意味，通过一种个性化的文本张扬，构成一种写作态势，并以此构成一种不可替代的话语权，这就是时下散文家们殚精竭虑之所在，与"五四"散文有着"异曲同工"之妙。

余秋雨的散文是一场"隆重的生命排场"，一种生命过程的自然呈现，他的文化苦旅是沿着历史古道，寻找一种人类命运，尤其是人类精神命运的"足迹"，与古之圣贤对话，与山川风水对语，与人生沧桑对眸；张中行的散文，是一种随意且洒脱的人生。

《负暄续话》中的文化烛照，对种种世俗的情怀，建构了"我"与世俗生活的所有符码和价值标尺；匡燮则以"无标题集约"式的写作，张扬了一种深层的、真实而零碎的人生感受，以及自诩"文化人"的人格。

可贵的是，这些作品从失落的文学理想中，自觉地进行着"拯救和重建"，从物欲横流的深渊中打捞沉沦的精神；在精神荒原备受转型文化的困厄中，表现出坚强的"洁身自好"。

由于历史的原因，文学被历史性多次"悬置"，丧失了独立的精神向度，理想被"颠覆"，在群体失语、信仰丧失的特殊时期，散文一度

"无所事事",却又"煞有介事",表现出整体的短暂"失忆",很多作品或闲聊媚俗,或聒噪自娱,不再持存信仰,不再守望理想。在那艰难的时日里,散文也度过了一段浑浑噩噩的"虚无"时光。

可喜的是,现在有的作品,读后为之一振,如一渠涓涓心泉,注入心灵的精神疆地,荡漾出久违的"温馨"。这些作品开始急速向文学话语中心靠拢,放下"仕人"身份,在"庸常位置"上与"俗人"对坐,叙写絮事,作缝缝补补的文字,绘出"一片诗意温馨的精神家园",散文成为了人们精神的"驿站",表现出一种最底层、最温情、最真实的人生关怀。

荣格说,一切"文化的运作",最终体现的是人格,这也就是说,人文的"大厦",最终还是人格的"砖瓦"才能建立起来,只有健康人格,才能守护精神家园。散文世纪末的这种"操守",复归"上乘"之理想,我持以最热切的关怀和赞扬态度。

2. 困厄发展的标志性事件

二十世纪是西方现代人文思潮猛烈冲撞中国文化的世纪,也是西方现代思潮不停渗透的世纪。我们回望百年,突然发现"历史惊人的相似",仿佛时下的人文境况,文化启蒙关怀,又重新回到了"五四"的起点。

首先是对"人"的关怀,是新文学运动"梦之旅"的起点。鲁迅散文是"为人生",周作人是"人的文学",沈雁冰是"文学与人生",郭沫若是"赤裸裸的人性"。

"五四"新文化运动的"理想",就是以"人"为主体,建立起民主、自由、平等的艺术世界,所有的作品,皆表现出"觉醒了一代人的声音",而散文是新文学中,"最有成就的样式"。

周作人说,"五四"时期的散文,好像是一条淹没在沙土下的河,多年后才被掘了出来。这是一条古老的河,"却又是新的",这条"河",就是深厚的人性之河,它是"人"解放的起点。

李大钊说,"'五四'运动的最大成功,第一个要算'个人'的发现。从前的人,是为君而存在,是为道而存在,现在的人,才晓得为自我而存在了",散文一把"抓"住了人,迎来了一场前所未有的繁荣。

"引车卖浆者"的白话战胜了"文言文",这是划时代的胜利,是二十世纪最具颠覆性的"文化革命"。沉沦已久的人文精神,突然被新青年们集体"发现",并迅速得到了"重建"。

他们以"人的自由和全面发现"为旗帜,以一种清俊的话语,烛照世人心灵、洞悉世人精神,立身、立德、立言,为时代而歌,让散文成为"主角",这应该是本世纪最具深远影响的"标志性事件"之一。

客观地说,以"量"衡量,散文从数量上来说,绝对是"海量",由于报刊版幅的限制和散文"篇幅精悍短小,适宜叙事抒情"的特点,两者"一拍即合",甚至有些报纸除了新闻以外,其他都是"散文"类的文章了。

这种一独天下的盛况,使小说、诗歌、理论对它都"望其项背",充满了羡慕、嫉妒和恨。而散文即自豪地说,"人们都喜欢我,运用我,我能行,你们能行吗?"

散文在文学边缘化后,意外受捧,靠的不是"身材娇小",也不是"船小好掉头"的优势,而是它实实在在的"内功"。散文当时倡导的,和其他文体不同的特点是:追求写实的人生态度,强调情感和切身体验,注重叙述状态和人物话语的真实性,突出发现自我,深入内心,探索生命,检视世俗,隐藏欲望,崇尚真实,感情质朴,追求不着粉饰的写实文风,满足读者的精神愉悦,从而赢得最广泛的读者群。

在批评家看来,作家以自身人格力量,战胜任何政治和经济的人格,以此来证明释放"自我能量",这种能量型的创作,就像人生坐标上的"旁知视点",让读者能获得一个清醒的"观照角度"。

深度"窥视"作家的艺术个性、人文理想、认知建构、内在蕴义,提升作品的广泛认同度,获得最直达的社会效果,是我们时代共同的审美理想。如果说文学是"理想制造者",那么散文恰恰是这种"最贴近"的形式,成了最有效率的传播者。

散文广受欢迎的另一个因素,就是它为契合时势,满足大众需求,以前所未有的姿态,关注人生,颂扬真善,讲述"老百姓自己的故事",让文本成为爱的表白,而不是文字"表演"。每个文本都像一面镜子,以"镜中关怀"的审美方式,近世入俗,体味人生,看到真实的"影子",从而达到审视自己,"修身"和"正冠"的效果。

梁实秋的雅舍小品,林语堂的幽默人生,张爱玲的雅致逸达,以前所未有的受欢迎程度,"红红火火"走入民间,这是一个时代的鲜活例证。

他们的作品写人生,写家庭,写亲情,写日常,谈琐事,谈雅好,记俗界,论古谈今,关怀自身,往来礼尚,文字充满了"七情六欲",熏染了浓浓的"烟火味",散发出弥眼的世俗气息。这种以质朴雅赏、状述生活、解读人生的方式,使散文成为当时人们最喜爱的"滋补雅茗"。

二十世纪之初,散文以发现"人"的存在和"人的文学",亮出了个性鲜明的旗帜,一时间呼啦啦响应如潮。郁达夫说,"五四"散文最显著成功的,就是"人的发现,从前的人,是为君而存在的,是为道而存在的,现在的人,才晓得是为自我而存在了",世纪初的"个性解放",成为"人性解放"最显著的象征。

两相比较,梁实秋的"世俗关怀"和余秋雨的"文化苦旅",都是本世纪最典型的"范本"。梁实秋是在封建制度的长期封闭后,摆脱"理"的桎梏的最有力的反叛旗手,他系乎时序、独抒性灵、张扬自我、解语人生,把一个个普通人的生存,一个个世俗缝隙,一种种人间情怀,每一篇都成了"呐喊"。

余秋雨的"人生话语",则是世人思索已久,想说而未语的一种"坦露",从而标志着文化千年患疾"失语症"真正结束了,他是时代所"逼",而走上文化苦旅道路的。

巴金、孙犁以"说真话"而"取信于世",这使得中断了数十年的"五四"精神,得以衔接和延续。贾平凹状写商州世俗风情,真实跃于纸端,以一种自己的人生方式,传不尽感悟于言外,极大丰富了"人"的内涵。

转眼到了"世纪末"之际,它经过不断的曲折和"反正"后,又逐渐回到喧嚣的"人群"当中,并带有浓重的"收官"色彩。如何定义它一个世纪的功过是非,如何"承上启下"?是处于"历史初级阶段",

还是涅槃的分水岭？是一个应该被模糊的时间，还是无足轻重的周期概念？

从根本上说，面对跨世纪的转折，对于散文来说，它的"标志"就是有一种形式，能让他们卸下百年以来，自身对社会和历史的承诺，摆脱无限性压力的权力，调和内心的个人欲望，丰富内心的情感冲突，实现个性"无限之维"的超越，而在转型的过程中，散文成为了唯一"合目的性"的载体，再次展现了它历史的担当。

世纪末还有这样一批人，他们不太在意派别和风格的标签，而只重视人性的抒发，"他们在轻扬的散文里，一再地表达着对亲情的思念，对故土的眷恋，对往事的体味，对苦难的恸哭，对命运的迷惘，对生存与世界的无奈"（梅洁《精神的目光》）。

这种情感方式往往借助散文一叶轻舟，风雨飘零般摆渡我们的情感和心灵的河谷山川，它是个人化的，世俗化的，也体现出一个"群体"的社会责任感和使命感，读者"泪眼迷蒙"地卷入世俗的涡流，从而使散文"万象丛生"。

临近世纪末，散文崇尚的文风，又与十七年"仰视"生活的立场完全不同，文风从"经世致用"转向"人性关怀"，很多作品致力构建一个人与世界的对话框，与世界"平视"，从传统的仰视高雅转为"俯视"平凡、体验平淡、享受琐细，参与生活方方面面，叙述人生点点滴滴，作家的这种写作态度，立即赢得了大批读者和市场。

他们终极关怀意义的写实立场，温情脉脉深得垂爱，他们不再有对"世纪末"的恐惧和焦虑，而是充满了对下个世纪最热切的展望和炽炽期待。

汪曾祺在一种或平淡或超脱境界中，寻求"人生自然的和谐"，寄寓了自己的世俗认知；史铁生以自己的命运关注和身边群体的生存困境，不断拷问灵魂，指涉生命。

余秋雨表达了人生情怀和世俗感喟，说"零的关怀"就是不能"喷"，要"心静和平"。是"不用言说"的状态，是"人"心。是"人"观照后的自然流露，是真实存在的，是风土人心，是"大千所有"。

时下还有值得一提的倾向，那就是从"书写他者"到"书写自我"，从"代言人"式写作到"个人化"的写作，好像被普遍心折和认同，而且大受欢迎。

李劼、赵园、蔡翔、朱学勤、南帆、李辉、陈平原、孙绍振、于坚、夏中文、潘旭澜、季红真，他们纷纷跻身文坛，以厚重的文化底蕴，刚劲的人生感悟，对文明、文化、命运，作出最深层次的思考。

在城市化、世俗化无孔不入的当下，他们"固守学本"，拒绝精神放逐，不倦地为找回世人灵魂宿营地而努力，面对人生"边思边写"，像一个个执着"打更者"，走街串巷"敲鱼打鸣"，去警示、去提醒、去感化人，成为散文在坚守突围中，最强大的一支中坚力量。

3. 共赏下的生存与繁荣

散文的"雅"，是相对小说相言的。由于小说"大容量"体重、故事情节曲折以及叙事的丰富性，它大都多以媚俗的姿态，深度消解现实的意义。

现在的"新写实"小说，一切服从于"畅销"，作品不再有"神"，精神被消灭，灵魂被驱逐，从而使小说成了"泄俗"工具，文字粗俗不堪，充满了恶臭味。嚣张的欲望把理想逼进了狭窄角落，高尚就范于现实，文化被金钱颠覆，小说就这样在肆欲的商业秩序中失去了贞操和品格，滑向了欲望的深渊。

这样的小说不再是"小说"，而是"黄片"和"垃圾箱"。很多小说就是"性"赤裸裸的书写，抚摸身体和乳房，展示器官和下流，作品中性的表演，以绝对优势击倒了"虚无的爱情"，"排泄的身体"战胜心灵的交流，小说被消解成"内分泌文学"，灵魂和精神在小说中性交前的一个晚上，被"暴尸郊野"。

散文则"识时务"而呈现大大的不同，它以"清白之身"、洁净文字、纯正品位，流淌在读者心里的，是一行行干净的文字和思想，甚至一个标点，也是在被"雅驯"后，才步入散文"圣殿"的。

散文系乎时序地表现出"拒绝媚俗"的高尚价值观，坚持自己操守，守住了一片纯净天空，挨过了"寂寞"的日子，赢得了世人的青睐。它以"先进文学"为导向，成为拯救文风的一代"济世主"。

钱穆云,"在中国古代,语言文字,早已分途,语言附着于土俗,文字方臻于大雅。文学作品,则必仗雅人之文字为媒介,为工具,断无即凭语言,可以直接成为文学之事",所以散文必"雅",只有雅才能"经世致用",才能掌握"主流话语",才能"拒绝一切庸俗和腐蚀的姿态"(林语堂语)。

大凡雅之散文,笔老则雅、意真则雅、辞切则雅、言有尽而意无穷则雅,欲至远微深厚之境者,非雅而莫能至。在丰赡繁富的中国散文史上,梁实秋《雅舍小品》至今已发行五十余版,创造"再版"之奇迹。这样的作家才是"雅作"的真正行家高手。

审视一篇作品是否成功,鉴赏一篇作品高下,批评家历来有一把很厉害的尺子,时时"捏"在手中,那就是"雅俗共赏"。一篇作品一旦"脱胎入世",就成了批评者手掌中的"猎物",雅俗共赏则获"捧"字,否则就被无情"诛伐"之。

看来,这把性命攸关的尺子一旦"捣下来",就会有生命不能承受之重。难怪"雅俗共赏"历来被视为检验作品的"真理标准",被写进教科书里,被录入批评的"纲领性"文件中,看来批评家们从骨子里还是高尚的,时刻为百姓代言,为时代鼓呼,不忘批评和"审计"之责。所以说,文化的前行,也少不了"批评与自我批评,才是创造历史的动力"的真理。

但也有批评家对"雅俗共赏"提出质疑,论据是"雅俗共赏"是一个错误,只是一种幻想,因为"俗透了"才有吸引力,雅到极致才能不朽,雅俗被"人为"搓揉在一起,"共赏"只会带来审美混乱,滋生更多"不伦不类"作品。学仕和泥腿子偶尔坐在一起对饮,但不会是"常态",更不会成为一种"现象"和潮流,要么孤芳自赏,要么卑鄙下流,不能又当婊子又立牌坊,还妄想天下"共赞"之,如此这般,那文学的理想也太过"奢侈"了。也就是说,"共赏"就是一个审美误读。

很多作家力求"雅俗共赏",以俗的"媚态",以俗之手段,行销一种雅的情趣,渴望引起更多关注,获得更多"点赞"。作品琐事梦呓,乡愁锁眉,逢场作戏,调侃生活,庸俗下作,冗长词费,强作解人,人生"幽默化",情感无聊化,絮语碎片化,作品浮躁肤浅、缺乏精神光芒，负能量蔓延，"明月已尽而夜珠不来"，结果不受读者青睐，赏之者寥寥无几，事与愿违、有损"体统"。

客观地说，雅有雅的读者，俗有俗的受众。我国古代的赋，不谓不雅，扬雄、班固的汉赋，典丽雅然，深刻物象，破空而游，可是到了南北朝，有人想让赋俗一点，就写出了一种"俳赋"，结果因题材卑琐，词采绮丽，风格媚俗，而大受诟病和抵制。

唐代敦煌文学的"敦煌赋"，可调赋之"俗"作，其语言通俗畅通，明白如话，故事性强，典型的"通俗故事赋"，所以又称为"俗赋"。这种不合适宜的"俗"，恰恰大受文人儒士之喜爱，一时成为士大夫圈里的畅销品种。

所以说，雅与俗之争，其间没有绝对畛域，读者看重的是骨子里的东西，而不是外表和辞藻。雅中有俗，要俗得巧，俗在朴实的笔墨和情致中；俗中有雅，要雅在流动的文势气韵中。

我们认为，雅和俗同是难工的技巧，然非积力久，非造诣深者，而不能为之。"共赏"难工，这确实对我们的"作家"太苛刻了，鱼和熊掌不可兼得，也就是这个意思。

散文天生就是"雅"的品种，骨子里本就没"媚俗"两字，它的长久生命力，在于散文必须以"雅"的姿态，真情行销于世。"雅作雅赏"应该是智慧作家与"有趣味"的读者，在审美互动过程中，最好的"中庸"状态。

4. 被围观的盛况和现实窘境

"女性散文"，历史上还没有哪个朝代像今天这样，如此众多的女性卷入到狂热的散文创作中，成为一道风景和文学现象，一浪推起一浪，弄于时代潮头，被广泛围观。

王英琦、舒婷、李佩芝、施雁冰、叶梦、黄殿琴、唐敏、韩晓蕙、王子君、傅天琳、苏叶、郑云云、梅洁、斯妤、冯秋子、周佩红、黑孩、荔君、珍尔、杨泥……她们与铁凝、赵玫、海男、林白、陈洁、陈染、徐小斌这些小说群体"交相辉映"，构成了女性写作特有的新叙事状态和方式，在世纪末备受瞩目。

对于一个女作家来说,问题的关键不在于能否表达,而是这种表达是否源于性别的经验。一种真正的女性写作,是一种源于身体与经验,并终结于经验的表达。

在社会生活中,女性常常是一个"屋内人"的角色,不同于男人要"走出房间",女性需要"回到自己的房间里去",用自己的眼睛,打量自己的身体,以女性自身的角度发现自我,认识审视自我。

她们的视线从外部回归到"自身",以女性的眼光、姿态和立场,描写女性的生活和人生体验,提示其生活本质和情状,从而对女性作出全面的窥视,去触摸,去展示,去冥思。

在这种女性写作中,各种有关女性的人生体验,以"身体的炫目感",成为女性散文的主题话语。因而,更多的女性散文是一种对生儿育女、丈夫孩子、生命身体骄傲的袒露。

《婴儿诞生》(冯秋子)、《不要拒绝做母亲》(珍尔)、《生命的响声》(李蔚红)、《流自谁流向哪里的第一滴血》(黑孩)、《不喜欢的女人》(韩晓蕙)、《丈夫戒烟》(杨泥),她们的作品就是身躯的语感和话语流,这种身体存在的本真语言,对于女性和散文来说,具有了"双重"和超乎寻常的意义。

她们在身体自然波动中,感受生命的律动,融入存在的恩泽,这是女性写作最本质的追求和缠绵的永恒话题。在这些直涉女性深处的作品里,"母亲"成为人伦之根,生命之源,存在之本,生命之归。她们或人妻,或人母,相夫教子,她是"后宫之首",她又是儿女人格的"雕塑大师",其寓理于情的话语方式,犹如神的声音在儿女灵魂里"终身回荡";她饱享亲情抚慰的快乐和精神庇护的安宁,同时也寻觅着她们心中的人格范式,适应自身的社会角色,这种女性特有的情感"脐带",是男性话语根本没有和望尘莫及的。

女性写作以特有的心理行为和语言表达方式,以男人们"望尘莫及"的姿态,迅速占据了文坛的"半边天"。在女性话语生产写作中,由于独特的生理和文化境遇,偏爱袒露心迹,把目光投注到自我"隐秘角落",对自身"无所顾虑"地发掘,撕开外套,用想象丰富的"身体语言",瞬间征服了读者,"女性"是水,是噱头,"一半是水一半是火焰",而燃起读者欲望的,恰恰是"水"的火焰。

"这是一群渴望情爱,渴望倾诉,渴望生活的文学女性,她们的血肉灵魂,在散文中显得骨肉丰满,因而往往能给人以强烈持久的心灵撞击。她们毫不遮掩地,把整个自己袒露给读者,让人真正看到一个个真实的女性……这就是女性散文的高妙所在。"(王剑冰《女性的坦白》)

女性"洞见"世界是一种特殊方式,浸润了女性独有的生理特点,她们关注自身,注重感性和体验,以"女性之躯",确立了一种新的叙事方式。

她们不再是纯粹主妇,"厨房"不再是唯一阵地,"相夫教子"不再是唯一选择,身体也不再严严实实被"包裹",男人们也从这些女性作品中,感受到了不一样的世界,满足了偷窥的欲望。

"女性文学"的提出始于世纪初,随着女性地位的逐渐提高,个性奋争和民主的追求,其势炽盛,女性写作也随之繁盛起来,被男性作家所忽略与误解的"女性存在",瞬间"分庭抗礼"。

女性写作被世俗坦诚接受并认同,从冰心、庐隐、石评梅到丁玲、萧红、白薇、张爱玲、宗璞、茹志娟,到施叔青、聂华苓、张洁、靳凡、张辛欣、残雪、张抗抗,数十年间她们"各抒己见",用一篇又一篇作品,实现了对女性创作的歧视的"纠偏",垒起了"温柔"的半壁江山,赢得了广泛的读者群。

虽然她们由于政治话语的"喋喋不休",历经了一段艰难曲折的历程,与男性写作相比还显"稍逊风骚",但在文化贫瘠的特殊年代,已经十分难能可贵了。

为什么九十年代女性写作突然"热闹"起来?而且这种"爆发"来势汹汹?我认为,这个"时间点"恰是思想解放、国门洞开之际,女性也随着开放的"浪潮"解除了长期心理束缚,不再有"顾忌",先知先觉的一批知识女性,以特有的视角,素描身体,宣泄欲望,在传统的叙事平面上,这种创作简直就是"王炸"。一个"女人"自己的叙事,一个女性自我追问的过程,一个女性自我深处的指涉,就这样被"围观"了。

5."西化"下的探索和坚守

东西方文化长久隔绝,现在迎来了大交汇碰撞的时代,给古老的文化以强烈冲击,西方则扮演了"入侵"的角色,并带有较强的破坏性。现代主义,后现代主义,以及后结构主义,那些西化的"元语式建构",一窝蜂地试图颠覆和渗透于我们文化的方方面面,对我们的传统文化,也来一次"演变和革命"。

是不是真能如西方所愿?我看未必,这也太小看传统文化的"智慧"了。"试图"颠覆更多只是一厢情愿,"渗透"也只是外在的、表层的,而不能到达其本质,零星地、渐进式地"蚕食",文化不可能"易帜",东方"依然故我",并自豪地喊出"要么为我所有,要么弃之如垃圾,我之魁梧如磐,岂是尔等妖风,所能撼动得了的"豪言壮语。

相反,西方对我之传统文化,充满无限的好奇与惊叹,中国独有的哲学、宗教、美学和艺术在他们眼里,就是一个奇妙的世界,他们一边拂去上面灰掩的尘埃,一边贪婪吮吸我们的国粹,完全是"如饥似渴,不择手段",以滋补他们的身体,弥补他们的不足,好像他们一下子找到了拯救自己的济世良方。

从这一点上讲,西方文化的"腐蚀力"是令我们十分诧异的。散文敏锐地觉察到了这一点,开始进行"地毯"式的揭露,以不同的角度警示国人。随着"坚持先进文化的前进方向"的确立,大炮一响,拒绝劝降,散文率先"迷途知返",走在了所有文学体裁的最前列,产生了《骄傲,我的五千年》等一系列有影响的作品。

在这里要说说时下颇受关注的"新文本探索"。我读了现在大部分代表性"实验作品"后,认为这种"探索",看上去表现的是一个人生和自然不断生生灭灭的过程,但作家不循"常道",不断策动"先锋实验操作",好像"试探性"的艺术演示,这些不追求结局完善,不顾及读者的感受,甚至反感。

他们在文本实验和处理方式上,从陌生化到形而上,对自我、对人生、对社会、对生活,散文不再是一种远离的审视和态度的"冷眼旁观",作品风格"无所顾忌",通过大密度、高质量、快节奏的独白,造成一种对虚妄人生喋喋不休的聒噪和不满,坦露对现实状态的抗拒。

《在不见光的清晨》,心中的理性之光,照亮不了太阳升起的早晨,内容和人物都很抽象,文中多以暗示、呈现、梦幻、陌生化等手法处理片断和细节,语言极具发散性、跳跃性,多修饰转折。

这样的文本,恰似语言迷宫和精神游戏。整个文体将呈开放之态,背景宽大无边,信仰、生存、时间等元素,在作品里都充满了陌生感和深度的不可探测性。作品中的"人物",好像来自另一个星球,"她和他"被高科技定位、保存、操弄,使散文的"探索"实验,成为一般读者很难预料和把握的"四不像"。

我认为,"新文本探索"只是一种少数知识分子所为,和普通读者不在一个认知层面上,所以也就不具"广泛性",不为大多数读者所接受,甚至被排斥,这是十分正常的。它只是极少数作家的一种高级精神娱乐和知识"病态癫狂"的表现,实在是微不足道也,真的大可不必有这么多批评和围观,造成我们无趣的精神消耗和折磨。

看来"探索"必须走出误区,把视点从狭隘的文本探求投向更广泛的世俗,得到世人接受和认同,那么其"实验"才具有可能的意义,否则注定是游戏一场,到最后"草草收场"。

6. 被颠覆的写作与展望

散文显示出它强大的"纠偏"能力,以积极切入的姿态,更加关注时代所需,与普通人直接对话沟通,是对"社群"表现出真挚关切,对"四老一小"家庭给予关注,对特殊家庭表现认同,对未婚、丧偶、独居老人关爱程度和对人生所作出的一种描绘。

可以说半个世纪以来,散文"前所未有"的举动,一篇篇如珠似玉的作品,激发出了人们对美好生活的向往,表现出它文体的高度"使命感"。

《走在乡村的炊烟里》用相互的语言,叙述乡村生活和小人物的故事,交织杂糅着浓浓的乡俗俚趣,在物质富足后,精神的追求和情感慰藉,是很多"农村人"面临的隐私。

《她的三个娃》中叙写的娃都进了城,只留下老年人的孤独寂寞,抑郁焦虑，表现出一种"生活缺憾的填补"，他们更加怀念逝去的岁月，日子好像活在抽象的追忆中，"孤独和回忆"渐成当下创作主流，成为这个时代散文抹不去的印记。

一个纷纭繁复的时代即将过去，许多人都会忍不住回眸，打量过去和现在，以或温情或冷峻的目光，检视自己所走过的路，静心反思，展望未来。在世纪的交叉路口，散文也不得不"摸着石头过河"，小心打量着未知的诸多可能，开始"总结与展望"。

在历经一个世纪整合和发展后，文学开始以存在之思，洞悉未来命运，拷问终极价值，确立叙事法则，重构文学理想。面对当下文化被商业消解，信念和规则被玷噪，思想被迷雾笼罩，在西化的湍流中，文学遭"欲望"重创，被野蛮入侵，被病毒植入，在繁荣的表现下，散文感受到了潜在的"生存危机"。

世纪末散文的真实状况究竟如何，所起到的"教化"作用空间有多大？是什么样的群体在不倦地创作和跟风？这可能是时下很多读者最关心的问题和心结，也是最终"没有准确数据"的答案。

回望百年，散文的生存一直受制于规则的约束，生产力发展、社会进步程度也很大程度决定了作家的思想深度，以及"信仰"的高度。

但现在不同的是，文学被"媒体多元化"排挤，育人教化功能被弱化，一篇文章对社会的影响，也不再像从前那么"深远"，那么被"看重"。

亘古以来从未有的嬗变，那就是散文不得不从单一面对传统挑战，转向面对现在"科技"这个神秘的东西，给文学和纸质出版带来的双重"挑战"。

而当下世纪末的散文，相比"五四"而言，我们现在已站在至高的精神领地上，拥有更先进的文化，更明确的前进方向，天时地利"皆我所据"，二十世纪散文的"首尾呼应"，面对下世纪即将到来之际，这难道不是我们的发展之期、繁荣之兆、散文之幸吗？

传统写作手段被"颠覆"，"书法课"从课程表里消失，几千年的"稿纸"，一夜之间"狂风大作"，被吹得七零八落，也吹走了很多写作者的魂。曾经膜拜的铅字和印刷，就在键盘的敲击声中，瞬间"奇怪"地出现在自己的面前,这简直是"不可思议"的。电脑写作逐渐取代传统"钢笔书写",墨汁也不再"金贵",不仅"五四"时期的鲁迅未曾想到,就是苦旅中的余秋雨,也是万万"所料不及"的。

作家把思想变成"符号"进行输入,曾经堆积如山的初稿,突然就成了不可捉摸的"电子文案",在输入文字、图像后,就可以随意编辑组合,"即点即看",不再带着胶片去照相馆。这使很多人夜不能寐,非常不适应,对新世纪充满了"惶恐",甚至远远超过猿进化到人时,达到了一夜之间,没了"尾巴"的"惊诧程度"。

作品不再是传统意义上的存在,在案头的杂志里,在书柜的典籍里,放到互联网上,它就不再是单一的存在,而是"天涯海角",无处不在。作家不再是楼阁里奋笔疾书的孤独天才,"印刷成册"也不再是唯一的轰动方式。

可以预见的是,随着写作方式的革命,传统的作者与读者关系被颠覆,也将带来出版行业的震荡,读物的印刷,将从作坊生产转向现代化流水作业。

如果影视在互联网上繁荣,人们的阅读转到网上,那么我在这里大胆预测,在不久的将来,现在兴盛的报刊产业,如同文学"盛极而衰"一样,会不会也被"边缘化"呢?

但毕竟科技的进步带来的意义是巨大的,是我们现在的认知还无法想象的。但可以预见的是,它一定会带来社会的深刻变革,文学也不例外。

恣意键盘代替了传统书写,"交互式的科技写作"从根本上颠覆了作家和读者的关系,这使文本的叙述具有了更多可能性。读者不再是单纯的阅者,读者也是创作者,双方共同在一个"对话框"里,共同创作和阅读。原来数千年才能完成的"融合",现在极快地"瞬间"就能完成,就能在屏幕上呈现。

我们智慧的贫穷,困住了我们想象的翅膀。世纪初的"五四"新思想和世纪末的"新科技",可以毫不夸张地说,这是二十世纪散文界最为显著的两个"标志性事件"。

第 53 章
当代散文命运思考

散文创作和散文批评及散文理论是散文奋飞的双翼,缺一不可。我们系统地论述散文美学,是为了更清醒地把握散文的美学规律,为散文的振兴繁荣助一臂之力。回顾当代散文所走过的光辉而艰难的历程,总结散文兴衰的经验教训,把散文的创作和批评纳入美学的体系,以便更好地面向未来。

1. 当代散文的三个阶段

当代散文创作总体上讲是繁荣的,成绩是突出的,其历程大致可分为三个阶段,从 1950 年到 1956 年,第一个五年计划期,可视为第一个发展阶段。

这个时期最发达的是散文通讯和特写。抗美援朝,土地改革的胜利,第一个五年计划的顺利完成,为散文作家提供了丰富的素材,同时也给散文家们提出了迫切的任务,为那些写作战争通讯的能手提供了用武之地。一批反映时代变幻和战场风云的通讯特写产生了重大影响,如散文集《朝鲜通讯员报告选》《志愿军英雄传》《志愿军一日》《祖国在前进》《经济建设通讯报告选》《散文特写选》等,李若冰、杨石、林遐等一批新人也崭露头角。

1957 年至"文革"前,是当代散文发展的第二阶段,这是当代散文的"黄金时期"。虽然新中国经受了反右斗争的风雨,1958 年掀起了"大跃进"的热潮,紧跟着又是三年自然灾害,散文却元气未伤,反而获得了空前的丰收，涌现了一大批脍炙人口的名篇佳作。

刘白羽《长江三日》《樱花》、杨朔《雪浪花》《荔枝蜜》《茶花赋》、秦牧《土地》《花城》、巴金《从镰仓带回的照片》、冰心《樱花赞》《一只木屐》、吴伯箫《歌声》《记一辆纺车》、曹靖华《花》、魏钢焰《船夫曲》、碧野《武当山记》、方纪《挥手之间》、林遐《手册》、严阵《牡丹园记》、冯牧《湖光山色之间》、于敏《西湖即景》、李健吾《雨中登泰山》、菡子《小醉翁》、袁鹰《青山翠竹》等，这应当归功于"双百"方针的贯彻给文坛带来的宽松自由气氛。

党中央提出"双百"方针之后，1961年又制定了"文艺八条"，周总理、陈毅等领导同志多次讲话，给知识分子"脱帽加冕"，强调解放思想，重视精神产品的生产，尊重文艺创作规律等问题，使作家放开了手脚，《人民日报》开辟《笔谈散文》专栏，在散文界掀起了一股探讨散文艺术本质及规律的热潮。散文把握住历史的机会，天时人和，掀起了散文发展的新高潮。

十年浩劫，给人们留下了多少苦难的回忆和不可弥补的遗恨，"悼挽散文"首先发难，批四凶罪孽，写故人遭遇，寄作者哀思，恢复了十七年的传统。

随着十一届三中全会的召开，人们的思想大解放，人的主体性成为文学的表现主题，散文也获得了本体的觉醒，也迎来了繁荣发展的第三阶段。

人们开始反思十七年的创作，散文终于摆脱政治的附庸地位，放下"时代精神"的传声筒，拿起了抒写"自我"、弘扬个性的彩笔。一个个禁区被打破了，一篇篇探索性的传作问世了，《怀念萧珊》（巴金）、《我到了北京》（冰心）、《"牛棚"小品》（丁玲）、《昆仑山的太阳》（刘白羽）、《雄奇瑰丽的中国山水》（秦牧）、《园林城中的一个小庭园》（何为）、《阿诗玛，你在哪里》（荒煤）、《干校六记》（杨绛）、《飞》（袁鹰）、《〈尺泽集〉后记》（孙犁）、《我怀念的是牛》（碧野）、《月迹》（贾平凹）、《地下森林断想》（张抗抗）、《女孩子的花》（唐敏）、《我有过一只小蟹》（铁凝）、《洁白的祝福》（舒婷）、《发生了什么，要发生什么……》（小音）、《梦断潇湘》（苏叶）、《不能破译的密码》（叶梦）……

都是老将炉火纯青之作。

新时期散文的创作成绩，是超越了十七年的，经过十年的寂寞耕耘、苦苦探索，1989年散文第一次评奖，参赛文集达一百八十七部，原定评出十五部优秀文集，后来增至二十部，并出现三个令人鼓舞的可喜现象：

一是老一辈的当代散文大师们，始终孜孜不倦地在散文这块沃土上辛勤耕耘，巴金于1986年完成了《随想录》五册中的最后一册，为新时期散文树起了一面旗帜，被誉为继鲁迅杂文之后的又一座散文丰碑。这是老作家集一生的学识涵养、坎坷经历，挚爱我们这个民族的过去、现在和未来的思想艺术结晶，是老人用随想在荆棘丛中开出的一条小路，用真话建立的一栋"'文革'博物馆"。

孙犁和巴金并为当代"双星"，其散文艺术炉火纯青，《万花集》《乡路集》《尺泽集》三部是散文新时期的宝贵收获，他们写的都是"小的、浅的、短的和近的"，从这些小、浅、短、近的生活琐事中，感应到时代的脉搏。由于十年动乱，加上他们年龄的因素，他们的散文变得"淡泊，沉淀，发人深思的哲理气息浓厚了"，形式更淡泊，感情却更深沉，文字亦更缜密了。

杨绛《干校六记》为文学从浅层走向深层，奠定了第一块坚实的基石，从而确立了她在当代散文界的地位。她发扬光大了"信史实录"的优秀传统，创造了一种渗透当代历史意识和新鲜艺术信息的新文体，仅就创造人格和文格相统一的境界而言，她以其独创一格的"信史散文"，与"巴、孙""鼎立而三"。

冰心老人在新时期出版《晚晴集》外，还发表了一些回忆性散文，如《关于男人》《想到就写》，于清丽典雅之中又透出一股明朗、健美的情韵。

此外，老作家中陈白尘《云梦断忆》、黄秋耘《往事并不如烟》、柯灵《散文选》、惠浴宇《写心集》，或以幽默机智见长，或以深沉老辣著称，或写戎马生涯，或写故人故情，都达到思虑深沉、文情并茂的高度，成为对一个时代的真实记录。

2. 当代散文审美倾向

新时期散文冲破了臣民意识，恢复了忧患意识，冲破了自我人格的抹杀、大我取消小我的人格膨胀、自我逃避的知识小品化三种基本模式，恢复了主体在散文中的地位。

开风气之先的是贾平凹，他的《一棵小桃树》"此调不弹久矣，过去很多名家，是这样弹奏过的。它是心声，也是意之向往，是散文的一种非常好听的音响"，作家们不再对抽象的"时代精神"感兴趣，而是注意"心之声"和"意之向往"的表达。

随着当代审美意识的觉醒，散文家们思维的空间大大拓展了，观察问题方式不再是单一的发散思维；对生命意识的深层体悟，也一改旧时的"理性"，靠敏锐的艺术感觉和"顿悟"，在散文的世界里遨游。

赵丽宏《诗魂》，由"萧瑟秋风"引起了"幽谧的梦境"，唤起对街心花园的普希金铜像蒙辱复现的回忆，对崇高诗魂的倾慕敬仰，痛惜铜像当年被红卫兵拖走的愚昧，祖孙三代人景仰诗魂的"昨天和今天"。全文由"梦境"的感觉迭现起来，用联忆、倒叙、重复与穿插等手法，创造了一个诗意摇荡的意境，作者的思维方法也是"诗化"的、跳跃的，是理性思维和感觉经验的错综交织。

当代艺术思维的多元化和拓展，导致文学结构的开放性和立体化，从而使散文表达"复合情感"成为可能。长期以来，散文情感往往过多依附于诗的概括，抒情手段高度统一，情感运动被形态简单化。克服概念化、模式化，就是要克服了情感的简单化，并通过复合结构来表现复合的情感。

唐敏《心中的大自然》充满了情感纵向的曲折和横向分化，表现的是一种独特的复合情感，她第一篇写鹰，"我"和解放军叔叔对鹰的感情，彼此都很复杂，"我"认为鹰是天空的音乐，解放军叔叔却打死了它；而解放军叔叔又很迷人；他找死鹰是为了给班长治病，而且他打死鹰后自己也很颓伤；但还是要取鹰的脑子——这样复杂的"复合情感"，超越了善与恶的双向逆反运动，在"多维多面"之间，构成了一张复杂的网络，其情感也与复杂性成正比。

曹明华散文的特点是感知灵哲、倾诉坦率、无拘无束的表达，新鲜活泼的语言，熔各种艺术语言于一炉，形成她的语言风格。作品借鉴小说的意识流语言，来表现当代的快节奏，营造转换的心理空间，并以跳跃空灵的新诗语言，把语言的触觉伸向电影、戏剧、绘画、雕塑、诗韵、舞蹈，引进恰当的哲学语言、数学语言、科学术语，表现出奔放激荡的形象和浮云柳絮般飘忽的感受；把对现实的感受，也发挥得"淋漓尽致"。

当代散文流派各放异彩，继"岭南散文""福建散文""三峡散文"之后，新时期散文又涌现了陕南作家群和江苏作家群。以西安为中心，陕西一批中青年作家迅猛崛起，形成一个阵容整齐的作家群。

主要成员有贾平凹、杨闻宇、刘成章、裴积荣、和谷、李佩芝、李天芳等。他们都执着于黄土高原乡土风物习俗的描绘，具有浓郁的地方色彩，他们表现北方的阳刚、北方的豁达、北方的豪爽；江苏散文作家群则以机智柔婉见长，字里行间洋溢着水乡的灵气、南方的诗韵，他们以苏叶、忆明珠等为代表。

3. 当代作家作品举隅

新时期散文的主力军，他们以可贵的孤胆精神进行着坚韧不拔的探索，这样具有代表性的作家作品，在当代散文史上留下了他们不断探索的足印。

贾平凹，陕西省丹凤县人，有散文集《月迹》《爱的踪迹》《心迹》《贾平凹散文自选集》等多本。散文集《爱的踪迹》获新时期全国优秀散文（集）奖。在新时期涌现的散文新秀中，贾平凹是最引人注目的一位。

他是小说、散文、诗三马并进的，"举一反三，三而合一"，他的散文里涌动着一股诗的暗流。特别是早期之作，像《月迹》《丑石》《一棵小桃树》等，单纯、乐观、明美。一片月、一块石、一棵树，一到他的笔下，都显得那么有情、有趣、有味，充满诗情画意。

随着知识的增长，阅人阅世的深入，贾平凹那双带着童稚的天真的眼睛逐步变得深沉了，成熟了。1982年以后，他把目光完全集中在陕南地区在改革的时代潮流中所发生的细微而深刻的变化上，他的散文也就更复杂、含蓄、深沉，更趋于成熟。

《五味巷》写的是一条小巷里平凡的日常生活，让读者感受的却是酸、辣、苦、咸、甜五味杂糅的生活况味；《商州初录》《商州又录》的底蕴不再是明净的诗情，而是充满沉重的历史感和文化深层的忧患；《弈人》句句是在谈棋，却让你感觉到句句是在谈论人生，针砭人生，针砭时弊，一点也不牵强。

他已经摆脱了以前那种刻意追求哲理的格套，超越了《丑石》的境界，而是将情趣和理趣完全融合在一起。他的散文更厚重了，具有一种形神兼备、严谨与自由统一、凝重与空灵相谐和的美学风范。

张抗抗，广东省新会县人，最早拿起探索之笔的散文家之一。著有散文集《橄榄》。代表作有《地下森林断想》《埃菲尔铁塔的沉思》等。她的散文题材广泛，感情真切，具有新颖、独特、深邃的思想哲理和历史内涵，自成一家。所以秦牧将她和黄宗英、贾平凹等并称为新时期"受到瞩目的散文作家"。

她的散文与众不同之处，就在于它的历史内涵和哲理内蕴。写于1978年的《兴凯湖听涛》，是她当时创新的前卫之作。她不落窠臼，没有去为兴凯潮的"博大""壮阔"之类大唱颂歌，而是从兴凯湖被异族掠夺了一大半的特殊历史出发，写出了我们民族因贫穷、愚昧、落后、软弱而遭致的"挨打的命运"，从兴凯湖那不平的涛声中听出了我们民族的叹息、民族的呐喊，并在这呐喊之中见出光明，鼓励我们像大海一样由每一滴细小的水珠组成强大的潮流，"浩浩荡荡，朝前走，不回头"，历史、现实、未来联系起来了，散文的思维空间大大拓展了。

写于1979年的《地下森林断想》则以哲理思考见长，与《兴凯湖听涛》的历史意味各呈异趣，作品通过对大森林的拟人化，将情与理结合起来，赞颂了像地下森林这样"在黑暗中苦苦挣扎向上""坚硬、挺直、决无半分媚骨"的人格形象，启示我们只要像地下森林一样顽强奋斗，就会成为"新崛起的骄子"。

这篇散文突破了"物——情——理"的自我人格膨胀的模式，呈现人格与对象在哲理深处的"兴会"和契合。她在谈论此文的创作时说，"我写了《地下森林断想》，怀着我内心对它的品格深深的敬仰，对自己往昔的艰辛反复地咀嚼，率真而坦荡地写出我的憎和爱。文章一气呵成，并不作太多的修改，我真怕刻意的雕凿会破坏了它那种与天地山林融洽无间的情致"。她后来的《埃菲尔铁塔的沉思》，同样让我们体悟到那种饱含生活哲理，而又"与天地山林融洽无间"的情感。

秦文玉，江苏人。1976年毕业于南京师范学院，1988年毕业于北京大学作家班。散文集《绿雪》获新时期全国优秀散文（集）奖。秦文玉对新时期散文的贡献就在于他用复合的结构表现了一种复合情感。

《十万佛塔记》的结构是立体的，作品以"五百多年的岁月"和"新旧两个时代为支架"，紧紧把握住佛塔与人、历史、时代的总体关系，通过眼前的所见所闻和所想，纵横交错地写出了佛塔的历史意义。

十万佛塔曾经是"弘扬佛法，调治下民"的"巴廓曲典"，现在却是"肃然挺立，在向新世界的主人庄严致敬"的艺术之宫，作者把深沉的历史内容与强烈的时代精神融为一体，表达的情感也是多层面的。

《云鸟西飞》的思维方式是发散的。作品写的仅仅是"我"乘飞机从成都到拉萨短短几小时的见闻，但却以"鸟"为思维的触发点，先写"我"二十多年前当上筑路兵的叔叔们开辟通向世界屋脊的坦途的豪情壮志，次写机舱里那个把"我"称为叔叔的小女孩的美好幻想，再插入"我"的叔叔讲过的当年筑路的动人情景，把"叔叔"、"我"、小孩子汇在一起，将过去、现在、未来连成一线，跌宕起伏，纵横交织，完全突破了旧有的线性因果模式，避免了一语道破主题的俗套，而追求缤纷深邃的复合印象，"朦胧神秘"的自觉追求，在他作品里得到了充分体现。

《布达拉宫之晨》的探索又进一层，作品以内在的历史视角来观照现实，运用直接描写、间接暗示、幻影与实景交织，抒情与议论结合等多种手法，通过"暮鼓"与"晨钟"的照应，把眼前的布达拉宫与历史的布达拉宫进行鲜明的对比，"映现出一个民族思想和心灵的历程，映现出如长河奔涌一样的文化变迁史和心理结构变迁史"。缤纷深邃的复合印象，神秘朦胧的文化氛围，时而"云遮雾障"，时而"红日朗照"，创造了一个扑朔迷离的散文意境。

李佩芝，陕北人。1970年毕业于西北大学中文系，1980年开始文学创作。已出版散文集《失落的仙邸》《别是滋味》。《小屋》是她的代表作。她的散文意境空灵、开阔，自由驰骋，往来无羁，开拓了新时期散文的思维空间。正如她的自白："我是博大的、强健的，有感召力的。信任地看看我，人们会相信，我就是一个社会，一个国家，一个星球呢。"

《小屋》是狭小的，仅仅十二平方米，粗糙、散乱、拥挤。然而作者的心灵是"博大的、强健的，有感召力的"。于是小屋也获得了灵魂，"为我展开了一个广阔无垠，绚烂多姿的世界"。由于有了对事业的挚爱，对信仰的追求，客观存在的"狭小""拥挤"的小屋也有了生命，"有万千的气象，澎湃的热情，奋争的勇气，永恒的青春"。

作者以广阔的心灵世界包容万物，大大拓展了散文的审美空间。作者对此不无自豪："我的世界是狭小的，也是广袤的；是贫困的，也是充实的；是苍白的，也是绚丽的。"

再看《梦幻之夜》，那充实而空灵的境界更是让人陶醉：烤包子、嚼馕饼、喝酽茶的乐趣；明月清辉中对第一次望月的回想，小木屋里扑打蝎子的心态，种种情趣交织于"梦幻之夜"，大宇宙、小宇宙、内宇宙、外宇宙溶汇于散文的"宇宙"，"我"又何止是"一个社会，一个国家，一个星球"呢。"梦幻之夜"由实（月光）而虚（梦幻），再由虚（梦幻）而实（童年），虚虚实实，作品的空间展开也因此何其自由。

金马，河北省无极县人。著有散文集《爱的魅力》《哲味的寻觅》《浪漫情感世界》等。金马的散文创新在新时期散文里是比较突出的。他完全打破了旧有框子，博采众长，熔形象、知识、抒情、政论于一炉，追求"四不像"的新散文格调。

他说，"散文之为美文，就美在应该特别地富于个性，千人千面，万人万形，你美在鼻梁，他美在眼睛，没有标准相，没有可比相，我甚至以为，要立志写好散文，要使散文真能有所突破，就要不怕担一点儿风险；就要不怕写得'四不像'，就要有勇气不怕被列入'怪物灵'"。他的散文创作力图实现他的主张，确实有一些与传统散文不同的新的美质。其探索精神确乎难能可贵。

金马散文与众不同的特色就在他的知识性和哲理性的统一。他的每一篇散文中都差不多讲述了许多关于自然、社会、人生的奇闻趣事，谈天说地，海阔天空，但又不是纯粹的知识小品。

他的知识性总是与哲理性联系在一起，《蝼蚁壮歌》介绍了蚂蚁王国怎样"团结一致"，突围火海、消灭巨蟒的生物学知识，同时又推论出一个深刻的哲理，对于我们这个拥有十亿人之众的大国，"要紧的是想办法发挥人口众多的集体优势，而大可不必总是埋怨我们的嘴儿太多，彼此抢了饭吃"。

《狼的喜剧》借美国一个自然保护区先灭狼兴鹿，再"请"狼复回的科学事实，既道出了自然界种群间相互制约的微妙关系，更从人类社会悲惨的历史教训升华出本质相同的道理，"对于大自然生态循环来说，需要种群之间斗争的激发，对于人类社会来说，需要始终一贯地保持对理想境界的憧憬和追求，以及为实现它而奋进，而献身的精神"。

抒情性和趣味性是他作品知识性的"哲理中介"，《蝼蚁壮歌》中对蚂蚁的介绍不是平实的说明，而是妙趣横生的描述；其哲理的揭示也不是逻辑推论，而是在对蝼蚁这"壮"与人类之"壮"歌的自然流露。金马的散文并非"四不像"，最起码，他像他自己。

李天芳，陕西省西安市人。当代女作家。1963 年毕业于陕西师范大学中文系。著有散文集《山连着山》《延安散记》《种一片太阳花》等。李天芳的散文具有一种温厚、平和的抒情基调。她总是喜欢将视点集中在美好的人性和人情上，表达美的信念。"这里似乎没有怨愤，亦很少忧虑；不用冷嘲，亦很少反讽。笔墨里总是流露出浓浓的纯朴的真挚的感情。"

她六十年代步入文坛的，她的第一篇散文《枣》发表于 1964 年 7 月《人民文学》，她早期散文深受六十年代我国散文审美风范的影响，往往采用"卒章显志"的老格局，1979 年的《赶花》，还是"两线交织，前后映衬"的结构模式。然而，她不停地探索，不断地超越传统，超越自我，终于摆脱了传统模式的束缚，形成了自己独特的叙述方式和文体风格。

她不再总是睁着一双天真的眼睛，去惊叹、慕羡人家的事；她有了自家的心事，开始寻找自我的价值；她不再以"朝山客"的态度去描摹人事、胜迹，抒发她的向往和虔诚，而是以人生沧桑经历者的身份，去抒写自己的经验与感悟。她找到了自我，也找到了适合自我表达的独特文体。

她的《打碗碗花》在篇末还保留了一段哲理议论，《目光》则完全冲破了原来的格局，给人耳目一新之感。作者从一位陕北老农的眼睛落笔，描绘出多么深刻的社会历史内涵。

从三十年前照片上那双"含笑凝视、炯炯有神，因为力量、自信和憧憬充满动人光芒"的眼睛，到三十年后，那位"木然地坐在凳子上""面无表情""背书似的"一遍遍诉说"苦难的家史"的老者的"被皱纹包裹""被一层深深忧愁的雾所笼罩"的眼睛，我们看到了昨日的荒唐与可悲历史的徘徊与停滞、民族的不幸与悲哀。

作品的结尾，作者没有善良地让老人"青春焕发"或"安度晚年"，而是尊重了历史的真实：荒唐的时代结束了，那位一生坎坷的老农民已不在人世了。这就使作品获得了强烈的悲剧效果，比那种大团圆的虚假喜剧收场有力多了。

曹明华，上海人。1980年考入上海交通大学，先后就读于生物医学仪器专业和社会科学及工程系双学位班。散文集《一个女大学生的手记》获新时期全国优秀散文（集）奖。

她的显著特点一是"学者化"，其自然科学和社会科学知识，让她的散文一举名世。在当今信息时代，散文要想吸引读者，须加大信息容量。这就要求作家们加强自身修养，具备丰富的、多层面的知识结构。古今中外许多散文大家同时就是大学者，蒙田、伏尔泰、培根、麦考莱、瓦尔脱·佩特尔、托马斯·赫胥黎，他们治学之余写散文，却大放异彩。

曹明华《一个女大学生的手记》，实现了吴伯箫"曾妄想创一种文体"，"小说的生活题材，诗的语言感情，散文的篇幅结构，内容是主要的，故事、人物、山水原野以至鸟兽虫鱼；感情粗犷、豪放也好，婉约、恬淡也好，总是有回甘余韵。体裁归散文，但希望不是散文诗"，作品把"小说的生活题材,诗的语言感情,散文的篇幅结构"有机地糅合在一起,创造了一种新的散文体。

4.当代散文审美批评

当代散文批评史上有两个重点,一是六十年代关于特点和结构形式的探讨,二是方兴未艾的"散文的困惑与出路"的理论探讨。

1961年是当代的"散文年",《人民日报》上半年专辟"笔谈散文"栏,组织专家探讨"散文的特征和创作规律",为散文创作指点迷津,摇旗呐喊,对总结当时的创作经验、促进散文的发展起了不可低估的作用。"散文年"的荣誉不全是作家们的,批评家的功劳也非常大。

这次讨论有许多文章敏锐地触及了散文的本质,确系经验之谈,冰心强调写散文要"字字出自心坎,真挚自然"(《谈散文》);柯灵主张散文要"更直接、更鲜明"地表现"作家的人格和个性"(《散文——文学的轻骑兵》);徐迟认为"散文家必须是思想家",应当有"特别敏锐的马克思列宁主义的思想"(《说散文》)。

秦牧也深刻地体会到,散文要"尽量具有丰富多彩的内容""一定要贯注崇高而健康的思想感情"(《散文领域海阔天空》)。他们对散文的情感内容、思想内容和人格修养诸问题,做了比较全面和深刻的阐述。

似乎这些触及散文本质的探讨,在当时并没有成为"笔谈散文"的主潮;相反,那些着眼于散文形式的观点却成了热门话题,从而掀起了一切关于散文"形神"之辩的讨论。这场官司,一直延续到八十年代中期才结束。

与秦牧等人的着眼点不同,当时许多人把研究的着眼点放在散文的"散"与"不散"上,有人认为"散文的特点正在于'散'",有人认为"散文的散,实在是一大优点",定体则无,大体需有。而影响最大的则是萧云儒认为散文要"形散神不散"的观点。

他认为散文就是要"用自己精深的思想红线把生活海洋中的贝壳珍珠,穿缀成闪光的项链",在主题必须单一明确的古典主义艺术氛围中,这一观点不胫而走并引起很大的反响。很多论者对其进行引申和诠释，把它当作散文的"根本特征"，大学、中学教材也以它为散文的"经典命题"，持续对学生进行灌输。

他的《试谈继承古典散文传统》说，"形散，是指放得开；神不散，是指集中在'意'，分散的目的，是为了更有力地表现篇中之'意'，是为了增加文章的跌宕之气，以吸引读者"，而不是"冲淡主题，分散读者的注意力"，这些"形散神不散"的解释，使命题进一步完善。

1972全国"复课闹革命"以后，"形散神不散"的观点终于写进了大学教材，天津师院1972年编《业余知识》中说，"从形式上看，散文灵活自由，好像是散的，但这并不是说它可以信马由缰，错杂散乱，没头没脑，而是形散而'神'不散"。

"十年动乱"结束后，从1976年10月至1979年上半年，散文创作的路子、写法、格调并没有立即解放出来，大体上还是六十年代的延续，"形散神不散"的观点还在被反复论证，并派生出"形散神聚""形散神凝""形散神圆""形散神收"等大同小异的说法。大、中学教材谈到散文时仍照抄不误，更增加了"形散神不散"的权威性。

八十年代，随着人们思想的解放，人们对散文的认识更深刻了，开始了对过去的"权威"质疑，彭其韵《对散文"散"字说的质疑》，即是开始就文章作法方面指出"形散神不散"的缺陷，而对这观点从思维模式上进行根本否定的。

1987年，林非连续发表《开拓散文艺术的新天地》和《散语创作的昨日和明日》，直率地指出，"形散神不散"是"带有片面性的提法"，"自觉不自觉地表达了我们当时一种相当盛行的文艺思想：作品的主题必须集中和明确"，"这实际上就是意味着用单一化来排斥和窒息丰富多彩的艺术追求，这种封闭和艺术思维方式是缺乏马克思主义的辩证法所致"。

"形散神不散的提法，确实是体现了此时一种比较封闭性和单一化的思想气氛，因此才会如此不胫而走"，这就从本质上指出"形散神不散"的思维惰性和对散文自由的束缚性。

林非还大声疾呼，"现在应该是彻底改变这种形成单一化和模式化局面的时候了"，他令人耳目一新的观点，引起了热烈的讨论，当代散文终于在这次讨论中，走出了"形散神不散"的框子。

当代散文批评的第二个重点，是围绕散文的困惑与出路的中心话题展开的讨论，1985年文艺界的美学热和新方法论热，给散文理论研究带来了生机。当时的美学热和方法论热涉及面之广、影响之大都是罕见的。

从涉及的范围看，有思维方式、文艺美学、文学史、风格论、创作与欣赏、作家作品论、文艺批评等各个方面；从引进的自然科学方法看，有心理学、系统论、信息论、控制论、模糊数学、统计学、耗散结构理论、范式理论等；从借鉴社会科学思潮和文艺思潮看，有社会学、西方马克思主义、结构主义、新批评、接受美学、现象、原型批评、符号学、语义学等。

这次美学热和新方法论热的冲击，使广大文艺工作者冲破僵化的思维定势，从对文艺研究自身的反思和批判中蜕变出来，从理论的贫困中解放出来，促进整个文艺研究朝着全方位、多角度、多层次和科学化的方向迈进。

当时"振兴散文"的热潮，也是小说和诗歌"逼"出来的。新时期小说的成就自不待言，"伤痕文学""反思文学""改革文学""通俗文学"等，一浪接一浪，新手赶名宿，名篇充栋，名家辈出。

新时期诗歌也不甘落后，继"朦胧诗"之后，"第二代""新三代""新生代"，轰轰烈烈，好不热闹，唯独散文甘于寂寞，保持自己的"贞操"和"清白"，不肯"下水"。面对这种严峻的局势，更多的人警醒了，开始摇旗呐喊，出谋划策。一个理论的热潮，不可避免地降临了。

比较早感受到危机的是林道立，他在《散文，面临新的挑战》中提出了十多个"怎么办"，把出路问题摆在了大家面前，文章分析了散文所面临的形势，"新时期急剧改革的浪潮，正猛烈地席卷从经济基础到上层建筑的各个领域，生产方式和生活内容的改观；全民族科学文化水平的提高，读者审美观念、欣赏趣味的变化，艺术鉴赏能力的增强，各文学门类之间的相互渗透，作家对艺术创新的愿望等，都在迫切地要求各种文学体裁冲破传统观念的束缚，从内容到形式进行刷新的突破，变封闭为开放，由褊狭走向豁然大度，从而带来文学黄金时代的奇观"。

在这种新的形势下，散文论者就题材内容、立意、知识性、"形散神不散"、表情达意、意境、议理、自我性、片断、象征性问题提出的散文应当"怎么办"问题，反映了当时社会的初步觉醒和深层次的思考，具有一定代表性。

《对散文命运的思考》（王干、费振钟）发出了"散文解体"的惊呼。一是"新时期以来，散文创作一直远远落于小说、诗歌、影剧文学之后"。二是读者对散文"态度较为冷淡"。三是"散文并不具备像小说、诗歌、戏剧文学那样稳固的文学模型"，"传统的散文理论含糊不清地把散文的特征概括为'形散神聚'，即结构手法的自由灵活，艺术境界的集中凝冰，如此宽泛的概念，只能带给人们一种对散文'意会性'的认识"。也就是说，"散文"这个概念本身就是非科学性的，没有特定的内涵。四是"散文形态的瓦解和散文家族的离析"，小说"把属于散文最基本因素的自由舒展的布局形式，吸收过来"，散文诗是诗侵夺散文的产物，"连与散文本来相距甚远的影剧艺术，也向散文伸出了'瓜分'的手"，散文不存在了，被彻底"掠夺瓜分"了。

黄浩的《当代中国散文：从中兴走向末路》，从"在江河日下之中""历史发生学的疑问""令人惶惑的散文""早已在自我分化的'散文'""虽然值得敬佩，但并不会成功的努力"等几个方面，进行了"全面"的考察，得出了的结论是"当代文学不再需要散文，但散文仍存在""总而言之一句话，我承认散文的存在，但我否认散文还是文学"。这是论者新时期的"理想国"，散文被文学驱逐了，"既然散文完全是出于历史的偶然，才暂时地扮演了文学的角色，那么当历史已经如此之远地走过了那个时代，当文学已经真正地繁荣发达起来，骨子里一直是文学的散文，也就实在不应该再勉强自己为文学，来这里'滥竽充数'了"，其言论可谓是惊掉大牙。

"解体论"者的观点虽然惊世骇俗，实质上是一种缺乏责任的逃避，有志振兴散文的有识之士并没有为他们的论调所吓倒，而是深入考察散文创作实际，找症结，求出路。

林道立一方面对"散文解体论"进行无情驳斥（《与"散文解体论"的对立》），一方面对"怎么办"的问题进行严肃的思考（《多种选择的缪斯——散文应该这样应战》），表现出了识者的勇气和"不识者的胆识"。

林非《散文创作的昨日和明日》、文忠《散文要变革》、吴泰昌《散文的成就同样令人振奋》、喻大翔《散文观念更新谈》、李昌华《困惑中的思索》、陈维型《散文，不必悲观》、谢大光《散文观点变革刍议》、潘向黎《现状与超越片谈》、包泉万《关于散文创作中的"软化"问题》、曾绍仪《散文发展与思维开拓》，他们指出散文的致命伤是"模式化"，出路在于创新，并就创新问题各抒己见，有力地引导了当时的散文创作。

八十年代散文"软化"问题也比较突出。"所谓'软化'，是指散文创作脱离现实、脱离生活，题材和内容都缺少生活气息和时代精神，专注于内心世界和个人情感的抒发，表现为老一套清一色牧歌情调的田园小品、山水游记、故旧回忆、随感随想、琐记漫笔等，写的大都是好人好事好景，通篇洋溢着满足和陶醉。色调是玫瑰红，味道是甜蜜蜜。"（包泉万《关于散文创作中的"软化"问题》）

散文的出路，首先是要打破套子，大胆创新，摆脱传统思维定势，把"独此一家的传统规范"，变为对现实世界审美的多样化把握。其次要"四方八极"，拓展题材新领域，"除了与现实'同步'的纪实之作，还需要通过乡土散文、市井散文、海味散文、工矿散文、军营散文、校园散文、庭院散文、风习民情，以及自然景观之章，创造新的景象"。

张梦阳《季羡林畅谈世界散文》提到了中西散文比较研究，李源《中国现代散文的困惑》与余光中提出了"弹性说""密度说""浪子回头说"，李昌华《困惑中的思考》强调"要搞活散文，必须在体式形态上，除了传统的诗化散文以外，希冀产生产品类交叉，相互渗透的小说散文、戏剧化散文、寓言化散文乃至电视化散化"，对当时散文走出困境，起到了积极的促进作用。

关于"四不像"散文，谢大光大胆提出散文"在表现方式上，要允许出现传统散文观念不承认的、非驴非马的'四不像'",金马也主张"要不怕写的'四不像',就要有不怕被列入'怪物录'的勇气"。

曾绍义撰文指出,"当前散文创作的迫切任务,确实是应该突破过去那些陈旧的框子和格套,改革单一化和模式化的局面,在开放的广阔天地中自由地发展和竞赛,与其追求自我封闭的单一化和模式化,不如鼓励大家写出许多在体裁和风格方面都是'四不像'式的作品来,在不断打破旧的规范中,不断出现新的规范"。

散文领域的理论建设,表现出极端的紧迫性,应该像当前的小说一样,不断出现新的理论和探索浪潮,"散文的写作路数和写作方法理论多姿多彩,根据所要表达的内容进行多种有益的探讨,任何定型和模式都是文学的大敌,都是散文的大敌"(石英《散文面临进一步解放》)。

"文变染乎世情,兴废由乎时序",散文的发展很大程度受着环境的制约,有了作家和理论家的才识和担当,一个思想解放、艺术民主、个性活跃的良好环境,更有利于散文在先进文化前进的道路上,表现出更多的卓识远见,助力文化的振兴、民族的伟大复兴。

# 第 54 章

当代散文美学概要

1. 散文美学的理论思考

散文呼唤美学的批评，迫切需要理论的参与和推动，反思新中国成立后的散文批评，正如萧云儒《形散神不散》中所说的，"并没有想到给散文的特点和要求定什么框框，但经很多人的'研究'和'引申'，'形散神不散'被写进各种版本的大、中专教材和中学语文课本之中，成为散文创作'最有权威性'的观点，影响着一代又一代年轻人"。

从这一点可以看出，理论的"制导"作用，对创作还是非常巨大的，一点也忽视不得。林非在 1987 年 5 月 12 日《人民日报》发表《开拓散文艺术的新天地》，1987 年第 3 期《文学评论》上发表《散文创作的昨日和明日》，这两篇文章打破了散文一直以来的"大一统"，很多理论工作者也随之活跃起来。

理论批评如"磨刀石的作用，能使钢刀锋利，虽然它自己切不动什么""它的作用就在于，正途引导他到什么去处，歧途又会引导他到什么去处"（贺拉斯《诗艺》），创作如果离开美学批评，就好像"一律掩住嘴，算是文坛已经干净，那所得的结果倒是要相反的"（鲁迅《看书琐记》）。

新时期的理论和美学批评，"还没有几个坚实明白的，真正懂得社会科学及其他文学理论的批评家来"（《我们要批评家》），当下一般的批评都停留在"阐释"和"赏析"的层次上，缺少审美的否定意识，热衷搬弄西方现代派，堆砌一些新名词，使一些文章深奥难读，原因有种种，但个别的叙论，一般人根本无法看懂。

有些批评家并不一定真正懂得"现代派"实质，也根本没读什克洛夫斯基或雅各布森，去研究柏拉图、狄德罗或杜勃罗留波夫，批评家却认为审美对象都是"高级读者"，理论也不需要"让一般人懂"的东西，这应该是一个非常严重的理论错误。

马克思曾说，"人民历来就是作家'够资格'和'不够资格'的唯一判断者"，人民群众是最有权威的批评家。我们应时刻记住自己是个"开饭馆"的老板，要有意识地照顾读者的胃口。不能视自己为"阔人"，以为自己在设宴待客，读者都是来赴宴的。或自己是在施舍粥饭，不管饭菜的味道好不好，人家都要赞美和感谢你。如果时时想到自己是开饭馆的，人家花钱来吃饭，自己便不会摆"阔架子"了。

散文美学批评家不能离开作品空谈，太"专业化"的批评，只能把与读者的距离愈拉愈远，满纸高深的意味，以致理解这些批评的"深奥"，只能靠"距离的方法"去理解，"批评家自己看来是沉闷的，而在读者却是必须的重复弄得疲倦起来，批评家要是他只愿说一些他自己才有兴味的话，保持诗人学者骄傲的宁静和尊严。这样的批评是为少数人写的，它不是大众的"（车尔尼雪夫斯基《俄国文学果戈理时期概观》）。

毛泽东思想的文艺批评标准有两个，一个是政治标准，一个是艺术标准，"我们的要求是政治和艺术的统一，内容和形式的统一，革命的政治内容和尽可能完善的艺术形式的统一"。

我们的理论批评不能为讨作家欢心把他们"捧"上天，或者是"棒"入地，理论做的是"剜烂苹果的工作"，批评就是要坏处说坏，好处说好，当前吹捧文多，说真话的少，缺乏实事求是的批评文风，这是个痼疾。

我们的美学批评，必须坚持时代和读者批评的统一，就是要旗帜鲜明地强调，作品必须表现时代精神和时代真实，"只有置身到作品的时代和文化里，作品才有应有的阳刚和价值，也才能被理解"（车尔尼雪夫斯基）。

美学的批评必须具备一定的"通俗性和感染力",只有理解的接受,没有不理解的传播。散文是抒情的语言艺术,不虚构矫饰,心中有什么笔底就有什么,不必像小说那样虚构,也不需要像诗那样讲究含蓄和锤炼,它直直率率,一吐为快,这种"推心置腹"的情感交流,是任何文体不能比的。

所以散文的批评就应该"感染越深,艺术则越优秀","没有这种感染,没有这种和作者的融合,以及和欣赏同一作品的融合,就没有艺术"(托尔斯泰《艺术论》),这就是衡量我们散文理论审美价值的,最重要也是唯一的标准。

接受美学批评认为,无论是"净化大多数读者胃口",还是对推动创作的活动,彼此之间都必须具有相通的可接受性。也就是无论是学院派还是"荷花派",无论是系统论还是控制论,无论是哲学的还是美学的,无论是东方的还是西方的,都可"熔于一炉",让人一目了然。"只有那种兼备极为发达的思维能力,和极为发达的美学感觉的人,才有可能成为具有艺术品位的好批评家。"(普列汉诺夫)

2. 散文理论的审美担当

我们不能坐在传统重感悟的批评小圆凳前,对作品完全靠感觉和"悟",否则我们的批评和理论,就会永远在梦中不会醒来。

"五四"的文学革命,起于西方思潮的观照,西方主要是主张人的"文言一致性",提倡"平民社会文学",这对于当时提倡"国语文学",进步青年用西方的阶级的思想来观照我们的社会,"互照之光"给"五四"的文学带来天翻地覆的变化。

有些颠倒唐宋、翻覆元明的"标新立异"见解,实际都是"朝华已披"的技巧。近百年来思想和文化的革命,亦反复证明美学与文学的"互照"效应,与文学的"出口"互为因果。批评家们眼光或广或狭,或伸或缩,眼界宽则眼力锐,审美批评方法不同,格局就有大大的不同。

作家以直觉和情感把握自己,而批评家却以科学和理性把握世界,两者也有着较大的不同。理论的审美应不仅仅是对西方哲学、逻辑学、数学、心理学、耗散结构、相对论、语言学、结构主义、人类学的学习，最重要的是吸收，融合传统原不能容纳的东西。

如几何语言是一种崭新的语言艺术，如果语言不具备科学的意识，不进行自我否定的超越，也就不可能跟上世界文学语言发展的步伐，其审美和规律以及内在潜质，都是一样的。

散文审美批评具体的尺度，往往受制于艺术的经验。从美学的原则出发，一般"先验的艺术经验"越是贫乏，作品"尺度的能力"也就越差。而艺术经验越是丰富，审美的感受力与发现力也就越强——它不仅表现在"批评家有意识，而且有能力实现该作品的价值与非价值、审美与非审美的一切所在"（黑格尔语）。

批评家对一部作品的褒贬，严格说只有在具有独特审美发现后，才能调动自己的艺术经验和思想，并做出适当的评判行动。批评家的眼光也是散文读者的眼光。也就是说，面对一部以情感人的作品，批评家行使的不过是读者的权利，或者是"高级读者"的权利。

如果在一片赞扬声中，冷不丁地冒出一些否定的话来，肯定有人质疑是故意"挑剔"，批评家要像一个"见多识广"捕鱼的老人，一般的鱼看不上眼，但如果遇上了一条真正的好鱼，就要倾注《老人与海》般的热情与赞美力，直接扑上去。

否定的目的是创造，否定也不是批判。散文批评家应当以独特的见解，指出作品中的弊病和令读者不满意的根源所在，以高度的审美判断力，创造出一般人看不见、谈不出、想不到的高度，不能太多考虑是否得罪作家或讨欢心，要具有康有为、梁启超般的胆识和勇气。

散文批评家还要善于把握散文"审美矛盾态"，从审美批评角度出发，批评家要"把自身的个人看法，与社会的认同矛盾，加以调和和完善，从而尽可能地，将个人的审美判断，获得更多人的认可，但它同时又绝不会失去个人的见解而认同他人与社会的看法"。

批评家还应该和作家"亲近"，好比两个朋友之间，如果没有真正的信任、坦诚和了解，他们往往是功利性的，只是互相说好话、捧场。而真正的朋友，则是超功利的，彼此信任坦率、可以"互相否定"，就像夫妻之间不必相互捧场，但关系很亲近一样。

理论批评绝对不能像同事之间的捧场，这种"捧场"意味关系的疏远。创作与批评之间应该不在乎对方否定，并且要勇于自我否定，这才是真正审美性的、自信的现代文学关系，一种高层次的"真诚关系"。

从审美历程上看，中国近代文学和当代文学的发展，具有双向的"逆向"特征，按"新的理性认识——新的情感态度——新的审美感受"，次序化地逆向演化，先有胡适、陈独秀白话文革命的倡导，后才有鲁迅们的创作实践，并用创作去实证其理论。

也就是说，先有了改革开放的理性要求，后才有了对各种文艺思潮的理性认识，也才有王蒙们对现代派手法的借鉴。理论是创作的先导，它担负着思想启蒙和艺术指导的"双重职能"，它与西方文学的发展轨迹，有着很大的不同。

3. "四不像"的理论批评

前不久的文坛，被"四不像"的散文炒翻了天。天津作家谢大光《散文观念变革刍议》称，"散文在表现方式上，要允许出现传统散文观念不承认的，非驴非马的'四不像'"；北京作家金马《意足不求颜色似》称"写散文就要不怕写的'四不像；就要有勇气不怕被列入'怪物录'"；四川曾绍义撰文《散文发展与思维开拓》，"呼唤涌现更多'四不像'的新散文"，他非常明确地称"四不像"就是新散文了。

近几年散文审美观念的结构变革，出现了一批新结构、新方式、新美质、新意味的散文作品，它是改革开放带来的散文新成果，是十分令人欣喜的。它对新时期散文的创新，无疑有着很大的影响或"导航"作用。有些"四不像"体现了新散文的审美特征，应该是弥足珍贵的。

但读者读了诸如祖慰《黑夜，可人的黑》等一些新"四不像"散文作品之后，对于"四不像"就提出了质疑，认为"四不像"在"新"的表象下，其实是"非驴非马"，大概的确盲目照搬西货，在国内加工生产拼凑成的"怪物"。

"新"容易遮人耳目，可以蒙骗一些不高明的批评家，把那些"非驴非马"的东西叫"新",但蒙不了读者的眼睛。推崇并不意味着崇拜,如果只"新"不"美",就像旧牙刷上挤上了一截"闪亮的鞋油",有些"新"的迷惑,但其实质陈腐、单调、沉闷,说不定一出现就是毒草、垃圾,如果一座垃圾山上插有几束塑料花,那肯定不是"一座美丽的花园"。

前几年有些人对西方文化很热崇,把西货狂热地搬过来供在祖宗的灵位上,而把祖宗放在一边。他们以西方文化和现代哲学来否定传统文化和哲学,把两个不太搭界的积木硬凑在一起,构成一个"四不像"的模型,扮演了一个媒人或堂吉诃德大战风车的角色,或一个搬运工,而不是真正的建筑师。

我们不能称这样的"模型"叫什么,因为只是一转眼工夫,这积木、这并不花费拼凑者多少心血的模型已经在现实中倒塌了。"四不像"看来很新鲜,像一篇哲学论文或一部密码或一首玄言诗,初接触很新奇,看过一遍之后才知道是那些达达、魔幻、结构主义、现代非理性等的大杂烩,这"怪味汤"实在让人怀疑是熬木头或榨石头出来的。

祖慰《黑夜,可人的黑》,有些读过的人感觉"黑夜的海边"有一只什么"手电筒在晃动",是一种"黑色的捕鱼审美",他字里行间布满了哲学意味的美学新名词和现代派无序的感觉体验,读得非常吃力,让我觉得"新"而无味,只是一种"卖弄"和堆砌。

哲夫《美在珞珈山上散步》大概是为了应付美学史课程的考试,而涂画出来的一些美学家姓名和哲学名词,初看起来似觉新,实则又旧又生硬。这难道就是我们要极力赞颂和提倡的"新散文"吗?

有些作者并不真正懂得西方现代主义,却胡乱地搬弄过来,并不知道布莱希特的陌生化方式,是对于希特勒时代的狂热情感泛滥的反动,没有萨特的存在主义和福克纳的时序混淆,也就是没有陀思妥耶夫斯基与尼采,好像那些西方热崇者,真正懂得现代派并不重要,重要的是搬过来,把别人身上的肉剜下来,挂在自己身上而显示肥胖和富态,其结果必然是"石板上开花",是没有生命力的。

"文化"是我们的行为方式和生活准则,不同民族具有不同的文化模式,这种各自不同的行为方式,带来了无穷的可能性和不同选择。

一种文化是否具有生命力，则要看这种文化是不是"文化完形"，是否经过了"文化整合"。

中华民族"文化完形"的象征是龙的图腾，它是由蛇、鹰等九种不同的动物不同部分组合而成的。但龙的内涵绝不是这几种动物特点的简单相加，而是经过了文化整合，是一典型的"文化完形"。它早已成为一个独立的生命，有了自己独特的文化内涵。

我们联想到西方神话中"弗兰肯施坦"的形象，这个怪物右眼来自斐济，左眼来自欧洲，一条腿是火地人的，另一条腿却是塔命提人的，而所有手指和脚趾又是从不同地方弄来的。

这完全是一个拼凑起来的东西，过去和现在都没有任何真实性可言。由于这个形象没有经过"文化整合"，构不成"文化完形"，因而没有属于它的独特内涵，这纯粹是一个智力游戏。

如果"四不像"散文只是把不同文化范畴的思想和各种艺术手段拼凑而成，没有经过"文化整合"，思想和形式之间缺乏内在的有机联系，那它就注定沦为弗兰肯施坦一类的角色了，它彻头彻尾是虚假的，是没有生命力的，没有构成散文的"文化完形"。

面对这些"新散文"，我们对散文似乎失去了一种依赖感、安全感，也失去了"自我"。看来对于"新"的东西，我们应当有"识"，有见解。从古至今，从刘勰至袁中道，从叶燮至刘熙载，亚里士多德、歌德、黑格尔、康德、尼采、卢梭、牛顿、爱因斯坦、弗洛伊德、马斯洛等，他们在人类的思想史上，对人类的进步起到举足轻重的推动作用，不就是先有"识"，而后才有"为"的吗？

我们面对新的"四不像"散文，要客观地进行美学批评，真正新的东西，我们必须大力提倡，大胆实践，提出独到的"识"，说不定一个"新"且"美"的审美主体，就会随风呼啸而来。

我们之所以对"四不像"提出严肃的批评，表现出坚决的否定意识，也是为了从更高意义上，对散文的真正创新表现出更多的激励和肯定。

附录
主要参考文献书目
（以索引时间为序）

康定斯基《论艺术的精神》

《隋书·文学传叙》

严羽《沧浪诗话》

苏轼《韩非论》

梁启超《变法通议·论译书》

鲁迅《摩罗诗力说》

厨川白村《出了象牙之塔》（鲁迅译）

小泉八云《论小品文》

斯威夫特《随想录》（周作人译）

《英国小品文选》（梁遇春译）

《大英百科全书》

《西方现代派文学问题论争集》

柳鸣九《萨特研究》

贺拉斯《诗艺》

车尔尼雪夫斯基《俄国文学果戈理时期概观》

《孔子研究》

《管子研究》

王朝闻《美学概论》

陈柱《中国散文史》

《中国现代文学序跋·散文卷》

林非《中国古代散文九讲》

曾绍义《散文论谭》

《易经》

司马迁《史记》

陆机《文赋》

刘勰《文心雕龙》

曹丕《典论·论文》

挚虞《文章流别》（转引）

孔子《论语》

王国维《人间词话》

王岳川《当代美学核心·艺术本体论》

金开诚《文艺心理学论稿》

笠原仲二《古代中国人的美意识》

亚里士多德《诗学》

刘熙载《艺概》

《鲁迅全集》

李贽《焚书·读律肤说》

冰心《文专丛读》

弗吉尼亚·伍尔夫《论现代散文》

罗素等《数学原理》

霍拉勃等《接受美学与接受理论》

黑格尔《美学》《历史哲学》

《新编美学辞典》

郁沅《古代诗论探索》

曾庆元《悲剧论》

汪济生《美感的结构与功能》

杨春明《审美意识系统》

铃木大拙《禅与艺术》

《中国古代文体概论》

郑钦镛等《中国美学史话》

《中国历代论选》(一卷本)

《美学百科辞典》(刘路等译)

曾祖荫《中国古代美学范畴》

曹承万《审美中介论》

方孝岳《中国文学批评》

周来祥《论中国古典美学》

葛兆光《道教与中国文化》

方立天《慧远及其佛学》

《西方学理概述与比较》

刘小枫《诗化哲学》

《美学新潮》(1—4卷)

孙昌武《韩愈散文艺术论》

洪诚《训诂学》

《欧洲文学史》

《美学资料汇编》

镰田茂雄《中国佛教史》

A·齐斯《马克思主义美学基础》

《黑子·鲁问》

《左传》

鲁迅《汉文学史纲要》

王应麟《辞学指南》

《汉书·艺文志》

《中国帖文史》

《文心雕龙·序志篇》

王彬《古代散文鉴赏辞典·前言》

M·H·阿伯拉姆《简明外国文学辞典》

赵梦麟《文体明辨序》

《墨子·鲁问》

《左传·文公十七年》

《左传·成公七年》

《文心雕龙·谏碑》

鲁迅《汉文学纲要》

王应麟《辞学指南》

《汉书·艺文志》

徐师曾《文体明辨》

储欣《唐宋八大家类选》

厨川白村《出了象牙之塔》

刘师培《中国中古文学史》

《文心雕龙·总术》

《世界幽默艺术博览》

老舍《有钱最好》

《现代作家谈散文》佘树森编

贾平凹《贾平凹散文自选集》

贾平凹《太白》

梁建民、沈栖《林语堂散文欣赏》

《周作人散文选集》张菊香编

《梁实秋散文》

《十年文学潮流》潘旭澜、王锦园主编

《1985—1987散文选》姜德明、李涤尘选编

李述一、李小兵《文化的冲突与抉择》

陈平原《在东西文化碰撞中》

向仍旦《中国古代文化史论》

吴亮《批评的发现》

后　记

从 1990 年出版《散文研究与思考》开始，偶与散文美学邂逅，之后相继出版《散文美学概论》《散文新思潮》《散文作品与争鸣》《散文美学新论》等理论专著和几部作品集，到今天出版《中国散文美学综论》，虽跨越时空三十多年，但我对理论的执着和热爱，却一直未有丝毫改变。

本书里的很多文章，有的是全国各理论报刊发表过的，有的是研讨会上的发言，有的是在与大学生进行座谈时讲授和交流的课件，而更多的是基于散文美学这门基础学科，对创作和理论所作的一个全景式描述。作者试图进行理论的建构，"综在"一起，以期带读者们走进迷宫一样的美学视界，以求教于各位前贤和先知。

从"概论"到"综论"，本书涉猎的课题更全面，与散文创作实践更紧密了，理论也更具"平民化"，创作指导性也更强了，既可视为一部概略的中国散文史、美学史，也可作为中国文学史和哲学史的一支，彼此相映生辉、相得益彰。

感谢著名理论家李建华主席为此书作序，感谢作家出版社领导及王烨编辑为出版此书所付出的心血，感谢一直以来关心散文美学研究的专家和读者朋友们。本书中的一些观点难免有偏颇和浅陋之处，敬请包容指正。

2024 年于宜昌梅子溪

图书在版编目（CIP）数据

中国散文美学综论 / 陈胜乐著 . -- 北京：作家出版社，2024.6

ISBN 978-7-5212-2803-8

Ⅰ.①中… Ⅱ.①陈… Ⅲ.①散文—文艺美学—研究—中国—当代 Ⅳ.① I207.67

中国国家版本馆 CIP 数据核字（2024）第 086618 号

中国散文美学综论

作　　者：	陈胜乐
责任编辑：	王　烨
装帧设计：	意匠文化·丁奔亮
出版发行：	作家出版社有限公司
社　　址：	北京农展馆南里 10 号　　邮　　编：100125
电话传真：	86-10-65067186（发行中心及邮购部）
	86-10-65004079（总编室）
E-mail:	zuojia@zuojia.net.cn
http://	www.zuojiachubanshe.com
印　　刷：	唐山玺诚印务有限公司
成品尺寸：	152×230
字　　数：	310 千
印　　张：	22.25
版　　次：	2024 年 6 月第 1 版
印　　次：	2024 年 6 月第 1 次印刷
ISBN 978-7-5212-2803-8	
定　　价：	78.00 元

作家版图书，版权所有，侵权必究。
作家版图书，印装错误可随时退换。